中国文库

文　学　类

山药蛋派作品选

高　捷　编选

中国出版集团

人民文学出版社

图书在版编目(CIP)数据

山药蛋派作品选/高捷编选. －北京:人民文学出版社,2011
(中国文库)
ISBN 978－7－02－008544－6

Ⅰ.①山…　Ⅱ.①高…　Ⅲ.①山药蛋派－中篇小说－小说集－中国②山药蛋派－短篇小说－小说集－中国　Ⅳ.①I246.7

中国版本图书馆CIP数据核字(2011)第040931号

责任编辑：杜　丽
责任校对：罗翠华
整体设计：翁　涌　李　梅
责任印制：王铁生

山药蛋派作品选
Shanyaodan Pai Zuopin Xuan
高　捷 编选

人民文学出版社 出版
http://www.rw－cn.com
北京市朝内大街166号　　邮编：100705
北京瑞古冠中印刷厂印刷　　新华书店经销
2011年9月第1版　　2011年9月第1次印刷
开本：880毫米×1230毫米　1/32　印张：12.625
字数：317千字　　印数：1－4500
ISBN 978－7－02－008544－6
定价:28.00元

“中国文库”出版前言

“中国文库”主要收选20世纪以来我国出版的哲学社会科学研究、文学艺术创作、科学文化普及等方面的优秀著作。这些著作,对我国百余年来的政治、经济、文化和社会的发展产生过重大积极的影响,至今仍具有重要价值,是中国读者必读、必备的经典性、工具性名著。

大凡名著,均是每一时代震撼智慧的学论、启迪民智的典籍、打动心灵的作品,是时代和民族文化的瑰宝,均应功在当时、利在千秋、传之久远。“中国文库”收集百余年来的名著分类出版,便是以新世纪的历史视野和现实视角,对20世纪出版业绩的宏观回顾,对未来出版事业的积极开拓,为中国先进文化的建设,为实现中华民族伟大复兴做出贡献。

大凡名著,总是生命不老,且历久弥新、常温常新的好书。中国人有“万卷藏书宜子弟”的优良传统,更有当前建设学习型社会的时代要求,中华大地读书热潮空前高涨。“中国文库”选辑名著奉献广大读者,便是以新世纪出版人的社会责任心和历史使命感,帮助更多读者坐拥百城,与睿智的专家学者对话,以此获得丰富学养,实现人的全面发展。

为此,我们坚持以邓小平理论和“三个代表”重要思想为指导,深入贯彻落实科学发展观,坚持贯彻“百花齐放、百家争鸣”的方针,坚持按照“贴近实际、贴近生活、贴近群众”的要求,以登高望远、海纳百川的广阔视野,披沙拣金、露钞雪纂的刻苦精神,精益求精、探赜索隐的严谨态度,投入到这项规模宏大的出版工作中来。

“中国文库”所收书籍分列于6个类别,即:(1)哲学社会科学类

（哲学社会科学各门类学术著作）；(2)史学类（通史及专史）；(3)文学类（文学作品及文学理论著作）；(4)艺术类（艺术作品及艺术理论著作）；(5)科技文化类（科技史、科技人物传记、科普读物等）；(6)综合·普及类（教育、大众文化、少儿读物和工具书等）。计划出版约1000种，分辑出版。自2004年以来，已先后出版四辑，每辑约100种，分精平装两类。2011年时值辛亥革命100周年，特将“中国文库”第五辑作为“纪念辛亥革命100周年”特辑推出，主要收选民国时期原创性人文社科类名著。

“中国文库”所收书籍，有少量品种因技术原因需要重新排版，版式有所调整，大多数品种则保留了原有版式。一套文库，千种书籍，庄谐雅俗有异，版式整齐划一未必合适。况且，版式设计也是书籍形态的审美对象之一，读者在摄取知识、欣赏作品的同时，还能看到各个出版机构不同时期版式设计的风格特色，也是留给读者们的一点乐趣。

“中国文库”由中国出版集团发起并组织实施。收选书目以中国出版集团所属出版机构出版的书籍为基础，并邀约其他数十家出版机构参与，共襄盛举。书目由“中国文库”编辑委员会审定，中国出版集团与各有关出版机构按照集约化的原则集中出版经营。编辑委员会特别邀请了我国出版界德高望重的老专家、领导同志担任顾问，以确保我们的事业继往开来，高质量地进行下去。

“中国文库”，顾名思义，所收书籍应当是能够代表中国出版业水平的精品。我们希望将所有可以代表中国出版业水平的精品尽收其中，但这需要全国出版业同行们的鼎立支持和编辑委员会自身的努力。这是中国出版人的一项共同事业。我们相信，只要我们志存高远且持之以恒，这项事业就一定能持续地进行下去，并将不断地发扬光大。

“中国文库”编辑委员会

中国文库

（第五辑）

【哲学社科类】

孙中山著作选编　陈铮选编 …………………… 中华书局
黄兴集　湖南省社会科学院编 …………………… 中华书局
宋教仁集　陈旭麓主编 …………………… 中华书局
廖仲恺集　广东省社会科学院历史研究所编 …………………… 中华书局
朱执信集　广东省哲学社会科学研究所历史研究室编 … 中华书局
中国政治思想史　陶希圣著 …………………… 中国大百科全书出版社
民国政制史　钱端升等著 …………………… 上海人民出版社
民国政党史　谢彬撰　章伯锋整理 …………………… 中华书局
经学历史　皮锡瑞著　周予同注释 …………………… 中华书局
清代学术概论　梁启超著　朱维铮校订 …………………… 中华书局
新唯识论　熊十力著 …………………… 上海书店出版社
逻辑　金岳霖著 …………………… 中国人民大学出版社
科学与玄学　罗家伦著 …………………… 商务印书馆
中国古代经济史稿　李剑农著 …………………… 武汉大学出版社
中国近代经济史　汪敬虞主编 …………………… 人民出版社
中国交通史　白寿彝著 …………………… 团结出版社
中国经济原论　王亚南著 …………………… 中国大百科全书出版社
中国经济思想史　唐庆增著 …………………… 商务印书馆
财政学　何廉、李锐著 …………………… 商务印书馆
货币与银行　杨端六著 …………………… 武汉大学出版社
刑法学　蔡枢衡著 …………………… 中国民主法制出版社
乡土中国　费孝通著 …………………… 人民出版社
文化人类学　林惠祥著 …………………… 商务印书馆
优生概论　潘光旦著 …………………… 北京大学出版社
西洋文化史纲要
　　雷海宗撰　王敦书整理导读 …………………… 上海古籍出版社
西学东渐记　容闳著　徐凤石　恽铁樵等译
　　钟叔河导读、标点 …………………… 生活·读书·新知三联书店
中国现代语法　王力著 …………………… 商务印书馆
语言学史概要　岑麟祥编著　岑运强评注 …… 世界图书出版公司

蔡元培教育论著选　高平叔编 …………………… 人民教育出版社
陶行知教育论著选　董宝良主编 ………………… 人民教育出版社
中国报学史　戈公振著 ……………… 生活·读书·新知三联书店
陆费逵文选　陆费逵著 ………………………………… 中华书局
张元济论出版　张元济著　张人凤　宋丽荣选编 …… 商务印书馆
韬奋文录新编　邹韬奋著 …………… 生活·读书·新知三联书店

【史学类】

国故论衡　章太炎撰　庞俊　郭诚永疏证 ……………… 中华书局
国史大纲　钱穆著 …………………………………… 商务印书馆
通史新义　何炳松著 ………………………………… 商务印书馆
台湾通史　连横著 ……………… 生活·读书·新知三联书店
武昌革命史　曹亚伯著 ………………… 中国大百科全书出版社
辛亥革命与袁世凯　黎澍著 …………… 中国大百科全书出版社
北洋军阀史　来新夏等著 ……………………… 东方出版中心
中国国民党史稿　邹鲁编著 …………………… 东方出版中心
中华民国外交史　张忠绂编著 ………………… 华文出版社
西洋史　陈衡哲著 ………………………… 中国大百科全书出版社
欧化东渐史　张星烺著 ………………………… 商务印书馆
清末立宪史　高放著 …………………………… 华文出版社

【文学类】

秋瑾诗文选注　郭延礼　郭蓁编选 ……………… 人民文学出版社
邹容集　张梅编注 …………………………………… 人民文学出版社
陈天华集　刘晴波　彭国兴编　饶怀民补订 …… 湖南人民出版社
于右任诗词选　杨中州选注 …………………… 河南文艺出版社
南社诗选　林东海　宋红选注 ………………… 人民文学出版社
鸳鸯蝴蝶派作品选　范伯群编选 ……………… 人民文学出版社
文学研究会小说选　李葆琰编选 ……………… 人民文学出版社
创造社作品选　刘纳编选 ……………………… 人民文学出版社
太阳社小说选　李松睿　吴晓东编选 ………… 人民文学出版社
湖畔派诗选　刘纳编选 ………………………… 人民文学出版社
浅草－沉钟社作品选　张铁荣编选 …………… 人民文学出版社
《语丝》作品选　张梁编选 …………………… 人民文学出版社
未名社作品选　黄开发编选 …………………… 人民文学出版社
新月派诗选　蓝棣之编选 ……………………… 人民文学出版社

象征派诗选　孙玉石编选……………………人民文学出版社
新感觉派小说选　严家炎编选………………人民文学出版社
现代派诗选　蓝棣之编选……………………人民文学出版社
论语派作品选　庄钟庆编选…………………人民文学出版社
京派小说选　吴福辉编选……………………人民文学出版社
东北作家群小说选　王培元编选……………人民文学出版社
七月派作品选　吴子敏编选…………………人民文学出版社
西南联大文学作品选　李光荣编选…………人民文学出版社
九叶派诗选　蓝棣之编选……………………人民文学出版社
荷花淀派小说选　冯健男编选………………人民文学出版社
山药蛋派作品选　高捷编选…………………人民文学出版社
红楼梦辨　俞平伯著……………………………商务印书馆
中国诗史　陆侃如、冯沅君著………………百花文艺出版社
中国文学发展史　刘大杰著…………………复旦大学出版社

【艺术类】

万木草堂论艺　康有为著……………………荣宝斋出版社
中国绘画史　潘天寿著…………………………团结出版社
中国绘画理论　傅抱石著……………………江苏教育出版社
中国雕塑艺术史　王子云著…………………人民美术出版社
中国陶瓷史　吴仁敬　辛安潮著………………团结出版社
中国戏剧史　徐慕云著………………………东方出版中心
洪深戏剧论文集　洪深著……………………东方出版中心
焦菊隐戏剧论文集　焦菊隐著…………………华文出版社
中国古代乐论选辑　吴钊　伊鸿书　赵宽仁　古宗智
　　吉联杭编………………………………人民音乐出版社
素月楼联语　张伯驹编著………………………华文出版社
中国书法理论体系　熊秉明著………………人民美术出版社
夏衍电影论文集　夏衍著……………………东方出版中心
银幕形象塑造　赵丹著　赵青整理…………东方出版中心

【科技文化类】

自然辩证法在中国　龚育之著………………北京大学出版社
科学家谈21世纪　李四光等著　…………中国大百科全书出版社
继承与叛逆——现代科学为何出现于西方
　　陈方正著…………………………生活·读书·新知三联书店

中国医学史　陈邦贤著 …………………………………… 团结出版社
化学史通考　丁绪贤著 ………………………… 中国大百科全书出版社
科学概论　王星拱著 …………………………………… 武汉大学出版社
竺可桢科普创作选集　竺可桢著 ………… 中国大百科全书出版社

【综合普及类】

书林清话　叶德辉著 ………………………………………… 华文出版社
文坛五十年　曹聚仁著 ………………… 生活·读书·新知三联书店
张菊生先生七十生日纪念论文集
　胡适　蔡元培　王云五等编 ………………………… 商务印书馆
佛教常识问答　赵朴初著 …………………………………… 华文出版社
词心笺评　邵祖平著 …………………………………… 复旦大学出版社
西潮与新潮　蒋梦麟著 …………………………………… 东方出版社

目　录

序

高　捷

五十年代后期，文艺界把以赵树理为代表的长期生活在山西并以山西农村为创作题材的一些作家们看做一个文学流派。他们或被称做“山西派”，或因山西省文联出版的《火花》为他们发表作品的主要刊物，而又被叫做“火花派”，郑重的提法是“以赵树理为代表的文学流派”，谐谑的说法则为“山药蛋派”。追根溯源，这个流派滥觞于一九四三年赵树理《小二黑结婚》之发表，是毛泽东同志一九四二年《在延安文艺座谈会上的讲话》中阐述的文艺思想在山西抗日根据地贯彻执行的产儿。

突破文学大众化的难关

“五四”白话文取代文言文在文学上的正宗地位，使新文学开始踏上了文学大众化的征程，这是一个历史性的伟大革命。但是，文学大众化虽然历经“左联”几度理论上的倡导，不少革命作家的实践，但收效甚微。新文学仍未能彻底跨出知识分子的圈子，与广大工农建立血缘的联系。最主要的原因自然是中国反动黑暗的统治异常严酷，从事进步文艺的工作者没有接近工农的自由；同时，新文艺工作者大都出身于非劳动阶级的家庭，所受教育又多是资产阶级的，思想感情、审美趣味和劳动人民大众相隔膜；再加上中国的工农大众遭受着世界上最残酷的剥削与压迫，无力受起码的教育，方块字学起来又是那么繁难，以致普遍被驱入文盲群中，难以书写自己的生活，倾吐自己的理想与愿望，不能和新文学结缘。大众化的停步不前，原因是多方面的，而从根本上说，是由中国半封建半殖民地社会铸成。大众化绝不仅是一个文学的表现形式问题，它受着社会制度的制约。

赵树理的创作经历就可印证这个规律。他在三十年代即接受了鲁迅有关文学大众化的理论，立下了做一个“地摊文学家”的宏愿并付诸实践，写出了《铁牛的复职》、《蟠龙峪》等作品。从现在发现的《蟠龙峪》的一章中，已可看出赵树理独特的大众化的风格，但在当时，这些作品没有地方发表。进步报刊虽愿采用，可常常出不了几期就被查封了。不但没有进入农村集市的书摊，而且也没引起新文艺工作者的注意，给予鼓励的人就更稀少了。党领导的抗日根据地，广大工农（主要是农民）掌握了政权，做了国家的主人，要求以他们喜爱的艺术形式表现他们的新生活，新思想，新的斗争胜利。时代在召唤文学的大众化，赵树理应运而起。一九四三年《小二黑结婚》（以下简称《结婚》）发表，受到农民群众的热烈欢迎，仅在太行边区就印行四万来册，还满足不了农民的需求。山庄窝铺的农民在饭场、在地头都在念《结婚》，说《结婚》，小二黑、小芹、三仙姑、二诸葛成为男女老幼皆知的人物。《小二黑结婚》的发表，成功地“突破了前此一直很难解决的、文学大众化的难关”①，在新文学前进的途程上树起了“走向民族形式的一个里程碑”。②

虽然如此，赵树理在文艺界“立案”被承认为作家却是一九四三年秋、冬之间，《在延安文艺座谈会上的讲话》公开发表之后。

---

① 孙犁：《谈赵树理》。

② 茅盾：《论赵树理的小说》。

文艺界的一些同志对于在抗日根据地要反映的对象与读者——农民的生活、斗争，思想感情、美学趣味尚不熟、不懂，因而囿于旧的习惯，错认为赵树理的作品不是大众化而是庸俗化的作品，对《小二黑结婚》的出版曾予以不应有的阻难，直到彭德怀同志亲自题辞，才得与农民见面。文艺界经过整风，思想普遍提高，文艺观有了根本的转变，赵树理终于被看做贯彻执行毛泽东文艺路线的一面旗帜。他的创作在根据地产生了巨大的影响。

“山药蛋派”的其他重要作家马烽、西戎、束为、孙谦、胡正等人和赵树理并不在一个根据地，他们是生活、战斗在晋西北的晋绥边区的年轻人。引导他们走上文学创作道路的是鲁迅、郭沫若、茅盾、高尔基、法捷耶夫、绥拉菲摩维奇等；束为更喜爱契诃夫，受其影响也较深。当有感于自己切身的战斗生活和所见所闻的民族英雄事迹，忍不住要诉之于笔端的时候，他们沿用的还是“五四”以来的书面的白话，外国短篇小说的结构方式。在束为的《租佃之间》和胡正的《碑》中，显然可以见出这种风格。然而，他们五位（人称“五战友”）从延安鲁迅艺术学院学习结业返回晋绥的一九四三年初，《在延安文艺座谈会上的讲话》精神传来了，在他们刚要大步走上文艺道路的时候，便在创作思想上得到了正确理论的指导。不久，周文（何谷天）来到晋绥主持文联。他在“左联”曾负责工农通讯员的培养、联络工作，得到鲁迅的鼓励，写出过以川西农民为题材的通俗小说，一向注重向民间文艺学习，提倡文学的大众化。他多方鼓励这些年轻作家在担任基层工作、深入接触群众的同时，注意向群众学习，学习他们口头文学的语言、塑造人物、组织情节的技巧。到一九四五年，他们在延安《解放日报》副刊上第一次看到了赵树理的《地板》、《李有才板话》，纯净的山西农民朴实风趣的语言，活脱脱宛若父老兄弟身影的人物形象，吸引了他们，具体地给他们以艺术的启迪。他们看到了既是普及又是提高了的大众化艺术品，进一步坚信深入群众生活，走大众化的创作道路，是攀登人民艺术高峰的必由之路。他们的艺术视野开阔了，艺术的感受力与表现力都逐步增强了。束为的《红契》、胡正的《“长烟袋”》、马烽的《金宝娘》、西戎的《谁害的》、孙谦的《胜利之夜》、《村东十亩地》，都以农民自己的语言格调反映了农民的斗争生活，赢得了农民的欢迎；特别是马烽、西戎合写的《吕梁英雄传》在《晋绥大众报》分章连载时，如赵树理的《小二黑结婚》在太行发表后一样，整个吕梁山的沟沟洼洼都被震动了，识字与不识字的、老人与青年，天天盼《大众报》，报纸一来，人传人，户传户，掀起一场“吕梁英雄热”。

他们的作品深入到海洋一般的农民群众中去了，成为群众精神生活不可分割的部分。

综上所述，“山药蛋派”是在毛泽东文艺思想直接指导下，适应根据地农民的文艺需要，自然而然形成的。取材同是山西抗日根据地的农民，语言都是山西农民比较纯正的口语，结构更多吸收了中国古典小说和民间叙事体文学的手法。虽然每个作家仍有自己的创作个性，但总的便形成这个文学流派的共同特色：山西农村乡土气息十足的土香土色。山西盛产山药蛋（即土豆，马铃薯），品质优良，山区农民不光拿它做副食，可以花样翻新加工出多道菜，办一桌山药蛋席，而且是他们一年到头离不了的主食。然而它模样不美，出身于地下，浑身是土，有时被人做了“土包子”的代名词。把山西作家群戏称为“山药蛋派”，不管出自爱昵的谐谑抑或微含轻蔑的调侃，都无关紧要，它的确较为切当、形象、风趣地概括出这个流派的特色。人们喜爱这个名号，象如喜爱“山药蛋派”作家们给自己小说里的人物起的绰号一般。

建国之初，“五战友”和赵树理在北京第一次相识，到五十年代，他们又都陆续回到山西，不约而同，都又选择了自己熟悉的地区作为创作根据地，仍然工作、生活在农民中间，写农民，为农民而写。他们为给农民创造更精美的精神食粮，在生活中进行了不断的开挖，在艺术上做了不懈的探求，每一个人的独特风格逐步成熟，而在此基础上，“山药蛋派”的特色也更为鲜明与突出。同时，又涌现了韩文洲、李逸民、义夫、杨茂林、草章等不少“山药蛋派”的第二代，“山药蛋派”越加呈现出兴旺的气象。一九五八年《文艺报》第十一期出了《山西文艺特辑》，除对赵树理、马烽、西戎、束为、孙谦、韩文洲等人的作品进行了总的评述外，又对《三年早知道》（马烽）、《姑娘的秘密》（西戎）、《老长工》（束为）、《伤疤的故事》（孙谦）、《长院奶奶》、《兰帕记》（韩文洲）等单篇作品发表了专门的评论文章，于是作为一个流派便被全国文艺界所公认。

“问 题 小 说”

也是时代使然，谱成“山药蛋派”作家生命之曲的两首重要乐章，竟十分雷同。一、由于革命队伍里知识分子少，他们参加工作不久便都被分配搞基层宣传工作；后来又几乎都编辑过直接面向农民的通俗报刊。二、又都担任过基层领导，直接领导一个区、一个村的群众进行抗敌、减租减息、清算斗争、土地改革、变工互助等各项中心工作。这样的经历，在毛泽东文艺思想的指导下，就自然形成他们对文艺一些根本问题比较一致的看法：强调文学艺术创作过程中的革命实践性；重视发挥文学艺术的社会教育功能。因而他们所说的“深入生活”，就有特定的内涵，是指参加基层工作，直接和群众一道并领导群众进行改造自然、改造社会的革命实践，“做生活的主人”。林伯渠同志在《致陕甘宁边区〈群众文艺〉的一封信》中曾指出根据地的一些作家虽然下过乡了，“但不是把自己当作工农兵去参加斗争，而是当作旁观者（不论自觉或不自觉）去‘领略’斗争。与过去有点不同，过去是在围墙外边看，现在则是在围墙里边，但实质上相同，就是看。”①“山药蛋派”的作家们却

① 见一九四八年十月十八日《晋绥日报》。

不是这样，他们原本大都是贫苦农民的孩子，就是在“围墙”里长大的，当他们穿上革命干部的服装后，又和农民朝夕相处，生死与共，从未当过“旁观者”。走到那里他们就和群众滚战在一起，工作在一起。打鬼子、斗地主、打井抗旱、纺棉花他们管，就是群众生病、婆媳不和、妯娌吵架他们也都管，群众对他们无事不说，无话不讲，总把他们看成自己的亲人。他们就是这样生活在群众革命的激浪里，搏斗在各种矛盾、斗争的漩涡中。赵树理把自己的小说叫做“问题小说”，而“问题小说”的“问题”便是这样地在作家深入生活的过程中提出来的。这是“山药蛋派”的一个显著特点。

赵树理又说：“我在作群众工作的过程中，遇到了非解决不可而又不是轻易解决了的问题，往往就变成所要写的主题。”①这段话的意思是：写小说一定要抓住在空间上具有普遍性（非解决不可），时间上带有长久性（不是轻易能解决）的问题，以反映一定历史时期的社会的重要矛盾。

因此，他们总是要求自己努力站在无产阶级革命立场的高度，当“变革现实的先驱者”，“走在时间的前面”②直面现实，高声歌颂新生活中占主导地位的光明面，也不掩饰现实社会中的阴暗面；满怀热情塑造人民群众中涌现的新人形象，也以愤怒的激情揭露、刻划出反动人物的丑恶灵魂。令人瞩目的是，他们深深认识到由于中国长期的封建统治和落后的小农经济的生产方式给农民带来精神上各种沉重的负担，认识到教育农民是个长期艰巨的任务。因此，常常带着善意的、幽默的嘲讽，描绘他们在革命征途中蹒跚前进的过程，用爽朗的笑声轰毁他们的旧意识。赵树理的《小二黑结婚》、《李有才板话》、《邪不压正》，马烽的《金宝娘》、《饲养员赵大叔》、《“自古道”》，束为的《红契》，西戎的《纠纷》、《盖马棚》，

---

① 赵树理：《也算经验》。

② 赵树理：《和青年作者谈创作——在全国青年文学创作会议上的发言》。

孙谦的《胜利之夜》，胡正的《七月古庙会》等等，莫不是这样的“问题小说”。周扬在《赵树理文集序》中说：“赵树理在作品中描绘了农村基层党组织的严重不纯，描绘了有些基层干部是混入党内的坏分子，是化装的地主恶霸。这是赵树理同志深入生活的发现，表现了一个作家的卓见和勇敢。”在这里，“问题小说”所反映的社会矛盾的重要性与深刻性，得到了很好的说明。

真切、平实、本色

农民是务实的，诚实是他们的美德。做事一步一个脚印，说话一句算一句，勤于实干，不尚空谈。“山药蛋派”的作家们从农民的乳汁里吸取了这种崇实的品德，并升华为他们的美学理想：实事求是，不雕琢、无粉饰，追求天然浑成、实底实帮的真实美。

“山药蛋派”侧重于描写平凡生活中的平凡事件，并力图从平凡中揭示出不平凡的意义。他们和农民经常吃在一个锅里，睡一个炕头，灵感的触角也常常伸进普通农民的日常生活的土层中，敏锐地发掘出时代风云给他们带来的感情、思想变化。将父子兄弟、婆媳妯娌、亲朋邻里之间产生的新矛盾、新纠葛、阶级之间发生的新的斗争，人不变形、事不走样、景不加色，原原本本描摹出来，使情景历历在目，人物栩栩如生，散发出地地道道农村特有的诱人的泥土的芳香。

> 我一进村，就看到关帝庙门口有一伙人，他们见我过来，都盯着看我，叽叽喳喳，低声议论。……只听李玉清说：
>
> “嗬！咱们的女秀才烤焦了。嘻嘻……”
>
> …………
>
> 一进院子，只见全家人正在树荫下吃午饭，他们见我回来，脸色都变得不好看了，我娘叹了口气；我奶奶鼻子里哼了一声；我爹把胡子一翘，盯了我一眼说：

“丢人！给老子活败兴！”

亲爱的吕老师，家里人这样对待我，我可受不住啦，鼻子一酸，不由得就哭了。我爹“砰”的一声把半碗饭往桌子上一搁，震得调料钵子、咸菜碟子都跳了几跳，粗声粗气地说道：

“做下有理的了！还有脸哭！”

（马烽：《韩梅梅》）

马烽写的这个农家父女之间的矛盾场景，其中人物的举动、神情和语言，院落树荫、饭桌上调料钵子、咸菜碟子等环境的点染，无不真切、平实地表现出了晋中农村的本色。

赵树理在《李有才板话》里淋漓尽致地描写的“光棍窑”里充满情趣的“晚会”，让我们看到了一幅真实的山区农民的风俗画。聚会的贫苦农民们即兴式地闹嚷嚷商定要办一件事：准备利用民主选举村长的合法时机，从本村地主阎恒元手中夺取政权。阎恒元认为这是“老槐树底人也起了反了”，是非常“危险”的事。事实也确是如此，农民要掌握政权是千百年来旋乾倒坤的大事。然而，赵树理写得活龙活现却又平平常常，一切就象根据地农民日常生活和斗争中发生的事那样真切、自然。他决不写“超出农民生活或想象之外的事件”。①

但这并不是说他们只是照像式地反映生活。赵树理说：“《小二黑结婚》中的二诸葛就是我父亲的缩影，兴旺、金旺就是我工作地区的旧渣滓。”②幼年时的小二黑那乖巧劲儿，学过什么《百中经》、《玉匣记》之类迷信内容的书，都是赵树理本人的写照；三仙姑是他见过的好多魔魔道道的女人包括他一个远房婶子的合影。赵树理曾经说，现实生活中的真人真事是“整块材料”，许多人、事在自己脑子里化合成一块的是“化了的材料”。他认为“整块材

① 周扬：《论赵树理的创作》。

② 赵树理：《也算经验》。

料”在他创作时用处不大，用的多是“化了的材料”①。可见，他的创作和其他作家同样经历着典型化的过程。其他“山药蛋派”作家们都和赵树理一样，创作的素材仓库里贮藏着数量相当可观的农村各类人物的“化了的材料”，一旦某种现实的机缘触发了他们的创作灵感，素材就会一嘟噜一串地提拎在笔下，任其驱使。所以，他们的作品都显得真实可信，乡土气息特浓。不光人物生活的环境，风习，服饰打扮，发言吐语，抬手动脚都是地道的山西农村的农民味，那看人、待事、析理的眼光和方式也都是农民式的。通体散发着经过提炼、熔铸后艺术化了的更纯净馥郁的泥土的馨香！

“画神不画形”

“山药蛋派”的作家们在创作实践中，为塑造自己独特的人物形象，作了长期坚实的努力，成果斐然。他们创造的艺术形象广为群众所知，有的已成了普通名词。和其他有成就的作家一样，他们为中国文学的艺术画廊，增绘了不少新的人物形象。

但在塑造人物形象的手法上他们有自己的特色，这特色借用吴昌硕“老缶画神不画形”这句画诗名句，倒是恰当的。他们笔下的人物，很少有静态的工笔肖像，有时连长相、身材、眼饰粗略的勾勒都不做，强调的是人物的行动。因此在结构上注意故事性，通过故事，刻画人物。把人物放在一定的矛盾冲突中，以他自己的言语、举动，展现他的情绪、思想、品质和性格。这样，人物就勾魂摄魄、神气活现地树立起来了。

二诸葛的“不宜栽种”、三仙姑的“米烂了”的故事，李有才的快板，用人物的言行极为简洁而又准确、生动地塑造人物的高妙手法，向为人们击节叹赏。而短篇小说《催粮差》所写崔九孩为讨传

① 赵树理：《和青年作者谈创作——在全国青年文学创作会议上的发言》。

票到二先生家赔礼道歉的一段，也充分体现了赵树理的这种“以动写静”的白描手法。

在这一段中，赵树理对人物的形容、服饰一笔没写，光写人物的言谈、举动。他们一开口一动手都恰合自己的身份地位、思想性格，以及处于此时此地矛盾纠葛中的心理状态。作者一笔不多一笔不少地把二先生拿架子、崔九孩的卑怯和圆滑、二先生老婆瞧热闹看把戏的神情活画出来。读者如闻其声，如见其人。

“山药蛋派”作家们适应农民的审美情趣，重视从中国古典小说和民歌、鼓词、评书、地方戏曲等民间说唱文学中吸收艺术营养，继承了其中叙事写人的手法。赵树理少年时就学会了打鼓板(上党戏的乐队指挥)，吹、拉、弹、唱，样样能顶一手；西戎喜欢蒲剧、郿鄠，能唱、能拉；孙谦也会喊几段山西梆子；马烽、束为在抗战时收集过很多民间故事，在建国前后都出版过专门的集子。他们是钻入了民间文学艺术宝窟深有所得的探宝者。

富有传统风味，而不套用陈腔旧调；这就形成了大体相近似的“自己的一套写法”：强调行动性，注意故事的完整性，设扣子，造悬念，顺理成章又波澜迭起……农民群众读来合脾性、对口味，感到熟悉、新鲜。

常 语 见 奇

文学是语言艺术，语言艺术是作家风格最主要的组成因素，“山药蛋派”全都运用山西农民群众的口语来写作，便又形成这一文学流派的一大特色。

山西的方言较为复杂，赵树理家乡沁水和马烽、孙谦的故乡孝义、文水，西戎的老家蒲县的方言土语，差别就很大。正因为如此，养成了他们对局限于自己家乡小范围内土僻语言的敏感性，不论多么生动、形象、风趣，都舍而不用。“啥”、“咋”、“咱”、“俺”之类本属山西“普通话”的字眼，赵树理都一个不用，换成了“什么”、“怎样”、“我”这样的“官话”。用山西农民的口语而合乎全民语言的规范，土而不僻。这是经过加工锤炼、艺术化了的群众语言。

群众的语言中有许多“荤话”、“脏话”，有的贫嘴寡舌，有的平平板板，有的啰哩啰嗦，他们都过筛淘净，只汲取其中健康、活泼、生动的语言。他们的语言又相当幽默、风趣，体现了群众素有的乐观的性格，而没有无聊的插科打诨。朴实而有文采，敦厚而又机智，庄重却很风趣，严肃中又常常流露着诙谐、讥讪的锋芒。

自小从群众语言的海里泡大，他们本身就是蕴藏量丰富的群众语言之矿，要说什么，便能即景生情地把什么说清楚，把要传达的思想感情准确、鲜明、生动地传达给读者。个个都似乎有李有才的语言艺术本领，虽是几句农民的平常话，出在他们笔下便有滋有味，真切传神，格外动人。西戎的《谁害的》主题是区妇委高桂莲为打通一个老太太的封建思想，给她叙述旧社会包办婚姻的悲剧，用的全是群众拉家常说故事的口吻，整个作品找不见一个农民老太太听不懂的字，解不下的话，字字入耳，句句中听。

孙谦的《村东十亩地》写的是农民杨猴小遭受地主“活财神”欺压、哄骗以及觉醒起来斗争的故事，采用了外国小说第一人称的格式，从头到尾都是杨猴小的自叙。

> 他（活财神—编者）时时刻刻在打算盘，生法子捉弄人——我被他摆布过两回了。他和你耍笑脸，笑脸后边藏着杀人刀，他给你下软蛋，软蛋后边就是“顶心锤”。

没有抽象的推理，没有诗意的抒情词句，每句话都是具体的、形象的，譬喻都是农民身边常见的东西：算盘、刀子、锤子，扎扎实实表露了一个农民深仇大恨的愤激心情。同时也描绘出“活财神”的形象。

当作品叙述到杨猴小解放后一个大清早去看被地主霸占过的

“十亩地”时：

> 离了大道，我走到六年不走的小路上，小路上草很高，露水很大，裤子被打湿了，我心里是热的。这不是村东十亩地吗？看这一渠地多好！土是三色的，就是一春天不下雨，苗子也能长得绿油油的。再看今年的庄禾！八路军来了，龙王爷跟的来了，大庄禾长得黑密密的，回茬荞麦也长得抹胸高，荞麦花开得白雾一般，通鼻香气。

这是一幅早秋的沐浴在晨曦中的晋中平川的风景画。可这是一幅跳跃着主人公重新获得土地时欢乐心情的动画。岂止是村景，岂止是气氛的烘托，它们是与一个农民的命运血肉般联结在一起的，而且是在此时此地此种心境下的农民眼中才有的景物。话是农民的口头常语，景也本是农民眼中的常景，情景融化在一个特殊故事的叙述中，景因情而得神，情由景而赋体，情景交融，倍加动人！

刘熙载说：“诗能于易处见工，便觉亲切有味，”又说：“常语易，奇语难，此诗之初关也；奇语易，常语难，此诗之重关也。”①真正做到平易中见文采，读来亲切有味，不是“初关”，而是“重关”。运用语言倘能知“常语难”，庶几可入语言艺术之奥堂矣。“山药蛋派”的作家们是通过“初关”，登上“重关”，为“易处见工”，“亲切有味”，下过艺术苦功并取得令人赞叹的成绩的。其中赵树理不愧为“语言大师”。可以不夸张地说，“山药蛋派”为丰富祖国的文学语言做出了自己的贡献。

不足之处

“山药蛋派”具有独到的艺术风格和特色，是社会主义文苑中

① 刘熙载：《艺概》。

的一簇奇葩。当然,这并不是说他们在创作上就完美无缺了。相反,他们还有不足。一、他们力图反映中国农村大变革的时代,然而他们表现出的农村生活面不够广阔,尤其缺少风云巨变中气壮山河的画幅。二、与此相联系,他们虽然塑造了不少新社会、新时代的先进人物形象,但在他们笔下,叱咤风云的共产主义英雄的高大形象出现的终究比较少。三、强调提出新问题,注重文艺的宣传教育作用,这是无可非议的,但有时在现实中刚刚感受到问题,还未吃透咬烂化成自己创作的血肉,对党的政策也缺乏全面深刻的理解,为配合党的中心任务进行宣传,仓卒动笔,不免写出一些生活内容不够充实的作品。四、为照顾故事的连续性,叙事有时颇嫌拖沓,有重事轻人的现象,有的作品中的人物缺少立体感。

到六十年代,“山药蛋派”作家对自己的这些不足也都有所觉察。在继续深入生活的基础上,对扩展生活面、新人物的塑造、结构的创新等方面都做过新的艰苦的艺术探求。马烽的《我的第一个上级》、赵树理的《套不住的手》等作品获得了可喜的进展。马烽还创作了《刘胡兰》,塑造了女英雄的形象;赵树理晚年更倾力于此,亲自到河南兰考访问、调查,收集了焦裕禄的事迹,动手写作上党剧《焦裕禄》,想来一个新的突破,可惜只写了前三幕,浩劫即劈头盖脑而来,在“四人帮”一次再次残酷的折磨下,含冤饮恨,死于非命!

“山药蛋派”的老作家马烽、西戎、束为、孙谦、胡正等人还健在,笔耕辛勤不辍,新作不断问世。更可喜的是在他们的培养、影响下,山西又出现了一批年轻的人称第三代的“山药蛋”,他们的作品已在省内外引起广泛的注意。“山药蛋”注入了新血液,生命力越加旺盛。

一 点 交 待

本书主要选辑在建国之前即已闻名文坛的“山药蛋派”有代

表性的作家的中、短篇小说，又因为他们在建国后作品较多，风格更为成熟，所以也适当选收一部分建国后的作品，大致以一九五五年为限。这样，有许多佳作如赵树理的《锻炼锻炼》、《套不住的手》，马烽的《三年早知道》、《我的第一个上级》，西戎的《赖大嫂》，束为的《好人田木瓜》、《老长工》，孙谦的《伤疤的故事》、《南山的灯》……就不能不忍痛割爱。此外，他们还写过长篇小说，写过剧本、电影文学剧本、鼓书等等，限于篇幅，也只好舍弃。

在编选过程中得到省图书馆、山西日报资料室、省文联资料室的同志们热心帮助，在此一并致谢。

一九八二年四月十二日初稿

一九八三年六月三日再稿

一九八三年八月十日三稿

赵树理

小二黑结婚

一　神仙的忌讳

刘家峧有两个神仙,邻近各村无人不晓:一个是前庄上的二诸葛,一个是后庄上的三仙姑。二诸葛原来叫刘修德,当年作过生意,抬脚动手都要论一论阴阳八卦,看一看黄道黑道。三仙姑是后庄于福的老婆,每月初一十五都要顶着红布摇摇摆摆装扮天神。

二诸葛忌讳“不宜栽种”,三仙姑忌讳“米烂了”。这里边有两个小故事:有一年春天大旱,直到阴历五月初三才下了四指雨。初四那天大家都抢着种地,二诸葛看了看历书,又掐指算了一下说:“今日不宜栽种。”初五日是端午,他历年就不在端午这天做什么,又不曾种;初六倒是个黄道吉日,可惜地干了,虽然勉强把他的四亩谷子种上了,却没有出够一半。后来直到十五才又下雨,别人家都在地里锄苗,二诸葛却领着两个孩子在地里补空子。邻家有个后生,吃饭时候在街上碰上二诸葛便问道:“老汉!今天宜栽种不宜?”二诸葛翻了他一眼,扭转头返回去了,大家就嘻嘻哈哈传为笑谈。

三仙姑有个女孩叫小芹。一天,金旺他爹到三仙姑那里问病,三仙姑坐在香案后唱,金旺他爹跪在香案前听。小芹那年才九岁,晌午做捞饭,把米下进锅里了,听见她娘哼哼得很中听,站在桌前听了一会,把做饭也忘了。一会,金旺他爹出去小便,三仙姑趁空子向小芹说:“快去捞饭! 米烂了!”这句话却不料就叫金旺他爹听见,回去就传开了。后来有些好玩笑的人,见了三仙姑就故意问别人:“米烂了没有?”

二　三仙姑的来历

三仙姑下神,足足有三十年了。那时三仙姑才十五岁,刚刚嫁给于福,是前后庄上第一个俊俏媳妇。于福是个老实后生,不多说一句话,只会在地里死受。于福的娘早死了,只有个爹,父子两个一上了地,家里就只留下新媳妇一个人。村里的年轻人们觉着新媳妇太孤单,就慢慢自动的来跟新媳妇作伴,不几天就集合了一大群,每天嘻嘻哈哈,十分哄伙。于福他爹看见不象个样子,有一天发了脾气,大骂一顿,虽然把外人挡住了,新媳妇却跟他闹起来。新媳妇哭了一天一夜,头也不梳,脸也不洗,饭也不吃,躺在炕上,谁也叫不起来,父子两个没了办法。邻家有个老婆替她请了一个神婆子,在她家下了一回神,说是三仙姑跟上她了,她也哼哼唧唧自称吾神长吾神短,从此以后每月初一十五就下起神来,别人也给她烧起香来求财问病,三仙姑的香案便从此设起来了。

青年们到三仙姑那里去,要说是去问神,还不如说是去看圣像。三仙姑也暗暗猜透大家的心事,衣服穿得更新鲜,头发梳得更光滑,首饰擦得更明,官粉搽得更匀,不由青年们不跟着她转来转去。

这是三十来年前的事。当时的青年,如今都已留下胡子,家里大半又都是子媳成群,所以除了几个老光棍,差不多都没有那些闲情到三仙姑那里去了。三仙姑却和大家不同,虽然已经四十五岁,却偏爱当个老来俏,小鞋上仍要绣花,裤腿上仍要镶边,顶门上的头发脱光了,用黑手帕盖起来,只可惜官粉涂不平脸上的皱纹,看起来好象驴粪蛋上下上了霜。

老相好都不来了,几个老光棍不能叫三仙姑满意,三仙姑又团结了一伙孩子们,比当年的老相好更多,更俏皮。

三仙姑有什么本领能团结这伙青年呢?这秘密在她女儿小芹身上。

三　小　芹

三仙姑前后共生过六个孩子,就有五个没有成人,只落了一个女儿,名叫小芹。小芹当两三岁时候,就非常伶俐乖巧,三仙姑的老相好们,这个抱过来说是"我的",那个抱起来说是"我的",后来小芹长到五六岁,知道这不是好话,三仙姑教她说:"谁再这么说,你就说'是你的姑姑'。"说了几回,果然没有人再提了。

小芹今年十八了,村里的轻薄人说,比她娘年轻时候好得多。青年小伙子们,有事没事,总想跟小芹说句话。小芹去洗衣服,马上青年们也都去洗;小芹上树采野菜,马上青年们也都去采。

吃饭时候,邻居们端上碗爱到三仙姑那里坐一会,前庄上的人来回一里路,也并不觉得远。这已经是三十年来的老规矩,不过小青年们也这样热心,却是近二三年来才有的事。三仙姑起先还以为自己仍有勾引青年的本领,日子长了,青年们并不真正跟她接近,她才慢慢看出门道来,才知道人家来了为的是小芹。

不过小芹却不跟三仙姑一样:表面上虽然也跟大家说说笑笑,实际上却不跟人乱来,近二三年,只是跟小二黑好一点。前年夏天,有一天前晌,于福去地,三仙姑去串门,家里只留下小芹一个人,金旺来了,嬉皮笑脸向小芹说:"这回可算是个空子吧?"小芹板起脸来说:"金旺哥!咱们以后说话要规矩些!你也是娶媳妇大汉了!"金旺撇撇嘴说:"咦!装什么假正经?小二黑一来管保你就软了!有便宜大家讨开点,没事;要正经除非自己锅底没有黑!"说着就拉住小芹的胳膊悄悄说:"不要装模作样了!"不料小芹大声喊道:“金旺!”金旺赶紧放手跑出来。一边还咄念道:“等得住你!”说着就悄悄溜走了。

四 金旺弟兄

提起金旺来,刘家峧没有人不恨他,只有他一个本家兄弟名叫兴旺跟他对劲。

金旺他爹虽是个庄稼人,却是刘家峧一只虎,当过几十年老社首,捆人打人是他的拿手好戏。金旺长到十七八岁,就成了他爹的好帮手,兴旺也学会了帮虎吃食,从此金旺他爹想要捆谁,就不用亲自动手,只要下个命令,自有金旺兴旺代办。

抗战初年,汉奸敌探溃兵土匪到处横行,那时金旺他爹已经死了,金旺兴旺弟兄两个,给一支溃兵作了内线工作,引路绑票,讲价赎人,又做巫婆又做鬼,两头出面装好人。后来八路军来,打垮溃兵土匪,他两人才又回到刘家峧。

山里人本来就胆子小,经过几个月大混乱,死了许多人,弄得大家更不敢出头了。别的大村子都成立了村公所、各救会、武委会,刘家峧却除了县府派来一个村长以外,谁也不愿意当干部。不久,县里派人来刘家峧工作,要选举村干部,金旺跟兴旺两个人看出这又是掌权的机会,大家也巴不得有人愿干,就把兴旺选为武委会主任,把金旺选为村政委员,连金旺老婆也被选为妇救会主席,其他各干部,硬捏了几个老头子出来充数。只有青抗先队长,老头子充不得。兴旺看见小二黑这个小孩子漂亮好玩,随便提了一下名就通过了,他爹二诸葛虽然不愿,可是惹不起金旺,也没有敢说什么。

村长是外来的,对村里情形不十分了解,从此金旺兴旺比前更厉害了,只要瞒住村长一个人,村里人不论哪个都得由他两个调遣。这几年来,村里别的干部虽然调换了几个,而他两个却好像铁桶江山。大家对他两个虽是恨之入骨,可是谁也不敢说半句话,都恐怕扳不倒他们,自己吃亏。

五 小 二 黑

小二黑,是二诸葛的二小子,有一次反“扫荡”打死过两个敌人,曾得到特等射手的奖励。说到他的漂亮,那不只在刘家峧有名,每年正月扮故事,不论去到哪一村,妇女们的眼睛都跟着他转。

小二黑没有上过学,只是跟着他爹识了几个字。当他六岁时候,他爹就教他识字。识字课本既不是五经四书,也不是常识国语,而是从天干、地支、五行、八卦、六十四卦名等学起,进一步便学些《百中经》、《玉匣记》、《增删卜易》、《麻衣神相》、《奇门遁甲》、《阴阳宅》等书。小二黑从小就聪明,象那些算属相、卜六壬课、念大小流年或“甲子乙丑海中金”等口诀,不几天就都弄熟了,二诸葛也常把他引在人前卖弄。因为他长得伶俐可爱,大人们也都爱跟他玩;这个说:“二黑,算一算十岁属什么?”那个说:“二黑,给我卜一课!”后来二诸葛因为说“不宜栽种”误了种地,老婆也埋怨,大黑也埋怨,庄上人也都传为笑谈,小二黑也跟着这事受了许多奚落。那时候小二黑十三岁,已经懂得好歹了,可是大人们仍把他当成小孩来玩弄,好跟二诸葛开玩笑的,一到了家,常好对着二诸葛同小二黑道:“二黑!算算今天宜不宜栽种?”和小二黑年纪相仿的孩子们,一跟小二黑生了气,就连声喊道:“不宜栽种不宜栽种……”小二黑因为这事,好几个月见了人躲着走,从此就和他娘商量成一气,再不信他爹的鬼八卦。

小二黑跟小芹相好已经二三年了。那时候他才十六七,原不过在冬天夜长的时候,跟着些闲人到三仙姑那里凑热闹,后来跟小芹混熟了,好象是一天不见面也不能行。后庄上也有人愿意给小二黑跟小芹做媒人,二诸葛不愿意,不愿意的理由有三:第一小二黑是金命，小芹是火命，恐怕火克金；第二小芹生在十月，是个犯月；第三是三仙姑的声名不好。恰巧在这时候彰德府来了一伙难民，其中有个老李带来个八九岁的小姑娘，因为没有吃的，愿意把姑娘送给人家逃个活命。二诸葛说是个便宜，先问了一下生辰八字，掐算了半天说："千里姻缘使线牵"，就替小二黑收作童养媳。

虽然二诸葛说是千合适万合适，小二黑却不认账。父子俩吵了几天，二诸葛非养不行，小二黑说："你愿意养你就养着，反正我不要！"结果虽把小姑娘留下了，却到底没有说清楚算什么关系。

六 斗争会

金旺自从碰了小芹的钉子以后，每日怀恨，总想设法报一报仇。有一次武委会训练村干部，恰巧小二黑发疟疾没有去。训练完毕之后，金旺就向兴旺说："小二黑是装病，其实是被小芹勾引住了，可以斗争他一顿。"兴旺就是武委会主任，从前也碰过小芹一回钉子，自然十分赞成金旺的意见，并且又叫金旺回去和自己的老婆说一下，发动妇救会也斗争小芹一番。金旺老婆现任妇救会主席，因为金旺好到小芹那里去，早就恨得小芹了不得。现在金旺回去跟她说要斗争小芹，这才是巴不得的机会，丢下活计，马上就去布置，第二天，村里开了两个斗争会，一个是武委会斗争小二黑，一个是妇救会斗争小芹。

小二黑自己没有错，当然不承认，嘴硬到底，兴旺就下命令，把他捆起来送交政权机关处理。幸而村长脑筋清楚，劝兴旺说："小二黑发疟是真的，不是装病，至于跟别人恋爱，不是犯法的事，不能捆人家。"兴旺说："他已是有了女人的。"村长说："村里谁不知道小二黑不承认他的童养媳。人家不承认是对的；男不过十六女不过十五，不到订婚年龄。十来岁小姑娘，长大也不会来认这笔账。小二黑满有资格跟别人恋爱，谁也不能干涉。"兴旺没话说了，小二黑反要问他:“无故捆人犯法不犯?”经村长双方劝解,才算放了完事。

兴旺还没有离村公所,小芹拉着妇救会主席也来找村长,她一进门就说:“村长!捉贼要赃,捉奸要双,当了妇救会主席就不说理了?”兴旺见拉着金旺的老婆,生怕说出这事与自己有关,赶紧溜走。后来村长问了问情由,费了好大一会唇舌,才给她们调解开。

七　三仙姑许亲

两个斗争会开过以后,事情包也包不住了,小二黑也知道这是合理合法的了,索性就跟小芹公开商量起来。

三仙姑却着了急。她跟小芹虽是母女,近几年来却不对劲。三仙姑爱的是青年们,青年们爱的是小芹。小二黑这个孩子,在三仙姑看来好象鲜果,可惜多一个小芹,就没了自己的份儿,她本想早给小芹找个婆家推出门去,可是因为自己声名不正,差不多都不愿意跟她结亲。开罢斗争会以后,风言风语都说小二黑要跟小芹自由结婚,她想要真是那样的话,以后想跟小二黑说句笑话都不能了,那是多么可惜的事,因此托东家求西家要给小芹找婆家。

“插起招军旗,就有吃粮人。”有个吴先生是在阎锡山部下当过旅长的退职军官,家里很富,才死了老婆。他在奶奶庙大会上见过小芹一面,愿意续她,媒人向三仙姑一说,三仙姑当然愿意。不几天过了礼帖,就算定了,三仙姑以为了却一宗心事。

小芹已经和小二黑商量得差不多了,如何肯听她娘的话?过礼那一天,小芹跟她娘闹起来,把吴先生送来的首饰绸缎扔下一地。媒人走后,小芹跟她娘说:“我不管!谁收了人家的东西谁跟人家去!”

三仙姑愁住了,睡了半天,晚饭以后,说是神上了身,打了两个呵欠就唱起来。她起先责备于福管不了家,后来说小芹跟吴先生是前世姻缘,还唱些什么“前世姻缘由天定,不顺天意活不成……”。于福跪在地下哀求,神非教他马上打小芹一顿不可。小芹听了这话,知道跟这个装神弄鬼的娘说不出什么道理来,干脆躲了出去,让她娘一个人胡说。

小芹一个人悄悄跑到前庄上去找小二黑,恰在路上碰上小二黑去找她,两个就悄悄拉着手到一个大窑里去商量对付三仙姑的法子。

八 拿 双

小芹把她娘怎样主婚怎样装神,唱些什么,从头至尾细细向小二黑说了一遍,小二黑说:“不用理她!我打听过区上的同志,人家说只要男女本人愿意,就能到区上登记,别人谁也作不了主……”说到这里,听见外边有脚步声,小二黑伸出头来一看,黑影里站着四五个人,有一个说:“拿双拿双!”他两人都听出是金旺的声音,小二黑起了火,大叫道:“拿?没有犯了法!”兴旺也来了,下命令道:“捉住捉住!我就看你犯法不犯法,给你操了好几天心了!”小二黑说:“你说去哪里咱就去哪里,到边区政府你也不能把谁怎么样!走!”兴旺说:“走?便宜了你!把他捆起来!”小二黑挣扎了一会,无奈没有他们人多,终于被他们七手八脚打了一顿捆起来了。兴旺说:“里边还有个女的,也捆起来!捉奸要双,这是她自己说的!”说着就把小芹也捆起来了。

前庄上的人都还没有睡,听见有人吵架,有些人就跑出来看,麻秆火把下看见捆着的两个人,大家不问就都知道了八九分。二诸葛也出来了,见小二黑被人家捆起来,就跪在兴旺面前哀求道:“兴旺!咱两家没有什么仇!看在我老汉面上,请你们诸位高高手……”兴旺说:“这事情,我们管不了,送给上级再说吧!”小二黑说:“爹!你不用管!送到哪里也不犯法!我不怕他!”兴旺说:“好小子!要硬你就硬到底!”又逼住三个民兵说:“带他们走!”一个民兵问:“带到村公所?”兴旺说:“还到村公所干什么?上一回不是村长放了的?送给区武委会主任按军法处理!”说着就把他两个人拥上走了。

九　二诸葛的神课

邻居们见是兴旺弟兄们捆人,也没有人敢给小二黑讲情,直等到他们走后,才把二诸葛招呼回家。

二诸葛连连摇头说:“唉!我知道这几天要出事啦:前天早上我上地去,才上到岭上,碰上个骑驴媳妇,穿了一身孝,我就知道坏了。我今年是罗睺星照运,要谨防戴孝的冲了运气,因此哪里也不敢去,谁知躲也躲不过?昨天晚上二黑他娘梦见庙里唱戏。今天早上一个老鸦落在东房上叫了十几声……唉!反正是时运,躲也躲不过。”他罗哩罗嗦念了一大堆,邻居们听了有些厌烦,又给他说了一会宽心话,就都散了。

有事人哪里睡得着?人散了之后,二诸葛家里除了童养媳之外,三个人谁也没有睡。二诸葛摸了摸脸,取出三个制钱占了一卦,占出之后吓得他面色如土。他说:“了不得呀了不得!丑土的父母动出午火的官鬼,火旺于夏,恐怕有些危险了。唉!人家把他选成青年队长,我就说过不叫他当,小杂种硬要充人物头!人家说要按军法处理,要不当队长哪里犯得了军法?”老婆也拍手跺脚道:“小爹呀!谁知道你要闯这么大的事啦?”大黑劝道:“不怕!事已经出下了,由他去吧!我想这又不是人命事,也犯不了什么大罪!既然他们送到区上了,我先到区上打听打听!你们都睡吧!”说着点了个灯笼就走了。

二诸葛打发大黑走后,仍然低头细细研究方才占的那一卦。

停了一会，远远听见有个女人哭，越哭越近，不大一会就来到窗下，一推门就进来了。二诸葛还没有看清是谁，这女人就一把把他拉住，带哭带闹说："刘修德！还我闺女！你的孩子把我的闺女勾引到哪里了？还我……"二诸葛老婆正气得死去活来，一看见来的是三仙姑，正赶上出气，从炕上跳下来拉住她道："你来了好！省得我去找你！你母女两个好生生把我个孩子勾引坏，你倒有脸来找我！咱两人就也到区上说说理！"两个女人滚成一团，二诸葛一个人拉也拉不开，也再顾不上研究他的卦。三仙姑见二诸葛老婆已经不顾了命，自己先胆怯了几分，不敢恋战，少闹了一会挣脱出来就走了。二诸葛老婆追出门来，被二诸葛拦回去，还骂个不休。

十　恩典恩典

二诸葛一夜没有睡，一遍一遍念："大黑怎么还不回来，大黑怎么还不回来。"第二天天不明就起程往区上走，走到半路，远远看见大黑、三个民兵已都回来了，还来了区上一个助理员，一个交通员。他远远就喊叫道："大黑！怎么样？要紧不要紧？"大黑说："没有事！不怕！"说着就走到跟前，助理员和三个民兵先走了。大黑告交通员说："这就是我爹！"又向二诸葛说："区上添传你跟于福老婆。你去吧，没有事！二黑跟小芹两个人，一到区上就放开了。区上早就说兴旺跟金旺两个人不是东西，已经把他两个人押起来了，还派助理员到咱村开大会调查他们横行霸道的证据。我赶到那里人家就问罢了，听说区上还许咱二黑跟小芹结婚。"二诸葛说："不犯罪就好，结婚可不行，命相不对！你没有听说添传我做什么？"大黑说："不知道，大约也没有什么大事。你去吧，我先回去告我娘说。"交通员说："老汉！这就算见了你了！你去吧，我再传那一个去！"说了就跟大黑相跟着走了。

二诸葛到了区上，看见小二黑跟小芹坐在一条板凳上，他就指着小二黑骂道:"闯祸东西!放了你你还不快回去?你把老子吓死了!不要脸!"区长道:"干什么?区公所是骂人的地方?"二诸葛不说话了。区长问:"你就是刘修德?"二诸葛答:"是!"问:"你给刘二黑收了个童养媳?"答:"是!"问:"今年几岁了?"答:"属猴的,十二岁了。"区长说:"女不过十五不能订婚,把人家退回娘家去,刘二黑已经跟于小芹订婚了!"二诸葛说:"她只有个爹,也不知逃难逃到哪里去了,退也没处退。女不过十五不能订婚,那不过是官家规定,其实乡间七八岁订婚的多着哩。请区长恩典恩典就过去了……"区长说:"凡是不合法的订婚,只要有一方面不愿意都得退!"二诸葛说:"我这是两家情愿!"区长问小二黑道:"刘二黑!你愿意不愿意?"小二黑说:"不愿意!"二诸葛的脾气又上来了,瞪了小二黑一眼道:"由你啦?"区长道:"给他订婚不由他,难道由你啦?老汉!如今是婚姻自主,由不得你了,你家养的那个小姑娘,要真是没有娘家,就算成你的闺女好了。"二诸葛道:"那也可以,不过还得请区长恩典恩典,不能叫他跟于福这闺女订婚!"区长说:"这你就管不着了!"二诸葛发急道:"千万请区长恩典恩典,命相不对,这是一辈子的事!"又向小二黑道:"二黑,你不要糊涂了!这是你一辈子的事!"区长道:"老汉!你不要糊涂了;强逼着你十九岁的孩子娶上个十二岁的小姑娘,恐怕要生一辈子气!我不过是劝一劝你,其实只要人家两个人愿意,你愿意不愿意都不相干。回去吧!童养媳没处退就算成你的闺女!"二诸葛还要请区长"恩典恩典",一个交通员把他推出来了。

十一　看看仙姑

三仙姑去寻二诸葛,一来为的是逞逞闹气的本领,二来为的是遮遮外人的耳目,其实让小芹吃一吃亏她很高兴,所以跟二诸葛老婆闹了一阵之后,回去就睡了。第二天早上,她起得很迟,于福虽比她着急,可是自己既没有主意,又不敢叫醒她,只好自己先去做饭,饭快成的时候,三仙姑慢慢起来梳妆,于福问她道:“不去打听打听小芹?”她说:“打听她做甚啦?她的本领多大啦?”于福也再没有敢说什么,把饭菜做成了放在炉边等,直等到她梳妆罢了才开饭。

饭还没有吃罢,区上的交通员来传她。她好象很得意,嗓子拉得长长的说:“闺女大了咱管不了,就去请区长替咱管教管教!”她吃完了饭,换上新衣服、新手帕、绣花鞋、镶边裤,又擦了一次粉,加了几件首饰,然后叫于福给她备上驴,她骑上,于福给她赶上,往区上去。

到了区上。交通员把她引到区长房子里,她趴下就磕头,连声叫道:“区长老爷,你可要给我作主!”区长正伏在桌上写字,见她低着头跪在地下,头上戴了满头银首饰,还以为是前两天跟婆婆生了气的那个年轻媳妇,便说道:“你婆婆不是有保人吗?为什么不找保人?”三仙姑莫名其妙,抬头看了看区长的脸。区长见是个擦着粉的老太婆,才知道是认错人了。交通员道:“认错人了!这就是于小芹的娘!”区长打量了她一眼道:“你就是小芹的娘呀?起来!不要装神做鬼!我什么都清楚!起来!”三仙姑站起来了。区长问:“你今年多大岁数?”三仙姑说:“四十五。”区长说:“你自己看看你打扮得象个人不象?”门边站着老乡一个十来岁的小闺女嘻嘻嘻笑了。交通员说:“到外边耍!”小闺女跑了。区长问:“你会下神是不是?”三仙姑不敢答话。区长问:“你给你闺女找了个婆家?”三仙姑答:“找下了!”问:“使了多少钱?”答:“三千五!”问:“还有些什么?”答:“有些首饰布匹!”问:“跟你闺女商量过没有?”答:“没有!”问:“你闺女愿意不愿意?”答:“不知道!”区长道:“我给你叫来你亲自问问她!”又向交通员道:“去叫于小芹!”

刚才跑出去那个小闺女,跑到外边一宣传,说有个打官司的老婆,四十五了,擦着粉,穿着花鞋。邻近的女人们都跑来看,挤了半院,唧唧哝哝说:“看看!四十五了!”“看那裤腿!”“看那鞋!”三仙姑半辈没有脸红过，偏这会撑不住气了，一道道热汗在脸上流。交通员领着小芹来了，故意说：“看什么？人家也是个人吧，没有见过？闪开路！”一伙女人们哈哈大笑。

把小芹叫来，区长说：“你问问你闺女愿意不愿意！”三仙姑只听见院里人说：“四十五”“穿花鞋”，羞得只顾擦汗，再也开不得口。院里的人们忽然又转了话头，都说：“那是人家的闺女”“闺女不如娘会打扮”，也有人说“听说还会下神”，偏又有个知道底细的断断续续讲“米烂了”的故事，这时三仙姑恨不得一头碰死。

区长说：“你不问我替你问！于小芹，你娘给你找的婆家你愿意跟人家结婚不愿意？”小芹说：“不愿意！我知道人家是谁？”区长向三仙姑道：“你听见了吧？”又给她讲了一会婚姻自主的法令，说小芹跟小二黑订婚完全合法，还吩咐她把吴家送来的钱和东西原封退了，让小芹和小二黑结婚。她羞愧之下，一一答应了下来。

十二　怎么到底

三个民兵回到刘家峧，一说区上把兴旺金旺二人押起来，又派助理员来调查他们的罪恶，真是人人拍手称快。午饭后，庙里开一个群众大会，村长报告了开会宗旨，就请大家举他两个人的作恶事实。起先大家还怕扳不倒人家，人家再返回来报仇，老大一会没有人说话，有几个胆子太小的人，还悄悄劝大家说：“忍事者安然。”有个被他两人作践垮了的年轻人说：“我从前没有忍过？越忍越不得安然！你们不说我说！”他先从金旺领着土匪到他家绑票说起，一连说了四五款，才说道：“我歇歇再说，先让别人也说几款！”他一说开了头，许多受过害的也都抢着说起来：有给他们花过钱的，有被他们逼着上过吊的，也有产业被他们霸了的，老婆被他们奸淫过的。他两人还派上民兵给他们自己割柴，拨上民夫给他们自己锄地；浮收粮，私派款，强迫民兵捆人……你一宗他一宗，从晌午说到太阳落，一共说了五六十款。

区上根据这些罪状把他两人送到县里，县里把罪状一一证实之后，除叫他们赔偿大家损失外，又判了十五年徒刑。

经过这次大会之后，村里人也都敢出头了。不久，村干部又都经过大改选，村里人再也不敢乱投坏人的票了。这其间，金旺老婆自然也落了选。偏她还变了口吻，说：“以后我也要进步了。”

两个神仙也有了变化：

三仙姑那天在区上被一伙妇女围住看了半天，实在觉着不好意思，回去对着镜子研究了一下，真有点打扮得不象话；又想到自己的女儿快要跟人结婚，自己还卖什么老俏？这才下了个决心，把自己的打扮从顶到底换了一遍，弄得象个当长辈人的样子，把三十年来装神弄鬼的那张香案也悄悄拆去。

二诸葛那天从区上回去，又向老婆提起二黑跟小芹的命相不对，他老婆道：“把你的鬼八卦收起吧！你不是说二黑这回了不得吗？你一辈子放个屁也要卜一课，究竟抵了些什么事？我看小芹满不错，能跟咱二黑过就很好！什么命相对不对？你就不记得‘不宜栽种’？”二诸葛见老婆都不信自己的阴阳，也就不好意思再到别人跟前卖弄他那一套了。

小芹和小二黑各回各家，见老人们的脾气都有些改变，托邻居们趁势和说和说，两位神仙也就顺水推舟同意他们结婚。后来两家都准备了一下，就过门。过门之后，小两口都十分得意，邻居们都说是村里第一对好夫妻。

夫妻们在自己卧房里有时候免不了说玩话：小二黑好学三仙姑下神时候唱“前世姻缘由天定”，小芹好学二诸葛说“区长恩典，命相不对”。淘气的孩子们去听窗，学会了这两句话，就给两位神仙加了新外号：三仙姑叫“前世姻缘”，二诸葛叫“命相不对”。

一九四三年五月写于太行

李有才板话

一 书名的来历

阎家山有个李有才,外号叫“气不死”。

这人现在有五十多岁,没有地,给村里人放牛,夏秋两季捎带看守村里的庄稼。他只是一身一口,没有家眷。他常好说两句开心话,说是“吃饱了一家不饥,锁住门也不怕饿死小板凳”。村东头的老槐树底有一孔土窑还有三亩地,是他爹给留下的,后来把地押给阎恒元,土窑就成了他的全部产业。

阎家山这地方有点古怪:村西头是砖楼房,中间是平房,东头的老槐树下是一排二三十孔土窑。地势看来也还平,可是从房顶上看起来,从西到东却是一道斜坡。西头住的都是姓阎的;中间也有姓阎的也有杂姓,不过都是些在地户;只有东头特别,外来的开荒的占一半,日子过倒霉了的杂姓,也差不多占一半,姓阎的只有三家,也是破了产卖了房子才搬来的。

李有才常说:“老槐树底的人只有两辈——一个‘老’字辈,一个‘小’字辈。”这话也只是取笑:他说的“老”字辈,就是说外来的开荒的,因为这些人的名字除了闾长派差派款在条子上开一下以外,别的人很少留意,人叫起来只是把他们的姓上边加个“老”字,像老陈、老秦、老常等。他说的“小”字辈,就是其余的本地人,因为这地方人起乳名,常把前边加个“小”字,像小顺、小保等。可是西头那些大户人家,都用的是官名,有乳名别人也不敢叫——比方老村长阎恒元乳名叫“小囤”,别人对上人家不只不敢叫“小囤”,

就是该说“谷囤”也只得说成“谷仓”，谁还好意思说出“囤”字来？一到了老槐树底，风俗大变，活八十岁也只能叫小什么，小什么，你就起上个官名也使不出去——比方陈小元前几年请柿子洼老先生给起了个官名叫“陈万昌”，回来虽然请闾长在闾账上改过了，可是老村长看账时候想不起这“陈万昌”是谁，问了一下闾长，仍然提起笔来给他改成陈小元。因为有这种关系，老槐树底的本地人，终于还都是“小”字辈。李有才自己，也只能算“小”字辈人，不过他父母是大名府人，起乳名不用“小”字，所以从小就把他叫成“有才”。

在老槐树底，李有才是大家欢迎的人物，每天晚上吃饭时候，没有他就不热闹。他会说开心话，虽是几句平常话，从他口里说出来就能引得大家笑个不休。他还有个特别本领是编歌子，不论村里发生件什么事，有个什么特别人，他都能编一大套，念起来特别顺口。这种歌，在阎家山一带叫“圪溜嘴”，官话叫“快板”。

比方说：西头老户主阎恒元，在抗战以前年年连任村长，有一年改选时候，李有才给他编了一段快板道：

村长阎恒元，一手遮住天，
自从有村长，一当十几年。
年年要投票，嘴说是改选，
选来又选去，还是阎恒元。
不如弄块板，刻个大名片，
每逢该投票，大家按一按，
人人省得写，年年不用换，
用他百把年，管保用不烂。

恒元的孩子是本村的小学教员，名叫家祥，一九三〇年在县里的简易师范毕业。这人的相貌不大好看，脸象个葫芦瓢子，说一句话眏十来次眼皮。不过人不可以貌取，你不要以为他没出息，其实一肚肮脏计，谁跟他共事也得吃他的亏。李有才也给他编过一段快板道：

鬼眏眼，阎家祥，
眼睫毛，二寸长，
大腮蛋，塌鼻梁，
说句话儿眼皮忙。
两眼一忽闪，
肚里有主张，
强占三分理，
总要沾些光。
便宜占不足，
气得脸皮黄，
眼一挤，嘴一张，
好象母猪打哼哼！

象这些快板，李有才差不多每天要编，一方面是他编惯了觉着口顺，另一方面是老槐树底的年轻人吃饭时候常要他念些新的，因此他就越编越多。他的新快板一念出来，东头的年轻人不用一天就都传遍了，可是想传到西头就不十分容易。西头的人不论老少，没事总不到老槐树底来闲坐，小孩们偶尔去老槐树底玩一玩，大人知道了往往骂道："下流东西！明天就要叫你到老槐树底去住啦！"有这层隔阂，有才的快板就很不容易传到西头。

抗战以来，阎家山有许多变化，李有才也就跟着这些变化作了些新快板，又因为作快板遭过难。我想把这些变化谈一谈，把他在这些变化中作的快板也抄他几段，给大家看看解个闷，结果就写成这本小书。

作诗的人，叫"诗人"；说作诗的话，叫"诗话"。李有才作出来的歌，不是"诗"，明明叫做"快板"，因此不能算"诗人"，只能算

“板人”。这本小书既然是说他作快板的话，所以叫做“李有才板话”。

二　有才窑里的晚会

李有才住的一孔土窑，说也好笑，三面看来有三变：门朝南开，靠西墙正中有个炕，炕的两头还都留着五尺长短的地面。前边靠门这一头，盘了个小灶，还摆着些水缸、菜瓮、锅、匙、碗、碟；靠后墙摆着些筐子、箩头，里面装的是村里人送给他的核桃、柿子（因为他是看庄稼的，大家才给他送这些）；正炕后墙上，就炕那么高，打了个半截套窑，可以铺半条席子：因此你要一进门看正面，好象个小山果店；扭转头看西边，好象石菩萨的神龛；回头来看窗下，又好象小村子里的小饭铺。

到了冷冻天气，有才好象一炉火——只要他一回来，爱取笑的人们就围到他这土窑里来闲谈，谈起话来也没有什么题目，扯到哪里算哪里。这年正月二十五日，有才吃罢晚饭，邻家的青年后生小福，领着他的表兄就开开门走进来。有才见有人来了，就点起墙上挂的麻油灯。小福先向他表兄介绍道：“这就是我们这里的有才叔！”有才在套窑里坐着，先让他们坐到炕上，就向小福道：“这是哪里的客？”小福道：“是我表兄！柿子洼的！”他表兄虽然年轻，却很精干，就谦虚道：“不算客，不算客！我是十六晚上在这里看戏，见你老叔唱焦光普唱的那样好，想来领领教！”有才笑了一笑又问道：“你村的戏今年怎么不唱了？”小福的表兄道：“早了赁不下箱，明天才能唱！”有才见他说起唱戏，劲上来了，就不客气的讲起来。他讲：“这焦光普，虽说是个丑，可是个大脚色，唱就得唱出劲来！”说着就举起他的旱烟袋算马鞭子，下边虽然坐着，上边就抡打起来，一边抡着一边道：“一出场：当当当当当令×令当令×令……当令×各拉打打当！”他煞住第一段家伙，正预备接着打，门“拍”一声开了，走进来个小顺，拿着两个软米糕道："慢着老叔！防备着把锣打破了！"说着走到炕边把胳膊往套窑里一展道："老叔！我爹请你尝尝我们的糕！"（阴历正月二十五，此地有个节叫"添仓"，吃黍米糕）有才一边接着一边谦让道："你们自己吃吧！今天煮的都不多！"说着接过去，随便让了让大家，就吃起来。小顺坐到炕上道："不多吧，总不能象启昌老婆，过个添仓，派给人家小旦两个糕！"小福道："雇不起长工不雇吧，雇得起管不起吃？"有才道："启昌也还罢了，老婆不是东西！"小福的表兄问道："哪个小旦？就是唱国舅爷那个？"小福道："对！老得贵的孩子给启昌住长工。"小顺道："那么可比他爹那人强一百二十分！"有才道："那还用说？"小福的表兄悄悄问小福道："老得贵怎么？"他虽说得很低，却被小顺听见了，小顺道："那是有歌的！"接着就念道：

张得贵，真好汉，
跟着恒元舌头转，
恒元说个"长"，
得贵说"不短"；
恒元说个"方"，
得贵说"不圆"；
恒元说"砂锅能捣蒜"，
得贵就说"打不烂"；
恒元说"公鸡能下蛋"，
得贵就说"亲眼见"。
要干啥，就能干，
只要恒元嘴动弹！

他把这段快板念完，小福听惯了，不很笑。他表兄却嘻嘻哈哈笑个不了。

小顺道："你笑什么？得贵的好事多着哩！那是我们村里有

名的吃烙饼干部。”小福的表兄道：“还是干部啦？”小顺道：“农会主席！官也不小。”小福的表兄道：“怎么说是吃烙饼干部？”小顺说：“这村跟别处不同：谁有个事到公所说说，先得十几斤面五斤猪肉，在场的每人一斤面烙饼，一大碗菜，吃了才说理。得贵领一份烙饼，总得把每一张烙饼都挑过。”小福的表兄道：“我们村里早二三年前说事就不兴吃喝了。”小顺道：“人家哪一村也不行了，就这村怪！这都是老恒元的古规。老恒元今天得个病死了，明天管保就吃不成了。”

正说着，又来了几个人：老秦[1]、小元、小明、小保。一进门，小元喊道：“大事情！大事情！”有才忙道：“什么？什么？”小明答道：“老哥！喜富的村长撤差了！”小顺从炕上往地下一跳道：“真的？再唱三天戏！”小福道：“我也算数！”有才道：“还有今天？我当他这饭碗是铁箍箍住了！谁说的？”小元道：“真的！章工作员来了，带着公事！”小福的表兄问小福道：“你村人跟喜富的仇气就这么大？”小顺道：“那也是有歌的：

一只虎，阎喜富，
吃吃喝喝有来路；
当过兵，卖过土，
又偷牲口又放赌，
当牙行，卖寡妇……
什么事情都敢做。
惹下他，防不住，
人人见了满招呼！

你看仇恨大不大？”小福的表兄听罢才笑了一声，小明又拦住告诉他道：“柿子洼客你是不知道！他念的那还是说从前，抗战以后这

① 即小福的爹。——作者注。

东西趁着兵荒马乱抢了个村长，就更了不得了，有恒元那老不死给他撑腰，就没有他干不出来的事，屁大点事弄到公所，也是桌面上吃饭，袖筒里过钱，钱淹不住心，说捆就捆，说打就打，说教谁倾家败产谁就没法治。逼得人家破了产，老恒元管‘贱钱二百’买房买地。老槐树底这些人，进了村公所，谁也不敢走到桌边。三天两头出款，谁敢问问人家派的是什么钱；人家姓阎的一年四季也不见走一回差，有差事都派到老槐树底，谁不是荒着地给人家支？……你是不知道，坏透了坏透了！”有才低声问道：“为什么事撤了的？”小保道：“这可还不知道，大概是县里调查出来的吧？”有才道：“光撤了差放在村里还是大害，什么时候毁了他才能算干净，可不知道县里还办他不办？”小保道：“只要把他弄下台，攻他的人可多啦！”

远远有人喊道：“明天到庙里选村长啦，十八岁以上的人都得去……”一连声叫喊，声音越来越近，小福听出来了，便向大家道：“是得贵！还听不懂他那贱嗓？”进来了，就是得贵。他一进来，除了有才是主人，随便打了个招呼，其余的人都没有说话，小福小顺彼此挤了挤眼。得贵道：“这里倒热闹！省得我跑！明天选村长啦，凡年满十八岁者都去！”又把嗓子放得低低的：“老村长的意思叫选广聚！谁不在这里，你们碰上告诉给他们一声！”说着抽身就走了，他才一出门，小顺抢着道：“吃烙饼去吧！”小元道：“吃屁吧！章工作员还在这里住着啦，饼恐怕烙不成！”老秦埋怨道：“人家听见了！”小元道：“怕什么？就是故意叫他听啦。”小保道：“他也学会打官腔了：‘凡年满十八岁者’……”小顺道：“还有‘老村长的意思’。”小福道：“假大头这回要变真大头啦呀！”小福的表兄向小福道：“谁是假大头？”小顺抢着道：“这也有歌：

刘广聚，假大头：
一心要当人物头，
抱粗腿，借势头，
拜认恒元干老头。

大小事，强出头，

说起话来歪着头。

从西头，到东头，

放不下广聚这颗头。

一念歌你就清楚了。”小福的表兄觉着很奇怪，也没有顾上笑，又问道：“怎么你村有这么多的歌？”小顺道：“提起西头的人来，没有一个没歌的，连那一个女人脸上有麻子都有歌。不只是人，每出一件新事，隔不了一天就有歌出来了。”又指着有才道：“有我们这位老叔，你想听歌很容易！要多少有多少！”

小元道：“我看咱们也不用管他‘老村长的意思’不意思，明天偏给他放个冷炮，揽上一伙人选别人，偏不选广聚！”老秦道：“不妥不妥，指望咱老槐树底人谁得罪起老恒元？他说选广聚就选广聚，瞎惹那些气有什么好处？”小元道：“你这老汉真见不得事！只怕柿叶掉下来碰破你的头，你不敢得罪人家，也还不是照样替人家支差出款？”老秦这人有点古怪，只要年轻人一发脾气，他就不说话了。小保向小元道：“你说得对，这一回真是该扭扭劲，要是再选上个广聚还不是仍出不了恒元老家伙的手吗？依我说咱们老槐树底的人这回就出出头，就是办不好也比搓在他们脚板底强得多！”小保这么一说，大家都同意，只是决定不了该选谁好。依小元说，小保就可以办；老陈觉得要是选小明，票数会更多一些；小明却说在大场面上说个话还是小元有两下子。李有才道：“我说个公道话吧：要是选小明老弟，保管票数最多，可是他老弟恐怕不能办：他这人太好，太直，跟人家老恒元那伙人斗个什么事恐怕没有人家的心眼多。小保领过几年羊（就是当羊经理），在外边走的地方也不少，又能写能算，办倒没有什么办不了，只是他一家五六口子全靠他一个人吃饭，真也有点顾不上。依我说，小元可以办，小保可以帮他记一记账，写个什么公事……”这个意见大家赞成了。小保向大家道：“要那样咱们出去给他活动活动！”小顺道：“对！

宣传宣传！”说着就都往外走。老秦着了急，叫住小福道：“小福！你跟人家逞什么能？给我回去！”小顺拉着小福道：“走吧走吧！”又回头向老秦道：“不怕！丢了你小福我包赔！”说了就把小福拉上走了。老秦赶紧追出来连声喊叫，也没有叫住，只好领上外甥（小福的表兄）回去睡觉。

窑里丢下有才一个人，也就睡了。

三　打　虎

第二天吃过早饭，李有才放出牛来预备往山坡上送，小顺拦住他道：“老叔你不要走了！多一票算一票！今天还许弄成，已经给小元弄到四十多票了。”有才道：“误不了！我把牛送到椒洼就回来。这时候又不怕吃了谁的庄稼！章工作员开会，一讲话还不是一大晌？误不了！”小顺道：“这一回是选举会，又不是讲话会。”有才道：“知道！不论什么会，他在开头总要讲几句‘重要性’啦，‘什么的意义及其价值’啦，光他讲讲这些我就回来了！”小顺道：“那你去吧！可不要叫误了！”说着就往庙里去了。

庙里还跟平常开会一样，章工作员、各干部坐在拜厅上，群众站在院里，不同的只是因为喜富撤了差，大家要看看他还威风不威风，所以人来得特别多。

不大一会，人到齐了，喜富这次当最后一回主席。他虽然沉着气，可是嗓子究竟有点不自然，说了几句客气话，就请章工作员讲话，章工作员这次也跟从前说话不同了，也没有讲什么“意义”与“重要性”，直截了当说道：“这里的村长，犯了一些错误，上级有命令叫另选。在未选举以前，大家对旧村长有什么意见，可以提一提。”大家对喜富的意见，提一千条也有，可是一来没有准备，二来碍于老恒元的面子，三来差不多都怕喜富将来记仇，因此没有人敢马上出头来提，只是交头接耳商量。有的说“趁此机会不治他，将来是村上的大害”，有的说“能送死他自然是好事，送不死，一旦放虎归山必然要伤人”，……议论纷纷，都没有主意。有个马凤鸣，当年在安徽卖过茶叶，是张启昌的姐夫，在阎家山下了户。这人走过大地方，开通一点，不像阎家山人那么小心小胆。喜富当村长的第一年，随便欺压村民，有一次压迫到他头上，当时惹不过，只好忍过去。这次喜富已经下了台，他想趁势算一下旧账，便悄悄向几个人道：“只要你们大家有意见愿意提，我可以打头一炮！”马凤鸣说愿意打头一炮，小元先给他鼓励道：“提吧！你一提我接住就提，说开头多着哩！”他们正商量着，章工作员在台上等急了，便催道：“有没有？再限一分钟！”马凤鸣站起来道：“我有个意见：我的地上边是阎五的坟地，坟地堰上的荆条、酸枣树，一直长到我的地后，遮住半块地不长庄稼。前年冬天我去砍了一砍，阎五说出话来，报告到村公所，村长阎喜富给我说的，叫我杀了一口猪给阎五祭祖，又出了二百斤面叫所有的阎家人大吃一顿，罚了我五百块钱，永远不准我在地后砍荆条和酸枣树。猪跟面大家算吃了，钱算我出了，我都能忍过去不追究，只是我种地出着负担永远叫给人家长荆条和酸枣树，我觉着不合理。现在要换村长，我请以后开放这个禁令！”章工作员好象有点吃惊，问大家道：“真有这事？”除了姓阎的，别人差不多齐声答道：“有！”有才也早回来了，听见是说这事，也在中间发冷话道：“比那更气人的事还多得多！”小元抢着道：“我也有个意见！”接着说了一件派差事。两个人发言以后，意见就多起来，你一款我一款，无论是花黑钱、请吃饭、打板子、罚苦工……只要是喜富出头作的坏事，差不多都说出来了，可是与恒元有关系的事差不多还没人敢提，直到晌午，意见似乎没人提了，章工作员气得大瞪眼，因为他常在这里工作，从来也不会想到有这么多的问题。他向大家发命令道：“这个好村长！把他捆起来！”一说捆喜富，当然大家很有劲，也不知道上来多少人，七手八脚把他捆成了个倒缚兔。他们问送到哪里，章工作员道：“且捆到下面的小屋里，拨两个人看守着，大家先回去吃饭，吃了饭选过村长，我把他带回区上去！”小顺、小福还有七八个人抢着道：“我看守！我看守！”小顺道：“迟吃一会饭有什么要紧？”章工作员又道：“找个人把上午大家提的意见写成个单子作为报告，我带回去！”马凤鸣道：“我写！”小保道：“我帮你！”章工作员见有了人，就宣布散了会。

这天晌午，最着急的是恒元父子，因为有好多案件虽是喜富出头，却还是与他们有关的，恒元很想吩咐喜富一下叫他到县里不要乱说，无奈那么许多人看守着，没有空子，也只好罢了。吃过午饭，老恒元说身体有点不舒服，只打发儿子家祥去照应选举的事，自己却没有去。

会又开了，章工作员宣布新的选举办法道：“按正规的选法，应该先选村代表，然后由代表会里产生村长，可是现在来不及了。现在我想了个变通办法：大家先提出三个候选人，然后用投票的法子从三个人中选一个。投票的办法，因为不识字的人很多，可以用三个碗，上边画上记号，放到人看不见的地方，每人发一颗豆，愿意选谁，就把豆放到谁的碗里去；这个办法好不好？”大家齐声道：“好！”这又出了家祥意料之外；他仗着一大部分人离不了他写票，谁知章工作员又用了这个办法。办法既然改了，他借着自己是个教育委员，献了个殷勤，去准备了三个碗，顺路想在这碗上想点办法。大家把三个候选人提出来了：刘广聚是经过老恒元的运动的，自然在数，一个是马凤鸣，一个就是陈小元。家祥把一个红碗两个黑碗上贴了名字向大家声明道：“注意！一会把这三个碗放到里边殿里，次序是这样：从东往西，第一个，红碗，是刘广聚！第二个是马凤鸣，第三个是陈小元。再说一遍：从东往西，第一个，红碗，是刘广聚！第二个是马凤鸣，第三个是陈小元。”说了把碗放到殿里的供桌上，然后站东过西每人发了一颗豆，发完了就投起来，一会，投票完了，结果是马凤鸣五十二票，刘广聚八十八票当选，陈小元八十六票，跟刘广聚只差两票。

选举完了，章工作员道："我还要回区上去。派两个人跟我相跟上把喜富送去！"家祥道："我派我派！"下边有几个人齐声道："不用你派，我去！我去！"说着走出十几个人来。章工作员道："有两个就行！"小元道："多去几个保险！"结果有五个去。章工作员又叫人取来了马凤鸣跟小保写的报告，就带着喜富走了。

刘广聚当了村长，送走章工作员之后，歪着个头，到恒元家里去——一方面是谢恩，一方面是领教，老恒元听了家祥的报告，知道章工作员把喜富带走，又知道小元跟广聚只差两票，心里着实有点不安，少气无力向广聚道："孩子！以后要小心点！情况变得有点不妙了！马凤鸣，一个外来户，也要翻眼，老槐树底人也起了反了！"说着伸出两个指头来道："你看危险不危险？两票！只差两票！"又吩咐他道："孩子以后要买一买马凤鸣的账，捡那不重要的委员给他当一个——就叫他当个建设委员也好！象小元那些没天没地的东西，以后要找个机会重重治他一下，要不就压不住东头那些东西。不过现在还不敢冒失，等喜富的事有个头尾再说！回去吧孩子！我今天有点不得劲，想早点歇歇！"广聚受完了这番训，也就辞出。

这天晚上，李有才的土窑里自然也是特别热闹，不必细说。第二天便有两段新歌传出来，一段是：

正月二十五，打倒一只虎；
到了二十六，老虎更吃苦，
大家提意见，尾巴藏不住，
咕冬按倒地，打个背绑兔。
家祥干瞅眼，恒元屙一裤。
大家哈哈笑，心里满舒服。

还有一段是：

老恒元，真混账，
抱住村长死不放。
说选举，是假样，
侄儿下来干儿上。

（喜富是恒元的本家侄儿，广聚是干儿。）

四 丈地

自从把喜富带走以后，老恒元总是放心不下，生怕把他与自己有关的事攀扯出来，可是现在的新政府不比旧衙门，有钱也花不进去，打发家祥去了几次也打听不着，只好算了。过了三个月，县里召集各村村长去开会，老恒元托广聚到县里顺便打听喜富的下落。

隔了两天，广聚回来了，饭也没有吃，歪着个头，先到恒元那里报告。恒元躺着，他坐在床头毕恭毕敬的报告道："喜富的事，因为案件过多，喜富不愿攀出人来，直拖累了好几个月才算结束。所有麻烦，喜富一个人都承认起来了，县政府特别宽大，准他呈递悔过书赔偿大众损失，就算完事。"恒元长长吐了口气道："也算！能不多牵连别人就好！"又问道："这次开会商议了些什么？"广聚道："一共三件事：第一是确实执行减租，发了个表格，叫填出佃户姓名，地主姓名，租地亩数，原租额多少，减去多少。第二是清丈土地，办法是除了政权、各团体干部参加外，每二十户选个代表共同丈量。第三是成立武委会发动民兵，办法是先选派一个人，在阳历六月十五号以前到县受训。"老恒元听说喜富的案件已了，才放心了一点，及至听到这些事，眉头又打起皱来。他等广聚走了，便跟儿子家祥道："这派人受训没有什么难办，依我看还是巧招兵，跟阎锡山要的在乡军人一样，随便派上个谁就行了。减租和丈地两件事，在阎家山说来，只是对咱不利。不过第一件还好办，只要到各窝铺上说给佃户们一声，就叫他们对外人说是已经减过租了，他们怕夺地,自然不敢不照咱的话说;回头村公所要造表,自然还要经你的手,也不愁造不合适。只有这第二件不好办;丈地时候参加那么多的人,如何瞒得过去?”家祥眏着眼道:“我看也好应付!说各干部吧!村长广聚是自己人。民事委员教育委员是咱父子俩,工会主席老范是咱的领工,咱一家就出三个人。农会主席得贵还不是跟着咱转?财政委员启昌,平常打的是不利不害主义,只要不叫他吃亏,他也不说什么。他孩子小林虽然是个青救干部,啥也不懂。只有马凤鸣不好对付,他最精明,又是个外来户,跟咱都不一心,遇事又敢说话,他老婆桂英又是个妇救干部,一家也出着两个人……”老恒元道:“马凤鸣好对付:他们做过生意的人最爱占便宜,叫他占上些便宜他就不说什么了。我觉得最难对付的是每二十户选的那一个代表,人数既多,意见又不一致。”家祥道:“我看不选代表也行。”恒元道:“不妥!章工作员那小子腿勤,到丈地时候他要来了怎么办?我看代表还是要,不过可以由村长指派,派那些最穷、最爱打小算盘的人,象老槐树底老秦那些人。”家祥道:“这我就不懂了;越是穷人,越出不起负担,越要细丈别人的地……”恒元道:“你们年轻人自然想不通:咱们丈地时候,先尽那最零碎的地方丈起——比方咱‘椒洼’地,一亩就有七八块,算的时候你执算盘,慢慢细算。这么着丈量,一个椒洼不上十五亩地就得丈两天。他们那些爱打小算盘的穷户,哪里误得起闲工?跟着咱们丈过两三天,自然就都走开了。等把他们熬败了,咱们一方面说他们不积极不热心,一方面还不是由咱自己丈吗?只要做个样子,说多少是多少,谁知道?”家祥道:“可是我见人家丈过的地还插牌子!”恒元道:“山野地,块子很不规矩,每一处只要把牌子上写个数目——比方‘自此以下至崖根共几亩几分’,谁知道对不对?要是再用点小艺道买一买小户,小户也就不说话了——比方你看他一块有三亩,你就说‘小户人家,用不着细盘量了,算成二亩吧!’这样一来,他有点小虚数,也怕多量出来,因此也就不想再去量别人的！”

恒元对着家祥训了这一番话；又打发他去请来马凤鸣。马凤鸣的地都是近二十年来新买的，不过因为买得刁巧一点，都是些大亩数——往往完一亩粮的地就有二三亩大。老恒元说：“你的地既然都是新买的，可以不必丈量，就按原契插牌子。”马凤鸣自然很高兴。恒元又叫家祥叫来了广聚，把自己的计划宣布了一番。广聚一来自己地多，二来当村长就靠的是恒元，当然没有别的话说。

第二天便依着计划先派定了丈地代表，第三天便开始丈地。果不出恒元所料，章工作员来了，也跟着去参观，恒元说：“先丈我的！”村长广聚领头，民事委员阎恒元、教育委员阎家祥、财政委员张启昌、建设委员马凤鸣、农会主席张得贵、工会主席老范、妇救会主席桂英、青救会主席小林，还有十余个新派的代表们，带着丈地的弓、算盘、木牌、笔砚等，章工作员也跟在后边，往椒洼去了。

广聚管指划，得贵执弓，家祥打算盘。每块地不够二分，可是东伸一个角西打一个弯，还得分成四五块来算。每丈量完了一块，休息一会，广聚给大家讲方的该怎样算，斜的该怎样析，家祥给大家讲“飞归得亩”之算法。大家原来不是来学习算地亩，也都听不起劲来，只是觉着丈量的太慢。章工作员却觉着这办法很细致，说是“丈地的模范”，说了便往柿子洼编村去了。

果不出恒元所料，两天之后，椒洼地没有丈完，就有许多人不来了。到了第五天，临出发只集合了七个人：恒元父子连领工老范是三个，广聚一个，得贵一个，还有桂英跟小林，一个没经过事的女人，一个小孩子。恒元摇着芭蕉扇，广聚端着水烟袋，领工老范捎着一张镬，小林捎着个镰预备割柴，桂英肚里怀着孕，想拔些新鲜野菜，也捎着个篮子，只有得贵这几天在恒元家里吃饭，自然要多拿几件东西——丈地弓、算盘、笔砚、木牌，都是他一个人抱着。出发地点是椒洼后沟，也是恒元的地，出发时候，恒元故意发脾气道：“又都不来了！那么多的委员，只说话不办事，好象都成了咱们七八个人的事了!”说着就出发了。这条沟没有别人的地,连样子也不用装,一进了沟就各干各的:桂英吃了几颗青杏,就走了岔道拔菜去了,小林也吃了几颗跟桂英一道割柴去了,家祥见堰上塌了个小壑,指挥着老范去垒,得贵也放下那些家具去帮忙,恒元跟广聚,到麦地边的核桃树底趁凉快说闲话去。

这天有才恰在这山顶上看麦子,见进沟来七八个人,起先还以为是偷麦子的,后来各干其事了,虽然离得远了认不清人,可是做的事也都看得很清楚!只有到核桃树底去的那两个人不知是干什么的。他又往前凑了一凑,能听见说说笑笑,却听不见说什么。他自言自语道:“这是两个什么鬼东西,我总要等你们出来!”说着就坐在林边等着。直到天快晌午,见有个人从核桃树下钻出来喊道:“家祥!写牌来吧!”这一下听出来了,是恒元。垒堰那三个人也过来了两个,一个是家祥,一个是老范。家祥写了两个木牌,给了老范一块,自己拿着一块:老范那块插在东圪嘴上,家祥那块插在麦地边。牌子插好,就叫来了桂英、小林,七个人相跟着回去了,有才见得贵拿着弓,才想起来人家是丈地,暗自寻思道:“这地原是这样丈的?我总要看看牌上写的是什么!”一边想,一边绕着路到沟底看牌。两块牌都看了,麦地边那块写的是:“自此至沟掌,大小十五块,共七亩二分二厘。”东圪嘴上那块写的是:“圪嘴上至崖根,共三亩二分八厘。”他看完了牌,觉着好笑。回来在路上编了这样一段歌:

丈地的,真奇怪,
七个人,不一块;
小林去割柴,桂英去拔菜,
老范得贵去垒堰,家祥一旁乱指派,
只有恒元与广聚,核桃树底趁凉快,
芭蕉扇,水烟袋,
说说笑笑真不坏。

坐到小晌午，叫过家祥来，
三人一捏弄，家祥就写牌，
前后共算十亩半，木头牌子插两块。
这些鬼把戏，只能哄小孩；
从沟里到沟外，平地坡地都不坏，
一共算成三十亩，管保恒元他不卖！

五　好怕的“模范村”

过了几天，地丈完了。他们果然给小户人家送了些小便宜，有三亩只估二亩，有二亩估作亩半。丈完了地这一晚上，得贵想在小户们面前给恒元卖个好，也给自己卖个好，因此在恒元家吃过晚饭，跟家祥们攀谈了几句，就往老槐树底来。老槐树底人也都吃过了饭，在树下纳凉、谈闲话，说说笑笑，声音很高。他想听一听风头对不对，就远远在路口站住步侧耳细听，只听一个人道：“小旦！你不能劝劝你爹以后不要当恒元的尾巴？人家外边说多少闲话……”又听见小旦拦住那人的话抢着道：“哪天不劝他？可是他不听有什么法？为这事不知生过多少气？有时候他在老恒元那里拿一根葱、几头蒜，我娘也不吃他的，我也不吃他的，就那他也不改！”他听见是自己的孩子说自己，更不便走进场，可是也想再听听以下还说些什么，所以也舍不得走开。停了一会，听得有才问道：“地丈完了？老恒元的地丈了多少？”小旦道：“听说是一百一十多亩。”小元道：“哄鬼也哄不过！不用说他原来的祖业，光近十年来的押地也差不多有那么多！”小保道：“押地可好算，老槐树底的人差不多都是把地押给他才来的！”说着大家就七嘴八舌，三亩二亩给他算起来，算的结果，连老槐树底带村里人，押给恒元的地，一共就有八十四亩。小元道：“他通年雇着三个长工，山上还有六七家窝铺，要是细量起来，丈不够三百亩我不姓陈！”小顺道：“你不说人家是怎样丈的？你就没听有才老叔编的歌？‘丈地的，真奇怪，七个人，不一块……’”接着把那一段歌念了一遍，念得大家哈哈大笑，老秦道：“我看人家丈得也公道，要宽都宽，象我那地明明是三亩，只算了二亩！”小元道：“那还不是哄小孩？只要把恒元的地丈公道了，咱们这些户，二亩也不出负担，三亩还不出负担；人家把三百亩丈成一百亩，轮到你名下，三亩也得出，二亩也得出！”①

得贵听到这里，知道大家已经猜透了恒元的心事，这个好已经卖不出去，就返回来想再到恒元这里把方才听到的话报告一下。他走到恒元家，恒元已经睡了，只有家祥点着灯造表，他便把方才听到的话和有才的歌报告给家祥，中间还加了一些骂恒元的话。家祥听了，沉不住气，两眼睒得飞快，骂了小元跟有才一顿，得贵很得意地回去睡了。

第二天，不等恒元起床，家祥就去报告昨天晚上的事。恒元听了，倒不在乎骂不骂，只恨他们不该把自己的心事猜得那么透彻，想了一会道：“非重办他几个不行！”吃过了饭，叫来了广聚，数说了小元跟有才一顿罪状，末了吩咐道：“把小元选成什么武委会送到县里受训去，把有才撵走，永远不准他回阎家山来！”

广聚领了命即刻召开了个选人受训的会，仿照章工作员的办法推了三个候选人，把小元选在三人里边，然后投豆子，可是得贵跟家祥两个人，每人暗暗抓了一把豆子都投在小元的碗里，结果把小元选住了。

村里人，连恒元、广聚都算上，都只说是拔壮丁当兵。小元家里只有一个老娘，又没有吃的，全仗小元养活，一见说把小元选住了，哭着去哀求广聚。广聚奉的是恒元的命令，哀求也没有效，得贵很得意，背地里卖俏说：“谁叫他评论丈地的事？”这话传到老槐

① 当时行的是累进税制。——作者注。

树底，大家才知道原来是这么一回事。

小明见邻居们有点事，最能热心帮助。他见小元他娘哀求也无效，就去找小保、小顺等一干人来想办法。小保道："我看人家既是有计划的，说好话也无用。依我说就真当了兵也不是坏事，大家在一处都不错，谁还不能帮一把忙？咱们大家可以招呼他老娘几天。"小明向小元道："你放心吧！也没有多余的事！烧柴吃水，一个人能费多少，你那三亩地，到了忙时候一个人抽一晌工夫就给你捎带了！"小元的叔父老陈为人很痛快，他向大家谢道："事到头上讲不起，既然不能不去，以后自然免不了麻烦大家照应，我先替小元谢谢！"小元也跟着说了许多道谢的话。

在村公所这方面，减租跟丈地的两份表也造成了，受训的人也选定了，做了一份报告，吃过午饭，拨了个差，连小元一同送往区上。把这三件工作交代过，广聚打发人把李有才叫到村公所，歪着个头，拍着桌子大大发了一顿脾气，说他"造谣生事"，又说"简直象汉奸"，最后下命令道："即刻给我滚蛋！永远不许回阎家山来！不听我的话我当汉奸送你！"有才无法，只好跟各牛东算了算账，搬到柿子洼编村去住。

隔了两天，章工作员来了，带着县里来的一张公事，上写道："据第六区公所报告，阎家山编村各干部工作积极细致，完成任务甚为迅速，堪称各村模范，特传令嘉奖以资鼓励……"自此以后，阎家山就被称为"模范村"了。

六　小元的变化

两礼拜过后，小元受训回来了，一到老槐树底，大家就都来问询，在地里做活的，虽然没到晌午，听到小元回来的消息的也都赶回来问长问短。小元很得意地道："依他们看来这一回可算把我害了，他们哪里想得到又给咱们弄了个合适？县里叫咱回来成立武委会，发动民兵，还允许给咱们发枪，发手榴弹。县里说：'以后武委会主任跟村长是一文一武，是独立系统，不是附属在村公所。'并且给村长下的公事教他给武委会准备一切应用物件。从今以后，村里的事也有咱老槐树底的份了。"小顺道："试试！看他老恒元还能独霸乾坤不能？"小明道："你的苗也给你锄出来了。老人家也没有饿了肚，这家送个干粮，那家送碗汤，就够她老人家吃了。"小元自是感谢不提。

吃过午饭，小元到了村公所，把县里的公事取出来给广聚看。广聚一看公事，知道小元有权了，就拿上公事去找恒元。

恒元看了十分后悔道："想不到给他做了个小合适！"又皱着眉头想了一会道："既然错了，就以错上来——以后把他团弄住，叫他也变成咱的人！"广聚道："那家伙有那么一股扭劲，恐怕团弄不住吧！"恒元道："你不懂！这只能慢慢来！咱们都捧他的场，叫他多占点小便宜，'习惯成自然'，不上几个月工夫，老槐树底的日子他就过不惯了。"

广聚领了恒元的命，把一座庙院分成四部分：东社房上三间是村公所，下三间是学校，西社房上三间是武委会主任室，下三间留作集体训练民兵之用。

民兵动员起来了，差不多是老槐树底那一伙子，常和广聚闹小意见，广聚觉得很难对付。后来广聚常到恒元那里领教去，慢慢就生出法子来。比方广聚有制服，家祥有制服，小元没有，住在一个庙里觉着有点比配不上，广聚便道："当主任不可以没制服，回头做一套才行！"隔了不几天，用公款做的新制服给小元拿来了。广聚有水笔，家祥有水笔，小元没有，觉着小口袋上空空的，家祥道："我还有一支回头送你！"第二天水笔也插起来了。广聚不割柴，家祥不割柴，小元穿着制服来割了一回柴，觉着不好意思，广聚道："能烧多少？派个民兵去割一点就够了！"

从此以后，小元果然变了，割柴派民兵，担水派民兵，自己架起胳膊当主任。他叔父老陈，见他的地也荒了，一日就骂他道："小元你看！近一两月来象个什么东西！出来进去架两条胳膊，连水也不能担了，柴也不能割了！你去受训，人家大家给你把苗锄出来，如今秀了一半穗了，你也不锄二遍，草比苗还高，看你秋天吃什么？"小元近来连看也没有到地里看过，经老陈这一骂，也觉得应该到地里看看去。吃过早饭，扛了一把锄，正预备往地里走，走到村里，正碰上家祥吃过饭往学校去。家祥含笑道："锄地去啦？"小元脸红了，觉着不象个主任身份，便喃喃地道："我到地里看看去！"家祥道："歇歇谈一会闲话再去吧！"小元也不反对，跟着家祥走到庙门口，把锄放在门外，就走进去跟家祥、广聚闲谈起来，直谈到晌午才回去吃饭去。吃过饭，总觉着不可以去锄地，结果仍是第二天派了两个民兵去锄。

这次派的是小顺跟小福，这两个青年虽然也不敢不去，可是总觉着不大痛快，走到小元地里，无精打采慢慢锄起来。他两个一边锄一边谈。小顺道："多一位菩萨多一炉香！成天盼望主任给咱们抵些事，谁知道主任一上了台，就跟人家混得很热，除了多派咱几回差，一点什么好处都没有！"小福道："头一遍是咱给他锄，第二遍还教咱给他锄！"小顺道："那可不一样；头一遍是人家把他送走了，咱们大家情愿帮忙，第二遍是人家升了官，不能锄地了，派咱给人家当差。早知道落这个结果，帮忙？省点气力不能睡觉？"小福道："可惜把个有才老汉也撵走了，老汉要在，一定要给他编个好歌！"小顺道："咱不能给他编个试试？"小福道："可以！我帮你！"给小元锄地，他们既然有点不痛快，所以也不管锄到了没有，留下草了没有，只是随手锄过就是，两个人都把心用在编歌子上。小顺编了几句，小福也给他改了一两句，又添了两句，结果编成了这么一段短歌：

陈小元，坏得快，
当了主任要气派，

改了穿，挨了戴，
坐在庙上不下来，
不担水，不割柴，
蹄蹄爪爪不想抬，
锄个地，也派差，
逼着邻居当奴才。

小福晚上悄悄把这个歌念给两三个青年听，第二天传出去，大家都念得烂熟，小元在庙里坐着自然不得知道。

这还都是些小事，最叫人可恨的是把喜富赔偿群众损失这笔款，移到武委会用了。本来喜富早两个月就递了悔过书出来了，只是县政府把他应赔偿群众的款算了一下，就该着三千四百余元，还有几百斤面、几石小米。这些东西有一半是恒元用了，恒元就着人告喜富暂且不要回来，有了机会再说。

恰巧“八一”节要检阅民兵，小元跟广聚说，要做些挂包、子弹袋、炒面袋，还要准备七八个人三天的吃喝。广聚跟恒元一说，恒元觉着机会来了，开了个干部会，说公所没款，就把喜富这笔款移用了。大家虽然听说喜富要赔偿损失，可是谁也没听说赔多少数目。因为马凤鸣的损失也很大，遇了事又能说两句，就有些人怂恿着他去质问村长。马凤鸣跟恒元混熟了，不想得罪人，可是也想得赔偿，因此借着大家的推举也就答应了。但是他知道村长不过是个假样子，所以先去找恒元。他用自己人报告消息的口气说：“大家对这事情很不满意，将来恐怕还要讨这笔款！”老恒元就猜透他的心事，便向他道：“这事怕不好弄，公所真正没款，也没有日子了，四五天就要用，所以干部会上才那么决定，你不是也参加过了吗？不过咱们内里人好商量；你前年那一场事，一共破费了多少，回头叫他另外照数赔偿你！”马凤鸣道：“我也不是说那个啦，不过他们……”恒元拦他的话道：“不不不！他不赔我就不愿意他！不信我可以垫出来！咱们都是个干部，不分个里外如何能行？”马凤鸣见自己落不了空，也就不说什么了；别人再怂恿也怂恿不动他了。

事过之后，第二天喜富就回来了。赔马凤鸣的东西恒元担承了一半，其余应赔全村民众，那么大的数目，做了几条炒面袋、几个挂包、几条子弹袋，又给民兵拿了二十多斤小米就算完事。

“八一”检阅民兵，阎家山的民兵服装最整齐，又是模范，主任又得了奖。

七　恒元广聚把戏露底

过了阴历八月十五日，正是收秋时候，县农会主席老杨同志，被分配到第六区来检查督促秋收工作。老杨同志叫区农会给他介绍一个比较进步的村，区农会常听章工作员说阎家山是模范村，就把他介绍到阎家山去。

老杨同志吃了早饭起程，天不晌午就到了阎家山。他一进公所，正遇着广聚跟小元下棋。他两个因为一步棋争起来，就没有看见老杨同志进去。老杨同志等了一会，还没有人跟他答话，他就在这争吵中问道：“哪一位是村长？”广聚跟小元抬头一看，见他头上箍着块白手巾，白小布衫深蓝裤，脚上穿着半旧的硬鞋至少也有二斤半重。从这服装上看，村长广聚以为他是哪村派来的送信的，就懒洋洋的问道：“哪村来的？”老杨同志答道：“县里！”广聚仍问道：“到这里干什么？”小元棋快输了，在一边催道：“快走棋吗！”老杨同志有些不耐烦，便道：“你们忙得很！等一会闲了再说吧！”说了把背包往阶台上一丢，坐在上面休息。广聚见他的话头有点不对，也就停住了棋，凑过来答话。老杨同志也看出他是村长，却又故意问了一句“村长哪里去了？”他红着脸答过话，老杨同志才把介绍信给他，信上写的是：

“兹有县农会杨主席，前往阎家山检查督促秋收工作，请予接洽是荷……"

广聚看过了信，把老杨同志让到公所，说了几句客气话，便要请老杨同志到自己家里吃饭。老杨同志道："还是兑些米到老百姓家里吃吧！"广聚还要讲俗套，老杨同志道："这是制度，不能随便破坏！"广聚见他土眉土眼，说话却又那么不随和，一时想不出该怎么对付，便道："好吧！你且歇歇，我给你出去看看！"说了就出了公所来找恒元。他先把介绍信给恒元看了，然后便说这人是怎样怎样一身土气，恒元道："前几天听喜富说有这么个人。这人你可小看不得！听喜富说，有些事情县长还得跟他商量着办。"广聚道："是是是！你一说我想起来了！那一次在县里开会，讨论丈地问题那一天，县干部先开了个会，仿佛有他，穿的是蓝衣服，眉眼就是那样。"恒元道："去吧！好好应酬，不要冲撞着他！"广聚走出门来又返回去问道："我请他到家吃饭，他不肯，他叫给他找个老百姓家去吃，怎么办？"恒元不耐烦了，发话道："这么大一点事也问我？那有什么难办？他要那么执拗，就把他派到个最穷的家——象老槐树底老秦家，两顿糠吃过来，你怕他不再找你想办法啦？"广聚道："老槐树底那些人跟咱们都不对，不怕他说坏话？"恒元道："你就不看人？老秦见了生人敢放个屁？每次吃了饭你就把他招待回公所，有什么事？"

广聚碰了一顿钉子讨了这么一点主意，回去就把饭派到老秦家。这样一来，给老秦找下麻烦了！阎家山没有行过这种制度，老秦一来不懂这种管饭只是替做一做，将来还要领米，还以为跟派差款一样；二来也不知道家常饭就行，还以为衙门来的人一定得吃好的。他既是这样想，就把事情弄大了，到东家借盐，到西家借面，老两口忙了一大会，才算做了两三碗汤面条。

晌午，老杨同志到老秦家去吃饭，见小砂锅里是面条，大锅里的饭还没有揭开，一看就知道是把自己当客人待。老秦舀了一碗汤面条，毕恭毕敬双手捧给老杨同志道："吃吧先生！到咱穷人家吃不上什么好的，喝口汤吧！”他越客气，老杨同志越觉着不舒服，一边接一边道：“我自己舀！唉！老人家！咱们吃一锅饭就对了，为什么还要另做饭？”老秦老婆道：“好先生！啥也没有！只是一口汤！要是前几天这饭就端不出来！这几年把地押了，啥也讲不起了！”老杨同志听她说押了地，正要问她押给谁，老秦先向老婆喝道：“你这老不死，不知道你那一张疯嘴该说什么！可憋不死你！你还记得啥？还记得啥？”老杨同志猜着老秦是怕她说得有妨碍，也就不再追问，随便劝了老秦几句。老秦见老婆不说话了，因为怕再引起话来，也就不再说了。

小福也回来了。见家里有个人，便问道：“爹！这是哪村的客？”老秦道：“县里的先生！”老杨同志道：“不要这样称呼吧！哪里是什么‘先生’？我姓杨！是农救会的！你们叫我个‘杨同志’或者‘老杨’都好！”又问小福“叫什么名字”，“多大了”，小福一一答应，老秦老婆见孩子也回来了，便揭开大锅开了饭。老秦、老秦老婆，还有个五岁的女孩，连小福，四个人都吃起饭来。老杨同志第一碗饭吃完，不等老秦看见，就走到大锅边，一边舀饭一边说：“我也吃吃这饭，这饭好吃！”老两口赶紧一齐放了碗来招待，老杨同志已把山药蛋南瓜舀到碗里。老秦客气了一会，也就罢了。

小顺来找小福割谷，一进门碰上老杨同志，彼此问询了一下，就向老秦道：“老叔！人家别人的谷都打了，我爹病着，连谷也割不起来，后晌叫你小福给俺割吧？”老秦道：“吃了饭还要打谷！”小顺道：“那我也能帮忙，打下你的来，迟一点去割我的也可以！”老杨同志问道：“你们这里收秋还是各顾各？农救会也没有组织过互助小组？”小顺道：“收秋可不就是各顾各吧？老农会还管这些事啦？”老杨同志道：“那末你们这里的农会都管些什么事？”小顺道：“咱不知道。”老杨同志自语道：“模范村！这算什么模范？”五岁的小女孩，听见“模范”二字，就想起小顺教她的几句歌来，便顺口念道：

模范不模范，从西往东看；

西头吃烙饼，东头喝稀饭。

小孩子虽然是顺口念着玩，老杨同志却听着很有意思，就逗她道："念得好呀！再念一遍看！"老秦又怕闯祸，瞪了小女孩一眼。老杨同志没有看见老秦的眼色，仍问小女孩道："谁教给你的？"小女孩指着小顺道："他！"老秦觉着这一下不只惹了祸，又连累了邻居。他以为自古"官官相卫"，老杨同志要是回到村公所一说，马上就不得了。他气极了，劈头打了小女孩一掌骂道："可哑不了你！"小顺赶紧一把拉开道："你这老叔！小孩们念个那，有什么危险？我编的，我还不怕，就把你怕成那样？那是真的吧是假的？人家吃烙饼有过你的份？你喝的不是稀饭？"老秦就有这样一种习惯，只要年轻人说他几句，他就不说话了。

吃过了饭，老秦跟小福去场里打谷子。老杨同志本来预备吃过饭去找村农会主任，可是听小顺一说，已知道工作不实在，因此又想先在群众里调查一下，便向老秦道："我给你帮忙去。"老秦虽说"不敢不敢"，老杨同志却扛起木楸扫帚跟他们往场里去。

场子就在窑顶上，是好几家公用的。各家的谷子都不多，这天一场共摊了四家的谷子，中间用谷草隔开了界。

老杨同志到场子里什么都通，拿起什么家具来都会用，特别是好扬家，不只给老秦扬，也给那几家扬了一会，大家都说"真是一张好木楸"（就是说他木楸用得好）。一场谷打罢了，打谷的人都坐在老槐树底休息、喝水、吃干粮，蹲成一圈围着老杨同志问长问短，只有老秦仍是毕恭毕敬站着，不敢随便说话。小顺道："杨同志！你真是个好把式！家里一定种地很多吧？"老杨同志道："地不多，可是做得不少！整整给人家住过十年长工！"老秦一听老杨同志是个住长工出身，马上就看不起他了，一屁股坐在墙根下道："小福！不去场里担糠还等什么？"小福正想听老杨同志谈些新鲜事，不想半路走开，便推托道："不给人家小顺哥割谷？"老秦道：

"担糠回来误得了？小孩子听起闲话来就不想动了！"小福无法，只好去担糠。他才从家里挑起篓来往场里走，老秦也不顾别人谈话，又喊道："细细扫起来！不要只扫个场心！"他这样子，大家都觉着他不顺眼，小保便向他发话道："你这老汉真讨厌！人家说个话你偏要乱吵！想听就悄悄听，不想听你不能回去歇歇？"老秦受了年轻人的气自然没有话说，起来回去了。小顺向老杨同志道："这老汉真讨厌！吃亏、怕事、受了一辈子穷，可瞧不起穷人。你一说你住过长工，他马上就变了个样子。"老杨同志笑了笑道："是的！我也看出来了。"

广聚依着恒元的吩咐，一吃过饭就来招呼老杨同志，可是哪里也找不着，虽然有人说在场子里，远远看了一下，又不见一个闲人（他想不到县农会主席还能做起活来）；从东头找到西头，西头又找回东头来，才算找到。他一走过来，大家什么都不说了。他向老杨同志道："杨同志！咱们回村公所去吧！"老杨同志道："好，你且回去，我还要跟他们谈谈。"广聚道："跟他们这些人能谈个什么？咱们还是回公所去歇歇吧！"老杨同志见他瞧不起大家，又想碰他几句便半软半硬的发话道："跟他们谈话就是我的工作，你要有什么话等我闲了再谈吧！"广聚见他的话头又不对了，也不敢强叫，可是又想听听他们谈什么，因此也不愿走开，就站在圈外。大家见他不走，谁也不开口，好象庙里十八罗汉像，一个个都成了哑子。老杨同志见他不走开大家不敢说话，已猜着大家是被他压迫怕了，想赶他走开，便向他道："你还等谁？"他呶呶唧唧道："不等谁了！"说着就溜走了。老杨同志等他走了十几步远，故意向大家道："没有见过这种村长！农救会的人到村里，不跟农民谈话，难道跟你村长去谈？"大家亲眼看见自己惹不起的厉害人受了碰，觉着老杨同志真是自己人。

天气不早了，小顺喊叫小福去割谷，老杨同志见小顺说话很痛快，想多跟他打听一些村里的事，便向他道："多借个镰，我也给你割去！”小明、小保也想多跟老杨同志谈谈，齐声道：“我也去！”小顺本来只问了个小福，连自己一共两个人，这会却成了五个。这五个人说说笑笑，一同往地里去了。

八 “老”“小”字辈准备翻身

五个人到了地，一边割谷一边谈话。小顺果然说话痛快，什么也不忌讳。老杨同志提到晌午听的那四句歌，很夸奖小顺编得好。小保道：“他还是徒弟，他师父比他编得更好。”老杨同志笑道：“这还是有师父的？”向小顺道：“把你师父编出来的给咱念几段听一听吧？”小顺道：“可以！你要想听这，管保听到天黑也听不完！”说着便念起来。他每念一段，先把事实讲清楚了然后才念；这样便把村里近几年来的事情翻出来许多。老杨同志越听越觉着有意思，比自己一件一件打听出来的事情又重要又细致，因此想亲自访问他这师父一次，就问小顺道：“这歌编得果然好！我想见见这个人，吃了晚饭你能领上我去他家里闲坐一会吗？”小顺道：“可惜他不在村里了，叫人家广聚把他撵跑了！”接着就把丈地时候的故事从头至尾说了一遍，一直说到小元被送县受训，有才逃到柿子洼。老杨同志问道：“柿子洼离这里有多么远？”小顺往西南山洼里一指道：“那不是？不远！五里地！”老杨同志道：“我看这三亩谷也割不到黑！你们着个人去把他请回来，咱们晚上跟他谈谈！”小明道：“只要敢回来，叫一声他就回来了！我去！”老杨同志道：“叫他放心回来！我保他无事！”小顺道：“小明叔腿不快！小福你去吧！”小福很高兴地说了个“可以”扔下镰就跑了。小福去后老杨同志仍然跟大家接着谈话，把近几年来村里的变化差不多都谈完了。最后老杨同志问道：“这些事情，章工作员怎么不知道？”小保道：“章工作员倒是个好人，可惜没经过事，一来就叫人家团弄住了。”他直谈到天快黑，谷也割完了，小福把有才也叫来了，大家仍然相跟着回去吃饭。

小顺家晚饭是谷子面干粮豆面条汤,给他割谷的都在他家吃。小顺硬要请老杨同志也在他家吃,老杨同志见他是一番实意,也就不再谦让,跟大家一齐吃起来。小顺又给有才端了碗汤拿了两个干粮,有才是自己人,当然也不客气。老秦听说老杨同志敢跟村长说硬话,自然又恭敬起来,把晌午剩下的汤面条热了一热,双手捧了一碗送给老杨同志。

晚饭吃过了,老杨同志向有才道:“你住在哪个窑里?今天晚上咱们大家都到你那里谈一会吧!”有才就坐在自己的门口,顺手指道:“这就是我的窑!”老杨同志抬头一看,见上面还贴着封条,不由他不发怒。他跳起来一把把封条撕破了道:“他妈的!真敢欺负穷人!”又向有才道:“开开进去吧!”有才道:“这锁也是村公所的!”老杨同志道:“你去叫村公所人来给你开!就说我把你叫来谈话啦!”有才去了。

有才找着了广聚,说道:“县农会杨同志找我回来谈话,叫你去开门啦!”广聚看这事情越来越硬,弄得自己越得不着主意,有心去找恒元,又怕因为这点小事受恒元的碰。他想了一想,觉着农救会人还是叫农救会干部去应酬,主意一定,就向有才道:“你等等,我去取钥匙去!”他回家取上钥匙,又去把得贵叫来,暗暗嘱咐了一番话,然后把钥匙给了得贵,便向有才道:“叫他给你开去吧!”有才就同得贵一同回到老槐树底。

得贵跟着恒元吃了多年残剩茶饭,半通不通的浮言客套倒也学得了几句。他一见老杨同志,就满面赔笑道:“这位就是县农会主席吗,慢待慢待!我叫张得贵,就是这村的农会主席。晌午我就听说你老人家来了,去公所拜望了好几次也没有遇面……”说着又是开门又是点灯,客气话说得既然叫别人搀不上嘴,小殷勤也做得叫别人帮不上手。老杨同志在地里已经听小顺念过有才给他编的歌,知道他的为人,也就不多接他的话。等他忙乱过后,大家坐定，老杨同志慢慢问他道："这村共有多少会员？"他含糊答道："唉！我这记性很坏，记不得了，有册子，回头查查看！"老杨同志道："共分几小组？"他道："这这这我也记不不清了。"老杨同志放大嗓子道："连几个小组也记不得？有几个执行委员？"他更莫名其妙，赶紧推托道："我我是个老粗人，什么也不懂，请你老人家多多包涵！"老杨同志道："你不懂只说你不懂，什么粗人不粗人？农救会根本没有收过一个细人入会！连组织也不懂，不只不能当主席，也没有资格当会员，今天把你这主席资格会员资格一同取消了吧！以后农救会的事不与你相干！"他一听要取消他的资格，就转了个弯道："我本来办不了。辞了几次也辞不退，村里只要有点事，想不管也不行！……"老杨同志道："你跟谁辞过？"他道："村公所！"老杨同志道："当日是谁教你当的？"他道："自然也是村公所！"老杨同志说："不怨你不懂，原来你就不是由农救会来的！去吧！这一回不用辞就退了！"他还要罗嗦，老杨同志挥着手道："去吧去吧！我还有别的事啦！"这才算把他赶出去。

这天因为有才回来了，邻居们都去问候，因此人来得特别多，来了又碰上老杨同志取消得贵，大家也就站住看起来了。老杨同志把得贵赶走之后，顺便向大家道："组织农救会是叫受压迫农民反对压迫自己的人。日本鬼子压迫我们，我们就反对日本鬼子；土豪恶霸压迫我们，我们就反对土豪恶霸。张得贵能领导你们反对鬼子吗？能领导着你们反对土豪恶霸吗？他能当个什么主席？……"老杨同志借着评论得贵，顺路给大家讲了讲"农救会是干什么的"，大家听得很起劲。不过忙时候总是忙时候，大家听了一小会，大部分就都回去睡了，窑里只剩下小明、小保、小顺、有才四个人（小福没有来，因为后晌没有担完糠，吃过晚饭又去担去了）。老杨同志道："请你们把恒元那一伙人做的无理无法的坏事拣大的细细说几件，我把它记下来。"说着取出钢笔和笔记簿子来道："说吧！就先从喜富撤差说起！"小明道："我先说吧。说漏了大家补！”接着便说起来。他才说到喜富赔偿大家损失的事，小顺忽听窗外好象有人，便喊道：“谁？”喊了一声，果然有个人冬冬冬跑了。大家停住了话，小保、小顺出来到门外一看，远远来了一个人，走近了才认得是小福。小顺道：“是你？你不进来怎么跑了？”小福道：“哪里是我跑？是老得贵！我担完了糠一出门就见他跑过去了！”小保道：“老家伙，又去报告去了！”小顺道：“要防备这老家伙坏事！你们回去谈吧，我去站个岗！”小顺说罢往窑顶上的土堆上去了，大家仍旧接着谈。老杨同志把材料记了一大堆，便向大家道：“我看这些材料中，押地、不实行减租、喜富不赔款、村政权不民主，这四件事最大，因为在这四件事上吃亏的是大多数。咱们要斗争他们，就要叫恒元退出押地，退出多收的租米，叫喜富照县里判决的数目赔款，彻底改选了村政干部。其余各人吃亏的事，只要各个人提出，该怎么办就怎么办；只要这样一来他们就倒台了，受压迫的老百姓就抬起头来了。”

小明道：“能弄成那样，那可真是又一番世界，可惜没有阎家——如今就想不出这么个可出头的人来。有几个能写能算、见过世面、干得了说话的，又差不多跟人家近，跟咱远。”老杨同志道：“现在的事情，要靠大家，不只靠一两个人——这也跟打仗一样，要凭有队伍，不能只凭指挥的人。指挥的人自然也很要紧，可是要从队伍里提拔出来的才能靠得住。你不要说没有人，我看这老槐树底的能人也不少，只要大家抬举，到个大场面上，也能说他几句！”小保道：“这道理是对的，只是说到真事上我就懵懂了。就象咱们要斗争恒元，可该怎样下手？咱又不是村里的什么干部，怎样去集合人？怎样跟人家去说？人家要说理咱怎么办？人家要翻了脸咱怎么办？……”老杨同志道：“你想得很是路，咱们现在预备就是要预备这些。咱们这些人数目虽然不少，可是散着不能办事，还得组织一下。到人家进步的地方，早就有组织起来的工农妇青各救会，你们这里因为一切大权都在恶霸手里，什么组织也没有。依我说咱们明天先把农救会组织起来,就用农救会出名跟他们说理。咱们只要按法令跟他说,他们使的黑钱、押地、多收了人家的租子,就都得退出来。他要无理混赖,现在的政府可不象从前的衙门,不论他是多么厉害的人,犯了法都敢治他的罪!”小保道:“这农救会该怎么组织?”老杨同志就把《会员手册》取出来,给大家把会员的权利、义务、入会资格、组织章程等大概讲了一些,然后向大家道:“我看现在很好组织,只要说组织起来能打倒恒元那一派,再不受他们的压迫,管保愿意参加的人不少!”小保道:“那么明天你就叫村公所召开个大会,你把这道理先给大家宣传宣传,就叫大家报名参加,咱们就快快组织起来干!”老杨同志道:“那办法使不得!”小保道:“从前章工作员就是那么做的,不过后来没有等大家报名,不知道怎样老得贵就成了主席了!”老杨同志道:“所以我说那办法使不得。那办法还不只是没有人报名:一来在那种大会上讲话,只能笼统讲,不能讲得很透彻;二来既然叫大家来报名,象与恒元有关系那些人想报上名给恒元打听消息,可该收呀不收?我说不用那样做:你们有两个人会编歌,就把‘入了农救会能怎样怎样’编成个歌传出去,凡是真正受压迫的人听了,一定有许多人愿意入会,然后咱们出去几个人跟他们每个人背地谈谈,愿意入会的就介绍他入会。这样组织起来的会,一来没有恒元那一派的人,二来入会以后都知道会是做什么的。”大家齐声道:“这样好,这样好!”小保道:“那么就请有才老叔今天黑夜把歌编成,编成了只要念给小顺,不到明天晌午就能传遍。”老杨同志道:“这样倒很快,不过还得找几个人去跟愿意入会的人谈话,然后介绍他们入会。”小福道:“小明叔交人很宽,只要出去一转还不是一大群?”老杨同志道:“我说老槐树底有能人你们看有没有?”正说着,小顺跑进来道:“站了一会岗又调查出事情来了!广聚、小元、马凤鸣、启昌,都往恒元家里去了,人家恐怕也有什么布置。我到他门口看看,门关了,什么也听不见!”老杨同志道:“听不见由他去吧!咱们谈咱们的。你们这几个人算是由我介绍先入了会,明天你们就可以介绍别人。天气不早了,咱们散了吧!”说了就散了。

九 斗争大胜利

自从老杨同志这天后晌碰了广聚一顿,晚上又把有才叫回,又取消张得贵的农会主席,就有许多人十分得意,暗暗道:“试试!假大头也有不厉害的时候?”第二天早上,这些人都想看看老杨同志是怎么一个人,因此吃早饭时候,端着碗来老槐树底的特别多。有才应许下的新歌,夜里编成,一早起来就念给小顺了,小顺就把这歌传给大家。歌是这样念:

入了农救会,力量大几倍,
谁敢压迫咱,大家齐反对。
清算老恒元,从头算到尾;
黑钱要他赔,押地要他退;
减租要认真,一颗不许昧。
干部不是人,都叫他退位;
再不吃他亏,再不受他累。
办成这些事,痛快几百倍,
想要早成功,大家快入会!

提起反对老恒元,阎家山没有几个不赞成的,再说到能叫他赔黑款,退押地……大家的劲儿自然更大了,虽然也有许多怕得罪不起人家不敢出头的,可是仇恨太深,愿意干的究竟是多数。还有人说:“只要能打倒他,我情愿再贴上几亩地!”他们听了这入会歌,马上就有二三十个入会的,小保就给他们写上了名。山窝铺的佃户们,无事不到村里来。老杨同志道:“谁可以去组织他们?”有才道:“这我可以去!我常在他们山上放牛,跟他们最熟。”打发有才上了山，小明就到村里去活动，不到晌午就介绍了五十五个会员。小明向老杨同志道："依我看来，凡是敢说敢干的，差不多都收进来了；还有些胆子小的，虽然也跟咱是一气，可是自己又不想出头，暂且还不愿参加。"老杨同志道："不少，不少！这么大个小村子，马上说话马上能组织起五十多个人来，在我作过工作的村子里，这还算第一次遇到。从这件事上看，可以看出一般人对他们仇恨太深，斗起来一定容易胜利！事情既然这么顺当，咱们晚上就可以开个成立大会，选举出干部，分开小组，明天就能干事。这村里这么多的问题，区上还不知道，我可以连夜回区上一次，请他们明天来参加群众大会。"正说着，有才回来了，有几家佃户也跟着来了。佃户们见了老杨同志，先问："要是生起气来，人家要夺地该怎么办?"老杨同志就把法令上的永佃权给他们讲了一遍，叫他们放心。小明道："山上人也来了，我看就可以趁着晌午开个会。"老杨同志道："这样更好！晌午开了会，赶天黑我还能回到区上。"小明道："这会咱们到什么地方开?"老杨同志道："介绍会员不叫他们知道，是怕那些坏家伙混进来；开成立大会可不跟他们偷偷摸摸，到大庙里成立去!"吃过了午饭，庙里的大会开了，选举的结果，小保、小明、小顺当了委员。三个人一分工，小保担任主席，小明担任组织，小顺担任宣传。选举完了，又分了小组，阎家山的农救会就算正式成立。

老杨同志向新干部们道："今天晚上，可以通知各小组，大家搜集老恒元的恶霸材料。"小顺道："我看连广聚、马凤鸣、张启昌、陈小元的材料都可以搜集。"老杨同志道："这不大妥当，马凤鸣、张启昌不是真心顾老恒元的人，照你们昨天谈的，这两个人有时候也反对恒元。咱们找个跟他说得来的人去给他说明利害关系，至少斗起恒元来他两人能不说话。小元他原来是你们招呼起来的人，只要恒元一倒，还有法子叫他变过来。把这些人暂且除过，只把劲儿用在恒元跟广聚身上，成功要容易得多。"老杨同志把这道理说完，然后叫他们多布置几个能说会道的人，预备在第二天的大会上提意见。

安顿停当，老杨同志便回到区公所去。他到区上把在阎家山发现的问题大致一谈，区救联会、武委会主任、区长，大家都莫名其妙，章工作员三番五次说不是事实。最后还是区长说："咱们不敢主观主义，不要以为咱们没有发现问题就算没有问题。依我说咱们明天都可以去参加这个会去，要真有这么大问题，就是在事实上整了我们一次风。"

老恒元也生了些鬼办法：除了用家长资格拉了几户姓阎的，又打发得贵向农救会的个别会员们说："你不要跟着他们胡闹！他们这些工作人员，三天调了五天换了，老村长是永远不离阎家山的，等他们走了你还出得了老村长的手心吗？"果然有几个人听了这话，去找小明要退出农救会，小明急了，跟小保小顺们商议。小顺道："他会说咱也会说，咱们再请有才老叔编上个歌，多多写几张把村里贴满，吓他一吓！"有才编了个短歌，连编带写，小保也会写，小顺、小福管贴，不大一会就把事情办了，连老恒元门上也贴了几张。第二天早上，满街都有人在墙上念歌：

工作员，换不换，
农救会，永不散，
只要你恒元不说理，
几时也要跟你干！

这样才算把得贵的谣言压住。

吃过早饭，老杨同志跟区长、救联主席、武委会主任、章工作员一同来了，一来就先到老槐树底蹓了一趟，这一着是老恒元、广聚们没有料到的，因此马上慌了手脚。

群众大会开了，恒元的违法事实，大家一天也没有提完。起先提意见的还只是农救会人，后来不是农救会人也提起意见了。恒元最没法巧辩的是押地跟不实行减租，其余捆人、打人、罚钱、吃烙饼……他虽然想尽法子巧辩，只是证据太多，一条也辩不脱。

第二天仍然继续开会，直到晌午才算开完。斗争的结果老恒元把八十四亩押地全部退回原主，退出多收了的租，退出有证据的黑钱。因为私自减了喜富的赔款，刘广聚由区公所撤职送县查办。喜富的赔款仍然如数赔出。在斗争时候，自然不能十分痛快，象退押契，改租约……也费了很大周折，不过这种斗争，人们差不多都见过，不必细叙。

吃过午饭，又选村长。这次的村长选住了小保，因此农救会又补选了委员。因为斗争胜利，要求加入农救会的人更多起来，经过了审查，又扩充了四十一个新会员。其余村政委员，除了马凤鸣跟张启昌不动外，老恒元父子也被大家罢免了另行选过。

选举完了，天也黑了，区干部连老杨同志都住在村公所，因为村里这么大问题章工作员一点也不知道，还常说老恒元是开明士绅，大家就批评了他一次，老杨同志指出他不会接近群众，一来了就跟恒元们打热闹，群众有了问题自然不敢说。其余的同志，也有说是"思想意识"问题或"思想方法"问题的，叫章同志作一番比较长期的反省。

批评结束了，大家又说起闲话，老杨同志顺便把李有才这个人介绍了一下，大家觉着这人很有趣，都说明天早上去访一下。

十　"板人"作总结

老杨同志跟区干部们因为晚上多谈了一会话，第二天醒得迟了一点。他们一醒来，听着村里地里到处喊叫，起先还以为出了什么事，仔细一听，才知道是唱不是喊。老杨同志是本地人，一听就懂，便向大家道："你听老百姓今天这股高兴劲儿！'干梆戏'（这地方把不打乐器的清唱叫"干梆戏"）唱得多么喧！"

正说着，小顺唱着进公所来。他跳跳跶跶向老杨同志跟区干部们道："都起来了？昨天累了吧？"看神气十分得意。老杨同志问道："这场斗争老百姓觉着怎样？"小顺道："你就没有听见'干梆戏'？真是天大的高兴，比过大年高兴得多啦！地也回来了，钱也回来了，吃人虫也再不敢吃人了，什么事有这事大？"老杨同志道："李有才还在家吧？"小顺道："在！他这几天才回来没有什么事，叫他吧？"老杨同志道："不用！我们一早起好到外边蹓一下，顺路就蹓到他家了！"小顺道："那也好！走吧！"小顺领着路，大家就往老槐树底来。

才下了坡，忽然听得有人吵架。区长问道："这是谁吵架？"小顺道："老陈骂小元啦！该骂！"区干部们问起底细，小顺道："他本来是老槐树底人，自己认不得自己，当了个武委会主任，就跟人家老恒元打成一伙，在庙里不下来。这两天斗争起老恒元来了。他没处去，仍然回到老槐树底。老陈是他的叔父，看不上他那样子，就骂起他来。"区干部们听老杨同志说过这事，所以区武委会主任才也来了。区武委会主任道："趁斗倒了恒元，批评他一下也是个机会。"大家本是出来闲找有才的，遇上了比较正经的事自然先办正经事，因此就先往小元家。老陈正骂得起劲，见他们来了，就停住了骂，把他们招呼进去。武委会主任也不说闲话，直截了当批评起小元来，大家也接着提出些意见，最后的结论分三条：第一是穿衣吃饭跟人家恒元们学样，人家就用这些小利来拉拢自己，自己上了当还不知道；第二是不生产、不劳动，把劳动当成丢人事，忘了自己的本分；第三是借着一点小势力就来压迫旧日的患难朋友。区武委会主任最后等小元承认了这些错误，就向他道："限你一个月把这些毛病完全改过，叫全村干部监视着你。一个月以后倘若还改不完，那就没有什么客气的了！"老陈听完了他们的话，把膝盖一拍道："好老同志们！真说得对！把我要说他的话全说完了！"又回头向小元道："你也听清楚了，也都承认过了！看你做的那些事以后还能见人不能?”老杨同志道:“这老人家也不要那样生气!一个人做了错,只要能真正改过,以后仍然是好人,我们仍然以好同志看他!从前的事情已经过去了,尽责备他也无益,我看以后不如好好帮助他改过,你常跟他在一处,他的行动你都可以知道,要是见他犯了旧错,常常提醒他一下,也就是帮助了他了……”

谈了一会,已是吃早饭时候,老杨同志跟区干部们就从小元家里走出。他们路过老秦门口,冷不防见老秦出来拦住他们,跪在地下咕冬咕冬磕了几个头道:“你们老先生们真是救命恩人呀!要不是你们诸位,我的地就算白白押死了……”老杨同志把他拉起来道:“你这老人家真是认不得事!斗争老恒元是农救会发动的,说理时候是全村人跟他说的,我们不过是几个调解人。你的真恩人是农救会,是全村民众,哪里是我们?依我说你也不用找人谢恩,只要以后遇着大家的事靠前一点,大家是你的恩人,你也是大家的恩人……”老秦还要让他们到家里吃饭,他们推推让让走开。

李有才见小顺说老杨同志跟区干部们找他,所以一吃了饭,取起他的旱烟袋就往村公所来。从他走路的脚步上,可以看出比哪一天也有劲。他一进庙门,见区村干部跟老杨同志都在,便道:“找我吗?我来了!”小保道:“这老叔今天也这么高兴?”有才道:“十五年不见的老朋友,今天回来了,怎能不高兴?”小明想了一想问道:“你说的是个谁?我怎么想不起来?”有才道:“一说你就想起来了!我那三亩地不是押了十五年了吗?”他一说大家都想起来了,不由得大笑了一阵。

老杨同志向有才道:“最好你也在村里担任点工作干,你很有才干,也很热心!”小明道:“当个民众夜校教员还不是呱呱叫?”大家拍手道:“对!对!最合适!”

老杨同志向有才道:“大家想请你把这次斗争编个纪念歌好不好?”有才道:“可以!”他想了一会,向大家道:“成了成了!”接着念道:

阎家山，翻天地，
群众会，大胜利。
老恒元，泄了气，
退租退款又退地。
刘广聚，大舞弊，
犯了罪，没人替。
全村人，很得意，
再也不受冤枉气，
从村里，到野地，
到处唱起“干梆戏”。

大家听他念了，都说不错，老杨同志道：“这就算这场事情的一个总结吧！”

谈了一小会，区干部回区上去了，老杨同志还暂留在这一带突击秋收工作，同时在工作中健全各救会组织。

一九四三年十月写于太行

催　粮　差

抗战以前，还没有咱们解放区这统一累进税制度，征收田赋，还是用前清的粮银制，俗话叫"完粮"，也叫"点粮"。每年两次，夏秋各一半。

每次开了征以后不几天，县政府就把未来完粮的户口，随便挑一些，写成一张单子，并且出一张拘人的票，把单子粘在后边：派个差人出来走一趟，俗话叫催粮。要从票上看起来，有些很厉害的话，什么"……拖延不缴，殊属玩忽，着即拘究……"好象是犯了什么了不起的大罪，不过除了一年只进两回城的乡下人，谁也知道这不过是个样子，有势头的先生们根本不理：大村大镇的人们要是没有多走过衙门的，面生一点也不过管一顿饭或者送一顿饭钱，只有荒僻山庄，才能有一点油水。可是这种名单上写的都是前几辈子的死人名字，又查不出有没有山庄上的户口（在县政府的粮册上改个名字，要写推收帖子，还要花些小费，因此除了买卖田地外，上世人死了也不去改名字）。

县政府的司法警察，不欢迎这催粮的差使，因为比起人命、盗窃、烟赌等刑事案件来，弄钱又不多，跑路又太多。别的票子发下来，你争我夺抢不到手；这催粮票子发了来，写到谁名下谁也推不出。

崔九孩当了一辈差（司法警察），在那年虽是五十多了可还能说能跑，有一次南乡的催粮差使派到他头上，他不想去——虽然能说能跑，可总得有点油水跑得才有劲——差使多了跑不过来，本来可以临时雇人；他虽不是跑不过来，可是不想去，好在有这雇人的例子，就雇个人吧！

他雇了煎饼铺里一个伙计。这人是从镇上来的，才到城里没有几天，虽说没有催过粮，可是见过别的差人到他家去催粮。他觉着这事也没有什么不好办——按单找户口、吃饭、要盘费。这有什么难办？他答应了，九孩就把票子、铁绳、锁子和自己的藤条手杖都交给他。

走路比卖煎饼还轻快，不慌不忙走了十五里，取出票来看看，眼前村子里有一户叫张天锡。他走进了村，到了村公所一打听，村警说："催粮啦？张天锡是张局长的老爷爷，早就不在了。"他又问村警说："他住在哪一院？"村警说："在南头槐树底那黑漆大门里。去不去吧……"

听这口气，好象说"去也扯淡"。他又问："他家没有人？"村警说："二先生在家啦！"他听说有人，也就不再往下问。他想：不管几先生吧，票上有他的名字，他还能叫我空着去？主意一定，出了村公所，往二先生家里来。

到了村南头，找着了槐树，又找着黑漆大门，一进去就有个大白花狗叫起来，有个人正担着水在院里浇花，见他进去，便挡住狗问他是哪里来的。他说从城里来。那人又问："送信吗？"他说："不是！有个事啦！"

二先生在家里听见了，隔着窗问："什么事？"说着就到门边，揭开竹帘用手一点说："过来，我问问你！"他便走到门边。二先生问："说吧！什么事？是不是财政局打发你来的？"他说："不是！我是催粮的！"二先生问："催粮的？给我捎着信啦？"他说："没有！"二先生说："那你来做什么？"他说："票上有你的名字。"二先生看了看他，又问："你是新来的吧？"他说："是！"二先生摇了一下头，似乎笑了一笑说："走吧！我已经打发人点粮去了！"

他觉得奇怪了。他想：这先生怎么这样不讲面子？不给钱吧也不管顿饭？不管饭吧连屋子也不叫进去坐坐？他还没有想完，二先生追他道:“走吧!”说了就放下帘子把头缩回去。他生了气,就向门里喊道:“这是拘票啊!”二先生也生了气,隔着门叹气道:“哪这么不通窍的差人来!”又揭开帘道:“你叫什么名?”他更气极了:“我拿着票找你找错了?”浇花那个人也赶上阶台,推了他一把道:“你这人真不识高低!跟二先生说话还敢那么喊叫?”白花狗也夹搀在中间叫起来。

二先生这会可真生了气:“我没有见过票,拿出来我看!”他在这种局面下,一时拿不定主意,也不知是拿票好还是不拿好。浇花的劝他赶紧走开算了,可是二先生认真要他取出票来,他也只好取出来。

二先生不是没有见过票,他是要看看这差人叫什么名字。二先生一看见崔九孩这个名字便问道:“你就是崔九孩?”他拿着票,也只好顶住这个名,便答道:“是!”才说出个“是”字来,就挨了二先生一耳光。二先生说:“回去吧!叫崔九孩亲自来拿票来!”

看样子是不便再商量了,只好返回城里去。来回跑了三十里,吃了一个耳光,满肚冤枉向崔九孩去诉苦。崔九孩问明了原因,便叹气道:“谁叫你到他那里去?算了算了!这是我的路途债,非自己跑一趟不行!你挨了打还不算到底,我还得给人家说好话赔情去,要不,连票也拿不出来了!”

他满以为回来见了崔九孩可以给自己拿个主意,谁知崔九孩也这么稀松?他便问道:“这家有多大势头?”崔九孩道:“势头也不大,只是咱惹不起:他哥哥就是现在咱县财政局的张局长,咱得伺候人家;他从前不记得在哪县当过秘书,这几年在地方上当士绅,给别人包揽官司,常到城里来,来了住在财政局,咱还不是伺候人家?算了!你回去歇歇吧!还是得我去!”他听了这番说,也只好忍气回去卖他的煎饼,把铁绳、锁子、手杖等原物交还。崔九孩吃了午饭,仍然取上他出门的那一套便来找二先生赔情要票。

二先生家是他常去的——送信、捎东西,虽不是法警份内的事，可是局长说出来就得去——路是熟的，不用打听，一直跑到二先生院子里。

爬到玻璃窗子上一看，二先生跟他老婆躺在烟灯旁边摇扇子。他嬉皮笑脸揭开帘子道："二爷！我来给你老人家赔情来了！"说了就嘻嘻笑着，走进来蹲到窗下，二先生看见是他，冷冷道："九孩！我当你的腿折了！"九孩道："可不敢叫折了！折了还怎么给你老人家赔情来啦！嘻嘻……"二先生老婆也瞥着笑了，只有二先生没有笑。二先生似乎要说什么，可是没有开口，先提起瓷壶倒了半杯冷茶喝了。

"二爷，我给你冲去！"崔九孩一躬身站起来，提起瓷壶到厨房冲了壶茶。

当他冲茶回来，看见二先生跟他老婆都笑着，他觉着事情已经解决了。他知道二先生也不把这事情当成一回事跟自己生气，只要一高兴就不跟他们这些人计较了。他恭恭敬敬给二先生夫妇一人倒了一杯茶，然后仍蹲到自己的原地方看风色。

二先生老婆笑着说："老九孩！你怎么弄了那么个替死鬼？差一点把你二爷拴上走！"

九孩说："不用说他了，太太！都只怨我！我不该偷懒！二爷知道，催粮是苦差！我老了，不想多跑，才雇了那么一个人。"

二先生也开了口："雇人也看是什么人啦！象那样一个土包子，一点礼体也没有，要对上个外面来的客人，那象个什么样子？"崔九孩自然是一溜"是"字答应下去。答应完了，又道："二爷！不要计较他，都是我的过！你骂我两句好了！"他停了一下，见二先生没有说什么，就请求道："我走吧二爷？"二先生道："走吧！票在桌上那书夹子里！"

他从书夹子里翻出票来看一看问道："二爷！这村里有一户叫孙二则的住在哪里？"二先生道："那是个种山地的，住在红沙岭！你到外边打听路吧！那可能给你赶个盘费！你们这些人还不是一进了山，就为了王了？”九孩笑道：“对对对！二爷是明白人！——二爷！再把你老人家的烟灰给我寻些喝吧？”二爷说：“迟早讨要不够！”说着拆开个大纸包给他抓了一把。

崔九孩辞了二先生，在村里问过了过红沙岭的路，喝一点烟灰，便望着红沙岭走。快到上山的地方，他拿出一副红玻璃眼镜戴上，这眼镜戴上不如不戴，玻璃也不平，颜色又红得刺眼，直直一棵树能看成一条曲曲弯弯的红蛇，齐齐一座房能看成一堵高高的红墙。他到大村镇不敢戴，戴上怕人说笑话；一进了山一定要戴，戴上了能吓住人。一根藤手杖，再配上这副眼镜，他觉着够味了。五六里山路他一点也不觉着累——一来喝上了大烟灰，二来有钱可取——越走越有劲，太阳不落就赶到红沙岭。

红沙岭这个山庄，只有七家人——三家姓孙的，四家姓刘的，都是前两辈子从河南来的开荒地的。老邻长六十多了，姓刘，念过《百家姓》和四言杂字，其余的人除了写借约时候画个十字，就再不动笔。

他一到庄上，有三只狗一齐向他扑来，他用一条手杖四面招架，差一点吃了亏。孩子们出来给他挡住狗，他便问一个十二三岁的女孩道：“邻长住在哪里？”女孩说：“在这里，我领你去！”他就跟着这女孩找着了邻长。

他问：“你就是邻长？”刘老汉点点头，问他是从哪里来的。

他说：“从城里来的。你这庄上有个孙二则？”

“早就去世了！”

“他没有后代？”

“有！有个孙孙名叫甲午。”

“在哪里住？”

“上地了！”又问那个小女道：“黑女！去叫你爹！”黑女答应了一声跑出去。

刘老汉把崔九孩让到家里喝水，问是什么事。九孩喝了一碗水，冷冷答道："有点闲事！"刘老汉也无法再问，崔九孩也撑住气不说，只是吸烟喝水。

一会，黑女跑来，领着一个人，赤着脊背，肩上背着件破小布衫，手里提着一顶草帽，一进门就问刘老汉道："大伯！有人找我？"

九孩问刘老汉道："这就是孙甲午？"

刘老汉答道："就是！"

九孩再不往下问，掏出小铁绳来套在甲午的脖子上，用小铁锁崩的一声锁住。甲午和刘老汉都吃了一惊。黑女看了几眼，虽说不认得是什么事，可也觉着不对，扭头跑了。

刘老汉问道："老头，究竟是什么事？"

九孩道："不忙！有票！"说着用脚踩住铁绳头，掏出票来，花啦花啦念道："查本年度下忙粮银业已开征多日，乃有单列各户，迁延不缴，殊属顽忽之至，着即拘案讯究，以儆效尤。切切此票。"又从单上指出孙二则的名字道："这是你爷爷的名字吧？"甲午不识字，刘老汉看了半天道："是倒是！……"

才念了票，甲午老婆和黑女都哭着跑来。甲午老婆看了看甲午，向刘老汉哭道："大伯！这这叫怎么过呀！黑女她爹闯下什么祸了？"刘老汉道："没有什么祸，粮缴得迟了。"甲午老婆也不懂粮缴得迟了犯什么罪，只歪着头看甲午脖子上那把铁锁。

九孩把票折好包起来，就牵住铁绳向刘老汉道："老邻长，你在吧！我把他带走了！"又把绳一拉向甲午道："走吧！"说着就向门外走。

甲午老婆和黑女都急了，哇一声一齐哭出来。

刘老汉总还算有点经验，便抢了几步到门外拦住道："老头不要急！天也黑了！就住这里吧！人我保住，要说到一点什么小意思啦，也不要紧，总要打发你喜喜欢欢的起身啦！"又向甲午老婆道："不要哭了！回去给人家老头做些饭！"九孩道："倒不是说那个！今年不比往年，粮太紧！”虽是这么说，却又返回去坐下了。甲午老婆见暂且不走了，就向刘老汉道：“大伯！这事可全凭你啦呀！我回去做饭去。”说了就拉着黑女回去了。

刘老汉又向九孩道：“老头！我保住，你暂且把他放开吧？他是一手人，借个钱跑个路都得他亲自去。”

九孩见这老汉还能说几句，要是叫他保住，他随便给弄个块二八毛钱，又把原人弄个不见面，难道真能把他这保人带走？他想这人放不得，便道：“人是不能放呀！住一夜倒可以。”刘老汉道：“不放也不要紧。你也累了，到炕上来随便歇歇，咱们慢慢商量！”九孩便把甲午拴到桌腿上，躺到炕上去休息。刘老汉见他躺下了便问他道：“你且躺一下，我给你看饭去！”

刘老汉到了甲午家，天也黑了，庄上人也都回来了，都挤在甲午家里话弄这件事。刘老汉一进去，大家都围着来问情形。

刘老汉说：“不怕！他不过想吃几个钱，祭送祭送就没事了。”甲午老婆问：“不知道得几个钱？”刘老汉道：“要在村里给一顿饭钱就能打发走；到咱这山庄上还不是尽力撑啦吗？你们不要多到他跟前哭闹，只要三两个人来回跑跑路，里外商量商量，要叫他看见咱不十分着急，才能省个钱。”大家又选了两个会说话的人跟刘老汉一同去，都向刘老汉说：“大伯的见识高，这会全凭你啦！”

饭成了，做了一大锅，准备请大家都吃一些，可是有好多人不吃，都说：“小家人吃不住这样破费。”

九孩吃过饭，刘老汉他们背地咬着甲午的耳朵给他出了些主意。又问了他一个数目，有个青年去借了一块现洋递给刘老汉。刘老汉拿着钱向九孩道：“本来想给老头多借几个盘费，不过甲午这小家人，手头实在不宽裕，送老头这一块茶钱吧！”

一块钱那时候可以买二斗米，数目也不算小，可是住衙门的这些人，到了山庄上，就看不起这个来了。他说：“小家人叫他省个钱吧！不用！我也不在乎这块二八毛。带他到县里也没有多大要紧,不过多住几天。”

庄稼人最怕叫他在忙时候误几天工,不说甲午,别人也替他着急了。那个青年又跟甲午咬着耳朵说了一会话,又去借了两块钱,九孩还不愿意。一直熬到半夜多,钱已经借来五块了,九孩仍不接,甲午看见五块钱摆在桌上,有点眼红了,便说:“大伯!你们大家也不要作难了,借人家那么些钱我指什么还人家啦?我的事还是只苦我吧!不要叫大家跟着我受罪。把钱都还了人家吧!明天我去就算了!”

九孩接着道:“对!人家甲午有种!不怕事!你们大家管人家做甚?”说了又躺下自言自语道:“怕你小伙子硬笨啦?罪也是难受着啦!一进去还不是先揍一顿板子?”

甲午道:“那有什么法?没钱人还不是由人家摆弄啦?”

刘老汉也趁势推道:“实在不行也只好有你们的事在!”把桌子上的几块钱一收拾,捏在自己手里向那个借钱的青年一伸。青年伸手去接,刘老汉可没有立刻递给他,顺便扭头轻轻问九孩道:“老头!真不行吗?”

九孩看见再要不答应,五块现洋当啷一声就掉在那个青年手里跑了,就赶紧改口道:“要不是看在你老邻长面子上的话,可真是不行!”刘老汉见他改了口,又把钱转递到他手里道:“要你被屈!”九孩接住钱又笑回道:“这我可爱财了!”

九孩把手往衣袋里一塞,装进了大洋,掏出钥匙来,开了锁,解了铁绳,把甲午放出。

第二天早上,崔九孩又到别处催粮,孙甲午到集上去粜米。

一九四六年

邪不压正

一 “太欺人呀!”

一九四三年旧历中秋节,下河村王聚财的闺女软英,跟本村刘锡元的儿子刘忠订了婚,刘家就在这一天给聚财家送礼。聚财在头一天,就从上河村请他的连襟来给媒人做酒席,忙了一天,才准备了个差不多。

十五这天,聚财因为心里有些不痛快,起得晚一点。他还没有起来,就听得院里有人说:“恭喜恭喜! 我来帮忙!”他一听就听出是本村的穷人老拐。

这老拐虽是个穷人,人可不差,不偷人不讹诈,谁家有了红白大事(娶亲、出丧),合得来就帮个忙,吃顿饭,要些剩余馍菜;合不来就是饿着肚子也不去。象聚财的亲家刘锡元,是方圆二十里内有名大财主,他偏不到他那里去;聚财不过是个普通庄户人家,他偏要到他这里来。说了几句吉利话,就扫院子、担水,踏踏实实做起活来了。

聚财又睡了一小会,又听他老婆在院里说:“安发! 你早早就过来了? 他妗母也来了? ——金生! 快接住你妗母的篮子! ——安发! 姐姐又不是旁人! 你也是凄凄惶惶地,贵巴巴买那些做甚? ——狗狗! 来大姑看你吃胖了没有? 这两天怎么不来大姑家吃枣? ——你姐夫身上有点不得劲,这时候了还没有起来,金生媳妇! 且领你妗母到东屋里坐吧! ——金生爹! 快起来吧! 客人都来了!”聚财听见是自己的小舅子两口,平常就熟惯了,也没有立刻起来，只叫了声：“安发！来里边坐来吧！”安发老婆跟金生媳妇进了东屋，安发就到聚财的北房里来。

这地方的风俗，姐夫小舅子见了面，总好说几句打趣的话。安发一进门就对着聚财说：“这个时候还不起！才跟刘家结了亲，刘锡元那股舒服劲，你倒学会了？”聚财坐起来，一面披衣服，一面说：“伙计！再不要提这门亲事！我看我的命终究要送到这上头！”安发见他这么说，也就正经起来，坐到床边慢慢劝他说：“以前的事不提他吧，好歹已经成了亲戚了！”聚财说：“太欺人呀！你是没有见人家小旦那股劲——把那脸一洼：‘怎么？你还要跟家里商量？不要三心二意了吧！东西可以多要一点，别的没有商量头！老实跟你说：人家愿意跟你这种人家结亲，总算看起你来了！为人要不识抬举，以后出了什么事，你可不要后悔！’你也活了三四十岁，你见过这样厉害的媒人？”安发说：“说他做甚！谁还不知道小旦那狗仗人势？”聚财说：“就说刘家吧，咱还想受他那抬举？我从民国二年跟着我爹到下河来开荒，那时候我才二十，进财才十八，人家刘家大小人见了我弟兄们，都说：‘那来这两个讨吃孩子？’我娶你姐那年，使了人家十来块钱，年年上利上不足，本钱一年比一年滚的大，直到你姐生小金生，金生长到十二，又给人家放了几年牛，才算把这笔账还清。他家的脸色咱还没有看够？还指望他抬举抬举？”安发说：“你那还算不错！你不记得我使人家那二十块钱，后来利上滚利还不起，末了不是我死给人家五亩地？要不我这日子能过得这么紧？唉！还提那些做甚？如今人家还是那么厉害，找到谁头上还不是该谁霉气？事情已经弄成这样，只好听天由命，生那些闲气有什么用？”……

金生媳妇领着安发老婆和狗狗进了东房，见软英脸朝着墙躺着。金生媳妇说：“妹妹！不要哭了，你看谁来了？”软英早就听得是她妗子，只是擦不干眼泪，见她妗子走进来了，她只得一面擦着泪一面起来说：“妗妗！你快坐下！妗妗！你看我长了十七岁，落了个什么结果?”安发老婆说:“小小孩子说的叫甚？八字还没有见一撇,怎么就叫个‘结果’？该是姻缘由天定,那里还有错了的?再说啦,人没有前后眼,眼前觉着不如意,将来还许是福,一辈子日子长着哩,谁能早早断定谁将来要得个什么结果?”聚财老婆跟到东房里来,她说:“她妗妗！你好好给我劝一劝软英！这几天愁死我了;自从初三那天小旦来提亲,人家就哭哭哭,一直哭到如今！难道当爹娘的还有心害闺女？难道我跟你姐夫愿意攀人家刘家的高门？老天爷！人家刘锡元一张开嘴,再加上小旦那么个媒人,你想！咱说不愿意能行?”……狗狗见她们只谈正经话,就跑到外边去玩。

东房里,北房里,正说着热闹,忽然听得金生在院里说:“二姨来了？走着来的？没有骑驴?”二姨低低地说:“这里有鬼子,谁敢骑驴?”听说二姨来了,除了软英还没有止住哭,其余东房里北房里的人都迎出来。他们有的叫二姨,有的叫二姐,有的叫二妹;大家乱叫了一阵,一同到北房里说话。狗狗见二姨来了,跑回来问:“二姑！给我拿着落花生没有?”二姨说:“看我狗狗多么记事？二年了你还记着啦？花生还没有刨,等刨了再给你拿！”狗狗听说没花生,又跑出去了。安发说:“二姐二年了还没有来过啦!”聚财老婆说:“可不是！自从前年金生娶媳妇来了一回,以后就还没有来!”二姨说:“上河下河只隔十五里,来一遭真不容易！一来没功夫,二来……”她忽然把嗓音放低,“二来这里还有鬼子,运气不对了谁知道要出什么事情?”安发老婆说:“那也是‘山走一时空’吧(狼多的地方好说这句迷信话,意思就是说不怕狼多,只要你不碰上就行)！这里有日本鬼,你们上河不是有八路军？那还不一样?”二姨说:“那可不同！八路又不胡来。在上河,喂个牲口,该着支差才支差,那象你们这里在路上拉差?”安发老婆说:“这我可不清楚了！听说八路军不是到处杀人、到处乱斗争？怎么又说他不胡来?”金生说:“那都是刘锡元那伙人放的屁！你没听二姨夫说过？斗争斗的是恶霸、汉奸、地主，那些人都跟咱村的刘锡元一样！”二姨说：“对了对了！上河斗了五家，第一家叫马元正！就是刘锡元的表弟，还有那四户也都跟马元正差不多，从前在村里都是吃人咬人的。七月里区上来发动斗争，叫村里人跟他们算老账，差不多把他们的家产算光了！斗争就是斗那些人。依我说也应该！谁叫他们从前那么霸气？”金生媳妇说：“八路军就不能来把咱下河的鬼子杀了，把刘锡元拉住斗争斗争？！”二姨问：“刘锡元如今还是那么霸气？”聚财说：“不是那么霸气，就能硬逼住咱闺女许给人家？”二姨说：“我早就想问又不好开口。我左思右想：大姐为什么给软英找下刘忠那么个男人？人家前房的孩子已经十二三了，可该叫咱软英个什么？难道光攀好人家就不论人？听大姐夫这么一说，原来是强逼成的，那还说什么？”聚财老婆说：“你看二妹，这还用问？要不是强逼，我还能故意把闺女往他刘家送？！”说着说着就哭起来。二姨说：“大姐！心放宽点吧，话已经跟人家展直了，后悔还有什么用处？只怨咱软英长的太俊，要象高楼院疤莲，后崖底瞎秀，管保也没有这些事情。”安发老婆说：“人没前后眼。早知道有这些麻烦，咱不会早给咱闺女找个家打发出去？”聚财老婆说：“生是你姐夫三心二意把事情耽搁了：去年人家槐树院小宝他娘，央着元孩来提，你姐夫嫌人家家里没啥……”聚财一听他老婆说起这个就要生气。他说：“再不要说这个吧！这个事算坏到我一个人手行不行？”大家见他生了气，都劝了他几句，他仍然赌气到套间里去睡。安发跟着他走进去，跟他拉着闲话，给他平气。外间里，金生媳妇早忙着去院里生火，只留下三个老婆。聚财老婆悄悄说：“看你姐夫那脾气！明明给他耽误了事，还不愿意叫人说着！我看嫁给人家槐树院小宝也不错！”安发老婆说：“孩子倒是个好孩子，又精干又漂亮，不过也不怨大姐夫挑眼儿，家里也就是没啥。”聚财老婆说：“咱金生在刘家放牛那年，人家小宝也在刘家打杂，两个孩子很合得来。人家小宝比我金生有出息，前年才十八，就能给刘家赶两个驮骡。人家跟咱金生是朋友，闲了常好到咱家里来，碰着活也做，碰着好饭也吃，踏踏实实，跟咱自己的孩子一样。”她说到这里，便把嗓子捏住些说：“这话只能咱姐妹们说：咱软英从十来岁就跟小宝在一块打打闹闹很熟惯，小心事早就在小宝身上。去年元孩来提媒，小东西有说有笑给人家做了顿拉面，后来一听你姐夫说人家没甚，马上就噘了噘嘴嘟噜着说：‘没甚就没甚吧！我爷爷不是逃荒来的？’……”

聚财的兄弟进财、金生、老拐，踢踢踏踏都到北屋里来，把三个老婆的闲话打断。进财看了看桌子说：“还短一张。金生！你跟老拐去后院西房抬我那张桌子来！”他们抬桌子的抬桌子，借家具的借家具，还没有十分准备停当，小狗就跑回来报信，说刘家的送礼食盒，已经抬出来了。老拐、进财、金生都出去接食盒，安发穿起他的蓝布大夹袄去迎媒人。

媒人原来只是小旦一个人，刘家因为想合乎三媒六证那句古话，又拼凑了两个人，一个叫刘锡恩，一个叫刘小四，是刘锡元两个远门本家。刘锡元的大长工元孩，挑着一担礼物盒子，二长工小昌和赶驮骡的小宝抬着一架大食盒。元孩走在前边，小宝、小昌、锡恩、小四，最后是小旦，六个人排成一行，走出刘家的大门往聚财家里来，安发的孩子狗狗，和另外一群连裤子也不穿的孩子们，早就在刘家的大门口跑来跑去等着看，见他们六个人一出来，就都喊着：“出来了出来了。”一边喊一边跑，跑到聚财家里喊：“来了！来了！”金生他们这才迎出去。

不知道他们行的算什么礼：到门口先站齐，戴着礼帽作揖。进财和金生接住食盒，老拐接住担子，安发领着三个媒人，仍然排成一长串子走进去。

客人分了班：安发陪着媒人到北房，金生陪着元孩、小昌、小宝到西房，女人们到东房，软英一听说送礼的来了，早躲到后院里进财的西房里去。

安发是个老实人，只会说几句庄稼话，跟小旦应酬不来，只好跟锡恩小四两个人谈谈那块谷子打了多少，那块地里准备种麦子。小旦觉着这些话听来没趣味，想找个地方先过一过烟瘾。他走进套间里去，见聚财搭着个被子躺在床上。聚财见他进去，坐起来掩了掩怀，很客气地向他说："老弟！我今天实在对不起，有点小病，身上冷得不行，不能陪你们坐坐。……"小旦看见不是个抽大烟地方，说了句："没关系，你躺着吧"，就出来了。他好象下命令一样跟安发说："安发！先给我找个过瘾地方！"安发说："饭快了！先吃饭吧？"小旦说："我这吃饭很扯淡，饭成了给我端一碗就行，还是先过过瘾！"安发见他这么说，就答应他说："可以！"随着走到门边喊："进财！"进财来了，他问进财说："叫小旦哥到你后院里过瘾吧？"进财也只得答应着，领着小旦往后院走。这时候，忽然又听得聚财老婆在东房里喊："进财你来！"进财又跑到东房门边，聚财老婆对住他的耳朵说："就叫他到你北房里吧！可不要领到西房里去。咱软英躲在你西房里。"进财点了点头，领着小旦去了。

小旦走了，说话方便得多。你不要看锡恩和小四两个人是刘锡元的本家，说起刘锡元的横行霸道来他们也常好骂几句，不过这回可是来给刘家当媒人，虽然也知道这门亲事是逼成的，表面上也不能戳破底，因此他也不骂刘锡元，只把小旦当成刘锡元个替死鬼来骂。小旦一出门，小四对着他的脊背指了两下，安发和锡恩摇了摇头，随后你一言我一语，小声小气骂起来——这个说"坏透了"，那个说"一大害"……各人又说了些小旦讹人骗人的奇怪故事，一直谈到开饭。

东房里都是几个女人，谈得很热闹，可没有什么正经话——说起谁家闺女好，谁家媳妇坏，就嘻嘻哈哈地；说起上河八路军长，下河鬼子短，就悄悄密密地。

西房谈的是另一套：金生问："元孩叔！你这几年在刘家住得怎么样！顾住顾不住（就是说能顾了家不能）？"元孩说："还不跟

你在那里那时候一样，那二十块现洋的本钱永远还不起，不论那一年，算一算工钱，除还了借粮只够纳利。——嗳！你看我糊涂不糊涂？你两家已经成了亲戚……”金生说：“他妈那×！你还不知道这亲戚是怎么结成的？”小宝说：“没关系！金生哥还不是自己人？”小昌说：“谁给他住长工还讨得了他的便宜，反正账是由人家算啦！金生，你记得吧，那年我给他赶骡，骡子吃了三块钱药，他就扣了我三块工钱？说什么理？势力就是理！”……

各个房里的人都喝着水谈了一会闲散话，就要开饭了。这地方的风俗，遇了红白大事，客人都吃两顿饭——第一顿是汤饭，第二顿是酒席。第一顿饭待生客和待熟客不同，待粗客和待细客不同——生客细客吃挂面，熟客粗客吃饸饹。三个媒人虽然都是本村人，办的可是新亲戚的事，只能算生客，上的是挂面。元孩、小昌、小宝虽然跟媒人办的是一件事，可是这三个人早已跟金生声明不要按生客待，情愿吃饸饹。其余的客人，自然都是饸饹了。小旦在后院北屋里吸大烟，老拐给他送了一碗挂面。

吃过第一顿饭以后就该开食盒，这地方的风俗，送礼的食盒，不只光装能吃的东西，什么礼物都可以装——按习惯：第一层装的是首饰冠戴，第二层是粗细衣服，第三层是龙凤喜饼，第四层是酒、肉、大米。要是门当户对的地主豪绅们送礼，东西多了，可以用两架三架最多到八架食盒。要是贫寒人家送礼，也有不用食盒只挑一对二尺见方尺把高的木头盒子，也有只用两个篮子的。刘家虽是家地主，一来女家是个庄稼户，二来还是个续婚，就有点轻看，可是要太平常了又觉有点不象刘家的气派，因此抬了一架食盒，又挑了一担木头盒子，弄了个不上不下。开食盒先得把媒人请到跟前。聚财老婆打发老拐去请小旦，老拐回来说：“请不动！他说有两个人在场就行！”锡恩和小四说：“那就开吧！”按习惯，开食盒得先烧香。金生代表主人烧过了香，就开了。开了食盒，差不多总要吵架。这地方的风俗，礼物都是女家开着单子要的。男家接到女家的单子,差不多都嫌要得多,给送的时候,要打些折扣。比方要两对耳环只送一对,要五两重手镯只给三两重的,送来了自然要争吵一会,两家亲家要有点心事不对头,争吵得就更会凶一点。女家在送礼这一天请来了些姑姑姨姨妗妗一类女人们,就是叫她们来跟媒人吵一会。做媒人的,推得过就推,推不过就说:“回去叫你亲家给补”,做好做歹,拖一拖就过去了。

聚财家因为对这门亲事不情愿,要的东西自然多一点。刘家就是一件东西也不送,自然也不怕聚财改口,可是他也不愿意故意闹这些气——东西自己都有,送得去将来把媳妇娶到手,一件一件又都原封带回来了,不是个赔钱事,因此也送得很象个样子。象要了两对金耳环两对金戒指,每样都给了一对金的一对银的,只有金手镯没有给,给了一对镀金的。绸缎衣服一件也不少,不过都是刘忠前一个老婆的,要给软英穿,都窄小一点。不论好歹吧,女家既然有气,就要发作发作,聚财老婆看罢了首饰和衣服,就向锡恩和小四说:“亲家给送的这些衣服,咱也没见过大市面,不敢说不好,可惜咱闺女长得粗胖一些,穿不上。首饰的件数也不够,样子也都是前二十年的老样,没有一件时行货。麻烦你们拿回去叫亲家给换换!”话虽然很活软,可是里边有骨头,不是三言五语能说了的事。锡恩岁数大一点,还能说两句,就从远处开了口。他说:“聚财嫂！亲戚已经成亲戚了,不要叫那一头亲戚太作难。你想:如今兵荒马乱的,上哪里去买那么多新东西？自然是有甚算甚。这不过是摆一摆排场吧,咱闺女以后过了门,穿戴着什么你怕没有啦?哪件不合适,咱家的闺女就是他家的媳妇,他能叫咱闺女穿戴出去丢他的人？……”他还没有说完,二姨就接上话。二姨说:“你推得可倒不近！他刘家也是方圆几十里数得着的大财主,娶得起媳妇,就做不起衣裳,买不起首饰？就凭以前那死鬼媳妇穿戴过的东西顶数啦?”安发老婆也接着说:“不行！我外甥女儿一辈子头一场事,不能穿戴他那破旧东西!”进财老婆拿着镀金镯子说:“旧东西也只挑坏的送！谁不知道刘忠前一个老婆戴着六两重的金镯子？为什么偏送这镀金的？”金生媳妇也说：“这真是捉土包子啦！他觉着我们这些土包子没有认得金银的！”其实这几个女人们还只有她们两个见过金首饰，不过也没有用过，也不见得真认的，只是见这对镯子不是刘忠前一个老婆胳膊上那一对，并且也旧了，有些地方似乎白白地露出银来，因此才断定是镀货。

锡恩和小四看见事情不好下台，就往小旦身上推。锡恩说：“原来开单子要东西，都是小旦一手办的，要了多少，应承了多少，我俩人都也摸不清楚。”安发说：“单是我开的，那倒没有错！”小四说：“还是请人家小旦来吧！”聚财老婆说：“请他就请他！就是他说多要点东西行，不答应就不行！许亲不许亲已经不由我了，要东西还不叫由我，那样只有他刘锡元活的了！老拐！你再到后院里请小旦来！”老拐说：“咱请不动！”小四说：“小宝！你去一下吧！”小宝就去了。

小宝不知道小旦在北房，进财一向就在西房住，因此他就一直跑到西房里来。他正去叫“小旦叔”，忽然看见是软英。软英脸朝墙躺着，听见有人走得响，一翻身正要往起爬，看见是小宝，就又躺下去，说了声：“你？我当是谁来！”小宝低声说：“婶婶叫我找小旦！”软英用嘴指着说：“在北房里！”小宝扭转头正往外走，软英又叫住他说：“一会你来，我跟你说句话！”小宝点了点头就去北房叫小旦。这时候，小旦的大烟已经抽足了，见小宝说外头有事，非要他不行，他就嘟嘟念念说：“女人们真能麻烦，再吵一会还不是那么回事？”说着就走出来了。女人们见他出来了，又把刚才说衣服首饰不合适的那番话，对着他吵了一遍，他倒答应的很简单。他说：“算了！你们都说些没用话！那家送礼能不吵？那家送礼能吵得把东西抬回去？说什么都不抵事，闺女已经是嫁给人家了！”聚财老婆说：“你说那个天生不行！照那样说……”小旦已经不耐烦了，再不往下听，把眼一翻说：“不行你随便，我就只管到这里！”

聚财老婆说:“老天爷呀!世上那有这么厉害的媒人?你拿把刀来把我杀了吧!”小旦说:“我杀你做什么?行不行你亲自去跟刘家交涉!管不了不许我不管?不管了!”说着推开大家就往外走,急得安发跑到前边伸开两条胳膊拦住,别的男人们也都凑过来说好话,连聚财也披起衣服一摇一晃出来探问是什么事。

大家好歹把小旦劝住,天已经晌午了。金生他夫妇催开席。老拐就往各桌上摆碟子。不多一会,都准备妥当,客人都坐齐,点了点人,只短小宝,金生跑来跑去喊叫,小宝才从后院里跑出来。

原来小宝把小旦叫出来以后,就又到后院西房去看软英。小宝问软英要说什么,软英说:“你等等!我先想想!”随后就用指头数起来。她数一数想一想,想了想又数一数,小宝急着问:“你尽管数什么?”她说:“不要乱!”她又数了一会说:“还有二十七天!”小宝说:“二十七天做什么?”她说:“你不知道?九月十三!”小宝猛然想起来刘家决定在九月十三娶她,就答应她说:“我知道!八月十五到九月十三,还有二十九天!”软英说:“今天快完了,不能算一天。八月是小建,再除了一天……”小宝说:“不论几天吧,你说怎么样?”软英说:“我说怎么样!你说怎么样?”小宝没法答应。两个人脸对脸看了一大会,谁也不说什么。忽然软英跟唱歌一样低低唱道:“宝哥呀!还有二十七天呀!”唱着唱着,眼泪骨碌碌就流下来了!小宝一直劝,软英只是哭。就在这时候,金生在外边喊叫:“小宝!小宝!”小宝这时才觉得自己脸上也有热热的两道泪,赶紧擦,赶紧擦,可是越擦越流,擦了很大一会,也不知擦干了没有,因为外边叫得紧,也只好往外跑。

吃过酒席稍停了一会,客人就要回去。临去的时候,小旦一边走一边训话:“刘家的场面还有什么说的?以后再不要不知足……”安发一边送着客,一边替聚财受训,送到大门外作了揖才算完结。

小宝抬着食盒低着头,一路上只是胡猜想二十七天以后的事。

二 “看看再说!”

二姨回到上河,一直丢不下软英的事,准备到九月十三软英出嫁的时候再到下河看看,不料就在九月初头,八路军就把下河解放了,后来听说实行减租清债,把刘家也清算了,刘锡元也死了,打发自己的丈夫去看了一次,知道安发也分了刘家一座房子,软英在九月十三没有出嫁,不过也没得退了婚。过了年,旧历正月初二,正是走娘家的时候,二姨想亲自到下河看看,就骑上驴,跟自己的丈夫往下河来。

他们走到刘锡元的后院门口,二姨下了驴,她丈夫牵着驴领着她往安发分下的新房子里走。狗狗在院里看见了,叫了声:“妈!二姑来了!”安发两口,金生两口,都从南房里迎出来。

二姨笑着说:“安发!搬到这里来,下雨可不发愁了吧?——金生!你两口子都来给你舅舅拜年来了?……”安发老婆和金生两口答应着,说说笑笑走进了南房。二姨的丈夫说:“安发!把牲口拴哪里?”安发接住缰绳说:“没处拴!就拴在这柱子上吧!”二姨的丈夫说:“你就没有分个圈驴的地方?”安发说:“咱连根驴毛也没有,要那有什么用?不用想那么周全吧!这比我那座透天窟窿房就强多了。”说着拴住了驴,拿下毛裢和捎裢,也都回到房里。

一进门,狗狗就问:“二姑夫!给我拿着花生啦没有?”二姨说:“看我狗狗多么记事?拿着哩!”她丈夫解开毛裢口,给狗狗取花生,二姨还说:“去年花生收成坏,明年多给孩子拿些!”安发老婆说:“这还少?狗狗!装上两把到外边玩吧!”

二姨说:“这房子可真不错:那顶棚是布的呀纸的?”安发老婆说:“纸的!”二姨说:“看人家那纸多么好?跟布一样!咱不说住,连见都没见过!”安发说:“咱庄稼人不是住这个的:顶棚上也不能钉钉子,也不能拴绳子,谷种也没处挂,只能放在窗台上!”二姨的丈夫说："那你还不搬回你那窟窿房子里去？"大家都哈哈笑起来。

二姨说："我这三个多月没有来，下河变成个什么样子了？"大家都说："好多了。"安发说："总不受鬼子的气了！"金生说："刘锡元也再不得厉害了！"二姨的丈夫接着说："你舅舅也不住窟窿房子了！"二姨问："刘锡元是怎样死的？是不是大家把他打死了？"金生说："打倒没人打他，区上高工作员不叫打，倒是气死了的！"安发说："那老家伙真有两下子！要不是元孩跟小昌，我看谁也说不住他。"二姨问："元孩还有那本事？"金生说："你把元孩错看了：一两千人的大会，人家元孩是主席。刘锡元那老家伙，谁也说不过他，有五六个先发言的，都叫他说得没有话说。后来元孩急了，就说：'说我的吧？'刘锡元说：'说你的就说你的：我只凭良心说话！你是我二十年的老伙计，你使钱我让利，你借粮我让价，年年的工钱只有长支没有短欠！翻开账叫大家看，看看是谁沾谁的光？我跟你有什么问题？……'元孩说：'我也不懂良心，我也认不得账本，我是个雇汉，只会说个老直理：这二十年我没有下过工，我每天做是甚？你每天做是甚？我吃是甚？你吃是甚？我落了些甚？你落了些甚？我给你打下粮食叫你吃，叫你吃上算我的账，年年把我算光！这就是我沾你的光！凭你的良心！我给你当这二十年老牛，就该落一笔祖祖辈辈还不起的账？呸！把你的良心收起！照你那样说我还背补你……'他这么一说，才给大家点开路，这个说：'……反正我年年打下粮食给你送'，那个说：'反正我的产业后来归了你'……那老家伙发了急，说：'不凭账本就是不说理！'一个'不说理'把大家顶火了，不知道谁说了声打，大家一轰把老家伙拖倒，小昌给他抹了一嘴屎，高工作员上去抱住他不让打，大家才算拉倒。会场又稳下来，小昌指着老家伙的鼻子说；'刘锡元！这理非叫你说清不可！你逼着人家大家卖了房、卖了地、讨了饭、饿死了人、卖了孩子……如今跟你算算账，你还说大家不说理。到底是谁不说理？'这一问，问得老家伙再没有说的。后来组织起清债委员会,正预备好好跟他算几天,没想到开了斗争会以后,第三天他就死了!有人说是气死的,有人说是喝土死的。”安发说:“不论是怎么死的吧,反正是死了,再不得厉害了!”二姨问:“他死了,那账还怎么算?”安发说:“后来自然只能跟刘忠算。不过他一死,大家的火性就没有那么大,算起来就有好多让步。本村外村,共算了他五千多石米,两万多块钱现洋。他除拿出些粮食牲口以外,又拿出三顷多地和三处房子。如今人家还有四十来亩出租地,十几亩自种地和这前院的一院房子。”二姨说:“那么外边说斗光了?”安发说:“没甚了没甚了,象我这么十个户也还抵不住人家!”……

安发老婆正去切菜,听得小昌的孩子小贵在院里说:“狗狗!谁叫你把花生皮弄下一院?扫了!”狗狗说:“我不!”“你是扫不扫?”“不!”“拍!”小贵打了狗狗一下,狗狗哭了。安发老婆揭开帘子说:“小贵!你怎么打起狗狗来了?”小贵说:“他怎么把花生皮弄下一院?”安发老婆说:“不要紧,弄下一院我给你扫!”小昌老婆在北屋里嘟噜着说:“扫过几回?”安发老婆听见也只装没听见,仍然跟小贵说:“不要打狗狗!狗狗小啦你大了!”小昌老婆又嘟噜着说:“小啦就该上天啦!”安发老婆忍不住了,就接上了话:“我那孩子就叫上天啦!你十二岁孩子打我八岁的孩子,还有你这当妈的给他仗胆,我那孩子还有命啦?”“打着了?打伤了?”“嫌他打得不重你不会也出来打两下?”“谁可养过个孩子?”“我那孩子还有娘?”“没有娘来还惯不成那样啦!看那院能干净一晌不能?人糟踏,牲口屙!”“屙了叫你扫啦?可知道你分了个驴圈!”“你不分一个?还不是你的‘问题’小?”“你有多大‘问题’,还不是凭你男人是干部?”安发见她们越吵话越多,就向老婆说:“算了算了!少说句不行!”安发老婆不说了,小昌老婆还在北房里不知嘟哝些什么。二姨问:“北房里住的是谁?”安发说:“说起来瞎生气啦:这一院,除了咱分这一座房子,其余都归了小昌。”二姨说:“他就该得着那么多?”安发说:“光这个? 还有二十多亩地啦! 人家的‘问题’又多,又是农会主任,该不是得的多啦? 你听人家那气多粗? 咱住到这个院里,一座孤房,前院都是刘忠的,后院都是小昌的——碾是人家的,磨是人家的,打谷场是人家的,饭厦和茅厕是跟人家伙着的,动脚动手离不了人家。在咱那窟窿房里,这些东西虽然也是沾邻家的光,不过那是老邻居,就比这人贴多了!”

不大一会,饭好了,大家吃着饭仍然谈着斗争刘家的事。二姨仍是问谁都提些什么问题,谁都分的东西多。

老拐来了,背着个麻包,进门就喊:“拜年拜年!”他跟大家打过招呼,安发老婆给他拿了两个黄蒸,他丢到麻袋里。安发老婆指着前院说:“你到人家前院,管保能要两个白面蒸馍!”老拐说:“咱就好吃个黄蒸,偏不去吃他刘家那白面馍!”二姨笑着说:“老拐!你就没有翻翻身?”老拐也笑了笑说:“咱跟人家没‘问题’!”说完就走了。

安发说:“你叫我说这回这果实分得就不好;上边既然叫穷有翻身啦,为什么没‘问题’的就不能翻? 就按‘问题’说也不公道——能说会道的就算得多。象小旦! 给刘家当了半辈子狗腿,他有什么‘问题’? 胡捏造了个‘问题’竟能分一个骡子几石粮食!”二姨说:“怎么呀? 小旦也分果实? 在上河,连狗腿都斗了,你们这里怎么还给那些人分果实?”金生说:“人家这会又成了积极分子!”安发说:“那人就算治不了! 人家把头捏得尖尖的,那里有空就往那里钻! 八路军一来,刘锡元父子就跑到一个荒山上躲起来,有什么风声小旦管给人家送信。高工作员来发动群众去找刘锡元,有人说‘只要捉住小旦一审就知道了’。这话传到人家小旦耳朵,人家亲自找工作员说人家也要参加斗争,说‘只要叫我参加我管保领上人去把刘家父子捉回来’。高工作员跟大家说‘只要他能这么做,就叫他参加了吧?’大家说:‘参加就参加吧,反正谁也知道他是什么人,上不了他的当。’第二天人家果然领着人去把刘家父子捉回来。在斗争那一天,人家看见刘家的势力倒下去,也在大会上发言,把别人不知道光人家知道的刘家欺人的事,讲了好几宗,就有人把人家也算成积极分子。清债委员会组织起来以后,他说刘锡元他爹修房子的地基是讹他家的。大家也知道他是想沾点光,就认起这笔账来了。后来看见元孩、小昌他们当了干部,他就往他们家里去献好;看见刘忠的产业还留得不少,就又悄悄去给刘忠他娘赔情。不用提他了:那是个八面玲珑的脑袋,几时也跌不倒!"

提起刘忠跟小旦,二姨自然又想起软英的事,问了问金生,金生说:"这事真难说:一家人为着这件事成天生闲气。我看恐怕就怨我爹。二姨这回没有别的事,就到我家坐坐,叫我妈给你细细谈谈!"二姨答应了,就同她丈夫跟金生两口子辞别过安发两口走出来。金生说:"把驴也牵到我那里喂吧!"说着解下缰绳牵上,四个人一同往聚财家里来。

聚财老婆一见二姨,就先诉了一顿自己的苦:"……他爹死扭劲,闺女也不听话,咱两头受气,那头也惹不起!"二姨听不出个头尾来,要叫她细细谈,她才从送礼那次说起。她说:"送过礼以后,我跟软英说:'事情仍是那样了,日子也近了,他送的那些衣裳有的窄小的穿不得,有的穿得也不时行,你趁着这两天,挑那能穿的改几件好穿。'人家起头就不理,说了四五天,才算哭着做着做一点;我也帮着人家做。一件一件拆开改好了还没有缝,就打开仗了。赶到日本人走了,刘家也跑了,九月十三也过了,软英忽然有说有笑了,我跟她爹说:'咱跟刘家这门亲事可算能拉倒了吧?'她爹说:'看看再说吧!这会还不能决定!'又迟了几天,区上高工作员来发动群众斗争刘家,把刘家父子都捉回来了,小宝来跟金生软英说:'明天到大会上一定把强迫婚姻这问题提出来,看他刘家有什么说的?!'她爹强按住不叫提。她爹说:'事情还不知道怎么变化啦!你叫他犯到别人手!咱不要先出头得罪人。'后来偏是刘锡元死了刘忠没死;人家别人的大小问题都提了,咱这问题没有提,不长不短放下了。赶到斗争也过了,清算刘家的事到底了,我问她爹说:'咱跟刘忠这亲事到底算不算数了?'她爹又说:'看看再说吧!这会还不能决定!'我说:'还看什么?要不是刘忠给刘锡元守孝的话,人家快要择日子娶了!'他说:'一守孝就是三年!你急什么啦?'后来听小宝说他问过高工作员,高工作员说只要男女本人有一个不情愿,就能提出理由来,到区上请求退亲。我问他送过礼还能不能,他说他听高工作员说只要把东西退还了也行。我把这话跟她爹说了一遍,她爹骂人家小宝不该挑拨。软英听说她爹不答应,又怄了几天气,她爹心里也有点活动了。这时候偏还有个该死的小旦又坏了点事;他是媒人,退东西脱不过他的手。听安发说刘忠又给他拿了几两土,他就又向着刘忠那一头说话。他知道我把衣服改了,就故意说:'行是行!只要能把人家送的东西原封原样送回来!少了一件,坏了一件,照原样给人家买!'安发把这话跟她爹一说,她爹又埋怨起我来:又是'明知道弄不断,开这口有什么好处',又是'人没前后眼,你知道以后是谁的天下',说得我也答应不上。去年腊月初五,她爹当面说人家小宝:'你来我这里有什么正事?再不要来这里说淡话!'又说软英:'小小孩子嘻嘻哈哈,象个什么规矩?'说得人家小宝红着脸走了,软英就跟她爹闹起来。她爹说:'再敢跟那些年轻人嘻嘻哈哈我捶死你!'软英说:'捶死就捶死吧!反正总要死一回啦!捶死也比嫁给刘忠强!'从那以后,爹也气病了,闺女也气得哭了几天,我两头说好话,那头也劝不下,直到如今,父女们说不上三句话就要顶起来。二妹你今天不要走,住上一两天,两头都替我劝一劝!"二姨见她姐姐哭哭啼啼很作难,就答应下来。

二姨先去探聚财的口气:"大姐夫!听说你身上不爽快?"聚财说:"也不要紧!冬天里,受了点凉!""听大姐说,软英不听你的话,惹得你动了点气?孩子们说话,你理她做甚啦?那个还能当一回事?""当老的瞎操心啦吧！瞎惹你们笑话啦!""自家人笑话什么？我说孩子大了,咱一辈不管两辈事,她自己的事,你叫由她一点算了!"她又故意说:"软英对刘家这门亲事实在不满意,听说只要你愿意就能弄断了……""唉！年轻人光看得见眼睫毛上那点事！一来就不容易弄断,二来弄断了还不知道是福是害！日本人才退走四个月,还没有退够二十里,谁能保不再来？你这会惹了刘忠,到那时候刘忠还饶你？还有小旦,一面是积极分子,一面又是刘忠的人,那种人咱惹得起？他们年轻人,遇事不前后想,找出麻烦来就没戏唱了！还有,去年你大姐也跟你说过了,软英的心事在小宝身上,这我不能赞成——一则不成个规矩,再则跟上小宝,我断定她受一辈子穷。小宝那孩子,家里有甚没甚且不讲,自己没有出息,不知道为自己打算。去年人家斗刘家,他也是积极分子,东串连人,西串连人,喊口号一个顶几个,可是到算账时候,自己可提不出大'问题',只说是短几个工钱,得了五斗谷子。人家小旦胡捏了个问题,还弄了一头骡子、几石粮食,他好歹还给刘家住过几年,难道连小旦都不如？你看他傻瓜不傻瓜？只从这件事上看,就知道他非受穷不可！要跟上小宝,那不如还嫁给人家刘忠！你不要看人家挨了斗争！在本村说起来还仍然是个小财主！如今刘锡元也死了,骂名也没了,三四口人,有几十亩出租地,还不是清净日月?"二姨说:"不过岁数大一点!"聚财说:"男人大个十四五岁吧,也是世界上有的事!"二姨问:"那样说起来,你的主意还是嫁给刘忠?"聚财说:"不！我的主意是看看再说！刘忠守服就得三年,在这三年中间看怎么变化——嫁刘忠合适就嫁刘忠,嫁刘忠不合适再说,反正不能嫁给小宝!"聚财说这番话,二姨觉着"还是大姐夫见识高！应该拿这些话去劝劝软英。"

二姨劝软英:"软英！姨姨问你件事:听说你年头腊月顶了你爹几句,惹得你爹不高兴?"软英说:"二姨！我也不怕你笑话！我不是故意惹我爹生气,可是家里有个我,我爹就不能不生气。我有什么办法?”“这话怎么讲?难道你爹多嫌个你?”“也不是我爹多嫌我!还是因为那件龌龊亲事!如今我爹已经嚷出来了,我也不说那丑不丑了!因为我要嫁小宝,不愿意嫁给刘忠!”“这闺女倒说得痛快!年轻人,遇事要前后想想!”“那天不想?那时不想?不知道想过几十遍!”“你觉得惹得起刘忠吗?”“斗争会上那几千人都惹得起他,恰是咱家惹不起他?”“年轻人光看那眼睫毛上那点事!你爹说日本人退出不够二十里,你敢保不再来?你得罪了刘忠,刘忠那时候还饶你?”“我爹就是那样‘前怕狼后怕虎’!我爷爷不是逃荒来的?日本再来了不能再逃荒走?都要像他那样想,刘锡元再迟一年也死不了!”“你爹说小宝那孩子没出息,不会为自己打算,当了一回积极分子没得翻了身。从这件事上看,将来恐怕过不了日子!”“小旦有出息,会给自己打算,没‘问题’也会捏造‘问题’分骡子。照他那么说我就该嫁给小旦?”“你爹说刘家虽说挨了斗,在下河还是个小财主!”“他财主不财主,又不是缺个爹!”“你爹说男人大个十四五岁,也是世界上有的事!”“做小老婆当使女都是世界有的事,听高工作员说自己找男人越发是世界上有的事!难道世界上有的如意事没有我,倒霉事就都该我做一遍?”最后二姨问:“照你这样说来,你的主意是不论你爹愿意不愿意,你马上就要跟刘忠说断了嫁给小宝?”软英说:“要以我的本意,该不是数那痛快啦?可是我那么办,那真要把我爹气坏了。爹总是爹,我也不愿意叫他再生气。我的主意是看看再说。刘锡元才死了,刘忠他妈是老顽固,一定要叫他守三年孝。去年八月十五到九月十三,二十七天还能变了卦,三年工夫长着啦,刘家还能不再出点什么事?他死了跑了就不说了,不死不跑我再想我的办法:反正我死也不嫁给他,不死总要嫁给小宝!”软英说完了,二姨觉着这话越发句句是理。

两个人各有各的道理,两套道理放到一处是对头,也有两点相同——都想看看再说,都愿意等三年。二姨就把这谈话的结果向聚财老婆谈了一下，两个人都觉着没法调解。不过聚财老婆却放了心：她觉着闺女很懂事，知道顾惜她爹。她觉着两套道理虽是对头，在这三年中间，也许慢慢能取得同意，到底谁该同意谁，她以为还是闺女说得对。

三　想再“看看”也不能

聚财和软英父女俩个都猜得不错，这三年中间果然有些大变化——几次查减且不讲，第一个大变化是第二年秋天日本投降了；第二个大变化是第三年冬天又来了一次土地改革运动，要实行填平补齐。第一个大变化，因为聚财听说蒋介石要打八路，还想“看看再说”，软英的事还没有动；第二个大变化，因为有些别的原因，弄得聚财想再“看看”也不能了。

第二个大变化在一九四六年。这年十月里，有一天，区上召集干部和积极分子联合会，元孩、小昌、小旦、小宝……一共有四十多个人参加，要开七天。他们到区上以后，村里人摸不着底，有些人听别的区里人说是因为穷人翻身不彻底，还要发动一次斗争。这话传到刘忠的耳朵里，刘忠回去埋藏东西；传到软英的耳朵里，软英回去准备意见。

七天过了，干部积极分子都从区上回来了。晚饭后，还是这四十来个人，开了布置斗争会。元孩是政治主任，大家推他当了主席。元孩说：“区上的会大家都参加过了。那个会决定叫咱们回来挤封建，帮助没有翻透身的人继续翻身。咱们怎么样完成这个任务，要大家讨论，讨论一下谁还是封建？谁还没有翻身？谁还没有翻透？”他说完了，小昌就发言。小昌说：“我看咱村还有几户封建。第一个就是刘忠！”有人截住他的话说：“刘忠父子们这几年都学会种地，参加了生产，我看不能算封建了！”小昌说：“他哪种地？家里留廿来亩自耕地，一年就雇半年短工，全凭外边那四十来亩出租地过活。这还不是地主？还不是剥削人的封建势力？”这意见大多数都同意，就把刘忠算做一户封建尾巴。别人又提了四五户，都有些剥削人的事实，大家也都同意，其余马上就再提不出什么户来，会场冷静了一大会。元孩说：“想起来再补充吧！现在咱们再算算咱村还有多少没翻身或者翻也没有翻透的户！”大家都说：“那多啦！”“还有老拐！”“还有安发！”“还有小宝！”……七嘴八舌提了一大串。元孩说：“慢着！咱们一片一片沿着数一数！”大家就按街道数起来，数了四十七个户。元孩曲着指头计算了一下说：“上级说这次斗争，是叫填平补齐，也就是割了封建尾巴填窟窿。现在数了一下：封建尾巴共总五六个，又差不多都是清算过几次的，可是窟窿就有四五十个，那怎么能填起来？”小宝说：“平是平不了，不过也不算很少！这五六户一共也有三顷多地啦！五七三百五，一户还可以分七亩地！没听区分委说‘不能绝对平，叫大家都有地种就是了’！”又有人说：“光补地啦！不补房子？不补浮财？”又有人说：“光补窟窿啦？咱们就不用再分点？”元孩说：“区分委讲话不是说过了吗？不是说已经翻透身的就不要再照顾了吗？”小旦说：“什么叫个透？当干部当积极分子的管得罪人，斗出来的果实光叫填窟窿，自己一摸光不用得？那只好叫他们那四十七个窟窿户自己干吧！谁有本事他翻身，没有本事他不要翻！咱不给他当那个驴！”元孩说：“小旦！你说那不对！在区上不是说过……”元孩才要批评这自私自利的说法，偏有好多人打断了他的话，七嘴八舌说：“小旦说的对！”“一摸光我先不干！”“我也不干！”“谁得果实谁去斗！”元孩摆着两只手好久好久才止住了大家的嚷吵。元孩说：“咱们应该先公后私。要是果实多了的话，除填了窟窿，大家自然也可以分一点，现在人多饭少，填窟窿还填不住，为什么先要把咱们说到前头？咱们已经翻的不少了，现在就应该先帮助咱的穷弟兄。”小昌说：“还是公私兼顾吧！我看叫这伙人不分也行不通，因为这任务要在两个月内完成，非靠这一伙人不行。要是怕果实少分不过来,咱们大家想想还能不能找出几个封建尾巴来?”这意见又有许多人赞成。小旦说:“有的是封建尾巴!刘锡恩还不是封建尾巴?他爹在世时候,不是当过几十年总社头?还不跟后来的刘锡元一样?”元孩说:“照你那么提起来可多啦!”跟小旦一样的那些人说:“多啦就提吧!还不是越多越能解决问题?”元孩说:“不过那都是三四十年前的事。从我记得事,他家就不行了……”有人说:“不行了现在还能抵你那两户?”元孩说:“那是人家后来劳动生产置来的。”又有人说:“置来的就不给他爹还还老账?”元孩听着他们这些话,跟在区上开会那精神完全不对头,就又提出在区开会时候,区分委说那不动中农的话来纠正他们。小旦他们又七嘴八舌地说:“那叫区上亲自做吧!”元孩说:“不要抬杠!有什么好意见正正经经提出来大家商量!”那些人又都一齐说:“没意见了!”以后就谁也不开口,元孩一个一个问着也不说,只说“没意见”。会场又冷静了好大一会。有些人就交头接耳三三两两开小会,差不多都是嘟噜着说:“象锡恩那些户要不算,那里还有户啦?”“要不动个几十户,那里还轮得上咱分果实?”……元孩听了听风,着实作了难:上级不叫动中农,如今不动中农,一方面没有东西填窟窿,一方面积极分子分不到果实不干,任务就完不成。他又在会场上走了一圈,又听的不止是积极分子,有些干部也说分不到果实不干,这更叫他着急。他背着手转来转去想不出办法,小昌说:“我看还是叫大家提户吧!提出来大家再讨论,该动就动,不该动就不动。”元孩一时拿不定主意,小昌就替他向大家说:“大家不要开小会了,还是提户吧!”一说提户,会场又热闹起来,哗啦哗啦就提出二十多户,连聚财进财也都提在里边。一提户,元孩越觉得不对头,他觉得尽是些中农。他说:“我一个人也扭不过大家,不过我觉着这些户都不象是封建尾巴。咱们一户一户讨论吧!要说哪一户应该斗,总得说出个条件来!”小昌说:“可以!咱们就一户一户说!”元孩叫记录的人把大家提出来的户一户一户念出来，每念一户，就叫大家说这一户应斗的条件。象小旦那些积极分子，专会找条件，又是说这家放过一笔账，又是说那家出租过二亩地；连谁家爹爹打过人，谁家奶奶骂过媳妇都算成封建条件，元孩和小宝他们几个说公理的人，虽然十分不赞成，无奈大风倒在"户越多越好"那一边，几个人也扭不过来。

讨论到聚财那一户，小宝先提出反对意见。小宝说："我觉得那一户真不该斗！人家是开荒起家，没有剥削过谁一个钱东西，两三辈子受刘家的剥削，这几年才站住步，为什么就把人家算成封建？"他还没有说完，就有人喊叫"反对包庇！"有个年轻人在小宝背后嘟噜着跟小宝说："还有什么想头啦？记不得人家把你撵出来？"元孩说："不要说笑话了？这一户可真不能斗！别人的条件，算不算封建吧，总还有个影子，这一户连封建影子也没有，受封建的剥削比我元孩还多，要是连他也斗了，恐怕连咱们这些人都得斗！人家有什么条件？"他这么一说，大家也觉着真不容易找出条件来，会场好象又要冷静一会。小旦怕冷了场，就赶紧说："有有有！他跟地主家结亲还不是一个大条件？"小宝说："谁不知道那是刘家强迫的？你是媒人，我是抬食盒的，小昌叔和元孩叔也都去来！谁不清楚那是怎么一回事？"小旦说："三媒六证，亲口许婚，那怎么能算强迫？是强迫他在斗刘锡元时候为什么不提意见？这二三年了为什么又舍不得退婚？"元孩觉着他这样颠倒是非太不象话，就正正经经问他说："小旦你这是说笑话呀，还是说正经话？要是别人办的，还许你摸不清；你亲自办的事，你还该不知道那事见得人见不得？"事实谁都知道，元孩这样一碰，小旦也就再不提这事了。可是聚财这户，地也多，也都做好了，在近几年又积余了好多粮食，有些人很眼热，觉着放过去可惜，就又找出个条件。元孩才把小旦的话碰回去，就又有人说："他有变天思想！那总是个条件吧？"另有几个人说："对！"有一个说："他从前说日本人还要来，日本投降以后又说蒋军要来！"还有作证的说："对！有一次他在场里和安发说过，我跟好几个人都听见来！”还有个追根的说：“他听谁说的？这都是特务造的谣言，问他在哪里听到的！他跟哪一个有联系？”……元孩说：“够了够了！再猜下去就比刘锡元还厉害了！大家一定要斗人家，也只能叫他献些地献些东西，要跟别的封建尾巴一样弄得扫地出门，咱实在觉着过意不去！”又有人说：“刘家给他送那好东西多着啦！人家别人都跟地主分家啦，也叫他跟刘家解除婚约，把好东西退出来归了群众！”小昌说：“明天刘家就扫地出门了，那你怕他不愿意啦？”又有人说：“那可是一批大果实，还有金镯子啦！”小宝说：“镀金的！”那个人说：“真金的，我见人家前一个老婆戴过！”小宝说：“那一对没有归了他！”……元孩见他们这些人只注意东西不讲道理，早就不耐烦了，就又批评他们说：“那他是什么就是什么吧，争吵那有什么用？这一户算过去了吧？时候不早了，讨论别人！”接着又讨论到进财。这一户，就是小旦那个找家，也没有找出什么条件来，只好去掉。总共提出二十七八户，讨论中间，元孩小宝他们几个正经人，虽然争着往下去，结果还剩下二十一户再也去不下去了。元孩见这二十一户中间，大多数是中农，仍觉着不妥当，就跟桌子旁边的主要干部说：“动这么多的中农可是不妥当呀！要不等几天高工作员来了再搞吧？”小昌说：“户已经决定了，明天要不搞，说不定谁走了风，人家就都把东西倒出去了。我看不用等！羊毛出在羊身上，下河的窟窿只能下河填，高工作员也给咱带不来一亩地！”小昌是农会主任，说话有力量。他这么一说，另外几个干部都同意他的话，就算决定了。这时候已经半夜了，事情也讨论完了，就散了会。临走时候，小昌说：“今天夜里大家都得保守秘密，谁走了风明天查出来可不行啊！”大家都说：“那自然！”说着就都往外走。小昌又叫住小旦说：“旦哥！到我那里我跟你说句话！”小旦就跟着他同大家一同走出来。

小宝想到聚财家通个信，又觉着不遵守会上的纪律不好，回到家睡下了又睡不着,觉着不通个信总对不住,才又穿上衣裳往聚财家来。他在门外叫了叫金生,金生给他开了门,领他到自己屋里谈话。他把会上讨论聚财的事一五一十的告诉了金生,叫他们做个准备。金生问他还决定了些谁,他说:"光给你送个信就算犯纪律了,别的就再不能说了!"金生注意了自己家里的事,也无心再问别人,就把小宝送出来。最不妙的是小宝一出门,正遇上小旦从小昌那里出来往回走,谁也能看见对面是谁,可是谁也没有跟谁说话就过去了。

第二天开了群众大会,是小昌的主席。开会以后,先讲了一遍封建和填平补齐的话,接着就叫大家提户。村里群众早有经验,知道已经是布置好了的,来大会上提出不过是个样子,因此都等着积极分子提,自己都不说话。有个积极分子先提出刘忠,说出他是封建尾巴的条件,别的积极分子们喊了些打倒的口号,然后就说:"该怎么办?"又有个积极分子提出"扫地出门",照样又有人喊了些"赞成",就举手表决。因为刘家从前逼得叫人家扫地出门的人太多了,这次叫他扫地出门,大家也觉着应该,举拳头的就特别多。通过了刘忠,接着就提出那几户真有条件。这时候,干部积极分子自然还是那股劲,别的群众,也有赞成的,也有连拳头也懒得举的,反正举起手来又没人来数,多多少少都能通过。这几户过去以后,就提出刘锡恩。一提出这个户,会场上就有点不大平静,从人们的头上看去,跟高粱地刮过风来一样,你跟我碰头我跟你对脸;大家也不知说些什么,只听得好象一伙小学生低声念书。头里提出叫刘忠扫地出门,锡恩还举过手,这会提到他头上,真是想不到的事。小四和他很近,悄悄问他:"怎么还有你?"他说:"不清楚!"小四又问:"不知道有我没有?"他又说:"不清楚!"他又听得积极分子提出他的封建条件是他爹当过总社头,他大声说:"那是三四十年前的事!从我爹死了我娘当家时候,就穷得连饭也吃不上了……"积极分子们不听他说完,就乱喊"父债子要还","反对封建尾巴巧辩”,“不用听他那一套,表决吧”……表决的时候,在五六百人的大会上,只有四十来个干部和积极分子东一只西一只稀稀举了几个拳头,群众因为谁也弄不清会不会提到自己头上,不只没人去数,连看也没心看,也就算通过了。锡恩以下,又提了几户中农,也有决定没收的,也有叫献地献东西的;起先提出条件来,本人还辩白几句,后几户本人不等提完条件,就都说:“不用提那些了,光说是没收呀还是献吧!”

提到聚财名下,聚财因早有准备,应付的很顺当,没有费劲就过去了,决定叫他闺女和刘忠解除婚约,把受下的礼物一律退出来算成没收刘忠的东西,再献出沟里的十几亩好地和二十石麦子。

这时候,小旦跑到小昌跟前低低说:“提吧?”小昌点了点头。小旦大声说:“聚财的问题算是过去了,聚财还有个走狗我提议也斗一斗!”别的积极分子都问是谁,小旦说:“你看聚财今天应酬得多么顺当?人家早有准备了。昨天夜里,我们在区上开会回来的人,又开了个会谈今天的工作,散会以后,小宝就跑到聚财家里去透气,直到半夜多了,我亲自见他从聚财家里出来。这回斗聚财,我说也该捎带他一下!”别的积极分子一听这话,差不多都说小宝办这事见不得人,有人喊叫“叫他坦白!”小宝说:“坦白什么?谁能不到别人家走走?他要不到别人家去,怎么能在半夜以后碰上我?”小昌说:“小宝!你不要胡扯!小旦哥是我把人家叫去谈话,又不是到那个斗争对象家去来!”又有人说:“胡扯不行!你说你的!”小宝说:“那还说什么?你们说该斗就斗吧!”这一下可把他们顶得没说的。因为小宝家里只有三四亩坡地也没工夫做,荒一半熟一半,一年不打几颗粮食,凭自己的工钱养活他娘。从前给刘家赶骡子,这几年刘家倒了,就又给合作社赶骡子,反正只凭个光杆子人过日子,要说斗他,实在也斗不出什么果实来。隔了一会,有人说:“再不能叫他算积极分子!”小宝说:“不算就不算!”“这次不分给他果实!”“不分给算拉倒!这几年没果实没有过日子?”

“不叫他给合作社赶骡子！”“不赶就不赶！我再找东家！”小旦那些人，不论怎么会讹人，碰上这没油水的人也再没有什么办法。有人说：“算算算！不要误这闲工！再提别的户！”别人也再不说什么，小宝这一户也就算过去了。会从早饭以后开到晌午多，把二十一户都过完了，就散了。吃过午饭，干部和积极分子们分开组到决定没收的各户去登记东西，不过没有叫小宝去。

聚财回到家，午饭也没有吃，一直跟作梦一样想不着为什么能叫人家当封建斗了。晚饭时候，一家人坐在一处发愁；地叫人家把筋抽了，剩下些坡地养不住一家；粮食除给人家二十石麦子，虽然还有些粗粮，也是死水窝窝，吃一斗少一斗；想不到父子们开了多年荒地，才算弄得站住步就又倒下来。老婆说怨他不早跟刘家退婚，他说退了也不算，人家还会找别的毛病，老婆又说进财就没事，可见退了也许没有事……两个人正争吵不清，安发领着小旦又来了。聚财觉得小旦到哪里，总没有什么吉利事，忙问安发“什么事”。安发说：“什么事？愁人事！”小旦说：“这又不能多耽搁时候，你跟你姐夫直说吧！”安发就把聚财叫到一边说：“他又来给咱软英说媒来了！小昌托他当个媒人，叫把咱软英许给他小贵。他说要愿意的话，还能要求回几亩好地来；要不愿意的话，他抓着咱从前给刘家开那礼物单，就要说咱受过刘家的真金镯子，叫群众跟咱要……”聚财从大会上回来就闷着一肚子气没处发作，这会子就是碰上老虎也想拔几根毛，因此不等安发往下说，就跳起来说：“放他妈的狗屁！我有个闺女就成了我的罪了！我的闺女不嫁人了！刘家还有给我送的金山银山啦！谁有本事叫他来要来吧！”他老婆跟金生、软英，听见他大喊大叫，恐怕他闯下祸，赶紧跑过来劝他。他老婆说：“我的爹！什么事你这样发急？”又指着小旦悄悄说：“那东西是好惹的？”聚财说：“他就把我杀了吧，我还活得岁数少啦？就弄得我扫地出门吧，我还不会学我爹去逃荒？他哪一个抖起我的火来我跟他哪一个拚！人一辈子总要死一回，怕什么?”他们三个人见他在气头上说不出个头尾来,就问安发,安发才把小旦又来说媒的事又说给他们。小旦平常似乎很厉害,不过真要有人愿意跟他拚命,他也不是个有种的,聚财发作罢了,握住拳头蹲在炕上等他接话,他却一声不响坐在火边吸起纸烟来。

软英这时候,已经是二十岁的大闺女,遇事已经有点拿得稳了。她听他舅舅说明小旦的来意以后,就翻来复去研究。她想:“说气话是说气话,干实事是干实事。如今小昌是农会主任,也是主要干部,决定村里的事他也当好多家,惹不起。自己家里的好地叫人家要走了,要能顺着些小昌,也许能要求回一些来。只是小昌要自己嫁给小贵,那自然是马糊不得的事,反正除了小宝谁也不能嫁给他。”又想顺着些小昌,又不能嫁给小贵,这事就难了,她想来想去,一下想到小贵才十四岁,她马上得了个主意。她想:“听小宝说男人十七岁以上才能定婚(晋冀鲁豫当时的规定),小昌是干部,一定不敢叫他那十四岁的孩子到区上登记去,今天打发小旦来说,也只是个私事,从下了也不过跟别家那些父母主婚一样,写个帖儿。我就许下了他,等斗争过后,到他要聚的时候,我说没有那事,他见不得官,就是见了官,我说那是他强迫我爹许的,我自己不愿意,他也没有办法。”她把主意拿好,就到火炉边给小旦倒了一杯水,跟小旦说:“叔叔你喝水吧!我爹在气头上啦!你千万不要在意!说到我本身的事啦,我也大了,如今兴自己作主,跟我说就可以,我爹要不愿意我慢慢劝他,他也主不了我的事。”小旦见有人理他了,本来还想说几句厉害话转一转脸色,又觉着这么一个漂亮的大姑娘给自己端茶捧水,再要发作几句,还不如跟她胡拉扯两句舒服,因此就跟软英谈起来。小旦说:“说媒三家好,过后两家亲,成不成于我没什么关系!要是从前,这些事不能直接跟你们孩子们说,如今既然兴自己作主了,叔叔就跟你说个没大小话:你觉着人家小昌那家怎么样?”软英说:“不赖!人家是翻身户,又是大干部,房有房,地有地,还赖啦?不论哪家吧,还不比刘忠强?”小旦觉着她有点愿意的样子,就故意说:“就是孩子小一点!是不是?”软英故意笑了笑说:“小慢慢就长大了吧!大的不能跟小处缩,小的还不能往大处长?”小旦见这个口气越来越近,就叫过安发来,聚财老婆也跟着过来了。小旦把软英愿意的话跟他两个人一说,聚财老婆跟软英说:“如今兴这个新规矩了,你自己看着吧!”软英说:“我已经这么大了!胡沾住个家算了!有什么要紧?”……就这样三言五句把这个事情解决了。小旦临走说:“好!回头择个好日子过个帖子吧!”

小旦走后,安发问软英说:“你真愿意呀,还是怕他跟你爹闹气?”软英说:“就那吧!有个什么愿意不愿意!”安发也只当她愿意,就走了。

安发走后,聚财和他老婆又问软英说:“你真愿意呀还是受着屈?”软英说:“过了一步说一步吧!”他们也只当她是怕她爹过不去,受着屈从下了。

第二天小宝听了,就悄悄跟软英说:“你可算找了个好主儿!”软英说:“想干了他的脑袋!他那庙院还想放下我这神仙啦?”接着把自己那套主意细细告给小宝,并且告他说:“你到外面,要故意骂我丧良心才好!”

四 “这真是个说理地方!”

聚财本来从刘家要强娶软英那一年就气下了病,三天两天不断肚疼,被斗以后这年把工夫,因为又生了点气,火食也不好,犯的次数更多一点,到了这年(一九四七)十一月,政府公布了土地法,村里来了工作团他摸不着底,只说是又要斗争他,就又加了病——除肚疼以外,常半夜半夜睡不着觉,十来天就没有起床,赶到划过阶级,把他划成中农,整党时候干部们又明明白白说是斗错了他,他的病又一天一天好起来,赶到腊月实行抽补时候又赔补了他十亩好地，他就又好得和平常差不多了。

他还有一宗不了的心事，就是软英的婚姻问题：从工作团才来时候，小宝就常来找软英，说非把这件事弄个明白不行。他哩，还是他那老思想，不想太得罪人。他想：斗错了咱，人家认了错，赔补了地，虽说没有补够自己原有的数数，却也够自己种了，何必再去多事？小旦、小昌那些人都不是好惹的，这会就算能说倒他们，以后他们要报复起来仍是麻烦。他常用这些话劝软英，软英不听他的。有一次，他翻来复去跟软英讲了半夜这个道理，软英说："谁不怕得罪我，我就不怕得罪谁！我看在斗刘家那时候得罪小旦一回，也许后来少些麻烦！"

腊月二十四这天，早饭以后，村支部打发人来找软英，说有个事非她去证不明白。一说有事，聚财和软英两个人都知道是什么事，不过软英是早就想去弄个明白，聚财是只怕她去得罪人，因此当软英去了以后，聚财不放心，随后也溜着去看风色。

自从整党以来，村支部就在上年没收刘家那座前院里东房开会。这座院子，南房里住的是工作团，东房里是支部开整党会的地方，西房是农会办公的地方。到了叫软英这一天，整党抽补都快到结束的时候，西房里是农会委员会开会计划调剂房子，东房里是支部研究党员与群众几个不一致的意见。

聚财一不是农会委员，二不是党员，三则支部里、农会里也没有人叫过他，因此他不到前院来，只到后院找安发，准备叫安发替他去打听打听。他一进门，安发见他连棍子也不拄了，就问他说："伙计！这回可算把你那讨吃棍丢了。"聚财笑着说："只要不把咱算成'封建'，咱就没有病了！"安发说："还要把你算成'封建'的话，我阁外那五亩好地轮得上你种？"聚财说："你也是个农会委员啦，斗了咱十五亩地只补了十亩，你也不给咱争一争？既然说是斗错了我，为什么不把我原来的地退回来？"安发说："算了算了，提起补地这件事情，你还不知道大家作的啥难？工作团和农代会、农会委员会整整研究了十几天，才研究出这个办法来！你想：斗地主的地，有好多是干部和积极分子们多占了，错斗中农的地又都是贫雇农分子。如今把干部积极分子多占的退出来，补给中农和安置扫地出门的地主富农，全村连抽带补只动了五十多户；要是叫贫雇农把分了中农的地退出来，再来分干部积极分子退出来多占的土地，就得动一百五十多户。一共二百来家人一个村子，要动一百五十多户，不是要弄个全村大乱吗？我觉着这会做得还算不错，只是大家的土地转了个圈子。象去年斗你那十五亩地，还分给了我三亩，今年小昌退出阁外边我那五亩又补了你。那地是刘锡元从我手讹诈去的，斗罢刘锡元归了小昌，小昌退出来又补了你，你的可是分给了我；这不是转了个大圈子吗？”聚财说：“小昌他要不多占，把你阁外那地早早分给你，这个圈子就可以不转，也省的叫我当这一年‘封建’？”安发说：“这个他们都已经检讨过了。就是因为他们多占了，窟窿多没有补丁，才去中农身上打主意，连累的你也当了一年‘封建’。这次比哪次也公道：除了没动过的中农以外，每口人按亩数该着二亩七，按产量该着五石一，多十分之一不抽，少十分之一不补；太好太坏的也换了一换，差不多的也就算了。你不是嫌补的你亩数少吗？照原产量，给你换二十亩也行，只要你不嫌坏！”聚财说：“我是跟你说笑，这回补我那个觉着很满意！咱又不是想当地主啦，不论吃亏便宜，能过日子就好——伙计！你不是委员吗？你怎么不去开会？”安发说：“今天讨论调剂房子，去村里登记农会房子的人还没有回来。”聚财说：“人家支部里打发人把咱软英叫去了。这孩子，我怕她说话不知轻重，再得罪了人家谁。咱才没有了事，不要再找出事来！你要去前院西房里开会，给我留心听一听她说些什么妨碍话没有！”安发说：“不用管她吧！我看人家孩子们都比咱们强。咱们一辈子光怕得罪人，也光好出些事，因为咱越怕得罪人，人家就越不怕得罪咱！”聚财觉着他这话也有道理。

正说着,老拐进来了。他和聚财打过招呼,就坐下跟安发说:“你是咱贫农组组长,这次调剂房子,可得替我提个意见调剂个住处。”安发说:“上次你不是在小组会上提过了吗?已经给你转到农会了。”聚财说:“老拐!今年可以吧?”老拐说:“可以!有几亩地,吃穿就都有了,就是缺个住处,打几颗粮食也漏上水了。”……

小旦也来找安发。他说:“安发!抽补也快完了,我这人贫农团算是通过了没有?”安发说:“上级又来了指示,说象咱这些贫农不多的地方,只在农会下边成立贫农小组,不成立贫农团了。”小旦说:“就说贫农小组吧,也不管是贫农什么吧,反正我是个贫农,为什么不要我?工作团才来的时候,串连贫农我先串连,给干部提意见我先提,为什么组织贫农时候就不要我了?”安发说:“抽补也快结束了,这会你还争那有什么用处?”小旦说:“嘻!叫我说这抽补还差得多啦:工作团都不摸底,干部党员们多得的浮财跟没有退一样,只靠各人的反省退了点鸡毛蒜皮就能算了事吗?听工作团说,就只补这一回了,咱们这贫农要再不追一追,就凭现在农会存的那点浮财,除照顾了扫地出门的户口,那里还分得到咱们名下?”安发说:“咱也不想发那洋财。那天开群众大会你没有听工作团的组长讲:‘平又不是说一针一线都要平,只要叫大家都能生产,都能过日子就行了。’我看把土地抽补了把房子调剂了,还不能过日子的就是那些扫地出门的户,农会存的东西补了人家也就正对,咱又不是真不能过日子的家,以后慢慢生产着过吧!”小旦听着话头不对,就抽身往外走,临走还说:“不管怎么吧,反正我也还愿意入组,遇着你们组里开会也可以再给我提一提!”说着连回话也不听就走出去,看样子入组的劲头也不大了。他走远了,聚财低低地说:“他妈的!他又想来出好主意!”安发说:“工作团一来,人家又跑去当积极分子,还给干部提了好多意见,后来工作团打听清楚他是个什么人,才没有叫他参加贫农小组。照他给干部们提那些意见,把干部们说得比刘锡元还坏啦!”聚财低低地说:“象小昌那些干部吧,也就跟刘锡元差不多,只是小旦说不起人家,他比人家坏得多,不加上他,小昌还许没有那么坏!”安发说:“象小昌那样,干部里边还没有几个。不过就小昌也跟刘锡元不一样:刘锡元那天生是穷人的对头,小昌却也给穷人们办过些好事,象打倒刘锡元,象填平补齐,他都是实实在在出过力的,只是权大了就又蛮干起来。小旦提那意见还不只是说谁好谁坏,他说‘……一个好的也没有,都是一窝子坏蛋,谁也贪污得不少,不一齐扣起来让群众一个一个追,他们是不会吐出来的!’”老拐说:“他还要追人家别人啦!他就没有说他回回分头等果实,回回是窟窿,分得那些骡子、粮食、衣裳,吃的吃了,卖的卖了,比别人多占好几倍,都还吐不吐!?”聚财说:“说干部没有好的那也太冤枉:好的就是好的。我看象人家元孩那些人就不错!”安发说:“那自然!要不,群众就选人家当新农会主席啦?”

他们正说着闲话,狗狗在院里喊叫:“妈!二姑来了!”安发老婆听说二姨来了,从套间里跑出来,安发他们也都迎出来。老拐没有别的事,在门边随便跟客人应酬了两句话就走了。狗狗一边领着二姨进门,一边问:“二姑!你怎么没有骑驴?”二姨说:“驴叫你姑夫卖了,还骑上狗屁?”狗狗又笑着说:“二姑!你记得我前几年见了你就跟你要甚来呀?”二姨也笑着说:“狗狗到底大了些,懂事多了!要什么?还不是要花生?今年要也不行,你姑夫因为怕斗争,春天把花生种子也吃了,把驴也卖了!——大姐夫,听说你病了几天,我也没有来看看你!这几天好些?”聚财说:“这几天好多了!——你们家里后来没有什么事吧?”二姨说:“倒也没事,就是心慌得不行。听说你们这里来了工作团,有的说是来搞斗争,有的说是来整干部,到底不知道还要弄个甚。我说到这年边了,不得个实信,过着年心也不安,不如来打听打听!”聚财说:“这一会工作做得好!不用怕!……”接着他和安发两个人,就预备把划阶级、赔补中农、安插地主富农、整党……各项工作,都给二姨介绍一下。

正介绍到半当腰里,忽听得前院争吵起来。聚财听了听说:“这是小宝说话!安发你给咱去看看是不是吵软英的事?”安发说:“咱们都去看看吧!”聚财说:“我也能去?”安发说:“可以!这几天开整党会,去看的人多啦!”说着,他们三个人就到前院里来。

这天的整党会挪在院里开:北房门关着,正中间挂着共产党党旗和毛主席像,下面放着一张桌子和一些椅子凳子。工作团的同志们坐在阶台上,区长和高工作员也在内,元孩站在桌子后当主席,阶台前面坐的是十七个党员,软英和小宝虽不是党员,因为是支部叫来的,也坐在前面,后面便是参观的群众。当聚财他们进去的时候,正遇着小昌站着讲话,前边不知道已经讲了些什么,正讲到“……我跟你什么仇恨也没有!我是个共产党员,不能看着一个同志去跟个有变天思想的人接近!不能看着一个同志去给斗争对象送情报!不能看着一个同志去勾引人家的青年妇女!我们党内不要这种人!况且开除你也不是我一个人作的主:我提议的,支部通过的,支部书记元孩报上去的,区分委批准的;如今怎么都能算到我账上?”聚财听了这么个半截话,似乎也懂得是说小宝,也懂得“有变天思想”和“斗争对象”是指自己,也懂得“勾引青年妇女”是指小宝跟软英的关系,只是不懂“开除”是什么意思。小昌说了坐下,小宝站起来说:“我说!”软英跟着站起来说:“我说!”元孩说:“小宝先说。”小宝说:“党开除我我没话说,因为不论错斗不错斗,那时候软英他爹总算是斗争对象,大会决定不许说,我说了是我犯了纪律,应该开除。可是我要问:他既然是共产党员,又是支部委员,又是农会主任,为什么白天斗了人家,晚上就打发小旦去强逼人家的闺女跟他孩子定婚?那就也不是‘斗争对象’了?也没有‘变天思想’了?说我不该‘勾引青年妇女’,‘强迫’就比‘勾引’好一点?我这个党员该开除,他这个党员就还该当支委?”小宝还没有坐下,小昌就又站起来抢着说:“明明是‘自愿’,怎么能说我是‘强迫’?”元孩指着小昌说:“你怎么一直不守规矩?该你说啦？等软英说了你再说！坐下！”小昌又坐下了。聚财悄悄和安发说：“这会倒有点规矩！”安发点了点头。软英站起来说：“高工作员在这里常给我们讲‘妇女婚姻要自主’，我跟小宝接近，连我爹我娘都不瞒，主任怎么说人家是‘勾引’我？要是连接近接近也成了犯法的事，那还自主什么？主任又说我自愿嫁给他的孩子，我那有那么傻瓜？我也是二十多的人了，放着年纪相当的人我不嫁，偏看中了他十四五岁个毛孩子？要不是强逼，为什么跟我爹要金镯子？”软英说完了，小昌又站起来说：“我说吧！我看这个事情非叫小旦来不行！你们捏通了，硬说我要金镯子！我叫小旦来说说，看谁跟他提过金镯子？”后边参观的群众有人说：“还用叫小旦，聚财、安发都在这里，不能叫他两个人说说？”聚财远远地说：“不跟我要金镯子的话，我还许少害几天病！还是找小旦来吧！省得人家又说我们是捏通了！”元孩说：“我看还是去找小旦吧！要金镯子这事也不止谈了一次了，不证明一下恐怕再谈也没结果！”别的党员们也都主张叫小旦来证明一下，元孩就打发村里的通讯员去找。

这时候，登记农会房子的人也回来了，安发和别的农会委员们都回西房里议论调剂房子的事。元孩是新农会主席，可是因为在整党会上当着主席，只好把西房的事托给副主席去管。

不多一会，把小旦找来了，整党会又接着开起来。小昌说：“小旦哥！你究竟说说你给我说媒那事是自愿呀是强迫？”小旦想把自己洗干净，因此就说：“我是有甚说甚，不偏谁不害谁！主任有错，我也提过意见，不过这件事可不是人家主任强迫她。如今行自主，主任托我去的时候，我是亲自给软英说的。那时候，她给我倒了一杯水，跟我说……”接着他就把软英给他倒上水以后说的那些话，详详细细实实在在说了一遍，然后说：“我说这没有半句瞎话，大家不信可以问安发。”软英说：“不用问我舅舅了，这话半句也不差，可惜没有从头说起，让我补一补吧：就是斗争了我爹那天晚上，小旦叔，不，小旦！我再不叫他叔叔了！小旦叫上我舅舅到了我家，先叫我舅舅跟我爹说人家主任要叫你软英嫁给人家孩子。说是要从下，还可以要求回几亩地，不从的话，就要说我爹受了人家刘家的金镯子。没收了刘家的金镯子主任拿回去了——后来卖到银行谁不知道？那时候跟我爹要起来，我爹给人家什么？我怕我爹吃亏，才给小旦倒了一杯水，跟他说了那么一大堆诡话；大家说这算不算自愿？他小旦天天哄人啦，也上我一回当吧！”小旦早就想打断她的话，可惜找不住个空子，一听到她说了自己个“天天哄人”，马上跳起来指着软英喊：“把你的嘴收拾干净点！谁天天哄人啦？”高工作员喝住他说：“小旦你捣什么乱？屈说了你？我还不知道你是个什么人？”小旦这才算又坐下了。参观的群众有人小声说：“还辩什么？除了小旦谁会办这事？！”没有等小昌答话，别的党员们你一句我一句都质问起来：“小昌！你这个党员体面呀？”“小昌！你向支部汇报过这事没有？”“小昌！你这几天反省个啥？”……元孩气得指着他问：“有你这种党员，咱这党还怎么见人啦？”小昌眼里含着泪哀求小旦说：“小旦哥！你凭良心说，我托你去说媒，还叫你问人家要过金镯子？”小旦说：“要说实的咱就彻底说实的；在斗争会的头一天晚上，你把我叫到你家，托我给你去办这事，你说：‘明天斗争完了，趁这个热盘儿容易办。’我说人家早就要‘自由’给小宝，你说：‘不能想个办法把小宝撵过一边？’恰巧那天晚上回去就碰见小宝从聚财家出来，第二天早上我又跟你商量先斗小宝，你说可以，那天就把小宝也斗了。到了晚上我去叫安发，顺路到你那里问主意。我说：‘不答应怎么办？’你说：‘你看着办吧！对付小宝你还能想出办法来，还怕对付不了个聚财？’你还不知道我是个什么人？你叫我看着办，我要不出点坏主意怎么能吓唬住人？要金镯子的主意是我出的，东家可是你当的！”听小旦这么一说，聚财在后面也说了话。他说：“我活了五十四岁了，才算见小旦说过这么一回老实话！这真是个说理的地方！”他说了这么两句话，一肚子闷气都散了，就舒舒服服坐下去休息，也再没有想到怕他们报复。小宝又站起来说："主席！这总能证明斗争我是谁布置的吧？这总能证明要过金镯子没有吧？这总能证明是强迫呀还是自愿吧？"另一个党员说："只这一件事我也提议开除小昌！"另有好几个党员都说："我也附议"，"我也附议"……

元孩向大家说："我看这件事就算说明了，今天前晌的会就开到这里吧！处分问题，我看还是以后再说，因为小昌的事情还多，不能单以这件事来决定他的处分。以下请组长讲讲话。"

工作团的组长站起来说："这件事从工作团来到这里，小宝就反映上来了，我们好久不追究，为了是叫小昌反省。从今天追究出来的实际情形看，小昌那反省尽是胡扯淡啦！小昌！你想想这是件什么事？为了给自己的孩子定婚，在党内党外布置斗争，打击自己的同志，又利用流氓威胁人家女方，抢了自己同志的恋爱对象；这完全学的是地主的套子，那里象个党员办的事？最不能原谅的是你在党内反省了一个多月，一字也没有提着这事的真相，别人一提你就辩护，这那里象个愿意改过的人？给你个机会叫你反省你还不知道自爱，别人谁还能挽救你？你这种行为应该受到党的处分！此外我还得说说小旦！小旦！我们今天开的是整党会，你不是党员，这个会上自然不好处分你。不过我可以给你先捎个信：你不要以为你能永远当积极分子！在下河村谁也认得你那骨头！土改以后，群众起来了！再不能叫你象以前那样张牙舞爪了！从前得罪过谁，老老实实去找人家赔情认错！人家容了你，是你的便宜；人家不容你，你就跟人家到人民法庭上去，该着坐监就坐监，该着枪毙就枪毙！那是你自作自受！怨不着别人！"

组长讲完了，元孩就宣布散会。大家正站起来要走，软英说："慢点！我这婚姻问题究竟算能自主不能？"区长说："整党会上管不着这个！我代表政权答复你，你跟小宝的关系是合法的。你们什么时候想定婚，到区上登记一下就对了，别人都干涉不着。"

散会以后，二姨挤到工作团的组长跟前说："组长！我是上河人！你们这工作团不能请到我们上河工作工作？"组长说："明年正月就要去！"

一九四八年十月十八日

传 家 宝

一

有个区干部叫李成，全家一共三口人——一个娘，一个老婆，一个他自己。他到区上做工作去，家里只剩下婆媳两个，可是就只这两个人，也有些合不来。

在乡下，到了阴历正月初二，照例是女人走娘家的时候，在本年（一九四九年）这一天早饭时，李成娘又和媳妇吵起来：

李成娘叫着媳妇的名字说："金桂！准备准备走吧！早点去早点回来！"她这么说了，觉着一定能叫媳妇以为自己很开明，会替媳妇打算。其实她这次的开明，还是为她自己打算：她有个女儿叫小娥，嫁到离村五里的王家寨，因为女婿也是区干部，成天不在家，一冬天也没顾上到娘家来。她想小娥在这一天一定要来，来了母女们还能不谈谈心病话？她的心病话，除了评论媳妇的短处好象再没有什么别的，因此便想把媳妇早早催走，免得一会小娥回来了说话不方便。

金桂是个女劳动英雄，一冬天赶集卖煤，成天打娘家门过来过去，几时想进去看看就进去看看，根本不把走娘家当件稀罕事。这天要是村里没有事，她自然也可以去娘家走走，偏是年头腊月二十九，区上有通知，要在正月初二这一天派人来村里开干部会，布置结束土改工作，她是个妇联会主席，就不能走开。她听见婆婆说叫她走走娘家，本来可以回答一句"我还要参加开会"，可是她也不想这样回答，因为她知道婆婆对她当干部这个事早就有一大堆不满意,这样一答话,保不定就会吵起来,因此就另找了个理由回答说:“我暂且不去吧! 来了客人不招待?”

婆婆说:“有什么客人? 也不过是小娥吧? 她来了还不会自己做顿饭吃?”

金桂说:“姐姐来了也是客人呀? 况且还有姐夫啦?”

婆婆不说什么了,金桂就要切白菜,准备待客用。她切了一棵大白菜,又往水桶里舀了两大瓢水,提到案板跟前,把案板上的菜搓到桶里去洗。

李成娘一看见金桂这些举动就觉着不顺眼:第一,她觉着不象个女人家的举动。她自己两只手提起个空水桶来,走一步路还得叉开腿,金桂提满桶水的时候也才只用一只手;她一辈子常是用碗往锅里舀水,金桂用的大瓢一瓢就可以添满她的小锅:这怎么象个女人? 第二,她洗一棵白菜,只用一碗水,金桂差不多就用半桶,她觉着这也太浪费。既然不顺眼了,不说两句她觉得不痛快,可是该说什么呢? 说个“不象女人”吧,她知道金桂一定不吃她的,因此也只好以“反对浪费”为理由,来挑一下金桂的毛病:“洗一棵白菜就用半桶水? 我做一顿饭也用不了那么多!”

“两瓢水吧,什么值钱东西? 到河里多担一担就都有了!”金桂也提出自己的理由。

“你有理! 你有理! 我说的都是错的!”李成娘说了这两句话,气色有点不好。

金桂见婆婆鼓嘟了嘴,知道自己再说句话,两个人就会吵起来,因此也就不再还口,沉住气洗自己的菜。

李成娘对金桂的意见差不多见面就有:嫌她洗菜用的水多、炸豆腐用的油多、通火有些手重、泼水泼得太响……不说好象不够个婆婆派头,说得她太多了还好顶一两句,反正总觉着不能算个好媳妇。金桂倒很大方,不论婆婆说什么,自己只是按原来的计划做自己的事,虽然有时候顶一两句嘴,也不很认真。她把待客用的菜蔬都准备好，洗了占不着的家具，泼了水，扫了地上的菜根葱皮，算是忙了一个段落。

把这段事情作完了，正想向婆婆说一声她要去开会，忽然觉得房子里总还有点不整齐，仔细一打量，还是婆婆床头多一口破黑箱子。这口破箱子，年头腊月大扫除她就提议放到床下，后来婆婆不同意，就仍放在床头上，可是现在看来，还是搬下去好——新毯子新被褥头上放个龇牙咧嘴的破箱子，象个什么摆设？她看了一会，跟婆婆商量说："娘！咱们还是把这箱子搬下去吧？"

婆婆说："那碍你的什么事？"

婆婆虽然说得带气，金桂却偏不认真，仍然笑着说："那破破烂烂象个什么样子？你不怕我姐夫来了笑话？来，咱们搬了吧！"

婆婆仍然没好气，冷冰冰地说："你有气力你搬吧！我跟你搬不动！"

她满以为不怕金桂有点气力，一个人总搬不下去，不想金桂仍是笑嘻嘻地答应了一声"可以"，就动手把箱子一拖拖出床沿，用胸口把一头压低了，然后双手抱住箱腰抱下地去，站起一脚又蹬得那箱子溜到床底。

金桂费了一阵气力，才喘了两口气，谁知道这一下就引起婆婆的老火来。婆婆用操场上喊口令的口气说："再给我搬上来！我那箱子在那里摆了一辈子了！你怕丢人你走开！我不怕丢我的人！"金桂见婆婆真生了气，弄得摸不着头脑，只怪自己不该多事。婆婆仍是坚持"非搬上来不可"。

其实也不奇怪。李成娘跟这口箱子的关系很深，只是金桂不知道罢了。李成娘原是个很能做活的女人，不论春夏秋冬，手里没做的就觉着不舒服。她有三件宝：一把纺车，一个针线筐和这口黑箱子。这箱子里放的东西也很丰富，不过样数很简单——除了那个针线筐以外，就只有些破布。针线筐是柳条编的，红漆漆过的，可惜旧了一点——原是她娘出嫁时候的陪嫁，到她出嫁时候，她娘又给她作了陪嫁，不记得哪一年磨掉了底，她用破布糊裱起来，以后破了就糊，破了就糊，各色破布不知道糊了多少层，现在不只弄不清是什么颜色，就连柳条也看不出来了，里边除了针、线、尺、剪、顶针、钳子之类，也没有什么别的东西。破布也不少，恐怕就有二三十斤，都一捆一捆捆起来的。这东西，在不懂得的人看来一捆一捆都一样，不过都是些破布片，可是在李成娘看来却不那样简单——没有洗过的，按块子大小卷；洗过的，按用处卷——那一捆叫补衣服、那一捆叫打褙①、那一捆叫垫鞋底：各有各的特点，各有各的记号——有用布条捆的，有用红头绳捆的，有用各种颜色线捆的，跟机关里的卷宗②上编得有号码一样。装这些东西的黑箱子，原来就是李家的，可不知道是哪一辈子留下来的——枸卯③完全坏了，角角落落都钻上窟窿用麻绳穿着，底上棱上被老鼠咬得跟锯齿一样，漆也快脱落完了，只剩下巴掌大小一片一片的黑片。这一箱里表都在数，再加上一架纺车，就是李成娘的全部家当。她守着这份家当活了一辈子，补补衲衲，哪一天离了也不行。当李成爹在的时候，她本想早给李成娶上个媳妇，把这份事业一字一板传下去，可惜李成爹在时，家里只有二亩山坡地，父子两个都在外边当雇汉，人越穷定媳妇越贵，根本打不起这主意。李成爹死后，共产党来了，自己也分得了地，不多几年定媳妇也不要钱了，李成没有花钱就和金桂结了婚，李成娘在这时候，高兴得面朝西给毛主席磕过好几个头④。一九里⑤，为了考试媳妇的针工，叫媳妇给她缝过一条裤子，她认为很满意，比她自己做得细致，可是过了几个月，发现媳妇爱跟孩子到地里做活，不爱坐在家里补补衲衲，就觉得有点

① 打褙：就是用面糊把破布裱起来叫做鞋用。——作者注。
② 卷宗：就是公事。——作者注。
③ 枸卯：官名叫“榫子”。——作者注。
④ 那时候毛主席在延安。——作者注。
⑤ 一九里：就是结婚后的九天里。——作者注。

担心，她先跟李成说："男人有男人的活，女人有女人的活……"李成说："我看还是地里活要紧！我自己是村里的农会主席，要多误些工，地里有个人帮忙更好。"半年之后，金桂被村里选成劳动英雄，又选成妇联会主席，李成又被上级提拔到区上工作，地里的活完全交给金桂做，家事也交给金桂管，从这以后，金桂差不多半年就没有拈过针，做什么事又都是不问婆婆自己就做了主，这才叫李成娘着实悲观起来。孩子在家的时候，娘对媳妇有意见可以先跟孩子说，不用直接打冲锋；孩子走了只留下婆媳两个，问题就慢慢出来了——婆婆只想拿她的三件宝贝往下传，媳妇觉着那里边没大出息，接受下来也过不成日子，因此两个人从此意见不合，谁也说不服谁。只要明白了这段历史，你就会知道金桂搬了搬箱子，李成娘为什么就会发那么大脾气。

金桂见婆婆的气越来越大，不愿意把事情扩大了，就想了个开解的办法，仍然笑了笑说："娘！你不要生气了！你不愿意叫搬下来，我还给你搬上去！"说着低下头去又把箱子从床底拖出来。她正准备往上搬，忽然听得院里有个小女孩叫着："金桂嫂！公所叫你去开会啦！区干部已经来了！"

二

这小女孩叫玉凤，和金桂很好，她在院里叫着"金桂嫂"就跑进来。李成娘一听说叫金桂去开会，觉着又有点不对头，嘴里嘟噜着说："天天开会！以后就叫你们把'开会'吃上！"

玉凤虽说才十三岁，心眼儿很多，说话又伶俐。她沉住气向李成娘说："大娘！你还不知道今天开会干什么吗？"

"我倒管他哩？"李成娘才教训过金桂，气色还没有转过来。

玉凤说："听说就是讨论你家的地！"

"那有什么说头？"

“听说你们分的地是李成哥自己挑的，村里人都不赞成。”

“谁说的？四五十个评议员在大会上给我分的地，村里谁不知道？挑的！……”玉凤本来是逗李成娘，李成娘却当了真。

李成娘认了真，玉凤却笑了。她说：“大娘！你不是说开会不抵事吗？哈哈哈……”

李成娘这时才知道玉凤是逗她，自己也忍不住一边笑，一边指着玉凤说：“你这小捣乱鬼！”

金桂把箱子从床下拖出来正预备往床上搬，玉凤就叫着进来了。她只顾听玉凤跟自己的婆婆捣蛋，也就停住了手站起来，等到自己的婆婆跟玉凤都笑了，自己也忍不住陪着她们笑了一声，笑罢了仍旧弯下腰去搬箱子。

李成娘这一会气已经消下去，回头看见床头上没有那口破箱子，的确比放上那口破箱子宽大得多，也排场得多，因此当金桂正弯腰去搬箱子的时候，她又变了主意：“不用往上搬了，你去开你的会吧！”

金桂见婆婆的气已经消了，自然也不愿意再把那东西搬起来，就答应了一声“也好”，仍然把它推回床下去，然后又把床上放箱子的地方的灰尘扫了一下。她一边扫，一边问玉凤：“区上谁来了？”

玉凤说：“你还不知道？李成哥回来了。”

“你又说瞎话！”

“真的！他没有回家来吗？”

正说着，李成的姐姐小娥就走进来，大家说了几句见面话以后，金桂问：“我姐夫没有来？”

小娥说：“来了！到村公所开会去了！——你怎么没有去开会？”

金桂抓住玉凤一条胳膊又用一个拳头在她头上虚张声势地问她：“你不是说是你李成哥回来了？”

玉凤缩住脖子笑着说:“一提他你去得不快点?”

“你这个小捣乱鬼!”金桂轻轻在玉凤脊背上用拳头按了一下放了手,回头跟小娥说:“姐姐! 我要去开会,顾不上招呼你! 你歇一歇跟娘两个人自己做饭吃吧!”小娥也说:“好! 你快去吧!”李成娘为了跟小娥说起心病话来方便,本来就想把金桂推走,因此也说:“你去吧! 你姐姐又不是什么生客!”金桂便跟玉凤走了,这时家里只留下她们母女两个。

小娥说:“娘! 我一冬天也顾不上来看你一眼! 你还好吧!”

“好什么? 活受啦吧!”

“我看比去年好得多,床上也有新褥新被了! 衣裳也整齐干净了! 也有了媳妇了……”

李成娘的心病话早就闷不住了,小娥这一下就给她引开了口。她把嘴唇伸得长长地哼了一声说:“不提媳妇不生气:古话说:‘娶个媳妇过继出个儿’①。媳妇也有本事孩子也有本事,谁还把娘当个人啦?”说着还落了几点老泪。她擦过泪又接着说:“人家一手遮天了:里里外外都由人家管,遇了大事人家会跑到区上去找人家的汉。人家两个人商量成什么是什么,大小事不跟咱通个风。人家办成什么都对! 咱还没有问一句,人家就说‘你摸不着’! 外边人来,谁也是光找人家! 谁还记得有个咱? 唉,小娥! 你看娘还活得象个什么人啦? ——说起心病来没个完。你还是先做饭吧,做着饭娘再慢慢告诉你!”

小娥说:“一会再做吧,我还不饿哩!”

“先做着吧! 一会他姐夫回来也要吃!”

小娥也不再推,一边动手做饭,一边仍跟娘谈话。她说:“他姐夫给我们镇上的妇女讲话,常常表扬人家金桂,说她是劳动模范,要大家向她学习,就没有提到她的缺点,照娘这么说起来,虽说

---

① 这是当地流行的一句俗话。——作者注。

她劳动很好，可也不该不尊重老人啊？”

李成娘又把她那下嘴唇伸得长长地哼了一声说：“什么好劳动？男人有男人的活，女人有女人的活，她那劳动呀，叫我看来是狗捉老鼠，多管闲事！娶过她一年了，她拈过几回针？纺过几条线？”

小娥笑着说：“我看人家也吃上了，也穿上了！”

李成娘把下嘴唇伸得更长了些说：“破上钱谁不会要派头？从前我一年也吃不了一斤油，人家来了以后是一月一斤，我在货郎担上买个针也心疼得不得了，人家到集上去鞋铺里买鞋，裁缝铺里做制服，打扮得很时行。”这老人家，说着就带了气，嗓子越提越高，“不嫌败兴！一个女人家到集上买着穿！不怕别人划她的脊梁筋①……”小娥见她动了气，赶紧劝她，又给她倒了碗水叫她润一润喉咙，又用好多别的话才算把她的话插断。

小娥很透脱，见娘对金桂这样不满意，再也不提金桂的事，却说着自己一冬天的家务事来消磨时间。可是女人家的事情，总与别的女人家有关系，因此小娥不论说起什么来，她娘都能和金桂的事往一处凑。比方小娥说到互助组，她娘就说“没有互助组来金桂也能往外边少跑几趟”；小娥提到合作社，她娘就说“没有合作社来金桂总能少花几个钱”；小娥说自己住在镇上很方便，她娘说就是镇上的方便才把金桂引诱坏了的；小娥说自己的男人当干部，她娘说就是李成当干部才把媳妇娇惯了的。

小娥见娘的话左右不摆脱金桂，就费尽心思拣娘爱听的说，她知道娘一辈子爱做针线活，爱纺棉花，就把自己年头一冬天做针线活跟纺棉花的成绩在娘面前夸一夸。她说她给合作社纺了二十五斤线，给鞋铺衲了八对千针底，给裁缝铺钉了半个月制服扣子。她说到鞋铺和裁缝铺，还生怕娘再提起金桂做制服和买鞋的事来，可

---

① 也是当地的俗话，意思是说不怕别人指着她的脊背笑话她。——作者注。

是已经说开头了不得不说下去。她娘呢,因为只顾满意女儿的功劳,倒也没有打断女儿的话再提金桂的事,不过听到末了,仍未免又跟金桂连起来,她说:"看我小娥!金桂那东西能抵住我小娥一分的话,我也没有说的!她给谁纺过一截线?给谁做过一针活?"她因为气又上来了,声音提得很高,连门外的脚步声也没有听见,赶到话才落音,金桂就揭着门帘进来了,小娥的丈夫也跟在后面。

三

李成娘一见他们两个人进来,觉着"真他娘的不凑巧"。

小娥觉着不对,赶紧把话头引到另一边,她向自己丈夫说:"今天的会怎么散得这样快?"

她丈夫说:"这会只是和几个干部接一下头,到晚上才正式开会。"

只说了这么几句简单话大家坐下了,谁也再没有什么话说,金桂的脸色就很不平和。

金桂平常很大方,婆婆说两句满不在乎,可是这一次有些不同:小娥的丈夫是她的姐夫,可也是她的上级。她想婆婆在小娥面前败坏自己,小娥如何能不跟她自己的丈夫说?况且真要是自己的错误也还可说,自己确实没错只是婆婆的见解不对,她觉着犯不着受这冤枉。

小娥的丈夫见她们婆媳的关系这样坏,也断不定究竟哪一方面对。他平常很信任金桂,到处表扬她,叫各村的妇女向她学习,现在听见她婆婆对她十分不满意,反疑惑自己不了解情况,对金桂保不定信任太过,因此就想再来调查研究一番。他见大家都不说话,就想趁空子故意撩一撩金桂。他笑着问小娥:"你们背地里谈论人家金桂什么事,惹得人家鼓嘟着嘴!"

金桂还没有开口,李成娘就抢先说:"听见叫她听见吧,我又没有屈说了她！你问她一冬天拈过一下针没有？纺过一寸线没有？”

婆婆开了口，金桂脸上却又和气得多了。金桂只怕没有机会辩白引起上级的误会，如今既然又提起来了，正好当面辩白清楚，因此反觉着很心平。她说：“娘！你说得都对，可惜是你不会算账。”又回头向小娥的丈夫说：“姐夫你给我算着：纺一斤棉花误两天，赚五升米；卖一趟煤，或做一天别的重活，只误一天，也赚五升米！你说还是纺线呀还是卖煤？”

小娥的丈夫笑了。他用不着回答金桂就向小娥说：“你也算算吧！虽然都还是手工劳动，可是金桂劳动一天抵住你劳动两天！我常说的‘妇女要参加主要劳动’，就是说要算这个账！”

李成娘觉着自己输了，就赶紧另换一件占理的事。她又说：“哪有这女人家连自己的衣裳鞋子都不做，到集上买着穿？”她满以为这一下可要说倒她，声音放得更大了些。

金桂不慌不忙又向她说：“这个我也是算过账的：自己缝一身衣服得两天；裁缝铺用机器缝，只要五升米的工钱，比咱缝的还好。自己做一对鞋得七天，还得用自己的材料，到鞋铺买对现成的才用斗半米，比咱做的还好。我九天卖九趟煤，五九赚四斗五；缝一身衣服买一对鞋，一共才花二斗米，我为什么自己要做？”

等不得金桂说完，李成娘就又发急了。她觉着两次都输了，总得再争口气——嗓子再放大一点，没理也要强占几分。她大喊起来：“你做的对！都对！没有一件没理的！”又向女婿喊：“你们这些区干部，成天劝大家节约节约！我活了一辈子了，没有听说过什么是‘节约’，可是我一年也吃不了一斤油，我这节约媳妇来了是一月吃一斤。你们都会算账，都是干部！就请你们给我算算这笔账！”

她越喊得响亮，女婿越忍不住笑，等她喊完了，女婿已笑得合不上口。女婿说：“老人家，你不要急！我可以替你算算这笔账：

两个人一月一斤油，一个人一天还该不着三钱，不能算多。‘节约’是不浪费的意思。非用不行的东西，用了不能算是浪费……”

李成娘说：“你们这些当干部的是官官相护！什么非用不行？我一辈子吃糠咽菜也活了这么大！”

金桂说：“娘！我不过年轻点吧，还不是吃糠长大的？这几年也不是光咱吃的好一点，你到村里打听一下，不论哪家一年还不吃一二十斤油？”

小娥的丈夫又帮助金桂说：“老人家！如今世道变了，变得不用吃糠了！革命就是图叫咱们不吃糠，要是图吃糠谁还革命哩？这个世道还是才往好处变，将来用机器种起地来，打下的粮食能抵住如今两三倍，不说一月吃一斤油，一天还得吃顿肉哩！”他这番话似乎已经把李成娘的气给平下去了，要是不再说什么也许就没事了，可是不幸又接着说了几句，就又引起了大事。他接着说：“老人家！依我说你只用好吃上些好穿上些，过几年清净日子算了！家里的事你不用管它！”

“你这区干部就说是这种理？我死了就不用管了，不死就不能由别人摆布我！”李成娘动了大气，也顾不上再和女婿讲客气。她说金桂不做活、浪费还都不是很重要的问题，最要紧的是恨金桂不该替她作了当家人，弄得她失掉了领导权。她又是越说越带气：“这是我的家！她是我娶来的媳妇！先有我来先有她来？”

小娥的丈夫说：“老人家！不是说不该你管，是说你上年纪了，如今新事情你有些摸不着！管不了！”

“管不了？娶过媳妇才一年啊！从前没有媳妇我也活了这么大！她有本事叫她另过日子去！我不图沾她的光！大小事不跟我通一通风，买个驴都不跟我商量！叫她先把我灭了吧！”

金桂向来还猜不到婆婆跟自己这样过不去，这会听婆婆这么一说，也真正动了点小脾气。她说：“娘！你也不用跟我分家了！你想管你就管，我落上一个清净算了！”说着就跑回自己房里去。

小娥当她回房去寻死，赶紧跟在她后面。可是当小娥才跑到她门口，她却挟了个小布包返出来跑到婆婆的房子里，向婆婆说："娘！让我交代你！"

小娥看见已经怄成气了，赶紧拉住金桂说："金桂！不要闹！娘是老糊涂了，象……"

小娥的丈夫倒很沉得住气，他也不劝金桂也不劝丈母，倒向小娥说："你不用和稀泥！我看就叫金桂把家务交代给老人家也好！老人家管住家务，金桂清净一点倒还能多做一点活！"又回头向金桂挤了挤眼说："金桂你不要动气！说正经的，你说对不对？"

金桂见姐夫是帮自己，马上就又转得和和气气地顺着姐夫的话说："谁动气来？"又向婆婆说："娘！我不是跟你生气！我不知道你想管这个！你早说来我早就交代你了！"说着就打开小包，取出一本账和几叠票子来。

李成娘见媳妇拿出账本，还以为是故意难为她这不识字的人，就又说："我不识字！不用拿那个来捉弄我！"

金桂仍然正正经经地说："我才认得几个字？还敢捉弄人？我不是叫娘认字！我是自己不看账记不得！"

小娥的丈夫也趴到床边说："让我帮你办交代！先点票子吧！"他点一叠向丈母娘跟前放一叠，放一叠报个数目——"这是两千元的冀南票，五张共是一万！这是两张两千的，一张一千的，十张五百的，也一万！"……他还没有点够三万，丈母娘早就弄不清楚了，可是也不好意思说接管不了，只插了一句话说："弄成各色各样的有什么好处，哪如从前那铜元好数？"女婿没有管她说话是什么，仍然点下去，点完了一共合冀南票的五万五。

点过了票，金桂就接着交代账上的事。她翻着账本说："合作社的来往账上，咱欠人家六万一。他收过咱二斗大麻子，一万六一斗，二斗是三万二。咱还该分两三万块钱红，等分了红以后你好跟他清算吧！互助组里去年冬天羊踩粪，欠人家六升羊工伙食米。

咱还存三张旧工票，一张大的是一个工，两张小的是四分工，共是一个零四分，这个是该咱得米，去年秋后的工资低，一个工是二升半。大后天组里就要开会结束去年的工账，到那时候要跟人家找清……”

婆婆连一宗也没听进去，已经觉得很厌烦。她说：“怎么有这么多的穷事情？麻麻烦烦谁记得住？”

小娥听着也替娘发愁，见娘说了话，也跟着劝娘说：“娘！你就还叫金桂管吧，自己揽那些麻烦做甚哩？这比你黑箱子里那东西麻烦得多哩。”

李成娘觉着不止比箱子里的东西样数多，并且是包也没法包，卷也没法卷，实在不容易一捆一捆弄清楚。她这会倒是愿意叫金桂管，可也似乎还不愿意马上说丢脸话。

金桂仍然交代下去。她说：“不怕娘！只剩五六宗了——有几宗是和村公所的，有几宗是和集上的，差务账上，咱一共支过十个人工八个驴工，没有算账。咱还管过好几回过路军人饭，人家给咱的米票，还没有兑。这两张，每张是十一两。这五张，每张是……”

“实在麻烦，我不管了！你弄成什么算什么！我吃上个清净饭拉倒！”李成娘赌气认了输，把腿边的一堆票子往前一推。

小娥的丈夫哈哈大笑起来。他说：“我原来不是说叫你‘过几年清净日子算了’吗？”又向金桂说：“好好好！你还管起来吧！”又向小娥说：“我常叫你们跟金桂学习，就是叫学习这一大摊子！成天说解放妇女解放妇女，你们妇女们想真得到解放，就得多做点事、多管点事、多懂点事！咱们回去以后，我倒应该照金桂这样交代交代你！”

一九四九年四月十四日

田寡妇看瓜

南坡庄上穷人多,地里的南瓜豆荚常常有人偷,雇着看庄稼的也不抵事,各人的东西还得各人操心。最爱偷人的叫秋生,因为自己没有地,孩子老婆五六口,全凭吃野菜过日子,偷南瓜摘豆荚不过是顺路捎带。最怕人偷的是田寡妇,因为她园地里的南瓜豆荚结得早——南坡庄不过三四十家人,有园地的只是王先生和田寡妇两家,王先生有十来亩,可是势头大,没人敢偷;田寡妇虽说只有半亩,可是既然没人敢偷王先生的,就该她一家倒霉,因此她每年夏秋两季总要到园里去看守。

一九四六年春天,南坡庄经过土地改革,王先生是地主,十来亩园地给穷人分了;田寡妇是中农,半亩园地自然仍是自己的。到了夏天园地里的南瓜豆荚又早早结了果,田寡妇仍然每天到地里看守。孩子们告她说:"今年不用看了,大家都有了。"她不信,因为她只到过自己园里,王先生的园在哪里她都不知道。

也难怪她不信孩子们的话,她有她的经验:前几年秋生他们一伙人,好象专门跟她开玩笑——她一离开园子就能丢了东西。有一次,她回家去端了一碗饭,转来了,秋生正走到她的园地边,秋生向她哀求:"嫂!你给我个小南瓜吧!孩子们饿得慌!"田寡妇没好气,故意说:"哪里还有?都给贼偷走了!"秋生明知道是说自己,也还不得口,仍然哀求下去,田寡妇怕他偷,也不敢深得罪他:看看自己的嫩南瓜,哪一个也不舍得摘,挑了半天,给他摘了拳头大一个,嘴里还说:"可惜了,正长哩。"她才把秋生打发走,王先生恰巧摇着扇子走过来。王先生远远指着秋生的脊背跟她说:"大害大害！庄上出下了他们这一伙子，叫人一辈子也不得放心！”说着连步也没停就走过去了。这话正投了她的心事，她一辈子也忘不了，因此孩子们说“今年不用看了”，她总听不进去。不管她信不信，事实总是事实。有一天她中了暑，在家养了三天病，园子里没丢一点东西。后来病好了虽说还去看，可是家里忙了，隔三五天不去也没事，隔十来天不去也没事，最后她把留做种子的南瓜上都刻了些十字作为记号，就决定不再去看守。

快收完秋的时候，有一天她到秋生院里去，见秋生院里放着十来个老南瓜，有两个上边刻着十字，跟她刻的那十字一样，她又犯了疑。她有心问一问，又没有确实把握，怕闹出事来，才又决定先到园里看看。她连家也没回就往园里跑，跑到半路恰巧碰上秋生赶着个牛车拉了一车南瓜。她问：“秋生！这是谁的南瓜？怎么这么多？”秋生说：“我的！种得太多了！”“你为什么种那么多？”“往年孩子们见了南瓜馋得很，今年分了半亩园地我说都把它种成南瓜吧！谁知道这种粗笨东西多了就多得没个样子，要这么多哪吃得了？种成粮食多合算？”“吃不了不能卖？”“卖？今年谁还缺这个？上哪里卖去？园里还有！你要吃就打发孩子们去担一些，光叫往年我吃你的啦！”他说着赶着车走了，田寡妇也无心再去看她的南瓜。

一九四九年五月十三日

登　记

一　罗汉钱

诸位朋友们：今天让我来说个新故事。这个故事题目叫《登记》，要从一个罗汉钱说起。

这个故事要是出在三十年前，"罗汉钱"这东西就不用解释；可惜我要说的故事是个新故事，听书的朋友们又有一大半是年轻人，因此在没有说故事以前，就得先把"罗汉钱"这东西交代一下：

据说罗汉钱是清朝康熙年间铸的一种特别钱，个子也和普通的康熙钱一样大小，只是"康熙"的"熙"字左边少一直画；铜的颜色特别黄，看起来有点象黄金。相传铸那一种钱的时候，把一个金罗汉像化在铜里边，因此一个钱有三成金。这种传说可靠不可靠不是我们要管的事，不过这种钱确实有点可爱——农村里的青年小伙子们，爱漂亮的，常好在口里衔一个罗汉钱，和城市人们爱包镶金牙的习惯一样，直到现在还有些偏僻的地方仍然保留着这种习惯；有的用五个钱叫银匠给打一只戒指，戴到手上活象金的。不过要在好多钱里挑一个罗汉钱可很不容易：兴制钱的时候，聪明的孩子们，常好在大人拿回来的钱里边挑，一年半载也不见得能碰见一个。制钱虽说不兴了，罗汉钱可是谁也不出手的，可惜是没有几个。说过了钱，就该说故事：

有个农村叫张家庄。张家庄有个张木匠。张木匠有个好老婆，外号叫个"小飞蛾"。小飞蛾生了个女儿叫"艾艾"，算到一九五〇年阴历正月十五元宵节，虚岁二十，周岁十九。庄上有个青年叫“小晚”,正和艾艾搞恋爱。故事就出在他们两个人身上。

照我这么说,性急的朋友们或者要说我不在行:“怎么一个‘罗汉钱’还要交代半天,说到故事中间的人物,反而一句也不交代? 照这样说下去,不是五分钟就说完了吗?”其实不然:有些事情不到交代时候,早早交代出来是累赘;到了该交代的时候,想不交代也不行。闲话少说,我还是接着说吧:

张木匠一家就这么三口人——他两口子和这个女儿艾艾——独住一个小院;他两口住北房,艾艾住西房。今年①阴历正月十五夜里,庄上又要玩龙灯,张木匠是老把式,甩尾巴的,吃过晚饭丢下碗就出去玩去了。艾艾洗罢了锅碗,就跟她妈相跟着,锁上院门,也出去看灯去了。后来三个人走了个三岔:张木匠玩龙灯,小飞蛾满街看热闹,艾艾可只看放花炮起火,因为花炮起火是小晚放的。艾艾等小晚放完了花炮起火就回去了,小飞蛾在各街道上飞了一遍也回去了,只有张木匠不玩到底放不下手,因此他回去得最晚。

艾艾回得北房里等了一阵等不回她妈来,就倒在她妈的床上睡着了。小飞蛾回来见闺女睡在自己的床上,就轻轻推了一把说:“艾艾! 醒醒!”艾艾没有醒来,只翻了一个身,有一个明晃晃的小东西从她衣裳口袋里溜出来,叮铃一声掉到地下,小飞蛾端过灯来一看:“这闺女! 几时把我的罗汉钱偷到手?”她的罗汉钱原来藏在板箱子里边的首饰匣子里。这时候,她也不再叫艾艾,先去放她的罗汉钱。她拿出钥匙来,先开了箱子上的锁,又开了首饰匣子上的锁,到她原来放钱的地方放钱:“咦! 怎么我的钱还在?”摸出来拿到灯下一看:一样,都是罗汉钱,她自己那一个因为隔着两层木头没有见过潮湿气,还是那么黄,只是不如艾艾那个亮一点。她看了艾艾一眼,艾艾仍然睡得那么憨(酣)。她自言自语说:“憨闺女! 你怎么也会干这个了? 说不定也是戒指换的吧?”她看看艾

---

① 指一九五〇年。——作者注。

艾的两只手,光光的;捏了捏口袋,似乎有个戒指,掏出来一看是顶针圈儿。她叹了一口气说:“唉!算个甚?娘儿们一对戒指,换了两个罗汉钱!明天叫五婶再去一趟赶快给她把婆家说定了就算了!不要等闹出什么故事来!”她把顶针圈儿还给艾艾装回口袋里去,拿着两个罗汉钱想起她自己那一个钱的来历。

这里就非交代一下不行了。为了要说明小飞蛾那个罗汉钱的来历,先得从小飞蛾为什么叫“小飞蛾”说起:

二十多年前,张木匠在一个阴历腊月三十日娶亲。娶的这一天,庄上人都去看热闹。当新媳妇取去了盖头红的时候,一个青年小伙子对着另一个小伙子的耳朵悄悄说:“看!小飞蛾!”那个小伙子笑了一笑说:“活象!”不多一会,屋里,院里,你的嘴对我的耳朵,我的嘴又对他的耳朵,各哩各得都嚷嚷这三个字——“小飞蛾”“小飞蛾”“小飞蛾”……

原来这地方一个梆子戏班里有个有名的武旦,身材不很高,那时候也不过二十来岁,一出场,抬手动脚都有戏,眉毛眼睛都会说话。唱《金山寺》她装白娘娘,跑起来白罗裙满台飞,一个人撑满台,好象一只蚕蛾儿,人都叫她“小飞蛾”。张木匠娶的这个新媳妇就象她——叫张木匠自己说,也说是“越看越象”。

第二天是大年初一,按这地方的习惯,用两个妇女搀着新媳妇,一个小孩在头里背条红毯儿,到邻近各家去拜个年——不过只是走到就算,并不真正磕头。早饭以后,背红毯的孩子刚一出门,有个青年就远远地喊叫:“都快看!小飞蛾出来了!”他这么一喊,马上聚了一堆人,好象正月十五看龙灯那么热闹,新媳妇的一举一动大家都很关心:“看看!进了她隔壁五婶院子里了!”“又出来了又出来了!到老秋孩院子里去了!……”

张木匠娶了这么个媳妇,当然觉得是得了个宝贝,一九里,除了给舅舅去拜了一趟年,再也不愿意出门,连明带夜陪着小飞蛾玩;穿起小飞蛾的花衣裳扮女人,想逗小飞蛾笑;偷了小飞蛾的斗方戒指，故意要叫小飞蛾满屋子里撵他……可是小飞蛾偏没心情，只冷冷地跟他说："不要打哈哈！"

几个月过后，不知道谁从小飞蛾的娘家东王庄带了一件消息来，说小飞蛾在娘家有个相好的叫保安。这消息传到张家庄，有些青年小伙子就和张木匠开玩笑："小木匠，回去先咳嗽一声，不要叫跟保安碰了头！""小飞蛾是你的？至少有人家保安一半！"张木匠听了这些话，才明白了小飞蛾对自己冷淡的原因，好几次想跟小飞蛾生气，可是一进了家门，就又退一步想："过去的事不提它吧，只要以后不胡来就算了！"后来这消息传到他妈耳朵里，他妈把他叫到背地里，骂了他一顿"没骨头"，骂罢了又劝他说："人是苦虫！痛痛打一顿就改过来了！舍不得了不得……"他受过了这顿教训以后，就好好留心找小飞蛾的岔子。

有一次他到丈人家里去，碰见保安手上戴了个斗方戒指，和小飞蛾的戒指一个样；回来一看小飞蛾的手，小飞蛾的戒指果然只留下一只。"他妈的！真是有人家保安一半！"他把这消息报告了他妈，他妈说："快打吧！如今打还打得过来！要打就打她个够受！轻来轻去不抵事！"他正一肚子肮脏气，他妈又给他打了打算盘，自然就非打不行了。他拉了一根铁火柱正要走，他妈一把拉住他说："快去手！不能使这个！细家伙打得疼，又不伤骨头，顶好是用小锯子上的梁！"

他从他的一捆木匠家具里边抽出一条小锯梁子来，尺半长，一指厚，木头很结实，打起来管保很得劲。他妈为什么知道这家具好打人呢？原来他妈当年年轻时候也有过小飞蛾跟保安那些事，后来是被老木匠用这家具打过来的。闲话少说：张木匠拿上这件得劲的家伙，黑丧着脸从他妈的房子里走出来，回到自己的房里去。

小飞蛾见他一进门，照例应酬了他一下说："你拿的那个是什么？"张木匠没有理她的话，用锯梁子指着她的手说："戒指怎么只剩了一只？说！"这一问，问得小飞蛾头发根一支乂。小飞蛾抬头看看他的脸，看见他的眼睛要吃人，吓得她马上没有答上话来，张木匠的锯梁子早就打在她的腿上了。她是个娇闺女，从来没有挨过谁一下打，才挨了一下，痛得她叫了一声低下头去摸腿，又被张木匠抓住她的头发，把她按在床边上，拉下裤子来"披、披、披"一连打了好几十下。她起先还怕招得人来看笑话，憋住气不想哭，后来实在支不住了，只顾喘气，想哭也哭不上来，等到张木匠打得没了劲扔下家伙走出去，她觉得浑身的筋往一处抽，喘了半天才哭了一声就又压住了气，头上的汗，把头发湿得跟在热汤里捞出来的一样，就这样喘一阵哭一声喘一阵哭一声，差不多有一顿饭工夫哭声才连起来。一家住一院，外边人听不见，张木匠打罢了早已走了，婆婆连看也不来看，远远地在北房里喊："还哭什么？看多么排场？多么有体面？"小飞蛾哭了一阵以后，屁股蛋疼得好象谁用锥子剜，摸了一摸满手血，咬着牙兜起裤子，站也站不住。

她的戒指是怎样送给保安的，以后张木匠也没有问，她自己自然也没有说。原来是她在端午那一天到娘家去过节，保安想要她个贴身的东西，她给保安卸了一个戒指；她也要叫保安给她个贴身的东西，保安把口里衔的罗汉钱送了她。

自从她挨了这一顿打之后，这个罗汉钱更成了她的宝贝。人怕伤了心：从挨打那天起，她看见张木匠好象看见了狼，没有说话先哆嗦。张木匠也莫想看上她一个笑脸——每次回来，从门外看见她还是活人，一进门就变成死人了。有一次，一个鸡要下蛋，没有回窝里去，小飞蛾正在院里撵，张木匠从外边回来，看见她那神气，真有点象在戏台上系着白罗裙唱白娘娘的那个小飞蛾，可是小飞蛾一看见他，就连鸡也不撵了，赶紧规规矩矩走回房子里去。张木匠生了气，撵到房子里跟她说："人说你是'小飞蛾'，怎么一见了我就把你那翅膀耷拉下来了？我是狼？""呱"一个耳刮子。小飞蛾因为不愿多挨耳刮子，也想在张木匠面前装个笑脸，可惜是不论怎么装也装得不象，还不如不装。张木匠看不上活泼的小飞蛾，觉着家里没了趣，以后到外边做活，一年半载不回家，路过家门口也不愿进去，听说在外面找了好几个相好的。张木匠走了，家里只留下婆媳两个。婆婆跟丈夫是一势，一天跟小飞蛾说不够两句话，路上碰着了扭着脸走，小飞蛾离娘家虽然不远，可是有嫌疑，去不得；娘家爹妈听说闺女丢了丑，也没有脸来看望。这样一来，全世界上再没有一个人跟小飞蛾是一势了，小飞蛾只好一面伺候婆婆，一面偷偷地玩她那个罗汉钱。她每天晚上打发婆婆睡了觉，回到自己房子里关上门，把罗汉钱拿出来看了又看，有时候对着罗汉钱悄悄说："罗汉钱！要命也是你，保命也是你！人家打死我我也不舍你！咱俩死活在一起！"她有时候变得跟小孩子一样，把罗汉钱暖到手心里，贴到脸上，按到胸上，衔到口里……除了张木匠回家来那有数的几天以外，每天晚上她都是离了罗汉钱睡不着觉，直到生了艾艾，才把它存到首饰匣子里。

她剩下的那只戒指是自从挨打之后就放进首饰匣子里去的。当艾艾长到十五那一年，她拿出匣子来给艾艾找帽花，艾艾看见了戒指就要要。她生怕艾艾再看见罗汉钱，赶快把戒指给了艾艾就把匣子锁起来了。那时候张木匠和小飞蛾的关系比以前好了一点，因为闺女也大了，他妈也死了，小飞蛾和保安也早就没有联系了。又因为两口子只生了艾艾这么个孤闺女，两个人也常借着女儿开开玩笑。艾艾戴上了小飞蛾那只斗方戒指，张木匠指着说："这原来是一对来！"艾艾问："那一只哩？"张木匠说："问你妈！"艾艾正要问小飞蛾，小飞蛾翻了张木匠一眼。艾艾只当是她妈丢了，也就不问了。这只戒指就是这么着到了艾艾手的。

以前的事已经交代清楚，再回头来接着说今年（或一九五〇年）正月十五夜里的事吧：

小飞蛾手里拿着两个罗汉钱，想起自己那个钱的来历来，其中酸辣苦甜什么味儿也有过：说这算件好事吧，跟着它吃了多少苦；说这算件坏事吧，想一遍也满有味。自己这个，不论好坏都算过去了;闺女这个又算件什么事呢?把它没收了吧,说不定闺女为它费了多少心;悄悄还给她吧,难道看着她走自己的伤心路吗?她正在想来想去得不着主意,听见门外有人走得响,张木匠玩罢了龙灯回来了,因此她也再顾不上考虑,两个钱随便往箱里一丢,就把箱子锁住。

这时候鸡都快叫了,张木匠见艾艾还没有回房去睡,就发了脾气:"艾艾,起来!"因为他喊的声音太大,吓得艾艾哆嗦了一下一骨碌爬起来,瞪着眼问:"什么事,什么事?"小飞蛾说:"不能慢慢叫?看你把闺女吓得那个样子!"又向艾艾说:"艾!醒了没有?什么事也没有,你爹叫你回去睡哩!"张木匠说:"看你把她惯成什么样子!"艾艾这才醒过来,什么也没有说,笑了一笑就走了。

张木匠听得艾艾回西房去关上门,自己也把门关上,回头一边脱衣服一边悄悄跟小飞蛾说:"这二年给咱艾艾提亲的那么多,你总是挑来挑去都觉着不合适。东院五婶说的那一家有成呀没成?快把她出脱了吧!外面的闲话可大哩!人家都说:一个马家院的燕燕,一个咱家的艾艾,是村里两个招风的东西;如今燕燕有了主了,就光剩下咱艾艾了!"小飞蛾说:"不是听说村公所不准燕燕跟小进结婚吗?我听说他们两个要到区上登记,村公所不给开证明,后来怎么又说成了?"张木匠说:"人家说她招风,就指的是她跟小进的事,当然人家不给他们证明!后来说的另是一家西王庄的,是五婶给保的媒,后天就要去办登记!"小飞蛾说:"我看村公所那些人也是些假正经,瞎挑眼!既然嫌咱艾艾的声名不好,这二年说媒的为什么那么多哩?民事主任为什么还托着五婶给他的外甥提哩?"张木匠说:"我这几天只顾玩灯,也忘记了问你:这一家这几年过得究竟怎么样?"小飞蛾说:"我也摸不着!虽说都在一个东王庄,可是人家住在南头,我妈住在北头,没有事也不常走动。五婶说她明天还要去,要不我明天也到我妈家走一趟,顺便到他家里看看去吧?"张木匠说:"也可以!"停了一下子他又向小飞蛾说:

“我再问你个没大小的话:咱艾艾跟小晚究竟是有的事呀没的事?”小飞蛾当然不愿意把罗汉钱的事告诉给他,只推他说:“不用管这些吧!闺女大了,找个婆家打发出去就不生事了!”

二 眼 力

艾艾也和她妈年轻时候一样,自从有了罗汉钱,每天晚上把钱捏在手里,衔在口里睡觉。这天晚上回去把衣服上的口袋摸遍了,也找不着罗汉钱,掌着灯满地找也找不着,只好空空地睡了。第二天早晨她比谁也起得早,为了找罗汉钱,起来先扫地,扫得特别细致——结果自然还是找不着。停了一会,她听见妈妈开了门,她就又跑去给她妈扫地。她妈见她钻到床底下去扫,明知道她是找钱,也明知道是白费工夫找不着,可是也不好向她说破,只笑着说了一句:“看我的艾艾多么孝顺?”

吃过早饭,五婶来叫小飞蛾往娘家去,张木匠照着二十多年来的老习惯自然要跟着去。

张木匠这个老习惯还得交代一下:自从二十多年前他发现小飞蛾把一只戒指送给了保安以后,知道小飞蛾并不爱他,不是就跟小飞蛾不好了吗?可是每当小飞蛾要去娘家的时候,他就又好象很爱护她,步步不离她。后来他妈也死了,艾艾也长大了,两个人的关系又定下来了,可是还不改这个老习惯。有一回,小飞蛾说:“还不放心吗?”张木匠说:“反正跟惯了,还是跟着去吧!”直到现在还是这样。

五婶、张木匠、小飞蛾三个人都要动身了,小飞蛾说:“艾艾!你不去看看你姥姥①!”艾艾说:“我不去!初三不是才去过了吗?”张木匠说:“不去就不去吧!好好给我看家!不要到外边飞

① 姥姥:指外祖母。——作者注。

去！”说罢，三个人就相跟着走了。

艾艾仍忘不了找她的罗汉钱。她要是寻出钥匙，到箱子里去找，管保还能多找出一个来，不过她梦也梦不到箱子里，她只沿着她到过的地方找，直找到晌午仍是没有影踪。钱找不着，也没有心思做饭吃，天气晌午多了，她只烤了两个馒头吃了吃。

刚刚吃过馒头，小晚来了。艾艾拉住小晚的手，第一句话就是：“罗汉钱丢了！”“丢就丢了吧！”“气得我连饭也吃不下去！”“那也值得生个气？我看那都算不了什么！在着能抵什么用？听说你爹你妈跟东院里五奶奶去给你找主儿去了。是不是？”“咱哪里知道那老不死的为什么那么爱管闲事？”“咱们这算吹了吧？”“吹不了！”“要是人家说成了呢？”“成不了！”“为什么？”“我不干！”“由得了你？”“试试看！”正说着，外边有人进来，两个人赶快停住。

进来的是马家院的燕燕。艾艾说：“燕燕姊！快坐下！”燕燕看见只有他们两个人，就笑着说：“对不起！我还是躲开点好！”艾艾笑了笑没答话，按住肩膀把她按得坐到凳子上。燕燕问：“你们的事怎么样？想出办法来了没有？”艾艾说：“我们正谈这个！”燕燕的眼圈一红接着就说：“要办快想法，不要学我这没出息的耽搁了事！”说了这么句话，眼里就滚出两点泪来，引得艾艾和小晚也陪着她伤心，眼边也湿了。

过了一阵，三个人都揉了揉眼，小晚问燕燕：“不是还没有登记？”燕燕说：“明天就要去！”艾艾问：“这个人怎么样？”燕燕说：“谁可见过人家个影儿？”艾艾又问：“不能改口了吗？”燕燕说：“我妈说：‘你不愿意我就死在你手！’我还说什么？”艾艾说：“去年腊月你跟小进到村公所去写证明信，村公所不给写，是怎么说的？什么理由？”燕燕说：“什么理由！还不是民事主任那个死脑筋作怪？人家说咱声名不正，除不给写信，还叫我检讨哩！”小晚说：“明天你再去了，人家民事主任就不要你检讨了吗？”燕燕说：“那还用我亲自去？只要是父母主婚，谁去也写得出来；真正自由的除不给写还要叫检讨！就那人家还说是反对父母主婚！”小晚向艾艾说：“我看咱这算吹了！五奶奶今天去给你说的这个，一来是人家民事主任的外甥，二来又有你妈作主。你妈今天要听了东院五奶奶的话，回来也跟你死呀活呀地一闹，明天你还不跟人家到区上去登记？”艾艾说：“我妈可不跟我闹，她还只怕我闹她哩！”

正说着，门外跑进一个人来，隔着窗就先喊叫：“老张叔叔，老张叔叔！”艾艾拉了燕燕一把说：“小进哥哥又来找你！”还没等燕燕答话，小进就跑进来了。燕燕本来想找他诉一诉苦，两三天也没有找着个空子，这会见他来了，赶快和艾艾坐到床边，把凳子空出来让他坐，两眼直对着他，可是一时想不起来该怎样开口。小进没有理她，也没有坐，只朝着艾艾说：“老张叔叔哩？场上好多人请他教我们玩龙灯去哩！”艾艾说：“我爹到我姥姥家去了。你快坐下！”小进说：“我还有事！”说着翻了燕燕一眼就走出去，走到院里，又故意叫着小晚说：“小晚！到外边玩玩去吧，瞎磨那些闲工夫有什么用处？回去叫你爹花上几石米吧！有的是！”说着就走远了。燕燕一肚子冤枉没处说，一埋头趴在床边哭起来，艾艾和小晚两个人劝也劝不住。

劝了一会，燕燕忍住了哭跟他两个人说：“我劝你们早些想想办法吧！你看弄成这个样子伤心不伤心？”艾艾说：“你看有什么办法？村里的大人们都是些老脑筋，谁也不愿揽咱的事，想找个人到我妈跟前提一提也找不着。”小晚说：“说好话的没有，说坏话的可不少；成天有人劝我爹说：‘早些给孩子定上一个吧！不要叫尽管耽搁着！’”燕燕猛然间挺起腰来，跟发誓一样地说：“我来当你们的介绍人！我管跟你们两头的大人们提这事！”又跟艾艾说：“一村里就咱这么两个不要脸闺女，已经耽搁了一个我，难道叫连你也耽搁了？”小晚站起来说：“燕燕姊！我给你敬个礼！不论行不行冒跟我爹提一提！不行也不过是吹了吧？总比这么着不长不短好得多！就这样吧，我得走了！不要让民事主任碰上了再叫你们检讨！”说了就走了。

艾艾又和燕燕计划了一下，见了谁该怎样说见了谁该怎样说，东院里五奶奶要给民事主任的外甥说成了又该怎样顶。她两人正计划得起劲，小飞蛾回来了。她两个让小飞蛾坐了之后，燕燕正打算提个头儿，可是还没有等她开口，五婶就赶来了。五婶说：“不论说人，不论说家，都没有什么包弹的！婆婆就是咱村民事主任的姊姊，你还不知道人家那脾气多么好？闺女到那里管保受不了气！你还是不要错打了主意！”小飞蛾说：“话叫有着吧！回头我再和她爹商量商量！”五婶见小飞蛾不愿意，又应酬了几句就走了，艾艾可喜得满脸笑涡。

小飞蛾为什么不愿意呢？这就得谈谈她这一次去娘家的经过：早饭后他们三个人相跟着到了东王庄，先到了小飞蛾她妈家里。五婶叫小飞蛾跟她到民事主任的外甥家里看看去，小飞蛾说：“相跟去了不好！不如你先到他家去，我随后再去，就说是去叫你相跟着回去，省得人家说咱是亲自送上门的！”

南头这家也只有三口人——老两口，一个孩子——就是张家庄民事主任的姊姊、姊夫和外甥：孩子玩去了，家里只剩下老两口。五婶一进去，老汉老婆齐让坐。几句见面话说过后，老汉就问：“你说的那三家，究竟是哪一家合适些？”五婶说：“依我看都差不多，不过那两家都有主了，如今只剩下小飞蛾家这一个了！”老汉说：“怎么那么快？”五婶说：“十八九的大姑娘自然快得很了！”老婆向老汉说：“我叫快点决定，你偏是那么慢腾腾地拖！好的都叫人家挑完了！”五婶故意说：“小一点的不少！就再说个十四五的吧？反正还比你的孩子大！”老婆说：“老嫂子！不要说笑话了！我要是愿意要十四五的，还用得搬你这么大的面子吗？”五婶说：“要大的可算再找不上了！你怎么说‘好的都叫人家挑完了’？我看三个里头，就还数人家小飞蛾这一个标致！我想你也该见过吧！

长得不是跟二十年前的小飞蛾一个样吗?”老婆说:“人样儿满说得过去,不过听说她声名不正!”五婶说:“要不是那点毛病,还能留到十八九不占个家吗? 以前那两个不一样吗?”老婆说:“要是有那个毛病,咱不是花着钱买个气布袋吗?”五婶说:“你不要听外人瞎谣传! 要真有大毛病的话,你娘家兄弟还叫我来给你提吗? 那点小毛病也算不了什么,只要到咱家改过来就行了!”老汉说:“还改什么? 什么样的老母下什么样的儿! 小飞蛾从小就是那么个东西!”五婶说:“改得了! 人是苦虫! 痛痛打一顿以后就没有事了!”老汉说:“生就的骨头,哪里打得过来?”五婶说:“打得过来,打得过来! 小飞蛾那时候,还不是张木匠一顿锯梁子打过来的?”

他们正说到这里,小飞蛾正走到当院里,正赶上听见五婶末了说的那两句话。她一听,马上停了步,看了看院里没人,就又悄悄溜出院来往回走。她想:“难道这挨打也得一辈传一辈吗? 去你妈的! 我的闺女用不着请你管教!”回到她家里,她妈和张木匠都问:“怎么样?”她说:“不行! 不跟他来!”大家又问她为什么,她说:“不提他吧! 反正不合适!”她妈见她咕嘟着个嘴,问她怎么那样不高兴,她自然不便细说,只说是“昨天晚上熬了夜”,说了就到套间里睡觉去了。

其实她怎么睡得着呢? 五婶那两句话好象戳破了她的旧伤口,新事旧事,想起来再也放不下。她想:“我娘儿们的命运为什么这么一样呢? 当初不知道是什么鬼跟上了我,叫我用一只戒指换了个罗汉钱,害得后来被人家打了个半死,直到现在还跟犯人一样,一出门人家就跟在后边押解着。如今这事又出在我的艾艾身上了。真是冤孽:我会干这没出息事,你偏也会! 从这前半截事情看起来,娘儿们好象钻在一个圈子里。傻孩子呀! 这个圈子,你妈半辈子没有得跳出去,难道你就也跳不出去了吗?”她又前前后后想了一下:不论是和她年纪差不多的姊妹们,不论是才出了阁的姑娘们,凡有象罗汉钱这一类行为的,就没有一个不挨打——婆婆打,丈夫打,寻自尽的,守活寡的……“反正挨打的根儿已经扎下了!贱骨头!不争气!许就许了吧!不论嫁给谁还不是一样挨打?”头脑要是简单一点,打下这么个主意也就算了,可是她的头脑偏不那么简单,闭上了眼睛,就又想起张木匠打她那时候那股牛劲:瞪起那两只吃人的眼睛,用尽他那一身气力,满把子揪住头发往那床沿上“扑差”一按,跟打骡子一样一连打几十下也不让人喘口气……“妈呀!怕煞人了!二十年来,几时想起来都是满身打哆嗦!不行!我的艾艾哪里受得住这个?……”就这样反一遍、正一遍尽管想,晌午就连一点什么也吃不下去,为着应付她妈,胡乱吃了四五个饺子。

午饭以后,五婶等不着她,就到她妈家里来找。五婶还要请她到南头看看,她说“怕天气晚了赶天黑趁不到家”。三个人往张家庄走,五婶还要跟她麻烦,说了民事主任的外甥一百二十分好。她因为不想听下去,又拿出二十多年前那“小飞蛾”的精神在前边飞,虽说只跟五婶差十来步远,可弄得五婶直赶了一路也没有赶上她。进了村,张木匠被一伙学着玩龙灯的青年叫到场里去了,小飞蛾一直飞回了家。五婶还不甘心,就赶到小飞蛾家里,后来碰了个软钉子,应酬了几句就走了。艾艾见她妈没有答应了,自然眉开眼笑;燕燕看见这情形,也觉着要说的话更好说一点。

燕燕趁着小飞蛾没有注意,给艾艾递了个眼色叫她走开。艾艾走开了,燕燕就向小飞蛾说:“婶婶!我也给艾艾做个媒吧?”小飞蛾觉着她有点孩子气,笑着跟她说:“你怎么也能做媒?”燕燕也笑着说:“我怎么就不能做媒?”小飞蛾说:“你有人家东院五婶那张嘴?”燕燕说:“她那么会说,怎么还没有把你说得答应了她?”小飞蛾说:“不合适我就能答应她了?”燕燕说:“可见全看合适不合适,不在乎会说不会说!我提一个管保合适!”小飞蛾说:“你冒说说!”燕燕说:“我提小晚!”小飞蛾说:“我早就知道你说的是他!

快不要提他！你们这些闺女家，以后要放稳重点！外边闲话一大堆！”燕燕说：“我也学东院五奶奶几句话：‘不论说人，不论说家，都没有什么包弹的！’不过我的话比她的话实在得多，不象她那老糊涂，‘有的说没的道！’婶婶！你想想我的话对不对？”小飞蛾说：“你光说好的，不说坏的！外边的闲话你挡得住吗？”燕燕说：“闲话也不过出在小晚身上，说闲话的人又都是些老脑筋，索性把艾艾嫁给小晚，看他们还有什么说的？”小飞蛾一想：“这孩子不敢轻看！这么办了，管保以后不生闲气，挨打这件事也就再不用传给艾艾了！”她这么一想，觉着燕燕实在伶俐可爱，就伸手抚摩着燕燕的头发说：“好孩子！你还当得了个媒人！”燕燕见她转过弯来，就紧赶着问她：“婶婶！你算愿意了吧？”小飞蛾说：“好孩子！不要急！还有你叔叔！等他回来跟他商量商量！”

燕燕说服了小飞蛾，就辞别过小飞蛾去给艾艾报喜信，不想一出门，艾艾就站在窗外。艾艾拉住她的手，叫她不要声张。两个人相跟着到了院门外，燕燕说：“都听见了吧！”艾艾说：“听见了！谢谢你！”燕燕说：“且不要谢，还有一头哩！你先到街上看灯去，到合作社门口那个热闹地方等着我，我到小晚家试试看！”说了就走了。

燕燕到了小晚家，也走的是妇女路线，先和小晚他娘接头。这地方的普通习惯，只要女家吐了口，男家的话好说，没有费多大工夫，就说妥了。

她跑到合作社门口，拉上艾艾走到个僻静处，把胜利的结果一报告，并且说：“只要你妈今天晚上能跟你爹说通，明天就可以去登记。”艾艾听罢，自然是千恩万谢高高兴兴回去了，剩下她想想人家的事，又想想自己的事，两下一对照，伤心得很，趁着这个僻静地方，悄悄哭了一大阵，直到街上人都散了她才回去。回去躺下之后，一直考虑“明天到区上还是牺牲自己呀，还是得罪妈妈”，一夜也不曾合上眼。

小飞蛾呢？自从燕燕和艾艾走出去，她把小晚这一家子细细研究了好几遍：日子也过得，家里也和气，大人们脾气都很平和，孩子又漂亮又正干，年纪也相当，挑来挑去挑不着毛病。这时候，她完全同意了，暗暗夸奖艾艾说："好孩子！你的眼力不错！说闲话的人真是老脑筋！"想到这里，她又想起头一天晚上那个罗汉钱。她又揭开箱子找出那个钱来，心想还了艾艾，又想不到该怎样还她。她正拿着这个在手里搓来搓去想法子，艾艾一股劲跑回来。艾艾看见她手里有个东西，就问："妈！你拿了个什么的？"小飞蛾用两根指头捏起来向她说："罗汉钱！""哪儿来的？""我拾（捡）的！""妈！那是我的！""你哪儿来的？""我，我也是拾的！"艾艾说着就笑了。小飞蛾看了看她的脸说："是你的还给了你！"艾艾接过来还装在她的衣裳口袋里。

一会，张木匠玩罢龙灯回来了，艾艾回房去做她的好梦，张木匠和小飞蛾商量艾艾的婚事。

三　不准登记

当天晚上，艾艾回房以后，明知道她的爹妈要谈自己的婚事，自然睡不着觉，趴在窗上听了一会，因为隔着半个院子两重窗，也听不出道理来，只听见了两句话。听见两句什么话呢？当她爹妈谈了一阵争执起来之后，她妈说："你说这么办了有什么坏处？"她爹说："坏处是没有，不过挡不住村里人说闲话！"以后的声音又都低下去，艾艾就听不见了。

这一晚艾艾自然没有睡好，第二天早晨起来，本来想先去找燕燕，可是乡村姑娘们，要是家里没有个嫂嫂的话，扫地，抹灰尘，生火做饭，洗锅碗这几件事就成了自己照例的公事，非办不行。她只担心燕燕往区上走了，好容易等到吃过饭，把碗筷收拾起来泡到锅里，偷偷地用锅盖盖起来就跑到燕燕家里去。

她本来想请燕燕替她问一问她妈和她爹商量的结果如何,可是一到了燕燕家,就碰上了别的情况,这番话就不得不搁一搁。这时候,燕燕在床上躺着,她妈坐在那里央告她起来,五婶站在地上等候着。艾艾问:"燕燕姊怎么样了?"燕燕她妈说:"燕燕只怕怄不死我哩!"燕燕躺着说:"都由了你了,还要说我是跟你怄气!"她妈说:"不是怄气怎么不起来啊?好孩子!不要怄了快起!来让你五奶奶给你说说到区上的规矩!再到村公所要上一封介绍信,快走吧!天不早了!"燕燕说:"我死也不去村公所!我还怕民事主任再要我检讨哩!"她妈说:"小奶奶!你不去村公所我替你去!可是你也得起来叫你五奶奶给你说说规矩呀?"燕燕赌着气坐起来说:"分明是按老封建规矩办事,偏要叫人假眉三道去出洋相!什么好规矩?说吧!"五婶见她的气色不好,就先劝她说:"孩子!再不要别别扭扭的!要喜欢一点!这是恭喜事!"燕燕说:"快说你们那假眉三道的规矩吧!什么恭喜事?你们喜的吧,我也喜的?"五婶说:"算了算了!气话不要说了!到了区上,我把介绍信递给王助理员。王助理员看了信,问你多大了,你就说多大了;问你是'自愿'吗?你就说'自愿'……"燕燕说:"这哪里能算自愿?"五婶说:"傻孩子!你就那么说对了!问过自愿以后,他要不再问什么就算了;他要再问你为什么愿意,你就说'因为他能劳动'。"燕燕说:"屁!我连人家个鬼影儿也没有见过,怎么知道人家劳动不劳动?"她妈说:"我这闺女的主意可真哩!怄不死我总不能算拉倒!"燕燕说:"妈!这怎么能算是我怄你?我真正是不知道呀!你也不要生气了!要我说什么我给你说什么好了!反正就是个我来!五奶奶!还有什么鬼路道,一股气说完了算!我都照着你的来!"五婶说:"也再没有什么了!"

这时候,小晚来找艾艾,见燕燕母女俩闹得不开交,也就站住来看结果。结果是燕燕答应到了区上照五婶的话说,她妈跟五婶替她到村公所去要介绍信。

等燕燕她妈跟五婶出去之后，艾艾跟燕燕说："燕燕姊！你今天不高兴，我也不知道该怎样劝劝你……"燕燕说："我这辈子算现成了，还有什么高兴不高兴？我还没有问你：你爹同意不同意？"艾艾说："我也不好问！你今天遇了事了，改日再说吧！"燕燕说："不！我偏要马上管！要管管到底，不要叫都弄成我这样！能办成一件也叫我妈长长见识！你就在我这里等一等，让我去问一问你妈，要是答应了，咱们相跟到区上去！"

燕燕走了，剩下了小晚和艾艾。艾艾说："听我爹那口气，好象也不反对，听说你家的大人们也愿意了，现在担心的只是民事主任的介绍信！"小晚说："我也是这么想：咱庄上凡是他插过腿的事，不依了他就都出不了他的手。别看他口口声声说你声名不好，只要嫁给他的外甥，保管就没事了！"艾艾说："对！事情是明明白白的！他不给咱们写，咱们该怎么办？"两个人都愣了，谁也想不出办法来。停了一会，燕燕回来了，说是张木匠也愿意了，可以一同到区上去登记。艾艾跟她说到村公所写介绍信不容易，她也觉着是一件难事，后来想了想说："你们去吧！趁着他给我写罢了你们就提出，他要是不愿意写的话，你们就问他'别人来了可以替人写，亲自来了为什么不行？'看他说什么！"小晚说："对！他要是再不给写，咱俩就不拿介绍信到区上去登记。区上问起介绍信，咱就说民事主任是封建脑筋，别人去了可以替人写，自己去了偏不给写！"艾艾说："那样你不把燕燕姊的事给说漏了吗？"燕燕说："说漏了自然更好了！你们给说漏了，我妈也怨不着我！"小晚说："人家要问介绍人哩？"燕燕说："就说是我！"小晚说："写信时候，介绍人也得去呀？"燕燕想了一想说："可以！我跟你们去！"艾艾说："你不是不愿意到村公所去吗？"燕燕说："我是不去要我的介绍信，给别人办事还可以。咱们到村公所门口等着，等我妈一出门咱们就进去！"艾艾说："民事主任要说你声名不正不能当介绍人呢？"燕燕说："这回我可有话说！"三个人商量好了，就往村公所去。他们正走到村公所门口，她妈跟五婶就出来了。五婶说："不用来了！信写好了！"燕燕说："我也得问问是怎么写的，不要叫去了说不对！"她妈听着只当是燕燕真愿意了，就笑着跟她说："你要早是这样，不省得妈来跑一趟？快问问回来吃些饭走吧！"说着就分头走开。

他们三个走进村公所，民事主任才写过信，墨盒还没有盖上。民事主任看见他们这几个人在一块就没有好气，撇开艾艾和小晚，专对燕燕说："回去吧！信已经交给你妈了！"燕燕说："我知道！这回是给他们两个人写！"主任瞟了小晚和艾艾一眼说："你两个？""我两个！""自己也都不检讨一下！"小晚说："检讨过了！我两个都愿意！"主任说："怕你们不愿意哩？"艾艾说："你说怕谁不愿意？我爹我妈也都愿意！"小晚说："我爹我妈也都愿意！"主任说："谁的介绍人？"燕燕说："我！""你怎么能当介绍人？""我怎么不能当介绍人？""趁你的好声名哩？""声名不好为什么还给我写介绍信？"主任答不上来就发了脾气："去你们的！都不是正经东西！"艾艾看见仍不行了，就又顶了他一句："嫁给你的外甥就成了正经东西了。是不是？"

这一下更问得主任出不上气来。主任对艾艾，确实有两种正相反的估价：有一次，他看见艾艾跟小晚拉手，他自言自语说："坏透了！跟年轻时候的小飞蛾一个样！"又一次，他在他姊姊家里给他的外甥提亲提到了艾艾名下，他姊姊说："不知道闺女怎么样？"他说："好闺女！跟年轻时候的小飞蛾一个样！"这两种评价，在他自己看起来并不矛盾：说"好"是指她长得好，说"坏"是指她的行为坏——他以为世界上的男人接近女人就是坏透了的行为。不过主任对于"身材"和"行为"还不是平均主义看法：他以为"身材"是天生的，是什么就是什么，行为是可以随着丈夫的意思改变的，只要痛痛打一顿，说叫她变个什么样就能变成个什么样。在这一点上，他和东院五婶的意见根本相同。可是这道理他向艾艾说不得,要是说出来,艾艾准会对他说:“这个民事主任用不着你来当,最好是让给东院五奶奶当吧!”

闲话少说,还是接着说吧:当艾艾问嫁给他的外甥算不算正经的时候,他半天接不上气来,就很蛮地把墨盒盖子一盖说:“任你们有天大的本事,这个介绍信我不写!”艾艾说:“不写我们也要去登记!区上问起来我就请他们给评一评这个理!”主任说:“不服劲你就去试试!区上又不是不知道你们的好声名!”吵了半天,还是不给写,他们只得走出来。

燕燕回家去吃过饭,艾艾回家去洗过锅碗,五婶、燕燕、小晚和艾艾,四个人都往区上去。

三个青年人都觉着五婶讨厌,故意跑在前边不让五婶追上,累得五婶直喘气。走到区公所门口,门口站着五六个人,男女老少都有,只是一个也认不得。原来五婶约着人家西王庄那个孩子在区公所门口等,现在这五六个人,好象也都是等人,有两个大人似乎也是当介绍人的,其中有两个青年男子,一个有二十多岁,一个有十五六岁。燕燕他们三个人,都估量着那个十五六岁的就是给燕燕说的那一个,因为五婶说过“实岁数是十五”,可是谁也认不得,不愿意随便打招呼。停了一会,五婶赶到了。五婶在区门边一看说:“怎么西王庄那个孩子还没有来?”她这么一说,他们三个才知道是估量错了,原来那一个也不是。就在这时候,收发室里跑出一个小孩子来向五婶嚷着说:“老大娘!我早就来了!”嗓子比燕燕的嗓子还尖。燕燕一看,比自已低一头,黑光光的小头发,红红的小脸蛋,两只小眼睛睁得象小猫,伸直了他的小胖手,手背上还有五个小涡涡。燕燕想:“这孩子倒也很俏皮,不过我看他还该吃奶,为什么他就要结婚?”五婶说:“咱们进去吧!”他们先到收发处挂了号,四个人相跟着进去了。

正月天,亲戚们彼此来往得多,说成了的亲事也特别多,王助理员的办公室挤满了领结婚证的人,累得王助理员满头汗。屋子小,他们进去站在门边,只能挨着次序往桌边挤。看见别人办的手续,跟五婶说的一样,很简单:助理员看了介绍信,“你叫什么名?”叫什么。“多大了?”多大了。“自愿吗?”“自愿!”“为什么愿嫁他?”或者“为什么愿娶她?”“因为他能劳动!”这一套,听起来好象背书,可是谁也只好那么背着,背了就发给一张红纸片叫男女双方和介绍人都盖指印。也有两件不准的,那就是有破绽:一件是假岁数报得太不相称,一件是从前有过纠纷。

快轮到他们了,燕燕把艾艾推到前边说:“先办你的!”艾艾便挤到桌边。这时候弄出个笑话来;助理员伸着手要介绍信,西王庄那个孩子也已经挤到桌边,信就在手里预备着,一下子就递上去!五婶看见着了急,拉了他一把说:“错了错了!”那孩子说:“不错,人家都是一人一封!”原来五婶在区门口没有把艾艾和燕燕向那孩子交代清楚,那孩子看见艾艾比燕燕小一点,以为一定是这个小的。王助理员接住他的信还没有赶上拆开,小晚就挤过去跟他说:“说你错了你还不服哩!”回头指了指燕燕又向他说:“你是跟那一个!”经他一说破,满屋子弄了个哄堂大笑!王助理员又把信递给那个孩子说:“你怎么连你的对象也认不得?”小晚说:“我两个没有介绍信,能不能登记?”王助理员说:“为什么没有介绍信?”艾艾说:“民事主任不给写!燕燕她妈替她去还给写,我们亲自去了不给写!他要叫我嫁给他的外甥!”“你们是哪个村?”“张家庄!”问艾艾:“你叫什么?”“张艾艾!”王助理员注意了她一下说:“你就是张艾艾呀?”“是!”王助理员又看着小晚说:“那末你一定就是李小晚了?”小晚说:“是!”王助理员说:“谁的介绍人呢?”燕燕说:“我!”“你叫什么?”“马燕燕!”王助理员说:“你两个都来了?你怎么能当介绍人?”“我怎么不能当介绍人?”“村里有报告,说你的声名不正!”三个人同问:“有什么证据?”王助理员说:“说你们早就有来往!”小晚说:“早有个来往有什么不好?没来往不是会把对象认错了吗?”这句话又说得大家笑起来。王助理员说:“村里既然有报告,等调查调查再说吧!”燕燕说:“助理员!你说叫他们两人结了婚有什么不好?为什么还要调查呢?他们两个人都没有结过婚,和谁也没有麻烦!两个人又是真正自愿,还要调查什么呢?”助理员说:“反正还得调查调查!这件事就这样了。”又指着西王庄那个孩子说:“拿你的信来吧!”小孩子递上了信,五婶一边把村公所给燕燕的介绍信也递上去。

王助理员问西王庄那个孩子:“你叫什么?”“王旦!”“十几了?”“十……二十了!”小王旦说了个“十”就觉着五婶教他的话不一样,赶快改了口。王助理员说:“怎么叫个‘十二十’呢?”小王旦没话说,王助理员又问:“你们是自愿吗?”“自愿。”“为什么愿意跟她结婚?”“因为她能劳动!”王助理员又看了看燕燕的介绍信说:“马燕燕!你说他究竟多大了!”燕燕说:“我不知道!”五婶急得向燕燕说:“你怎么说不知道?”燕燕回答说:“五奶奶!我真正不知道!你哪里跟我说过这个?”五婶不知道燕燕是有意叫弄不成事,还暗暗地埋怨燕燕说:“这闺女心眼儿为什么这么死?就算我没有跟你说过,可是人家说二十,你就不会跟着说二十吗?”在这时候,小王旦偏要卖弄他的聪明。他说:“人家是真正不知道!我住在西王庄,人家住在张家庄,我两个谁也没有见过谁,人家怎么知道我多大了呢?”王助理员说:“我早就知道你没有见过她!要是见过,怎么还能认错了呢?你没有见过人家,怎么知道人家能劳动?小孩子家尽说瞎话!不准你们两个登记!一来男方的岁数不实在,说不上什么自愿不自愿;二来见了面连认也不认得,根本不能算自由婚姻!都回去吧!”

五个人都出了区公所:小王旦回西王庄去了,五婶和他们三个年轻人仍回张家庄去。在路上,五婶怪燕燕说错了话,燕燕故意怪五婶教她说话的时候没有教全。艾艾跟小晚说王助理员的脑筋不清楚,燕燕说王助理员的脑筋还不错。

他们四个人相跟了一段,还跟来的时候一样,三个青年走在前边商量自己的事，五婶在后边赶也赶不上。他们谈到以后该怎么样办，燕燕仍然帮着艾艾和小晚想办法，他们两个也愿意帮着燕燕，叫她重跟小进好起来。用外交上的字眼说，也可以叫做“定下了互助条约”。

四　谁该检讨

前边说过：张家庄的民事主任对妇女的看法是“身材第一，行为第二，行为是可以随着丈夫的意思改变的”。其实这种看法在张家庄是很普遍的一种看法，不只是民事主任一个人如此——要是他一个人，也不会给这两个大闺女造成坏的“声名”。张家庄只剩这么两个大闺女，这两个人又都各自结交了个男人。谁也说她们“坏透了”，可是谁也只想给自己人介绍，介绍不成功就越说她们“坏”，因此她们两个的声名就“越来越坏”。

自从她们到区上走了一趟，事情公开了，老年人都认为“更坏得不能提了”，也就不提了；打算给自己人介绍的看见没有希望了，也就提得少了；青年人大部分从前只跟着大人瞎吵吵，心里边其实早就赞成，见大人不多提了也就不吵吵了；另有几个原来想和小晚竞争一下，后来见艾艾的心已经落到小晚身上，他们也就没劲了；再加上公开了之后，谁要当面说闲话，她们就要当面质问：“我们结了婚有什么坏处？”这句话的力量很大，谁也回答不出道理来。有这么好多原因，说闲话的人一天比一天少起来。她两个的声名也一天比一天好起来。

在这两对婚姻问题上，成问题的只有三个人：一个是燕燕她妈，说死说活嫌败兴，死不赞成；一个是民事主任，死不给写介绍信；再一个就是区上的王助理员，光说空话不办事，艾艾跟小晚去问过几次，仍是那一句话：“以后调查调查再说。”因为有这么三个人，就把四个人的事情给拖延下来。

他们四个都是不当家的孩子，家里的大人，燕燕她妈还反对，其余的纵不反对也不给他们撑腰，有心到县里去告状去，在家里先请不准假。在这个情况下面，气得他们每天骂民事主任，骂王助理员。

一直骂了两个月，还是不长不短，仍然没有结果。种谷的时候，有一天晚上，小晚到合作社去，合作社掌柜笑着跟他说："小晚！你们结婚的事情怎么样了？"小晚说："人家区上还没有调查好哩！"掌柜说："几时就调查好了？"小晚说："还不得个十年二十年？"掌柜说："你真会长期打算！现在不用等那么长时候了！婚姻法公布出来了！看了那上边的规定，你们两个完全合法！"小晚只当他是开玩笑，就说："看你这个掌柜多么不老实？"掌柜正经跟他说："真的！给你看看报！"说着递给他一张报。小晚先看见报上的大字觉着真有这回事，就拿到灯下各里各节往下念，掌柜说："让我念给你听！"说着接过来一口气念下去。等掌柜念完，大家都说："小晚这一下撞对了！明天再去登记去吧！完全合法！"

小晚有了这个底，从合作社出来就去找艾艾；因为他们和燕燕小进有互助条约，艾艾又去找燕燕，小晚又去找小进。不大一会，四个人到了艾艾家开了个会，因为燕燕不愿意马上得罪她妈，决定第二天先让艾艾和小晚去登记。燕燕说："只要你们能领回结婚证来，我妈那里的话就好说一点。虽然你们说我妈不同意也可以，依我看能说通还是说通了好！"大家也就同意了她的话。

这天晚上散会之后，小晚和艾艾各自准备了半夜，计划着第二天到区上，王助理员要仍然不准，他们用什么话跟他说。不料第二天到了区上，王助理员什么也没有再问就给填上了结婚证。

隔了一天，区公所通知村公所，说小晚和艾艾的婚姻是模范婚姻，要村里把结婚的日期报一下，到那时候区里的干部还要来参加他们的结婚典礼。

因为区里说是模范婚姻，村里人除了太顽固的，差不多也都另换了一种看法;青年人们本来就赞成,有好多自动来给他们帮忙筹备,不几天就准备停当了。

结婚这一天,区上来了两个干部——一个区分委书记,一个王助理员。村上的干部差不多全体参加了——民事主任本来不想到场,区上说别的干部可以不参加,他非参加不可,他没法,也只得来。

因为区上说是模范婚姻,村上的群众自然也来得特别多,把小晚家一个院子全都挤满。

会开了,新人就了位,不知道哪个孩子从外边学来的新调皮,要新媳妇报告恋爱经过,还要叫从罗汉钱说起。艾艾说:"那算什么稀奇?我送了他个戒指,他送了我个罗汉钱。一句话不就说完了吗?"

有个青年小伙子说:"她这么说行不行?"大家说:"不行!""不行怎么办?""叫她再说!"艾艾说:"你们这么说我可不赞成!这又不是斗争会!"有的说:"我们好意来给你帮个忙,凑个热闹,你怎么撵起我们来了?"艾艾说:"大家帮我的忙我很欢迎,不过可不愿意挨斗争!罗汉钱的事实在没有多少话说的,大家要我说,我可以说一些别的事!"大家说:"可以!""说什么都好!"艾艾说:"大家不是都知道我的声名不正吗?你们知道这怨谁?"有的说:"你说怨谁?"艾艾说:"怨谁?谁不叫我们两个人结婚就怨谁!你们大家想想:要是早一年结了婚,不是早就正了吗?大家讲起官话来,都会说'男女婚姻要自主',你们说:咱们村里谁自主过?说老实话,有没有一个不是父母主婚?"大家心里都觉着对,只是对着区干部不好意思那么说。艾艾又接着说:"要说有的话,女的就只有我和燕燕两个,可是民事主任常常要叫我们检讨!我们检讨过了,要说有错的话,就是说我们不该自主!说到这里了我也坦白坦白:为了这事,我整整骂了民事主任两个月了,现在让我来赔个情!"大家问:"都骂了些什么话?"艾艾说:"现在我们俩人的事情已经成功了，前边的事就都不提它了……”大家一定要艾艾说，艾艾总不肯说，小晚站起来笑着说：“我说了吧！我也骂过！主任可不要恼，我不过是当成故事来说的。我说：我也愿意，她也愿意，就是你这个当主任的不愿意！我两个结了婚，能把你的什么事坏了？老顽固！死脑筋！外甥路线！嫁给你的外甥，管保就不用检讨了！”大家都看着民事主任笑，民事主任没有说话。区分委书记说：“你也给王助理员提点意见！”小晚说：“王助理员倒是个好人，可惜认不得真假！光听人家说个‘自愿’，也不看说得有劲没劲，连我都能看出是假的来，他都给人家发了结婚证！问人家自愿的理由，更问得没道理：只要人家真是自愿，那管得着人家什么理由？他既然要这样问，人家就跟背书一样给他背一句‘因为他能劳动’。哪个庄稼人不能劳动？这也算个理由吗？轮上我们这真正自愿的了，他说村里有报告，说我们两个人早就有来往，还得调查调查。村里报告我们早就有来往，还不能证明我们是自愿吗？那还要调查什么？难道过去连一点来往也没有才叫自愿吗？”小晚说到这里，又吃吃吃笑着说：“我再说句老实话，我们也骂过王助理员。我们说：‘助理员，傻不傻？不要真，光要假！多少假的都准了，一对真的要调查！’王助理员你可不要恼我们！从你给我们发了结婚证那一天，我们就再也没有骂过你一句！”

区分委书记说：“你骂得对！我保证谁也不恼你们！群众说你们声名不正，那是他们头脑里还有些封建思想，以后要大家慢慢去掉。村民事主任因为想给他外甥介绍，就不给你们写介绍信，那是他干涉婚姻。中央人民政府公布了婚姻法以后，谁再有这种行为，是要送到法院判罪的。王助理员迟迟不发结婚证，那叫官僚主义不肯用脑子！他自己这几天正在区上检讨。中央人民政府的婚姻法公布以后，我们共产党全党保证执行，我们分委会也正在讨论这事，今天就是为了搜集你们的意见来的！”区分委书记说着向全场看了一看说：“党员同志们，你们说说人家骂得对不对呀？检查一下咱们区上村上这几年处理错了多少婚姻问题？想想有多少人天天骂咱们？再要不纠正，受了党内处分不算，群众也要把咱们骂死了！”

散会以后，大家都说这种婚姻结得很好，都说：“两个人以后一定很和气，总不会象小飞蛾那时候叫张木匠打得个半死！”连一向说人家声名不正的老头子老太太，也有说好的了。

这天晚上，燕燕她妈的思想就打通了，亲自跟燕燕说叫她第二天跟小进到区上去登记。

一九五〇年六月五日

马　烽

金　宝　娘

一

一九四七年冬天，我被分派到店头村领导土地改革。

店头村是四五十户人家的个小村子，座落大官道上，从县城到这里刚好一站路。南来北往的人，都在这里住宿。村里有两家骡马大店，还有三四家留人小店。有一家小杂货铺，和几个卖零食的小贩。虽然不是什么市镇，但在山沟里就算个热闹地方了。

我住在中农刘拴拴院里。刘拴拴是个二十来岁很爱开玩笑的年轻人，三两天就和我混熟了，没事常来我住的房里闲坐。

一天下午，我趴在炕桌上整理材料，拴拴在后炕捻羊毛线。忽然听他说道："哈！夜猫进宅，无事不来呀？"门口一个女人的声音说："这就是工作团那马先生吧？"我一回头，见进来个年轻媳妇，后边跟着一个十二三岁的男孩子。那小孩我初来那几天就认下了，名字叫金宝，是个很伶俐的小鬼。

那媳妇一进来，就坐在了炉台上，和我正对面。这时我才看清她并不是个年轻媳妇，看样子有三十大几快四十了。苍白的脸上有很多皱纹，眼圈发黑。剪发头，宽裤腿，还穿着一对破旧了的红鞋。她这一身和年龄十分不相称的打扮，引起我一种厌恶的感觉，一看就知道是个不正派女人。

我继续看材料，没有去理睬她，只有刘拴拴杂七杂八的和她胡扯。只听那女人低低地说:“不要瞎说了,我早就不啦。”

金宝爬在了炕上,拿起我的水笔说:“娘,看人家老马这笔!写的字可细啦!”那女人说:“金宝放下,操心弄坏!”金宝乖乖地放下了。我才知道这女人就是金宝娘。忽然想起了一件事:

那是刚来这村的第二天。我正在街上和一些人闲谈,一群小娃娃在顺义店门口“跳格”玩。金宝提着粪箩头过来了,不知因什么争吵起来,几个小娃娃象唱歌似地骂道:“婊子儿,不害臊,你妈碉堡上去睡觉!”金宝也回骂了几句,那几个小娃娃说:“婊子养的,你敢骂人!”另一个说:“拿土塑了!”于是几个小娃娃抓起土向金宝身上扬,金宝大声哭了。我训了几句,那几个小娃娃才跑了。忽然从顺义店隔壁破门内伸出个女人的头来,大声喝道:“金宝!还不给我滚回来!让你好好拾粪,就不听话!你的记性给狗吃了!”金宝揉着眼进去了,门“砰”的一关,金宝便大声哭起来,显然是又被他娘打了几下。

我想起那天小孩们骂金宝的话来,更证明了这是个不正派的女人。对她的厌恶感更加深了一层,所以一直没去理她。只有刘拴拴和她胡扯。只听拴拴问她:“你是来找老马有事啦?”金宝娘看了我一眼,嘴唇动了两下,改口说:“没甚要紧事,老马公事忙啦!我是问你娘借点东西来了。”说着就走了。两条腿向两边撇开着走。

她走后,刘拴拴对我说:“老马,你看这女人怎样?”我说:“不是个正派女人!年纪那么大了,还那样打扮。”刘拴拴说:“以前还擦粉抹胭脂咧!自土地改革开始,才不敢了。”我问:“她有男人没有?”刘拴拴说:“原先是有,如今大概死了!”我又问:“靠甚过活?”刘拴拴笑着说:“靠甚过活?田不耕,地不种,腰里就有米面瓮。这女人,嗨!不能提了,以前接日本人、警备队,后来又接晋绥军,烂货!”停了一下又说:“听说以前也是好人家女人,后来因家穷,才做了这事。不过做什么事不能赚碗饭吃,为甚要挑这种丢人败兴营生?我就最看不起这种人!”我说:“就没人管教?”刘拴拴说:

“怎没人管教？自去年春天解放以后，干部们可多管教啦，定成个女二流子，戴纸帽游过街，坐过禁闭，可是前晌放出来，后晌又接下客了。谁能常跟着她？!”

正说间，门“吱——”的一声，金宝又进来了，对我说：“老马，我娘请你去我家坐坐!”还没等我开口，刘拴拴抢着说：“你妈瞎了眼啦！老马不是那号人!”我也很起火，我记得我把手一挥说：“快滚你的蛋!”金宝吓得跑了。刘拴拴笑着说：“老马，你看她还想勾引你啦!”我说：“你看我是干那事的人?!”刘拴拴说：“我是说笑啦!”说着出去担上水桶走了。

我收拾起材料，要到贫下中农代表会去，这时太阳快落山了，西边红了半个天。街上有好些过路人，赶着牲口进店了。顺义店门口站着好几个女人，刘拴拴娘和金宝娘也在那里，住店的脚夫们正在门口收拾鞍架。我走过去时，金宝娘叫了我一声：“老马!”我说：“叫我干什么?”金宝娘不好意思地说：“有工夫请你来我家坐坐……”其余的女人都在看我，那些脚夫们也停了手里的营生。恰好刘拴拴也担着水过来，朝我直扮鬼脸。在这样个场合下，一个不正经的女人叫自己去她家坐坐，我简直生气透了，我记得我训了她一气，我说：“看你就是个坏女人，你叫我想怎啦?”好象还骂了句什么，现在已经记不清了。总之，我当时非常生气，一直到了代表会上，我的火气还没下去。

代表们见我脸色不对，问我因为什么，我讲了一遍。代表主任田老大说：“我看她没那胆量勾引工作团，怕是真有些说的!”

开会的人还没到齐，人家谈起了金宝娘的身世。我才知道了她是怎样一个女人。

二

金宝爹叫李根元，李根元爹娘就他一个儿，家里很穷，租种着本村地主刘守忠的二十多亩地。

根元三岁的时候,从绥远逃来一家难民,走到店头村,生下个女孩子,养活不起,要给人。根元娘花了五升米,就把那小女子买下了,准备奶大以后给根元作媳妇。逃难的拿着五升米走了,以后再也没有来。

根元娘没女儿,对奶媳妇就象自己的女儿,从小喂奶喂饭,屎一把尿一把的操养。她给奶媳妇起了个名字叫翠翠。

翠翠十五六岁时,长得真象一枝花,手又巧,心眼又灵,白白的圆脸,长着一双明闪闪的大眼,留着一根又粗又黑的大辫子。全店头村也是挑头的好闺女。但是翠翠从来很少和男人们答话。小时候常和根元在一齐耍,大了些,知道这就是将来自己的男人,虽然一家人就在一个炕上睡觉,一个锅里吃饭,但和根元也羞的不多说话。有时根元故意引逗她说句话,她马上脸就红了。根元二十岁上,翠翠已经十八了。爹娘看见都大了,那年秋天就给翠翠挽了头。前一天,把翠翠送到根元二姨家,这天拉了个毛驴去接回来,毛驴身上搭了块红褥子,回来拜了天地,吃了顿素糕,就算结了婚。虽然是从小这村长大的闺女,但看新媳妇来的人很不少,大家都连声称赞:"真是个好媳妇,咱村刘守忠那样大的财主,也没这么个媳妇!"

地主刘守忠的儿子叫刘贵财,和根元是一般年纪。贵财早就看上了翠翠,翠翠结了婚以后,比闺女时更好看了,脸就象一朵桃花。刘贵财时时刻刻想勾搭,有事没事常到根元家闲坐,遇着根元和他爹上地了,便搭揽的和翠翠说话。有时把金戒指露出来给翠翠看有多重;有时把手绢拿出来,让翠翠认是丝的是麻的。翠翠只是不理睬。有时刘贵财来了,翠翠便扫炕扫地,故意闹下一家尘土。有次她娘说:"人家少东家来了,不要那个样子,咱得罪不起人家。"翠翠说:"我看他没长的好心!"

根元结了婚的第二年,根元爹死了。那年冬天,翠翠生了个小子，婆婆见添了孙孙，喜的了不得，给起了个名字叫金宝。根元还是租种着刘守忠的那二十多亩地。翠翠生了小孩，刘贵财仍然没死了心，还是常去根元家闲溜。有时用肘碰一下翠翠，有时要和翠翠比手大小，比身子高低，翠翠仍然不答理，并且把这事告诉了根元。根元知道自己惹不起刘贵财，只好安咐翠翠："不要答理他！"

这年秋天，发生了件事。根元从地里割谷回来，听着翠翠在房里叫喊。他忙跑进去，见翠翠缩在炕角里，刘贵财一手拉翠翠，一手拿着两块白洋。根元年青人，火气大，见了这个情景，再也忍不住了，大声喝道："你干甚么？"刘贵财说："要租子！"说着跳下炕来。根元说："要租子到我家炕上要来了？"拿着镰把就打。贵财挨了两下，口中骂道："你敢打我？等着！"慌忙跑了。翠翠哭了一场。

一阵他娘抱着金宝回来了，听了这事也气得说："怪不得贵财上午叫我抱上金宝去他家，说他娘想看看小孩，不想操下这狗心了！"随后又对根元说："撵跑就对了，不该打。咱租种人家的地，得罪下可吃不倒！"

果然，不久刘贵财家就把地夺回去了。根元说："世上又不是光他一家地主，咱有苦还怕没处受！拿上猪头还找不下庙门？！"刘贵财夺了地，恨气还没完。这年是一九三五年，冬天各村都成立"防共保卫团"，店头村也成立了。刘贵财家有钱有势，就当了村团长。第二年春天，各地抓共产党，刘贵财说根元是共产党，就把根元捆去了。刘贵财亲自拷问，打得昏过去几次，也没落下口供。村里人都知道是怎个情由，但没人敢说句话。当天把根元关在村公所炭房里，准备作好公事，第二天往县上送。

下午，翠翠给送了一次饭，根元扒在窗户窟窿上，翠翠见他脸色黄白，顺脸流下几道血迹，翠翠伤心地说："你……"刚吐了一个字，就被看守的人喊住了，说："团长吩咐，不准外人和共产党说话！"翠翠呆呆地看了根元几眼，哭着回来了。临到家门前，擦干了眼泪，她怕娘看见伤心，只告娘说不要紧。

夜里，翠翠没合眼，她知道一说成共产党，根元就没活命了。她想起前半个月城里根元姑夫死了，她和根元去吊丧，正好碰上城里枪毙共产党，枪毙的共四个人，三个是受苦人，一个是学生。打了四枪，流下四摊血。最后，他们的家属来收尸，有老太婆，有年青媳妇，还有几个小娃娃，他们都哭的那样伤心，有一个老太婆趴在死尸上疯了一样的嚎，看的人都哭了，翠翠也哭了。……

翠翠想到这一幅悲惨的情景，想到根元的命运，不由得哭泣起来，眼泪洇湿了枕头。她哭着，她想着，她想："拚上命也要把根元救出来！"打好了主意，悄悄起来，拿了几件衣服，又拿了一把镢头，出了街上。这时有半夜了，天黑得很，冷风迎面扑来。她从村外绕到了村公所后面，找到那间炭房的后墙，使用镢头开始刨了起来，幸喜那墙土打的，不一阵便刨下个洞，她把根元放了出来。野地里风呼呼地嚎着，干树枝在"哗啦啦啦"作响。根元握着翠翠的手说："我死不了，总要报这仇！你年青青地，趁早寻个头主，我逃出去还不知道死活，你们就当我是死了！"翠翠哭着说："我活是你家的人，死是你家的鬼，我至死总不变心。……"翠翠哭得哽咽了，小两口在大风地里，抱着哭了一场。翠翠把带来的衣服，给了根元，把那件糊着血的衣服换下来，又把两只银手镯给了根元，让他路上作盘费。根元朝他家住的地方磕了一头，爬起来走了。

翠翠抱着那件血衣，溜回了家里，但她的半个心，已跟上根元走了。

第二天，刘贵财见根元跑了，也没敢声张，怕上边知道跑了共产党，自己受连累。但想翠翠的心更切了。随后造出谣言说："根元跑出去被抓住枪崩了！"并说："只要翠翠嫁给他，他就把他媳妇休了。"

又过了些时，刘贵财就打发顺义店刘顺义老婆，给翠翠来说媒，那是个说媒拉皮条的老手。她先把翠翠叫到她家，探了探口气,她说:“根元已经死了,你这样年青青地,该找个婆家,寻自己下半辈的好活。就凭你这一表人材,只要你肯,财主家也双手接待哩!”翠翠说:“顺义婶,我活着是李家的人,死是李家的鬼,不要说李家还有金宝这点骨血,就是没有金宝,我也留不下老人。那说是婆婆,实情和娘也一样,我不能昧那良心!”顺义嫂说:“两个女人一个小孩,家资没家资,受苦没苦水,可怎活呀?我都替你们发愁咧!”翠翠说:“我就是讨吃要饭,也要把我金宝抚养成个人,侍候我娘百年以后!”顺义婶见苗头不对,也就没再多说。

根元娘自儿子出了这事,整天啼哭,要寻死上吊,把眼也哭瞎了。老的哭,小的叫,翠翠一个人顾了这头顾不了那头。家里吃的也没有了,每天还要去地里挖野菜、拾庄稼。翠翠就这样受,也没在娘跟前说半句不顺气话。

一夏天,一秋天,总算熬度过去了。这年冬天,可难过了,吃了上顿没下顿。一天,饿得实在没法了,翠翠只好抱着金宝,到左邻右舍去求乞。根元爹娘平时在村里很为人,人们又见女人娃娃们可怜,都一碗半升给了些。过了几天,娘病了,金宝瘦得皮包骨头,翠翠又抱着金宝去讨吃,但谁家也不给了。随后有几个老太婆悄悄告诉她说:“人家贵财放了话,谁家要给你吃的,谁家就是他的对头。你想,半个村子都是种人家的地,谁敢和人家作对!”翠翠一点东西也没要下,哭着回来了。

娘害着打摆子病,在炕上又打滚又说胡话,全身烧得象盆火,大小便糊下了一被褥,翠翠刚收拾干净,安顿娘睡好,金宝又饿得哭开了,刚把金宝奶得睡着,娘又说开胡话了。娘尖叫道:“根元,我娃可回来了,娘要死了……呀!多大的西瓜!好甜的梨呀!贵财死了,哈哈哈……快给我买个梨来!快呀……”翠翠看着娘病成了那样,想给请个医生看看,但没有一个钱。

下午,隔壁顺义婶把翠翠叫去了,顺义婶拿出几块白洋来说:“这是人家贵财送你的,他说只要你肯和他来往,他总能多帮贴你些。”翠翠把白洋接过来,“哨啷”一声摔在地上说:“我死也不要他的臭钱!顺义婶,咱们也是多年的邻居了,你就忍心帮助人家欺侮我!”说着哭了,顺义婶叹了一口气,坐在了炉台上抽烟。

原来这顺义店占的是刘贵财家的地方,刘贵财和村里年轻人们打了赌,说不把翠翠弄到手,就不姓刘了。刘贵财托了顺义婶勾引翠翠,如果办不成,贵财就要撵他们走。

顺义婶看着翠翠哭的伤心,马上也不好说什么了。停了好大一阵,顺义婶这才又劝道:“年轻人,这也不算个甚,谁家锅底没有黑?女人就有这么个本事吆!如今根元没影没信,你守到那一辈子?!就说为你娘病,为把金宝抚养成人,也该……一次半次也坏不了名声。为了老人小孩,也不该这样要牛脾气!”翠翠想到娘病成那样,没一个钱请医生,想到金宝瘦得那个样子,听了顺义婶说的话,心中象抖乱麻一样,半天没开言,低下头不住的掉泪。

顺义婶又催说:“你要是愿意了,我给贵财去送个信,人家后生为你也多下了辛苦啦!”说着站起身来,翠翠一把扯住说:“我宁接个狗也不接贵财,他是我家的仇人,我恨他一辈子!”顺义婶想道:“一下和贵财怕闹不成,先把她拉下水,就好办了。”于是低声说道:“不要贵财也行,我们店里住下个贩卖木材的客人,那可是个有钱主主,夜天晚上就让找个人陪他。你去陪陪人家,人不知鬼不觉,赚几个现钱,你娘的病也能治了,家里也有吃喝了。一半次,也没甚要紧。”翠翠脸成了红布,低着头没说话。

天黑时分,翠翠拿着两块钱,回到了家里,娘已经发过摆子去了,抱着金宝睡着了。翠翠见了娘,脸不由得红了,心里说不出的难受,看着地下那个烂箱子,不由得又偷偷哭了起来。那个箱子底下,藏着根元的血衣,她觉知作了一件对不起根元的事,感到极大的羞辱,看着那个箱子,呆呆地流泪。

刘贵财知道了这件事,又找翠翠几次,翠翠寻死上吊不接待,刘贵财火了,就在村里到处给传名。声言非把翠翠推下火坑不可。

第二年秋天，日本人打进来了，店头村山上安了个碉堡，敌人向村里要花姑娘，那时刘贵财当了伪村长，逼着把翠翠送上了碉堡，金宝留给瞎奶奶照管。过了六七天，翠翠从碉堡上被抬下来了，脸色青白，嘴唇没一点血色，比死人只多一口气。她瞎娘哭着护理她。村里人看着可怜，给帮了些粮食，养了两个多月，总算象个人样了。恰巧婆婆又病例了，翠翠挣扎着侍奉婆婆。婆婆病了两个月死了，翠翠埋葬了老人，家中更没法活了，粮没粮，地没地，索性就泼出身子，指那事过日月。那时顺义婶也死了，她便把客人拉到自己家里来。金宝已经四五岁，很不方便，每天总是先把金宝哄的睡着……就这样，在苦海里漂流了七八年。

三

开完代表会，时间已经不早了。我回到住的地方，刘拴拴家还点着灯，听着我回来，喊道："老马，喝水来，开了。"我进去时，他家还没睡，他娘戴着老花镜在麻油灯下作营生。他媳妇在倒水，我端了一碗水，坐在地下凳子上。拴拴娘说："老马看着绵绵的，生了气可怕啦！"我说："怎？"她说："今后晌把人家金宝娘训了一顿，人家叫你是有话要说，你犯了疑。唉！那可是个苦命人！你训得人家哭了老半天，还是我劝回去。她哭着说：'我是下贱女人，连个伸冤诉苦处也没！'唉！那小时可是个好闺女，一百里也挑不出一个来。"拴拴说："这不能怪老马，老马初来不几天，不知道那些底细吆！再说，我也有不是，我要不开那些玩笑，老马也不会犯疑！"拴拴娘说："二十大几的人了，开玩笑没大没小，按说你该叫金宝娘婶婶啦。今后晌人家来，你把以前的情形告告老马，老马也不会那样了！"拴拴抢着说："作你的吧，老马住了四五天，你就不会告诉告诉！"我说："不怪你们，都怪我太冒失。过去的情形我已经知道了！"刘拴拴说："我就看不起这种女人，家再穷，也不应该作这种丢人败兴的事呀！七十二行，那一行赚不了碗饭吃？”他娘说：“你站着说话不腰疼，一个女人家，没依没靠能做甚?!”我也对拴拴说：“这不能怪金宝娘，这都是旧社会逼害的！在旧社会里，不要说女人，就是男人，被逼走上邪道的也不少。”拴拴低下头再没吭气。我心里很乱，没给他多解释，喝完水，回到自己屋子里，心上好象压了一块石头，觉得非常沉重。同时感到极大惭愧：一个革命工作干部，单从片面的印象出发，骂了一个被旧社会逼害的女人，这是一件极大的耻辱！由于责任感的谴责，半夜，我也没有入睡。

第二天清早，我跑到了金宝家。那简直不象个家，炉灶里燃着一把茅柴火，冷得很，地下摆着些烂盆烂瓮，炕上铺块破席子，炕角里堆着几件烂行李。他们正在吃早饭，摆着两碗开水，和几块糠窝窝。金宝娘见我突然进去，吓得不知该怎好，忙扫开炕让我坐，我便坐在炕沿上。金宝拿着块窝窝头在啃。金宝娘悲惨地说：“我是个下贱女人，名声坏，活的还不如条狗！谁也看不起，亲戚也不来往了。”我说：“我清楚了，昨天那样太对不起你！”她说：“我这人不人鬼不鬼十来年了，我原初也不是坏女人。”说着不住拿袖子擦眼，我说：“我听人说过了，知道你的苦处！”她说：“知道就好，十几年了，谁知道我心里埋着黄连？每天眼泪朝肚里流……”她哭着说：“我也知道这是下贱事，自己闹上赖病，比牛马的罪也苦，有时想寻死，可是又留不下金宝！孩子跟上我也受了罪，出去街上，人人欺侮。金宝也懂事了，别人骂的话，他也知道说甚，小心眼也受着老大制，儿跟上我也有罪啦！想起来我心锤上滴血咧！”金宝见他娘哭，也哭起来了，糠窝窝扔在炕上，散开了。我也不由得眼睛湿润起来，我安慰他们说：“今天就该我们这些受罪人翻身了。谁害成你这样?！你也应当想一想！”金宝娘说：“我想过一万次了，每天都在想，以前我恨刘贵财，也怨自己，怨自己命不好，命里注定受这份罪。你来那天开大会讲了话，我也听了。我回来两天两夜没睡着，我想谁害成我这样？是地主刘贵财那挨刀子的。他害了我一家人，金宝爹是他害了的，把他打成了那样，逼上走了。金宝他爹脱下的衣服，我存了十来年，金宝没衣裳穿，我都没舍得改剪！”她一面说，一面从地下一只烂箱子底下，翻出一卷衣服来，抖开让我看。那是一件蓝夹衣，上边有很多黑污，她指着那些黑污说：“这都是金宝爹的血，他们把他往死的打，头上、背上都打破了。”她拿着衣服的手颤抖着，眼呆呆地看着。停了半天才又说道：“我找你，是想告诉告诉这些事，等开斗争会，我想把这些事讲一讲，这能不能讲？”我说：“能讲，地主刘贵财已经扣起来了！”她说：“我还想问一件事，听说将来分果实是按人头分，金宝他爹走了十来年啦，人们说他死了，我总觉知他没死，我白天黑夜盼他回来，有时半夜惊醒，只当他是回来了。见了从北路来的人就打听，总把一百人问过了。虽然没讯息，可是我觉知他一定不能死。能不能给他记个名字？”我说：“我可以和代表们商议一下。按土地法大纲上规定，两口人也可按三口分。”她说：“以前干部们把我游了街，坐了禁闭，我以前也恨他们，后来想：人家也是为了咱好，不过谁想丢人败兴作这些事?！实在是没办法，把我定成二流子成份，我心上有些受制。”我说：“这应该取消，这都是旧社会害的。不过自己也不要再作这些事了！”她说：“自土改开始我就不了！我让金宝每日拾粪，明年也种些地。”她见我看她的衣服，说道：“自己也觉知穿戴的不象个人，可是没个换上的。”

我口很渴，想喝口开水，刚端起水，金宝娘夺住了，她说：“我家这水喝不得。我长着赖病，怕染上你。”我放下碗说：“那你应当治呅！”她说：“听说打六〇六能治，唉！好老马咧！一针五六块白洋，买不起呀。连饭也吃不起。”我说：“等翻了身以后治吧，以后也再不要操这份苦营生了。”金宝娘说：“但凡有口饭吃，谁愿意丢人败兴作这些没脸事。”

从她家里出来，我到了代表会，和代表们商议了一下，暂时借给了她几斗粮。大家都说：“寡妇孤儿可怜的，十来年工夫，把个好人糟踏了!”

在开斗争会时,金宝娘第一个向地主刘贵财诉苦,她讲到刘贵财怎样勾引她,怎样逼走她男人,怎样把她送到碉堡上……全场子人都在叹息,女人们偷偷地哭了。金宝娘起初是一面讲一面哭,随后一下气昏过去了。等人们拿冷水喷过来后,她忽然象疯了一样,跳了起来,头发散开了,她傻笑着,露出一口白牙齿,扑在地主刘贵财身上,用嘴乱咬。金宝也扑过去了,哭着,拿小拳头乱打,全场的人忿怒的大声叫:“打得好!”刘拴拴也挥着拳头大喊:“打得不亏!”

代表们忙过去拉开。代表主任田老大说:“刘贵财要交人民法庭审判,他的罪恶太多了,不光害了翠翠一家人;日本人在时当汉奸,阎锡山来了又当特务,害了多少人啊!”

这个村工作我没参加到底,斗争会一结束,我就被调到了县上。县城距店头村六十里地,虽然当时想念金宝家的情形,但一直也没机会去一趟。

四

今年农历七月十五,城里赶会。我正准备去街上看看,通讯员进来说:“马同志,外边有人找你。”我跟着走到大门口,见站着一个三十大几四十岁的农民,手里提个白布包,一见了我,忙上前一步说:“你就是工作团的老马?”我说:“是的,你是那里的?”他说:“店头村的,不认识吧,一说你就解下了。我是金宝的爹,叫李根元。”我吃惊地说:“不是说你……”他抢着说道:“生下受罪骨头还能死了?我家的事,你也清楚,我自那年逃出去,就跑到绥远,给人家当了长工,受了十来年,甚也没闹下。只当家里人都死了,家里也当我死了,咱又不敢回来。今春天才听人们说,咱这里解放了,闹了土地改革,刘贵财也被斗倒了。咱才讨上吃回来。”我说:“现在光景怎样?”他高兴地说:“甚也有了,分下房,分下地。我们一家人常念道你,打听了好几回也打听不见。后来说你到官家窑了,我跑了五十里去也没找见。后来区上王助理员到我们村上,才得了实信。”说着把那个布包递给我,说:“这是金宝娘给你做的一双鞋。”我无论如何不要,我说:“闹土改你家翻了身,这是共产党的政策,全体农民的力量,不是我帮你翻了身!”他说:“这些我也知道!不过……”他想了想又说:“不要也好。金宝和他娘也进城赶集来了,他们都想见见你。”我说:“在哪儿?”他说:“不远,就在南门跟前咧!”

我跟着李根元走,路上,他叹息地说:“金宝娘是个好人,为我受了十几年罪。”我说:“这都是地主害的!”街上人很拥挤,有各种小贩的叫卖声,他好象骂了句什么,我没听清。

快到南门跟前,路上人稀了一些,老远就看见金宝站在高处叫喊:“老马!老马!”走过去,只见金宝娘红光满面,穿着很朴素的一身蓝衣服,笑着说:“唉呀,老马,又见到你啦!”我说:“你的病治了没有?”她说:“好光了,打了两针六〇六。”我说:“花了多少钱?”她说:“没花。在刘贵财家寻出来的,代表们专门分给了我!”她含着两眶热泪,激动地说:“感谢毛主席救了我们一家!”我问他们生产情形,根元说:“庄稼长得挺好!”又指着树底下拴着的个驴说:“你看还买下头驴!”金宝抢着说:“我妈还纺线咧!”他娘笑了笑说:“初学!”

我们谈了很多,我让他们到县委会去吃饭,他们怎也不,说在他姑姑家吃过了,等一等就要回去。

我离开他们,在街上逛了逛。赶回到家里时,床上放个白布包包,通讯员说:“是找你的那个老乡送来的!”我说:“你没见在门口他给我我没要,你怎接下了?”通讯员说:“那老乡说是你让他送来的。”我再没说什么,打开白布包,有一对崭新的黑布鞋。这对鞋上,记载着一个女人苦难的经历,也标记着一个女人的新生。

一九四八年十一月于兴县

光 棍 汉

去年九月初七，牛家堡牛二海进城赶集来了，特意给我捎来个口讯：说是任命根老汉初九要娶婆姨了，无论如何让我去喝喜酒。我想了想，就答应一准去。牛二海临走并告我说："老马，你大概没想到，命根哥还是自由搞下的恋爱对象哩！"

听了这个消息，禁不住心里又惊又喜，喜得是一个光棍汉总算活成了一家人，惊的是他那股绝劲，如今也闹起自由恋爱来了。不由得想起我和他初认识时的一些情形来：

那是前年冬天土地改革的时候。我们工作组刚到牛家堡，就听人们说："牛家堡两大怪：任命根、牛兆泰！"后来一打听，这两个人果然有点怪劲。

牛兆泰是大地主牛荣举的孙子，吃喝穿戴倒也没他爷他爹那么考究，怪就怪在爱娶媳妇上，年岁不过三十五六，前后已经娶过九个媳妇（如今只留下元配夫人一个了）。他娶媳妇和别的财主家不一样，不讲究门第嫁妆，只要年轻，模样长得好就行。而且专门娶得是穷人家的闺女，娶过一年半载，过了那股新鲜劲，就给转嫁了，得下彩礼再娶第二个。他娶媳妇还有个方便条件：就是他家除了租地放账外，还开着个赁铺，专门出赁花轿、执事、凤冠、霞披等物件。这一带人们比喻一件事情准备齐全了，就会说："牛兆泰娶媳妇。"意思是说甚也是现成的。

任命根是四十五六岁的光棍汉，自己不种一垅地，有时给人家打打短工，作作杂活，遇着邻近村里有办喜事的了，就跟上赁铺去抬抬轿。他有个怪脾气:不爱说话,死见不得女人,有时在街上碰到女人,把脖子一摺就过去了,就连他抬轿也是光抬新女婿不抬新媳妇,好象和女人有十八辈子的仇气。就为他这股绝劲,村里人给他改了改名字:叫任绝根。

我们到了村里以后,为了便于发动基本群众,决定把工作人员分散到各贫雇农家去住,但那时正是十冬腊月,穷人都是住人的家才生火,我们又不能插进去住。只有找光棍窑合适。我恰好被分派在任命根家。当时村干部们说:“咱这牛家堡虽说村子不大,可也有百十户人家,甚地方住不下个你!就挑住这个金銮宝殿啦!”“他倒也是穷苦人,不过你和那绝根人有甚住头,那是不和凡人答话的人。”他们并且告诉我说,任命根脾气很大,人性固执,谁不对他的劲,他也敢“日噘”。他没事从来不出他那破窑洞,就连正月十五村里闹会子,他都不出来看一眼,有时人们去他那窑里坐坐,他也爱理不理,甚至还给你碰个钉子。因此人们称他那窑是“金銮宝殿”:闲人不敢进去。总之,村干部们说了好多住到那里不合适的话,他们是怕我受制。但我们分配的任务是要发动这批最不觉悟的人,同时我也想看看他究竟是怎的个怪人。

干部们见我很坚决,只好让招待员牛二海领去了。

任命根在村西头住,院子很破烂,院墙塌得象城墙上的垛口,院里长满荒草,只有中间一条光溜光的走道,直通北面那间破窑。窑洞没窗户,当中是个一柱香门,挂个草帘子。

牛二海在院里一面喊道:“命根哥,给你引来个同志!”一面打起草帘往里走。我也跟了进去。一进门,窑洞里黑乎乎地,半天才看清炕在后边,前边地下摆着些破箱烂瓮,满地是柴草圪渣,脚走上去沙沙作响。只见任命根老汉圪蹴在炕头上抽烟,旁边卧着个黑色的小狗娃,我们刚一进去,小狗娃就跳起来“汪汪汪”的乱叫,任命根老汉拍了拍它的头,说了句:“升半麦子,乖乖地!”那狗便不吭声了,又卧在了原来的地方。

任命根老汉穿着一身破皮袄皮裤，头发有寸数长，黑楂楂的连鬓胡，眉头上挽着颗疙瘩。他抬起头来看了我们一眼，没吭声，又低下头“叭哒叭哒”抽他的烟。

牛二海把我的行李放在炕上说：“命根哥，咱工作团老马，来你这块住住。”我也接上说：“老人家，我来和你作个伴，要麻烦你啦！”半天他才爱理不理的说：“不嫌赖你就住！”

牛二海帮我扫了炕，见是泥皮炕，忙去借来一领席子，又给借来张炕桌，还送来些灯油。打发牛二海走了以后，我就忙着铺整行李，一面和任命根拉话；问询他过去作甚，家里以前有几口人，有多少地土……但我问上十来句，他顶多回答上一半句，我听着也摸不着头脑。后来我就给他说了些地主老财剥削穷人，土地改革贫雇农翻身的道理。开始他一面抽烟，一面抚摩那个小狗娃。随后，忽然把烟袋往炕上一甩，身子往炕上一仰，粗声粗气说：“麻毬烦！”

这下闹得我挺没意思，我当时真想马上就搬走，后来一想还是忍住了。

和任命根老汉住在一块，起初感到挺别扭，一言一动都很小心谨慎，老怕惹的他生了气，把我“日噘”一顿，让村干部们知道了说笑话，所以处处都对付他。但后来慢慢也就习惯了。

他吃饭从来不按顿数，有时一次就做下了几天的饭，遇着饿了，一天难免就吃四五顿，遇着不饿，说不定一天只吃一顿，有时半夜睡得不耐烦了，起来就做饭，吃了饭天还不明，躺下再睡。蒸下的窝窝多半是生的，稀饭里常漂些柴叶子。有时做饭中间忽然生了气，又是甩盆子，又是骂碗筷，甚至往炕上一坐骂道：“日你个祖宗的，老子不吃了！”可是过上一阵，叹口气，又做去了。他从来不洗锅，不扫地，吃水也是拿个小罐去井上现提，他自己没桶，也不借用别人的。

我常帮他洗锅扫地，有时去邻家借付桶担担水，他不表示欢迎，也不表示拒绝。在这时候，他总是自言自语的说：“日煞他个祖宗的,这活毬的是个甚,还不如死了!”

他就是这股绝劲,不爱说话,爱一个人生闷气。可是高兴的时候,就拿烟袋敲着炕沿,哼几句山西梆子,或是耍逗耍逗小狗娃。这只小狗娃,是他用升半麦子从集上换来的,所以名字就叫成了“升半麦子”。每逢他从外边回来的时候,“升半麦子”就扑到了他跟前,啥他的裤子,嗅他的脚,并且用两只后脚站了起来“汪汪汪”叫。这时命根老汉也高兴了,用两手抱起来说:“好,好,升半麦子!学乖了,学乖了!”后来又不知从那里找到了一条红布条,拴在了小狗脖子里,他抱起来左看右看说:“升半麦子,越打扮越漂亮啦!哦,你说对不对!喂,说呀!”命根老汉和升半麦子很有感情,他每次抬轿赚回来的糕啦,馍馍啦,总要喂升半麦子一些。升半麦子好象也很听他的话。

我们相处的时间长了,命根老汉有时也和我道拉道拉,谈谈家长理短,慢慢我也就知了这老汉的一些身世。

任命根老汉,从小就受过很多苦处。他老家是绥远的,本来姓唐,爹叫唐牛牛,租种地过活,三十五岁上娶过他娘,那时他娘才十五岁,和找下个老子一样,女家穷得卖闺女,男家穷得取不起大的,穷人家,只好这样瞎凑合。

命根十三岁那年,绥远地面遭了旱灾,不要说庄稼了,地里连草都不长,穷人家只好吃草根树皮,吃观音土过活,他爹上了年岁的人,后来吃观音土吃死了,死了以后全身浮肿,尸首在炕上挺了三天,没钱给买棺材。那时有好多人贩子,在那一带收买女人。他娘看看没法,就自卖本身,得了人贩子五吊钱,买了张蓆子,卷着把他爹埋了。以后,母子俩就跟着人贩子来了山西。

人贩子把他母子带到这村,五十吊钱就卖给了任长有老汉,他也就改姓了任。那时任长有老汉四十大几岁了,还没娶过婆姨,就他光棍一个人,给本村牛荣举家当长工。牛荣举那是全村首户,进过秀才,娶得大小老婆。牛荣举比任长有老汉只大几岁,可是人家已经有三个出嫁了的闺女，两个门扇高的儿了。大儿叫牛绪植，在日本国念洋学堂，娶的日本太太；二儿叫牛绪槐，在家经领庄户，那时，牛绪槐也已经有一儿一女了，儿就是如今的牛兆泰。

任长有老汉给人家当了二十多年长工，娶过他娘以后，他娘给人家做饭，他给人家当小长工，一家三口，都成了人家的佣人。

第二年春天，牛荣举大老婆得了伤寒病，让他娘白明黑夜侍候，后来把人家侍候好了，他娘却也染上了伤寒，穷得没钱请医吃药，病了二十多天就死了。他娘临咽气的时候，拉着他的手，对他后爹说："我是个苦命人，命根就当成你养的，好赖把他拉扯大！"那时他哭得死去活来，他后爹也哭，说他更是个苦命人。

以后，父子俩还是给人家当长工，任长有老汉也无亲无靠，对待他也挺不赖。他每日除了喂猪喂狗，帮他后爹切草垫圈以外，还要给人家看小孩，牛兆泰那是他从小抱大的。跟上小孩，他可把耳光多挨了。二先生婆姨一听见小孩哭，出来不问青红皂白，揪住耳朵就打。一次，小孩看见他爹出门骑马，哭着也要骑，他娘听见小孩哭，扑出来把命根打了个耳光，狠狠的说："十五六岁的人了，连个小孩也不会看，把饭喂了狗还能看门！小孩要骑马，你不会爬倒让小孩骑一骑！"他含着眼泪趴在地上，她把孩子抱着骑在命根背上，并用脚踢着他喊："得儿啾，这个死马走得这样慢！"他两手托住地，两膝跪着，往前爬，小孩在上面高兴得笑了，骑了有一顿饭工夫，这才下来。命根腰腿酸困死了。从这以后，小孩学会了新耍法，不管在街上或在院里，一想起来，就让命根爬下当马骑，还拿柳条打着，让快走。大了以后，上了书房，每天上学送下学接，都是命根的差事。命根年岁大了，就给他家当了长工，受过的欺压，说也说不完。

我听村里人们说，任命根老汉年轻时候，曾经娶过个媳妇，但命根老汉却从来没和我谈过，每当我问到他这件事时，他总是把头一摇说："唉！提那些作甚，甚也是命里注定的，知命君子不怨天!”一说到打垮封建,土改翻身的事,他就说:“你们倒也是好心好意,不过,唉! 外财不富命穷人,命就把人制煞了!”我知道这老汉这颗疙瘩没解开,断不了常给他开说开说。他倒也还注意听。再也没发过脾气。只有一回,我一句话问得戳起了他的火:

那天晌午,我吃罢饭回来(我们是在各家派饭吃)。一进门,见命根老汉坐在炕上,脱光膀子,缝皮袄上扯破的地方。升半麦子悄悄地卧在他旁边。不知怎一下针扎住手了,他猛地连针带皮袄就扔在了地上,一面揉了揉手指头,一面骂道:“日煞你祖宗的!”骂完便拿起烟袋来只顾抽烟。升半麦子这时很不识眼色,跳起来唅住他的裤管要闹,命根老汉骂了句:“去你娘的!”一脚就蹬在了地上,升半麦子叫了几声,吓得钻到墙角的柴草堆里了。

我这时从地上把皮袄捡起来,一面替他缝,一面说道:“老任哥,看你连个烧茶做饭,缝衣补袜的人也没,等翻了身,应当娶上个婆姨,好……”我的话还没说完,他的眉眼已经变了,把烟袋一甩,和谁吵架似的骂道:“女人都是狗日的! 日煞你祖宗的,老子手里要有兵马,把你狗日的们都枪排了!”这一下闹得我又摸不住头脑,但也没敢问什么,那几天恰好又是好日子,他常跟上赁铺出去抬轿,我也忙着和别的贫雇农们道拉。他一抬轿回来,就一个人生闷气,所以我们也再没谈什么。

隔了几日,我们村西头的贫雇农小组成立起来了,任命根不愿意参加,我们也没勉强他,大家都觉知他肚里的疙瘩没解开,议定平素能和他答上话的牛二海几个人,当天和他道拉道拉。

一天,我们贫雇农小组开会,大家诉苦挖穷根,我把任命根老汉也拉去了。会是在牛二海家开。我们去时已经开了,炕上地下坐着有八九个人,正谈得起劲,有的讲过去租种地处苦处,有的讲当长工受的剥削,接着是刘官官老婆讲述她的苦处:她男人活着的时候,租种牛兆泰家二十亩地,有一年天旱没收成,牛兆泰逼着要租子,牛兆泰看上了她闺女,就硬娶去顶了租子,过了一年多就卖给了人贩子,人贩子就带到绥远放了鹰,一次放鹰放给一家庄户人,人家待她很好,她不忍心坑人家,就没有逃跑,可是过了没两个月,就被人贩子暗里拉出去填到井里了。刘官官老婆一面讲,一面伤心的啼哭,别人也替她叹息。众人们也接上说牛兆泰糟踏女人的事。牛二海说:“狗日的老财们五房六房娶老婆,穷人们受上一辈子打光棍。拿上咱们的血汗钱他们好活!”

任命根一直没说话,只是圪蹴在门背后抽烟,悄悄地听,间忽也叹两声气。这时,众人们说:“命根哥,把你那苦水也倒倒吧!”任命根说:“说那抵甚事!”牛二海说:“咱命根哥认定是命里穷,咱们给他算计算计,到底是命里穷,还是地主剥削穷了!”接着人们就给他七嘴八舌算剥削账:他以往给牛兆泰家当长工,一年种多少地?打多少粮?除过地主家底垫花销和他的工钱,地主不动弹净得多少?牛二海说:“牛兆泰早十来年,一年净收五十多石粮,这是从甚地方来的?你要不给他种,他的地能自己长出庄禾来?这还不是剥削了你的血汗?!你当了十来年长工,甚也没闹下甚,人家可是越过越发了。”

在人们讲这些话的时候,任命根仍然没开腔,但却不断点头。

会从半前晌一直开到天黑。散会后,我就去派下饭的人家吃饭。吃完饭,等我回去时只见命根老汉拿破被子包着头,已经睡了。升半麦子扑过来叫了几声,在我腿上嗅了嗅,又跑回柴堆里卧下了。我把灯端在小炕桌上,便坐下来整理材料。只见任命根老汉,在破被子底下不时动弹:左翻一个身,右翻一个身。我也没管这些,只顾整理材料。一灯盏油快熬干的时候,我亦困了,正收拾要睡觉,忽然任命根老汉把破被子一掀坐了起来,扑闪着两只泪汪汪的眼睛说:“我日煞他祖宗,害得咱人不人鬼不鬼,这许就是地主剥削的!”我说:“你想通啦?”他点了点头说:“我思谋了几天几夜。咱这真是黄瓜苦到圪蒂上的人。今天众人这样一算账一开说,我也找到受穷的根子了!”停了一下又说:“老马,你知道我以前也娶过婆姨，说起来也是伤心事！”我让他讲给我听听，他抽了袋烟，呆呆地看了半天窑顶，就起根由头给我讲述。

原来，他二十七岁上，牛兆泰已经十八了。那年牛荣举给孙子娶媳妇。那可热闹翻天了，娶得是城里万顺当东家的女儿。那时，他和他爹前一个月就忙上了。磨面、杀猪、城里买东西，送礼抬食盒，……一天连个抽烟放屁的空也没，临到娶的那几天，更加忙了。请朋友唤亲戚，搭彩棚，扫院子，搬桌椅板凳，……忙得半夜不能睡，水还没担完，牛荣举就叫了：“命根，把祠堂里的供器都搬出来！”还没搬完，二先生又喊了：“命根，请礼房先生来！”“命根，叫晌工们快来！”……

娶亲的那天，真比五月二十三日老爷庙上唱戏还热闹；来的客人都是骑着马坐着车，连住三宅大院子里，都搭着布棚，一顿要开四十多桌席。娶亲就更排场了！四乘花轿，四班鼓手，开道锣，官衔灯，金瓜，钺斧各样执事摆了一道街，……女方的嫁妆也多极了。他和他爹是给人家端饭，帮厨子洗碗，替人家忙。连着又忙了五六天，这才过去。

那时，他心里很难受，人家十七八岁的娃娃娶过媳妇了，自己二十七八了，还是个光棍汉，一天起来愁眉不展，他后爹也看出来了，他劝他说：“咱生下这穷命了，咱不能和人家财主比。咱父子们好好受，慢慢积赚几个钱，也给你娶个媳妇，也就象个人家了。”从这以后，父子俩受苦更成了，过日子省吃俭用，晚上连灯也不点，怕费油。这样过了五六年，总算熬赚的买下了五亩地，那时人们都说：“命根家发了！”在往日里，穷人家置几亩地真是稀罕事。那时，命根已经三十二三了，老人想给娶个媳妇，甚不甚有个人给作茶作饭，缝缝补补。再有一说，倘或生上一男半女，一门香火也有个接替了。

那是民国二十年秋天的事，一天下午，人们正在庙门前间道拉，命根和他爹也在那里，还有李丑旦老汉，恰好王家庄王楞中背着个褡裢过来了，也坐到树下来歇腿，那人是牛兆泰的表兄，有一张好嘴，三教九流都接交，牛兆泰转嫁女人，都是经他的手，他和李丑旦、任长有老汉也都认识。说起给命根问媳妇，王楞中说："这事可碰巧了。我家就住着个人贩子，从东路贩上三四个女人来，出手的留下一个了，这个有二十来岁，比那几个都要强，人挺精悍，模样也不赖，才要五六十块钱，那还不是咱娃的个好媳妇？！"人们见任长有有心事，也帮着说："成不成明日叫命根去相看相看，要是对眼了，多出几个也不打紧。"三言两语就说妥了。

命根回去，一夜没睡好，说不来是甚滋味。

李丑旦老汉是个热心人，第二天吃了早饭，就跑来了，要陪上命根去相媳妇，还给借来两件新衣裳，帮着穿戴起，两个人就起了身。临走，任长有给带了二十块钱。

离王家庄七里地，不一阵就到了。俩个走进王楞中那个大院子，听得上房里"哄吵哄吵"，人很多。这家又开赌场，又卖大烟，三教九流甚人也来。

命根和李丑旦老汉进了上房里，只见炕上地下人很多，满家烟雾，当炕摆着一盏大烟灯，有两个人横躺着，正"嗤嗤"的抽。王楞中见他们来了，忙招呼说："快上炕，哦！那货在东房里咧，喝碗茶再看吧！"又指了指地下椅子上坐的个人说："这就是人主家。"那个人站起来点了点肉头，那人吃的可胖啦！有四十来岁，嘴里还镶个金牙。看了他们一眼说："这货是谁承手啦？"李丑旦老汉指了指命根说："就是这后生！"人贩子"唔"了一声就出去了。

一阵，那女人进来了，人贩子跟在后面，女人穿着一身红花洋布衣服，外路女人到底开通，一进门，拨开众人就坐在了炕头上，李丑旦老汉站在地下，命根坐在炕沿上，正和那女人打对面。那时命根虽然三十多岁的人了，但这还是第一次，羞得脸上一股一股火热，心跳得好象要吐出来一样。

只听李丑旦老汉说："我这眼不行，命根看对眼了没？"命根没敢吭气。炕上坐着个走戏班的笑着说:“对了！对了！男的尽管看女的,女的尽管抿着嘴笑,这还不是对了!”王楞中说:“到底是唱小旦的,一下就看出门道来了。”引得满屋子的闲人们都笑了。

女的坐了一阵就走了,两方面就开始讲价钱。人贩子看见他们愿意,抬高行情不下,出口要下八十块钱。李丑旦老汉说:“这还能弄成,五十块也得任长有老汉出身大汗咧!”命根也想挑个毛病往下搬价,可是又觉知没毛病,半天才说:“不值那么些,你看脚有多大!”人贩子说:“你是娶媳妇咧,娶脚啦？外路女人那有脚小的？这阵通时行天脚,大脚板作甚也方便。你这可是外行话!”李丑旦老汉说:“说成甚价钱也太大啦,最多出个六头几十块也就不少了!”人贩子说:“六十块娶个八十岁老娘娘可以,这是甚货！你买个口轻马还不得七十搅八十?”争来争去,搬不下价来。后来王楞中帮衬说:“我说句公道话吧,你们再多出上十块,主家少要上十块,一句话:七十块钱!”人贩子不答应,说:“我这一路花费了多少！连本钱也不够了!”王楞中说:“不说那些了,这都不是外人,就当我用了你十块,再说还是一门亲。”李丑旦老汉说:“任长有老汉临走嘱咐最多出六十,七十这还行?!”闲人们说:“只要人对了,多出几个也不算甚,口还轻着咧,才二十来岁。十几块钱,你们担起来吧!”李丑旦老汉不敢拿主意,和命根商量,命根也觉知有点多,后来闲人们又打帮了一气,就说成了。

屋里就有个写婚书的,当时就写了一张婚书,花了一块钱,村公所去盖了个戳子,又花了一块,连上谢媒人,酬乡地,一共花了八九块。人贩子马上就要些定钱,他们把剩下的十来块钱都给了他。

命根和李丑旦老汉回来,把这事告给了任长有老汉,任长有老汉一听花了七十块钱,马上脸色就变了。可是老汉见儿很高兴,又是李丑旦老汉帮衬的,也就没说什么。

那天晚上可忙坏了。任长有老汉出去求牛荣举借钱,命根和李丑旦老汉张罗办喜事:把家里打扫了一下,连夜碾了一斗糕面,又买了一张红纸写了付对子。

第二天,李丑旦老汉给借来个驴,驴背上搭了个红褥子,任长有老汉把借下的六十块钱交给命根,命根就拉上毛驴娶去了。

女人总算顺顺当当跟上来了。一路上她骑着驴,命根跟在后边,命根羞得连话也不敢说,她却不时拿眼瞟他,引逗和他说话。

回到家里,只见院里已打扫过了,当院摆着一张三条腿桌子,另一条是拿砖头支着,上边放着一升粮食和弓箭等物,有几个邻家婶子大娘们帮着捏糕和面,李丑旦老汉和任长有老汉也忙着张罗。就在当院拜了拜天地,吃了顿素糕豆面汤,就算结婚了。

娶过媳妇,任长有老汉虽然背了一身债,可是心里却挺高兴,见了邻居们就高兴的说:"总算完了一宗心愿,死了也对得住他娘啦!"命根的喜欢就更不用说了,人前人后都是笑眯眯地,闹家务的劲头更大了。可是过了三四天,却出了一件意想不到的事:

那天黑夜,下着雷雨。命根白天受了一天苦,很疲累,一觉就睡到大天明,睁眼一看,新媳妇不在了。父子俩四处寻也没寻见,后来又回家一查看,才发现炕上铺着的红褥子也不见了,另外还丢了不少东西。这显然是卷上财产逃了。至后一打听,才知是娶了个"放鹰的"。那时,命根气得不行,要找王楞中和人贩子打官司,村里人们劝解说:"你又没凭没据,又没钱没势,人家反过来问你要人,你怎对答。"任长有老汉也说:"由命不由人,总是命里该咱受这艰难哩!"就这样,白白咽了口气。

讲到这里,已经鸡叫了,灯盏里已经添了两次油。地下墙角里卧的升半麦子,不时弄得柴草沙沙作响,好象睡不着的样子。我听得也呆了,我真没想到这老汉经过这许多折磨。他抽了一袋烟,接着又说道:"出了这事的第二年春天,牛荣举逼着要账了,我后爹一狠心,把五亩地给了人家,老汉黑夜里上吊死了。我气得病了三个来月,那时躺在炕上没人管,就是李丑旦老汉和些邻家们照护照护。在我病的时候,听说牛兆泰生了儿,牛荣举得了重孙,高兴得不得了，作满月那天，牛荣举提早作六十寿，听说从古以来也没那样热闹过，整整四辈子，但人们为了恭维人家，给送了个“五世同堂”的金字匾。咱娶了回媳妇，闹得成了一个人。从那时起，我就认清了是自己命不好，从那时起我就把女人恨到骨子里了。等我病好了以后，人家已经又雇下了长工，我也没心思再受了，就这样糊糊涂涂瞎活。没事连街也不愿出，看到别人家儿女一大堆，自己就伤心，活得不如人，真想早点死了。”

我说：“象你受的这许多折磨，还不都是旧社会封建势力，地主阶级害的?!”命根老汉点了点头说：“这些时你给我讲的道理，我都想过了，起初咱只死抱住命运，慢慢自己左思右想，觉着二惑二信，今天开了这个会，我这脑筋才算通了!”我说：“不过你光恨女人可也不对，女人放鹰，也是被旧社会害的，象你遇到的这个，说不定也是被人家逼得没办法!”任命根老汉点了点头说：“如今我也是这样想!”

从这以后，他就慢慢地积极起来了，经常参加开会，和人们来往也有说有笑了，斗争地主的时候，也上台诉苦。以后又被选成保管委员，清理地主家的财产。

分配果实前，我生了病，工作组决定把我送回县上去。还没等得派担架，任命根老汉来了，另外还找来过去和他一块抬轿的三个人。命根老汉把我扶到担架上，亲自抬着送到城里。

初九，我骑着自行车到了牛家堡，去时候已经多半上午了。快到村跟前，远远就望见村口上站着个人，手搭在额上向我这边瞭，看样子好象任命根老汉。等我到了跟前时果真是他，只见他穿着一崭新的蓝袄黑裤，紧着条白腰带，头发剃光了，胡子剪得很短，脸上红光满面，至少年轻了十岁。他一见我就扑了过来，我连忙下了车子，他拿左手一把就握住我的右手背，高兴得说：“我出来瞭了你好几趟啦，只怕你不来。”我说：“老任哥，恭喜你!”他“嗨嗨嗨”

地笑着说:“大家都喜！大家都喜!”我又问他说:“听说你还是自由找下的对象,是真的么?”他只是“嗨嗨嗨”地笑,没有马上回答。

我们相随着往村里走,路上他才告我说,女的是李家山一个寡妇,有三十来岁,没儿没女,还是村里的个妇女委员。他后来亦被村里选成了农会副主任,这两村是一个行政村,他们常在一块开会,后来就认识了,慢慢就发生了感情,命根老汉不好意思的说:“这事说不清楚,嗨嗨嗨……”我忽然想起了他以前的那股绝劲,便学着他的腔调说:“女人都是狗日的,老子手里要有兵马,把她狗日的们都枪崩了!”命根老汉不好意思的笑着打了我一下。我说:“你这性情可变啦!”他说:“如今翻了身,觉知活得有意思了,看见了人就想说说道道。”

街上人很多,见我过来,不断打招呼。到了牛荣举大门口时,见门上贴着一副红对子,人们出出进进,命根老汉说:“如今咱住到这里了。”我们一进院,一条黑狗扑过来摆尾巴,命根老汉高兴的说:“升半麦子,你还认得咱老马?”院里又有好多男男女女打招呼。左边穿廊底下坐着一班晌工,见我进去,“唔哩哇啦”吹打了一阵。任命根老汉说:“咱说不要闹这些排场,他们非来不行,这都是些朋友弟兄们,他们硬要来热闹热闹。”他把我引到上房里,满屋子亮堂堂,炕上铺块新毡子,坐着个三十来岁的女人,穿戴的挺朴素,看起来挺精悍。炕边上坐着些本村的妇女,地下坐着的些村干部,这些人我都认识,见我进去都起来让坐,问询,刘官官老婆、牛二海老婆也在那里,她们笑着说:“老马,赶来喝喜酒啦！你看人家命根哥自由下的这好对象。”说着指了炕上坐的那个女人,女人忙下了炕,任命根笑嘻嘻地对那女人说:“这就是咱老马同志!”她一面给我倒茶递烟,一面说:“早就听说了!”我把带来的一点礼物(两块手巾两块肥皂),放在炕上,任命根老汉急得说:“谁叫你枉花这些钱！谁叫你枉花这些钱!”

一阵,牛二海进来了,告我说女的是任命根昨日亲自接来的,今天举行文明结婚。说了几句,又忙着张罗去了。一阵又跑进来把人都叫到院里,院当中摆着一张红油高桌,院子四边已经站满了看热闹的男女,牛二海忙着东跑西跑,又是指挥晌工吹打,又是让任命根俩口向毛主席行鞠躬礼,又是让我讲话,最后是拉着任命根老汉让讲话,接着上来好几个人,把他硬拉到了桌子跟前,命根老汉脸红了,不好意思的扭着头,半天才说:"咱翻了身啦,以前咱抬了十来年轿,如今,嗨,如今……活成一家人了。"逗得满院子人大笑。牛二海说:"命根哥抬了十来年轿,没坐过轿子,这可是个缺点,走,咱们抬轿子去。让咱命根哥游游街!"马上有好多村干部民兵们跟上跑了,急得命根老汉直叫喊。

一阵,把赁铺的两乘轿子抬来了,小娃娃们还扛来些金瓜钺斧之类的东西。好多人拥上来,不由分说,把命根俩口子填在轿子里,年轻人们抢着抬上,晌工吹打着,一气拥出大门游街去了。……

一九四九年十月改于北京

村　仇

一　死对头

山西北部有条无名小河，小河南面有两个村庄：西边那个大村子叫赵庄，东边那个小村子叫田村。两村相距不到五里地，又都在平川里，站到这个村边上了望那个村，房上的烟突都看得一清二楚。

早年间，这两村相处的挺热和，沾亲带故的人家也很多。可是后来因为出了点子事故，两村就结下了很大的冤仇，打架斗殴成了家常便饭。头回打架种下二回打架的根；二回打架又引起了三回。这样一来，架越打越厉害，仇越结越深。

田村去西山驮炭，本来要路过赵庄，只好多走五里绕过去；赵庄进城去赶集，本来要经过田村，也只好多走十里绕个弯。田村通赵庄那条大路上，长起了半人高的野草。

就连两村亲友之间也结下了难解的仇疙瘩：比方田村田铁柱和赵庄赵拴拴吧，两个人本来是很好的朋友，后来又都是娶得西山上刘家堡刘和和的闺女；赵拴拴娶的大闺女，田铁柱娶的二闺女。朋友成了连襟，越发亲上加亲了。可是就为了两村之间的事，忽然亲戚不亲戚了，朋友不朋友了，简直变成了冤家对头。两个人有时见了面，互相咬牙切齿，谁都恨不得把谁一口吃下去。

他们的丈人刘和和，是刘家堡有名的个和事老。村里谁家吵了嘴打了架，总是刘和和给调解，只要他两头一说合，多大的疙瘩没个解不开的。

他见两个女婿结了仇，早就想给和解和解，可是去两个女婿家跑了七八回，好话说了几大车，连一个钱的事也没顶。

一九四〇年，刘和和的大儿开明娶媳妇，老汉想趁自家办喜事，给两个女婿和解和解。预先就担心两个怕见对家不来，便捏了个套子：打发他儿告诉赵拴拴说田铁柱不来；又告田铁柱说赵拴拴不来。

到办喜事这天，果真把两个女婿都闪来了。田铁柱和婆姨先到，见没有赵拴拴，道罢喜，就和亲戚们闲拉谈。

赵拴拴和婆姨后来，一进门，两个连襟一见面，脸色都变了。赵拴拴二话没说，把门帘一甩就往外走，他丈人和小舅子慌忙追出去，死拉活拉才拉回来，可是田铁柱站起来就地顿了一脚又扭身走了，丈人和小舅子顾了这个，顾不了那个，结果两个都走了。

两个女儿没走，见了面虽然也说了三言两语，可也是言和意不和，心里都憋着一肚子气，吃饭时候连一个桌子也不坐。气得刘和和老两口，口口声声怪自己命不好。

二　两个朋友

田铁柱和赵拴拴仇气这么大，可是两个从前却是最好的朋友。

田铁柱爹娘死得早，从小没人抚养，常年就住在赵庄他舅舅家。可好他舅舅和赵拴拴家是邻居，两个小孩经常一块拾柴割草。田铁柱生性顽皮，到了地里，不是追兔子，就是上树掏鸦雀窝。晚上回来拾的柴少，常受他妗子打骂。

赵拴拴比田铁柱大几岁，性情又老实，经常管教他。有时自己拾够一背柴，就帮助他拾，两个相处得挺厚道。

有一年夏天，田铁柱和赵拴拴在地里拾麦子，正拾间，忽然从麦垅里跳出一只兔子来，田铁柱把拾下的麦子一扔，慌忙就追。赵拴拴见他把拾下的麦子扔乱了，就替他往一起捡，不想被地主家二小子看见了,跑过来硬说是在他家割倒的麦铺上偷的,赵拴拴受了委屈,气得蹲在地上,一句话也说不出来。二小子更以为真了,上去拧住他的耳朵就打。正在这时,田铁柱追罢兔子回来了,一见这阵势可起火了,从地下捡了块石头,猛不防就朝地主家二小子甩去,一下把人家的头打破了,他转身就跑了。

这一来,田铁柱在这村站不住脚,就一气跑到西山上,给财主家放了羊,后来又下窑掏了炭,直到他舅舅妗子死的那年才回来。

这时,赵拴拴给本村楼院里赵文魁家当长工,田铁柱回来没依没靠,正好楼院里要雇人做活,经赵拴拴给一说合,就上了工。

田铁柱那股怪脾气,比以前更大,有了钱爱喝酒,看见不忿的事爱打抱不平,和谁处对了,身上的肉也愿意割给人家;和谁闹翻了,九牛也拉不回头。赵拴拴庄稼行里比他精通,常常教他耕地赶车。赵拴拴已经有了老婆生了小孩,吃饭的人多,做活的人少,田铁柱看见他家没吃的了,便长支点工钱,给籴些粮食。过年时候息工了,赵拴拴便让田铁柱住在自己家里,两个人象亲兄弟一样。后来赵拴拴又把小姨子说给了田铁柱,两个人就成了连襟。

有一年夏天割麦子,田铁柱靠着地畔往前割,正巧赵文魁打着伞出来"照畔",低声对田铁柱说:"往外多割上两垅!"田铁柱一听,大声说:"往外再割就割到人家地里了!"赵文魁见他大声嘈嘈,挺不高兴,骂道:"你混蛋!"这下田铁柱也火了,把镰刀一扔说:"你才混蛋!老子吃不了你这碗饭,咱算账!"他就真的带着婆姨回了田村,给本村田得胜扛了长活。和赵拴拴仍然常来常往,也没出别的事故。

到了一九三二年,田村和赵庄两村财主承头合伙修了一道水渠。从春天动工,到冬天才修完,开了二里长一条主渠,分成了两条支渠:一条流向田村,一条流向赵庄。

渠一修成,事情也就发生了。

三 闹翻了脸

修成水渠的第二年,快要开春浇地的时候,田村财主田得胜坐着轿车,带着渠头田二旦,到赵庄商议分水的事。

赵文魁凭上自己是水渠董事长,又是乡绅,想在水渠上占点便宜,要和田村三七分水,就是把田村支渠的水闸留下三尺宽,赵庄的改成七尺宽。田得胜不答应,说:“咱两村人工花销都是对半均摊,这样分太不公了!”赵文魁说:“你的地土就没我的多嘛!再说,这水渠计划、测量还不都是我一手办的?你自己共满种上三两顷地,够你浇就算了,我的地虽说五顷,实数七顷也够。”田得胜说:“就算我自己耕种的三顷能浇上,我还出租着一顷多呀!”赵文魁说:“自己种的能浇上就算了,出租的浇不浇淡事,还不是一样吃租子!”田得胜说:“谁不知道出租地浇上水能多收租子。要不,你自己只种着顷数地,其余都租出去了,还替你村霸水!”

赵文魁脸色变了,“呼”地从椅子上站起来,把桌子一拍说:“谁霸水?谁霸水?就凭你敢来批点我,叫你来商量一下也是给你个面子,不要不识抬举!”田得胜也站起来了,把袖子一挽说:“妈的屁,你拍桌子瞪眼训谁?你吓唬庄户人行,老子可不吃你这一套!姓田的也见过世面,还胆怯你这颗脑袋!”赵文魁骂道:“谁不知道你是兵痞,贩大烟起家的暴发户!敢在这里撒野!给我滚,滚!”

田得胜见翻出他的底子来了,气得头上青筋直暴,“当啷”一声把茶碗摔了。也回骂道:“老子贩大烟也是将本求利,老子总没卖寡妇霸家产!象你不要脸烧儿媳妇!还是书香门第人家,活败你赵家的姓!”

两个财主互相抖臭,越吵越上劲,不是两村渠头解劝,差点厮打在一起。

田得胜回去时，坐在车上还直出粗气，田二旦说："那狗日的赵文魁不是人！和谁共事也想杀一刀子。"田得胜说："姓田的可不是孬种！非和他……"田二旦抢着接上说："和他打官司！"田得胜说："有本事的不上衙门。和他硬干！"田二旦把手一拍说："对，好！我看他也是欺软怕硬！"

两个人一路上商量，准备第二天就去霸住水渠浇地，先给赵庄个下马威。

回到田村，田得胜让田二旦马上把争水的事，和村里人讲了，并说："赵庄凭他村子大想压服咱，咱田村人可也不能那样好欺侮！"

人们听了这些事，都火得不行，街上人三三两两谈论："两村人工花销均摊，他村凭甚要分七分水？""咱村霸住渠先浇就对，给他个硬碰硬！""田村人不是豆腐！"

田得胜也在划算明天先浇那块地，赵庄要来抢水该怎对付……

到太阳落山时候，地里放羊的人回来说：赵庄已经霸住渠浇地了，并说，赵庄在渠岔口上搭了个席棚有人把守着，把田村的渠口填死了，水只往赵庄渠里流。

这消息很快就传遍了全村，村里人们都气坏了，田得胜气得直跺脚，马上就让村长、渠头召集全村所有的男人，并让带上家具，去村公所集合。

人都召集到村公所的大院子里来了，田得胜站在台阶上，挽着袖子，手里提着马棒，气呼呼地说："咱田村不能受赵庄的欺侮！有种的跟我去把渠岔口夺过来，把赵庄的渠口填了。谁他妈是怕死的屄包，滚出田村去！"

人们都憋了一口气，乱纷纷吵道："和他赵庄家干！""谁也不兴退前缩后！""兔子急了也会咬人！"……当时也有几个懂事的老汉们，蹲在一旁悄悄议论着："这样闹起来非出乱子不可！""咱们穷苦人总共种上三五亩赖地，就算把水霸过来，还不知浇上浇不上咧！”“哼！反正是有利一家得，有害众人摊，我算看穿了！”……

田得胜叫村长打来七八斤酒，让大家喝，并且拍着胸脯说：“姓田的大战场小战场也经见过，还怕了你个赵庄?！咱一家村，谁也不能退前缩后，谁敢胳膊肘向外弯，先打折他的腿！”说着看了田铁柱一眼。田二旦就趁势对田铁柱说：“你是在赵庄长大的，可是你总是田村的人，如今也喝着田村的水，吃着田村的饭！虽说你舅舅家是赵庄，可是你死了总是往田家坟里埋，不是往赵家坟里埋！”

田铁柱本来是个火性子人，经这样一激，火性大发了，把拿着的酒碗“啪”一声摔在了地上，眼睁得挺圆，两手卡着腰说：“你们把老子看扁了，我能私投了外国?！老子单人独马也敢撞他的阵！”人们见他这样，怕田得胜训斥他，都替他捏一把汗。谁知田得胜把他肩膀一拍说：“好样的！我就欢喜这样敢说敢干的人！”

大家喝完酒，田得胜把棍子一摆，都拥出了庙门：扛铁锹的，扛锄头的，还有的拿着三节鞭、二节棍、铁尺、挠钩……田铁柱醉醺醺地扛着铁锹，一鼓作气向水渠岔口上奔来。

四　一场恶战

赵庄霸住水渠浇了一下午地，天黑时候，大部分人都回去了，只在渠岔口上留下二十多个人，由渠头赵老五领着把守。赵有仁老汉和赵拴拴的小子狗娃也在那里。

人们浇了一下午地，都疲累了，七横八竖的躺在席棚里睡觉，只有赵有仁和另一个老汉没睡，两个老汉坐在一堆柴火跟前抽烟，算是了哨。

这时正是二月初，天上有一条弯弯的月亮，夜很静，渠里的水“哗哗哗”地流着，席棚里的人响着鼻鼾，柴火发出“劈劈叭叭”的响声。两个老汉一面抽烟,一面谈论水渠的事。

赵有仁说:"公公道道分开多省心,这样上硬的,田村家能好好拉倒?!"那个老汉说:"我看这是个惹是非的由头。刚才楼院里把两支鸟枪也送来了。"赵有仁说:"火枪顶甚,田村家平素耍拳弄棒的人就多,那一年正月闹社火不是数田村家威!可真有两下子。哼!惹恼田得胜,那狗日的可是甚事也能干出来!"那个老汉说:"要动武,楼院家可不抵;要出肚才,文斗,可也有两下子。"赵有仁叹了一口气说:"唉!修这条倒霉渠对咱穷人有甚好处?!还不知得上利得不上,人工花销就够咱受了!"那个老汉也点点头说道:"就算能浇上水,楼院家又不知加多少租子哩!"

两个老汉正讲得上劲,忽然一抬头,了见从田村那面模模糊糊来了一大伙人,他俩慌忙把睡着的人喊起来,大家都站在渠堰上眼睁睁地望着,越看越近了,看得见铁器家具在月亮下闪光,就有的人慌了说:"要真打起来,咱这几个人可不抵!"渠头赵老五说:"不怕,你们把守住和他干,我给咱回村集合人去。"回头又吩咐道:"小三和二毛,快把那两支鸟枪装上火药,田村家敢上来就轰他!"

留下的人紧张极了,年青后生们握着铁锹准备厮打;小三和二毛忙着往鸟枪里装火药;几个老汉想偷偷溜走,但又怕以后查出来受处罚,因为赵文魁有过这样的话:"水渠这就是咱赵庄的命脉,万一有风吹草动,要拚死拚活守到底,这就和上了火线一样,谁敢临阵脱逃,非重重地责罚不可!"

田村的人越走越近了,赵庄的人乱喊:"快放枪,快放啊!"他们想凭鸟枪把田村人吓回去。小三和二毛爬在渠堰上,"嗵!嗵!"两响枪,两股火花。一枪落了空,一枪正好打在田铁柱的腿上,田铁柱跌倒了。

田村人乱骂道:"狗日的敢开枪!""打死这狗日的们!"田得胜把马棒一摆,大声吼道:"咱的人,冲啊!往死打!"三四十号人,黑压压一片,打着口哨,呐喊着从渠水里扑过来,把赵庄的人围住了,两村人厮打成了一团,叫喊声,咒骂声,铁器碰击声……乱成了一塌糊涂。有的人被打伤了,有的人跌到渠水里了,有的人撞在火堆上了,杀猪似地嚎叫,祖宗三代乱骂……

赵有仁老汉头被打破了,血顺脖子往下流,狗娃吓得大声哭喊,拉着赵有仁的腰带,只是说:“有仁爷,快走吧,快,快走哇!”两个人从人堆里挤出来,扛着铁锹顺渠堰往南直跑。

田铁柱腿上挨了一枪,伤不重,只烧了一层皮,可气炸肺了,酒劲涌上来,眼也红了。这时,正好看见两个黑影子往南逃,月亮下也看不清是谁,他提起铁锹便直追过去,口中喊道:“你跑,你跑,狗日的们,看你飞上天去!”

赵有仁老汉和狗娃,跑得气喘汗流,喉咙里直往外冒青烟,听到后边有人追来,老汉着了慌,也顾不得狗娃了,一扑便跳下渠里去,顺渠水漂流了一阵,便藏在了渠道转弯的地方,吓得身上直抖,连气也不敢吭。

狗娃只管傻傻愣愣地往前跑,跑着跑着被田铁柱追上了。田铁柱举起铁锹,照准他后脑就拍下去,狗娃一下子就栽倒在地上,怪叫了两声。恰巧田村又追上几个人来,一顿乱锹便拍死了。

田铁柱打死了人,长出了一口气,正想看看被打死的是谁,忽听渠岔口那里田得胜喊道:“铁柱,浇地去!铁柱,妈的……”田铁柱酒还没醒,昏昏沉沉地提着锹,返身随着众人,深一步浅一步往回走去。

五　赵文魁的肚才

在两村的人还没有开始打架以前,渠头赵老五急急忙忙跑回赵庄村里去送信,走进赵文魁屋里时,只见赵文魁正躺在红缎褥子上抽大烟,他小婆姨爬在跟前给烧烟泡。赵老五慌慌急急把至备情由讲了一遍,赵文魁坐起身来,拳头就炕一捣说:“反了!去,把全村人集合上,打这些王八蛋!"

赵老五象领了圣旨,返身就往外跑,可是刚跑到大门口,又被喊回去了。只见赵文魁拖着鞋,在地上来回走动,一只手背着,一只手不断摸胡子。

赵老五凭过去的经验,知道他又在出肚才了,只好垂着两手站在那里。过了一阵,赵文魁才慢腾腾地说道:"不要惊天动地集合了,就让渠上那二十来个招架吧!"赵老五摸不着头脑,忙说:"那可抵挡不过田村去,非吃亏不可!"赵文魁说:"吃小亏就能占大便宜,只要他田村敢打死打伤咱村一个人!咱就抓住理和他打官司,你看水渠归哪村?!"说完笑了笑,又回头对他小老婆说:"把我的夹马褂给我,我去村公所走走!"

赵老五跟在赵文魁后边走出来,刚走到村公所,就听着村北边"嗵!嗵!"两响枪声,接着又隐隐约约听到一阵吵闹声,赵老五急得说:"打起来了!打起来了!"赵文魁说:"好,打吧!"说完一屁股坐在椅子上,村警们忙给端茶倒水。

村里人们听到枪声,陆续跑来村公所打探消息,守水渠的那二十多家的婆姨娃娃们都来了,狗娃娘挺着大肚子也来了,她男人赵拴拴病着没来。人们散坐在庙院里的台阶上,吱吱喳喳地谈论。狗娃娘手抖的很厉害,心跳得按不住,和坐在一块的婆姨们说:"这可怎呀!天爷,两村打起来,我狗娃可怎呀!今下午走了我就不好活了一下午。这可真是……"

不多一阵,水渠上被打败的人跑回来了,有的头上开了口子,有的脸青鼻肿,有的手上背上受了伤,锹丢了,两支火枪也丢了,一进庙院就叫骂:"田村家好万恶,一窝子扑上来打。""咱村人赶快集合,往死打这狗日的们去!"

女人们看到自家的男人、儿子被打了,不由得都哭了,狗娃娘急得在人堆里穿来穿去乱叫喊:"狗娃!狗娃!"见人就问:"狗娃回来了没?"人们说:"打起来都乱了,没看见跑到那里。"

正闹着，赵有仁老汉回来了，浑身衣服水淋淋，脸上流着血道子，喘得上气不接下气，半天才说："狗娃？唉，狗娃啊啊……"狗娃娘急得眼珠子快掉出来了，摇着老汉的胳膊说："你说什么？你说清啊！"赵有仁老汉看看瞒不住了，只好结结巴巴地说："狗娃，被田村家打……打死了。"又说："追我们的那个好象是你妹夫田铁柱。"

狗娃娘呆呆地愣了半天，忽然"哇"地一声哭了，一屁股坐在地上，两条腿乱蹬，两只手乱抓，连哭带骂："田村家呀！你们烂了心啦……你们可怎忍心呀！呜呀！我可不能活啦！千刀万剐的田铁柱呀！害人的水渠呀，……"又突然站起来，疯了似地往门外跑，口口声声要报仇，要看狗娃的死尸去，却被婆姨们死活拉住了。

赵文魁听说狗娃死了，两手一拍说："好，田村家敢打死赵村的人！好！"院子里人都激怒了，都往门口拥，要去报仇，赵文魁忙喝道："胡闹，没有我的话，谁敢去惹是生非先把谁送到衙门里！"人们又都呆住了。狗娃娘挤过来说："我儿就白死了吗？我好冤枉呀！"赵文魁说："你们懂个甚？田村打死咱村的人，他村负责，县上会替咱伸冤；咱再去打坏他村的人，这是替全村惹事，有理的官司也没理了！"回头又吩咐村公所的人去把死尸看住，等县上来验尸。

赵文魁连夜坐上车进城去了。

六 结冤记仇

田铁柱浇了一夜地，回到家里时天已经快明了，一直睡到第二天晌午才醒转来。听人们一说，才知道昨天打死的是自己的外甥狗娃，不由得脑袋"轰"一下大了，两眼直冒金花。"呜呜呜"哭了起来，两手死命捶胸脯，嚷道："我可真没想到啊，我做了伤天害理的事，该枪崩我，……"

他婆姨也哭着说："这可怎见姐夫和姐姐呀！这可有甚脸面见人哇……天爷，这可怎呀！"

两口子正在哭喊，渠头田二旦进来了，说道："铁柱，得胜哥请你去他家走走，商议件事。"田铁柱也不知又有甚事了，跟着田二旦就走。

走进田得胜家大门时，见院里台阶上坐着两个差人，田得胜正和那两个差人说话。见他进来，田得胜忙跑过来，拍着他的肩膀说："铁柱，你知道昨天打死赵庄的人了，如今县上要凶手，打死人是你先下的手。老弟，这件官司要你辛苦一趟，我知道你是条好汉子，一切事情你都揽起来，没甚要紧！"随即又拍了拍胸脯说："不怕，衙门上下有村里打点，你就担上个渠头名。自古水利打架不偿命，至多不过坐三月五月班房！"

田铁柱一来是觉得打死外甥吃官司应该；二来是被这气话激起了英雄劲儿，把胸脯一拍说："好汉做事好汉担，我死就死，决不连累旁人！"田得胜、田二旦都说："好样的！"两个差人把手铐取出来，给铁柱戴上，拉着走了。

县上出来的传票，本来要抓董事渠头，经田得胜这么一鼓捣，苦头就送给田铁柱了。

回头再说赵拴拴，那天晚上，听老婆回来说儿被打死了，痛得滚油浇心，两口子大哭了一夜。后来又听说是被田铁柱打死的，心里就有点二惑二信，狗娃娘也有点疑惑了。一股怨气就都怪到了修渠上，狗娃娘想儿想得疯了一样，每天起来坐到街上大哭大骂："我的宝贝呀！千刀斩万刀剁的水渠呀……你们为了发财修渠，害得我家败人亡！我好命苦呀……让十几岁娃娃去送命，烂心渠呀！……"

这话被赵文魁听见了，见他们恨修渠，心里很起火。隔了几天，去城里过了一次堂，回来就跑到赵拴拴家说："真是知人知面不知心哪！以前人们说狗娃是田铁柱打死的，我也不信，谁知当真就是他下的毒手。县里把他捉去了,今天在大堂上他满承满应。”接着又编造了些话说:“我只当你们是好朋友,不想那狗杂种心里早就和你家结下仇了,他说你们沾了他多少光,在我家做活时,他的工钱都你家用了,早就要毁你家一口子出气。唉!真是狼心狗肺!真是没想到啊!”

经这一挑拨,赵拴拴两口子信以为实,就恨起田铁柱来了,恨他恩将仇报,只想吃他的肉!

后来,田铁柱被判了半年徒刑,赵拴拴就成天不言不语,只等报仇的时日。

到七月间,正是田铁柱该出监的时候,赵拴拴身上常带把刀子扛上张铁锹,到城里通田村的大路上等着。

一天下午,他果然远远了见田铁柱从城里大道上走来,他一声没响的蹲在旁边庄禾地里。远远看见田铁柱衣服稀巴烂,头发有二寸长,背后背着一卷破行李。等走近了时,赵拴拴猛的跳了出来,照准他的膝盖骨就是一锹,田铁柱痛得惊叫了一声,就地一滚,赵拴拴的第二锹就落了空,锹柄“咔嚓”一声折断了。他扔了锹把,从怀里掏出一把杀羊刀子来,“呼”地扑过去。田铁拄的腿完全不能动了,一面呼喊救命,一面招架,腿上又挨了两刀子。幸亏后边赶上来几个过路的人,赵拴拴才钻庄禾地跑了。

从此田铁柱就成了拐子腿,和赵拴拴成了生死仇人。

七 仇越积越深

赵庄因为死了人,抓住了理;赵文魁在衙门里又有点小面子,官司便打赢了。县上断下水渠归了赵庄,并且派下人来,逼着田村把支渠摊平了。

县上不光把水渠判归了赵庄,还因为赵文魁兴修水利有了功,又有钱又会活动,这年秋天又让他当了县参议员。他的地都成了水地，自己种的多打了粮食不要说，出租的每亩加了一斗租子，可算得官财两旺。

但是，事情并没完，田得胜看着又眼热又发恨，对村里人说："不要怕咱村子小，就怕不齐心！只要大伙听我的话，大丈夫报仇三年不迟！"

第二年夏天天旱，赵庄水地麦子长得很好，田村的麦子却不到成熟就都黄了。田得胜和田村的人们越想越气，等到赵庄麦子快收割的时候，夜里去放了火，麦地一块接一块烧起来了，赵庄人发觉后救熄时，已经烧了三顷多，因为没抓住田村的证据，只好压了一口气。

到收租子的时候，赵文魁把烧了的地也要收租子。佃户们要求减免，赵文魁说："这又不是天灾，怎能减免?! 麦子打得不多，这只能怪田村家，这是田村家给你们受得紧逼，又不是我赵某人!"人们东拼西凑把租子交了，固然怪赵文魁无情，却更恨透了田村。

快收秋的时候，赵文魁就出了个肚才，晚上集合起全村人，去到田村地里割了一夜高粱穗。

后来，有天夜里下雨，田得胜把全村男人集合起，偷着去把小河里的逼水坝拆了，把水闸捣坏，把渠堰刨开了无数口子。

过了一个时期，赵文魁又出了肚才，让村里人连夜去把田村田家老坟的碑楼拆了……

这样你来我往互相报复，仇恨越来越深，疙瘩越结越大。从此，两村亲友都不来往了，两村人遇到一块，无缘无故就会打起来。这样，打架的事一年比一年多，一直继续了十几年。

八　难办的事

一九四五年冬天，这块地方被八路军解放了，这两个村都闹起了反讹诈反奸霸斗争和减租算账运动。人们的脑筋慢慢地开通了点子。两村亲友之间，有些过去没有直接结下仇的人家，慢慢也就来往上了。只是说到赵拴拴和田铁柱两家，疙瘩却仍然没有解开。

一九四七年冬天，这里又展开了土地改革运动，田村和赵庄因为离得近，划成了一个行政村，土改工作团派来一位工作员，领导两村联合斗争。

这个工作员姓刘，叫刘开明，原来是田铁柱和赵拴拴的小舅子。在抗战开始那一年就参加了革命，如今也算个老干部了。

老刘来了以后，先个别召集两个村群众开了开会，讲了讲土地改革政策。随后就想到他两个姐夫的事，一心想趁这机会，把多年的这颗疙瘩解开。

他先到了赵庄他大姐家。至亲骨肉多年没见面，说起话就没个完，一说到这事，他大姐就哭着说："狗娃要是活着的话，如今二十六岁了！修渠我们可受了大害啦！渠上摊派花了三斗多米，你姐夫腿冻下毛病，一到冷天就疼……"老刘插嘴说："是啊！那时修渠，得利的是老财，受害的都是穷人！"接着就说他们过去是受了地主利用，才害得自家伤人死人，结冤记仇，并且劝他们和二姐夫团结起来，打倒共同的仇人。

赵拴拴烟袋一直没离嘴，一直没说话，这时忽然说道："说成甚，我儿总是他打死的，他的腿总是我打坏的，要和好，今辈子办不到。"老刘见他很固执，知道一下说不通，也就没再多讲什么。

隔了几天，老刘又去田村工作，和他二姐家谈起这事来，田铁柱说："共产党的政策我信服，减租算账，我也翻了翻身。要说到和他和好，这事一百个办不到。我打狗娃是无心，他打我是有意，狗娃就算我打死的，杀头顶命姓田的不含糊，为甚要半路拦劫？就挑住我坐监出来没力气啦？"老刘左说右说讲了好多道理，但田铁柱只是一股劲摇头。

老刘想到，要解决两村的村仇，从两个姐夫这里入手是不行的，必须先把两村群众阶级觉悟提高，把斗争闹起来，才有办法。

他就向两村提议联合起来斗争地主,可是又碰到两村群众都反对。

田村的人说:“赵庄霸道极了,他们仗上村子大,欺压了我们十几年。说到土改斗地主,我们不含糊。说到和赵庄联合,办不到!”

赵庄的人却说:“田村家可是万恶啦,人性赖。如今共产党领导下,谁家也不兴压迫谁家,过去的仇恨不说就算了,要联合可万万不能。”

老刘没法,也知道着不得急,后来也就再没提这事,只是两村来回跑着开会:发动两村群众,进行阶级教育,启发诉苦运动,同时又和一些选出来的代表和积极分子们个别谈话。慢慢的,看看时机成熟了,就和两村代表商议,开了个两村代表联席会。

九 大家解疙瘩

这个会是在田村开的。

会场是在小学校讲堂里,这讲堂东西有两盘大炕,赵庄代表一进去,就都坐在西边炕上。田村代表则都坐在东边炕上。赵拴拴和田铁柱也是代表,各自坐在各村人堆里。只有工作团老刘,坐在当地的凳子上。

老刘见人都坐好了,便站起来讲了讲今天开会的意义,讲了讲农民团结的重要,随后就让大家发言。可是等了有半炷香工夫,大家都只是“噗呼噗呼”抽烟,满屋子弄得乌烟瘴气,没有一个人说话。

老刘急得站起来又坐下去,看看东边炕上,又看看西边炕上,催了几次,还是没人开腔。后来他想了个主意,便站起来说道:“以前,田村说赵庄霸道,赵庄说田村万恶,到底是那个村欺压那个村?摆出来大家评评!”这一讲,马上把人们的话挑开了。

田铁柱往起一站说:“赵庄凭上村子大,处处欺压我们小村村,一九三二年,两村合开了水渠。一样摊人工,一样出花销,临完,你们村霸了渠,不让我们村浇地,你们真霸道!”

赵庄的人接上说:“你田村家也够万恶了,我们村赵拴拴的狗娃是那个村打死的?! 放火烧我们的麦子,把河里的逼水坝毁了,你们万恶到家了,还说我们村欺压你们!”

田铁柱听到打死狗娃这句话,扭转身对着墙抽起烟来了,赵拴拴却往前挪了挪说:“对呀! 你们说呀!”

田村另外一些人接上说:“把我们田铁柱腿打拐,抢了我们的庄稼,拆了我们老坟里的碑楼,你们就不说了? 就算我们得罪了你们,我们祖宗也惹你们来?! 你们就这样霸道?!”

两村的代表说着说着都在炕上站起来了,高一声低一声乱吵,开始还能听清说甚,随后就只能听到“万恶”“霸道”,“霸道”“万恶”的叫喊声了。两个炕上象唱对台戏,吵得把房子也快抬起来了。

一直吵到都没劲了,老刘才站起来说:“大家讲得很好,说起来,赵庄确实霸道,田村也够个万恶。不过咱们再心平气和讨论讨论,看赵庄所有的人,是不是都霸道? 田村所有的人是不是都万恶? 两村有没有些好人?”

赵庄代表主任赵有仁老汉说:“我来开说两句,大家看占理不占理? 田村人口口声声说赵庄霸道,欺压他们小村子,我觉着不分枣核桃一齐数,这不大对乎。就说我吧,我过去欺压过你村谁? 你们村贫雇农穷得没吃的,我们村贫雇农敢是个有的?! 咱们就好比是两个抬轿的,你抬一头我抬一头,谁能压了谁? 压咱们的是坐在轿里的。说到咱两村记仇结冤,那是从争水利开的头。两村伙修下的渠,我们一村霸住浇,这实在有点霸道,我要是田村人,也生气!”

田村人乱嘈嘈说:“这还算两句公道话。”

赵有仁老汉接下去说:“不过千中有头,万中有尾,我们村谁出的主意要霸水渠？我先没起过这意，我们这伙代表也没起过这意。那是咱两村地主闹翻了脸，赵文魁才让霸的渠。你们想想，权柄在人家手里拿着，人家传下话来，一户一人上水渠，谁敢不去？！”

赵庄另一个代表接上说：“赵庄那年算是浇了地，田村一滴水也没浇，好象我们得了利。落其实，还不如以往种旱地合算。我那时租种赵文魁二十多亩地，种的十一亩春麦，浇了水长得算不错，可是临成熟叫田村一把火烧了，全家人扑到地里紧救慢救，烧了三亩多，合起来还不如往年，可是租子每亩比往年加了一斗。修渠摊了多少人工花销！我这修渠是得了利啦？还是受了害啦？”

赵庄的人们这时都说开了，有的说：“把田村家得罪下了，咱也没取上利。阉猪割耳朵——两头受罪！”有的说：“取利的人倒也有，赵文魁那年多收了六七十石租子。”

田村的代表们也议论开了：“田得胜那时也是谋算第二天霸水，谁知道赵文魁更精！”“就算咱村把水霸回来，咱们也别思谋得利。田得胜的地都在水渠跟前，看谁能浇上！”另一个说：“要说起打架结仇的事来，咱田村谁起的意？还不是田得胜？烧赵庄的麦子，拆河里的水坝，都还不是他出的主意！”

这时老刘又站在了凳子上说：“农民本来都是一家，就是因为地主之间争权夺利，害得我们自家人结冤记仇。如今案子大家断清了，大家看看到底谁是我们的仇人？”

大家喊道：“地主阶级！”

老刘说：“对！这算找到根根了。可是过去我们受了地主利用，自家人结冤记仇。就说我两个姐夫吧，为人家的事，自家闹成了生死仇人。我二姐夫，自己不种一垅地，替人家拚命打架，自己落了个受伤坐监，这是谁害的？我大姐夫，为水渠死了儿，租种的地也没得上利，这又是谁害的？”

这时赵拴拴只顾低着头抽烟，眼里却含着两眶泪水。田铁柱却脸红脖子粗了,忽然跳下地来,骂了句:“日你祖宗的!”拐着一条腿,气冲冲地出去了。

十　想不到的事

田铁柱一怒气就跑到田得胜家,只顾急急忙忙往里撞,猛不防一头把风门上的玻璃撞碎了。

这时田得胜正在家里愁眉不展的抽烟,听见院里有响动,忙拖着鞋走出来,刚走到门跟前,就见田铁柱一拐一拐进来了,满脸恼悻悻地,扑过来一把就抓住他的领口说:“你把我害成甚了?你存的甚心?!”

田得胜摸不着头脑,心里挺生气,可是知道他是农民代表,自己惹不起,忙放下笑脸说:“铁柱,这是怎啦!我犯下枪毙的罪也要说到明处,咱弟兄们相处了好多年啦,交情总算不薄,你哥有甚对不住你的地方,也要你包涵点!”田铁柱手不由的松开了,田得胜又扶着他往炕上坐,又让女人倒茶敬烟,又追问田铁柱是因了甚事。

田铁柱是个直筒子人,一气就把两村开会的情形,怎长怎短都说了。田得胜两手托着下巴,自言自语地说:“咱是地主,如今没说话的权。反正墙倒众人推,甚事也是地主的罪!”随即又站起来,走到铁柱跟前,背着手,把脑袋一伸说:“人家说你是我害的,就算我害的。割了脑袋不过碟子大个血疤。好啦,要杀要斩都由你,你哥决不还一下手!”

如果田得胜硬来,田铁柱就会和他打起来;如今他这样一软,田铁柱倒没办法了。刚进来时候的那一肚怒火好象被水浇熄了,二话没说,站起来就往外走。一气跑到农会开会的地方。

这时会已开完,老刘和赵庄的代表都回去了,只有本村几个代表在闲谈,有的说:“这个会可把人们的脑筋翻开了,过去地主把咱哄得卖了，咱还要跟人家去数钱！”有的说：“会上议定下两村都开群众大会，把村里人的思想都打通。我看这事不难搞，把这理由一说清，脑筋就通了！”

人们见铁柱进来，忙问他刚才做甚去来？脑筋翻清了没有？田铁柱这时心里乱极了，半天才说：“我日他祖宗的，就数我倒霉，就数我倒霉！”说完这句，一拐一拐就回家睡觉去了。

这天后半夜里，人们正在梦里，忽然街上一阵锣声，接着是人声，脚步声，喊叫声乱成个一塌糊涂。原来是田得胜家的大门烧着了，好多人忙了一阵才把火救灭。

火一灭，人们都围着那一片瓦砾堆，七言八语地猜想着火的根由。田得胜也在那里，垂头丧气地说：“我知道因为公村修水渠，我把赵庄家得罪下了，这是报仇啦！可是这仇也没报对，一土地改革，这房子我也住不成，还不都是贫雇农的?！这是把谁的房子烧了？这是把咱村贫雇农们的果实烧了！”人们听了这话，觉得说得也有点理，有几个代表也说：“赵庄家还说脑筋开了，开了开了，又存心害咱们！”大家越谈，越认定是赵庄人烧的。

天一明，就有两个代表去了赵庄，把着火的事报告了老刘。老刘当时就把赵庄的代表们集合起来，又把村口放哨的民兵找来，查问昨天黑夜谁出过村，大家都说没有。老刘觉得事情挺复杂，就跑到田村去调查，同时安顿群众：事情没有调查清，不要乱猜疑。

可是到第二天，又出了件事。大清早，赵庄两个代表满头大汗跑来田村，一见老刘的面就说：“天天还闹农民一家人哩！田村家就这样心短?！事情没闹清就要报复，这还能弄成？”老刘一打听，才知道是夜里赵文魁家的大门也着火了，赵庄人都猜疑是田村人报复。当时田村的人听到这事，也都来找老刘，说赵庄家血口喷人。老刘发了愁，想了想说道：“咱们先谁家也不要乱猜疑，我想一定是有人故意破坏咱两村的团结，我看咱们慢慢调查，总有一天要闹个水落石出。”说完，相随上赵庄代表，又跑去赵庄调查。

老刘两个村来回跑了四五趟，也没闹出个头绪来。后来和两村代表们开了几次会，大家决定把着火的事压下，先进行土地改革。可是在开斗争会的前一天，田得胜跑了，随后发现赵文魁也跑了。

十一　找到了根子

斗争对象跑了，人人都急坏了！

老刘把两村民兵和代表集合起，分开几路出去追赶，忙乱了一天一夜，到天快明的时候，才把两个地主都抓回来，同时还抓回个狗腿田二旦来。两村群众都气炸了，当天上午就召开了斗争大会。

会场是在赵庄关帝庙里，戏台当成了主席台，场子里到处贴满了红绿标语，两村男男女女都来了，满满挤下一场子。当民兵把地主们押进会场的时候，场子里马上喊起了口号，拳头伸起来，好象一片小树林。地主一个个站在了戏台前边，灰眉灰眼地低着头。

主席是赵庄代表主任赵有仁老汉，他站在台上大声说："众位哑静吧，如今就开会。咱民兵有缺点，防守的不严，差点弄得今日这会开不成了。地主没跑走，又被咱们抓回来了，还搜集到好多罪恶，如今先让田二旦坦白吧！"

田二旦上台去了，吓得脸色灰白，结结巴巴地说："众位叔叔大爷们，我的错，我的罪，我为了吃碗饭，给人家当了十来年狗腿，我受了骗，跟上人家逃跑……"接着他便起根由头说开了。

原来，自减租以后，赵文魁和田得胜暗里就和好了，土地改革开始以后，听说要闹联合斗争，两个地主都着了慌，觉着本村闹斗争一村一姓还可能留点面子，要联合起来斗，就招架不住了。后来看着看着要联合了，于是就想办法破坏，赵文魁出下放火烧房子的肚才，故意让两村闹误会。可是没破坏成，没了办法，就往太原逃跑，结果却又被抓回来了。

田二旦说完，台下就吵乱了，有的说："这狗日的地主们，满肚子是阴谋诡计。"有的说："地主早已经和了，咱们农民还闹不团结。跟上狗日的们，咱们受了多少害！"

田铁柱这时脸变成了块红布，一拐一拐扑上了台，大声说："我这肚里结下的疙瘩十几年了，大家都知道，我和赵拴拴，那是从小的好朋友，后来又是连襟。如今成了仇人死对头，这是因甚？都是因为替地主争权争利，咱给人家填炮眼！我不种一垅地，我替人家出力效劳。地主给灌了两碗猫尿，迷迷糊糊打死人，后来知道了死的是我外甥，心锤上滴血哩！我知道我拴拴哥把我恨到骨头里了，后来他把我的腿打坏，我也就恨了他，我觉着我打死你儿是无心，你打我是有意。如今我不恨他了，他儿都死了，我拐条腿算甚?！这是谁害得我们死伤人口？今日我可彻底清楚了。"说着他就象嚎一样哭起来了。

这时，从场子里又站起一个人来，原来是赵庄以前的渠头赵老五。赵老五说："我以前也是给地主当狗腿，土改当中我也认清题目了。我有句话，在心里埋了十几年，今天我也说一说：狗娃死，那也是受了赵文魁的害啦！"接着就讲了赵文魁为了打赢官司，那天田村来抢水渠时，自己村人少，不让派人去，又不往回撤，故意让田村往死打人。

赵拴拴这时一扑就跳到台上，拳头一股劲在空中搅，嘴张了几张，却一句话也说不出来。忽然又跳到台下，一把扯住赵文魁的领口就打，他老婆也哭骂着扑过来了，用嘴咬赵文魁。田铁柱跳下台来去打田得胜，他老婆却坐在一旁啼哭。全场群众都愤怒极了，都站起来了，跳着脚喊口号助威。

代表们忙了半天，才把人们劝解开。赵拴拴气得眼都红了，只是一股劲喊："非他顶命不可！非他顶命不可！"老刘也过来劝解说："咱们不要乱打，他们有天大的罪恶，也要交法庭处理。"

人们又都安静下来，继续有好多人跑上台去诉苦……

十二　一壶和合酒

开完了会，田村的人都被亲友们拉回家去吃饭。赵拴拴对田铁柱说："走吧，回家吃饭去！"这句话虽然这样简单，田铁柱听起来感到十分亲切。十来年以前，每当他到了赵庄碰到赵拴拴时，赵拴拴总是这样一句话。

两人走着，赵拴拴说："我害得你不浅！"田铁柱也说："我害得你还浅？"正在这时，他小舅子老刘追上来了，说："不要说这些了，还不都是地主害的！"

三人相随着走回家里，田铁柱见家里的摆设还是老样子，只是炕上换了几件新被褥。他婆姨和他妻姐已经先回来了，姐妹俩正在烧火做饭，见他们回来了，忙让上炕去坐。

他妻姐一面和面，一面叨叨道："唉！害得我们姐妹们也十来年不来往了，谁也不想见谁的面，在娘家碰到一起，也是言和意不和，咱爹娘为这事，也成了心病啦！修水渠，修水渠，害得……"田铁柱抢着说："闹了半天你这脑筋还没开，不恨地主，恨的是水渠呀！"他妻姐笑了笑说："谁敢说我脑筋没开，水渠还不是地主修的?!"老刘说："不关修水渠的过，土改以后还要大修水渠，扩大生产。从前水渠在地主手里，就成了穷人的害；今后再修下渠成了咱们自己的，就是利了。"赵拴拴和田铁柱直点头。

这时忽然门开了，进来个六十多岁的老头，原来是刘家堡他丈人刘和和。他儿和两个女婿都跳下炕来说："刚来？"他大女儿拿菜刀的手也停了，忙问说："爹，你怎来得这样巧？"

刘和和见了这阵势，不由得愣住了，心里又惊又喜，半天说不出一句话来。他女儿看出了她爹的意思，忙说："爹，你早就发上愁的事如今解决了，和好了。"刘和和一面脱鞋上炕，一面说："好好好，谢天谢地。我积了十来年的心病，这下算去掉了。"田铁柱和赵拴拴都笑了笑。刘和和接着又说:“我过去为你们花了多少心血,想让你们和好,把我的腿也跑断了,也没顶事,怎一下又好了?”他儿把上午两村开会的情形讲了一遍,并且笑着说:“爹,你以前想让和好,你只是让两家忍让,没找到结仇记冤的根儿。”刘和和笑着,拍着手说:“对,对,对,翻身把脑筋也翻开了!我今天绕了二里路还算绕对了。”田铁柱和赵拴拴忙问说:“去罢那里来?”刘和和说:“咱六七十的人了,村里人还把咱抬举成个代表,今天去城里贸易公司给村里买了十来匹布,别人赶上驴驮回去了,我说来这里看看,不想,可好……嗨嗨嗨……”

酒热了,菜好了,都放在了当炕。

刘和和老汉说:“来,这是和合酒!”四人都举起了酒盅。……

一九四九年九月底于北京

结　婚

清水庄青年团支部书记田春生，一夜醒来四次，急着要到区上领结婚证。天还不大明就起来了，吃完饭，换了件白洋布小褂，急急忙忙就起身。走出村子的时候，太阳刚才出山。

田春生的对象叫杨小青，是柳林村劳动英雄杨万有的闺女，比春生小三岁，今年没零没整二十岁了。柳林村离清水庄二十里地，春生和小青以往谁也没见过谁，去年春节，全区村剧团在一起会演的时候才认识，一认识就恋爱上了，两个人经常书来信往，很快就成功了。

两家的大人们，听到这事都很高兴。说起来也真巧，春生爹和杨万有老汉也认识。七八年以前，两个人因为缴不起租子，被各家的地主用二指宽的条条送到看守所的黑房子里，一块住过半个多月。没想到新社会里他们变成亲家，都催着快快办这喜事。可是这喜事已经闹上够一年了，到如今还没办成。

去年夏收以后，本来已经说好要结婚了。春生全家忙着筹办喜事：又是修房子，又是做被褥……什么都准备齐全了，日子也挑定了，可是忽然小青捎来封信，说是结婚的日子要往后推。春生急忙跑到柳林村，找小青问原由。小青说："县里最近办了个'妇婴卫生训练班'，村里和区上都同意我去学习。你觉得怎样？"春生没有拦阻，他笑说："这是学习为人民服务的本事，我不能耽误你的前途，我同意！"就这样把件事搁过了，老两口空喜欢了一场。小青学习完回来的时候，已经到冬天了，老两口又催儿子快快抓紧时机办喜事。春生去找小青谈判，小青说："看你急的！我刚学习回来,村里妇婴卫生工作还没开展,忙着就闹个人问题,群众影响多不好!我想过了旧历年再……"春生没等她说完就笑着说:"我同意你的意见。"

一过旧历年,春耕准备工作就开始了。今年是大生产运动年,青年团的中心任务也是领导青年加紧生产。春生又是青年团支部书记,又是互助组小组长,发动大家选种啦,买新式农具啦,打井啦,植树啦,工作一大堆,每天从明忙到黑,结婚的事连想都顾不上想了。只有他娘有时候还说两句:"这可拖到什么年月啊!好我的小祖宗们咧!"现在,春耕已经结束了,离麦收还有半月二十天的工夫,老两口又三番五次催儿子。昨天下午,春生去柳林村跑了一趟,和小青谈了老半天。起初,小青说:"再过个把月,等麦收以后不好吗?现在急急忙忙的。"可是架不住春生左说右说,最后小青才笑着说:"你这个人呀!真是……好,由你吧!"就这样算是确定了。他俩约好今天到区公所碰头,不管刮风下雨,不见不散。

田春生出了村子顺着大路往前走。路两旁是一行行整齐的小树,这是清明节那天他领导全村青年们栽的。他心里想:再过十年,这些树不知会长得多么高大呢……

前边拐弯的地方,有十几棵小杨柳,有一棵歪歪斜斜地快倒了,大概是被大车挂的。春生紧走几步过去,把它扶正,又用脚壅了些土埋实。他看到这些小杨柳,心里就有说不出来的一股热劲。这些杨柳栽子,是他亲自从柳林村背回来的。那天,小青笑着对他说:"你可要保证都栽活啊!"春生也笑着说:"这是从你家树上砍下来的,一定愿意到我们村里去活!"说得小青咯咯咯地笑了。

小青可爱笑哩!笑声又响又脆,笑起来和敲铃差不多,春生从来也没见她恼过,她好象心里连一点忧愁的影子也没有。她红扑扑的圆脸上,长着一对闪闪发光的大眼,春生一看见那两只大眼,就想起黑夜里汽车前头的那两盏灯,照得人心里都亮了。

春生边走边想:小青这时大概也正往区上走咧,用不了晌午头，就能够看到小青了，两个人在那鲜红的结婚证上把手印一按……春生想到以后的生活，不由得偷偷地笑了。正在这时，忽听得前边“嘚——吆吼，嘚——吆吼”的叫喊声。忙抬头一看，只见一辆三套胶皮轮大车陷在泥坑里了。车上满载着一车货物：有木箱子，有麻袋，垒得象座小山。赶车的拼命甩鞭子，拼命叫喊。牲口浑身都淌汗了，鼻孔里喷着粗气，好象拉风箱一样。蹄子把路都刨成了坑，车却一动也不动。春生跑过去帮着赶了半天，仍然一点事也不顶，赶车的一面咒骂牲口，一面又恨恨地甩了几鞭子，辕骡前腿一打弯，索性卧到稀泥里了。赶车的把鞭子往地下一丢，气得蹲在路旁了。春生搓着手上的泥问道：

“这是从哪里拉的货？”

“从区上拉的慰劳品呀，往车站送咧！”赶车的用袖子揩揩头上的汗，着急地说：“今天各区都要送到，下午就装火车往朝鲜送，还有八十里路咧！这，这，真倒霉！”

春生一听这是群众慰劳志愿军的礼物，知道耽误不得。他家也送了，还有他亲手写的慰问信。小青也送了两个绣着字的慰问袋。春生重新到车跟前仔细看看，对赶车的说：

“前天这里雨下的大，你看稀泥把车轮吸住了，车又重，我看只有把货卸下来，先把空车拉出来，再把货装上。来来来，我帮你！”

赶车的看了看春生，高兴地说：

“哦！就得那么办哩！可是两个人弄得慢，你没紧要事吗？”

春生想起他和小青的约定了，可是他说：“没关系！天不早啦，你快解绳子吧。”他爬到车上就卸，心里想着这一车慰劳品比结婚证更重要，这是三十万人民的心，可别误了装火车的时间。

路上过来两个年轻妇女，春生向她们说：“喂！帮帮忙吧，这是送给咱志愿军的慰劳品啊！”两个妇女一听说是这么回事，连忙过来帮着搬。后来又过来几个走路的人，春生把他们都叫住，大家七手八脚把车上的东西卸下来,费了很大劲,才把空车拉出泥坑。大伙又帮着把慰劳品装到车上,捆绑结实,这时已经是快晌午的时候了。赶车的长出了一口气,笑着说:

“可算是过了一关,要不是大伙,准误下大事哩!”又回头问春生说:“你是哪个村的?可要谢谢你啦!”

春生擦着头上的汗水说:

“你快赶上走吧,时光不早了!”

春生看着赶车的把鞭子一甩,大车朝北走了,他才往区公所走。这里离百合镇还有十五里地,他急急忙忙迈开大步走着,心里着急,好象太阳也比平时走得快多了。他想:小青一定已经到区公所了,小青一定急着等他,说不定小青抱怨他走得慢呢!春生恨不得长个翅膀飞到百合镇。他象小跑一样赶路,太阳象一团火,春生的心也象一团火,一阵紧跑,利民河已经出现在前面了。这是去年才挖下的新河。黄色河堤象一条低的土墙。春生知道又把十里地走完了,站到桥上,就能望见百合镇了,心里想着小青,更加快了脚步。他想:再用不了半炷香工夫,就能见到小青了。大红耀眼的结婚证,就能拿到手里……

爬上了河堤,刚到桥跟前,忽见从对面慌慌急急跑来一个人,又见后边有几个人追赶,大声叫喊:

“不要放跑!特务!特务!”

春生心里一惊,两手往开一伸,就扑过去。那个人刚走到桥那头,一见有人拦住了,回身就顺河堤往南跑,春生拔腿就随后追。这时正是晌午头上,种地的人都回家了,特务放大了胆子,死命奔跑。春生用尽了全身气力,紧紧追赶。特务回身扔来个什么东西,并且大叫道:“看手榴弹!”春生连理也没理,仍然不松一口气地追。头上的汗水流到了眼里,渍的眼珠子发疼,他用袖子擦了一把,一直追了五六里远。看看快追上了,只差十几步了,五六步了……却不料忽然摔了一跤,左脚上的鞋子掉了。他也顾不得穿,连忙爬起来，赤着一只脚追赶，一面大声喊叫：“抓特务！抓特务！”

远处地里还有几个没收工的人，拿着锄头也追赶起来了。又追了一气，前边有个放羊的，听到有人叫抓特务，拿着羊铲迎头跑过来。那个特务看看架势不妙，从斜刺里扑上河堤，春生追上河堤的时候，特务已经跳到河里了。河水深到半腰间，特务一面过河，一面回过头来喘着气说道：

“咱们远日无仇，近，近……日无冤，你，老，老哥……”

春生回头看了看，后边的人还没追上来，眼看特务已经走到河心了。这时，春生什么也顾不得了，一扑也跳到了河里，三扑两扑就扑到了特务跟前，两个人就打起来了。特务一口就咬住了春生的耳朵，并且把他按在水里。春生疼得刚一叫喊，猛然喝了两口水，鼻子里一股辣辣的味，直冲脑子。但他抓住特务的手，死死不放。正在这时，后边的那一伙人和放羊的都追上来了，大家一齐跳下河里，才把特务抓住。

春生被扶到河岸上，浑身变成落汤鸡了，坐在地上一口接一口地喘气。耳朵也被咬破了，血顺着脖子流下来，把崭新的白小褂染红了一片。左脚也割破了，又经水一浸，疼得象针扎一样。大伙七手八脚把特务结结实实地捆起来了，人们都问春生怎样，他摇了摇头说：“不要紧！”春生又问他们是哪个村的，怎么让特务跑了？起先追的那两个人告诉他说：他们是百合镇的，在地里浇水完了，正往回走，看见这个特务割电线，他们就连忙追赶。……

大伙商议着把这个特务快送到区上去。春生这时想起了自己的事，想起了小青还在区上等着哩！他猛地站起来，只含含糊糊说了一句：“好，你们押着送那狗日的吧，我还有点要紧事咧！”说完就走了，弄得众人都莫名其妙。

他在半路上捡上丢了的鞋子，一口气急走到了百合镇。这时衣服已干了，耳朵上的血也不流了。他跑到区公所，第一句就问：

“柳林村一个女的,叫杨小青的,来过没有?”

区上的人惊讶地说:“杨小青? 没有来呀! 你怎么弄成这个样子的?”

春生一听可生气了,二话没说,扭头就走。他满以为小青早已来了,一定等得不耐烦,谁知连来都没来。难道这回又有了什么变卦,不能结婚了? 刚出了区公所的大门,小青走得满头大汗地来了。她笑嘻嘻地说:“你一定等急了吧? 我一早就起来,刚要走,凑巧一个妇女要生小孩,我就去给人家接生。好容易才弄完。我怕你在区上等得着急,赶紧就跑。你怎把衣裳弄这么脏哩? 啊? 血? ……”

春生一听小青也是为了人民的事耽搁了,哪里还生气,连忙笑着说道:“我也是刚到。”就把他路上遇的事说起来。这时区公所的人也出来,围住他十分注意地听着。正说间,押特务的来了。那些人一见春生和一个女的在一块亲热的样子,才知道他急急忙忙跑了的原因。小青这时捺不住她的热情了,一下就扑过来拉住春生的手,半天说不出话来;可是她那双大眼睛好象说:

“你真可爱啊!”

一九五一年六月于北京

饲养员赵大叔

我去到甄家庄农业社，正是秋收快要结束的时候。那天上午，社员们都到场里地里工作去了，办公室里只有社长甄明山和一个年轻女会计，在忙着核对账目。

甄明山是个四十来岁的农民，短粗个子，圆盘大脸，长着一双明亮的眼睛。看样子是个能干的角色。他一面烧开水；一面向我介绍社里的情况；一面还要回答女会计提出的一些问题。……

正在这时，从门外撞进一个老汉来，看起来有六十多岁了，但胡子却刮得光溜光，头上戴着顶呢子鸭舌帽，脚上穿着对旧皮鞋，身上却是老庄户人家的打扮——蓝布袄，蓝布裤，腰里扎着条白布腰带。他一进门就对着社长直嚷嚷：

“我不干了，要到太原另找工作去！辞职，准不准？说话！”

“不准！”甄明山满不在乎地说。

这老汉马上把帽子脱下来，举在手上，唱道：

“听他言不由人怒发冲冠，好一似烈火上又把油添，好恼，呀，呀，呀……”他一面唱，一面还学着须生的架式；又吹胡子，又甩袖子。引得我们都大笑了。女会计用手绢擦着笑出来的眼泪，说道：

“赵大叔，你每天要来捣一阵乱，把人的头都吵昏了！”

“怎么？秀英，昏了？”赵大叔连忙坐到椅子上，闭起眼睛，学着旦角的腔调，哝声哝气地唱道：“我昏昏沉沉一梦中，耳缝里忽听有人声，……”

没等他唱完，秀英和甄明山已经笑得东倒西歪了。我也笑得差点把开水碗打了。赵大叔搓了搓手，又用指头在两只眼上摸了一下，继续唱道：

“……我强抖精神睁开眼……嘚啦切，光光光……啊！这是哪里来的客人？”他忽然看到了我，问社长。

甄明山忍着笑对我说：

“这是赵大叔，哦，哦……赵吉成老汉，人们都称他赵大叔。我们社里的饲养员。”又回头对赵大叔说，“这是县上来的，老马同志。”

赵大叔听了，连忙和我打了打招呼，扭头又冲着甄明山说：

“不干了，何必在这里受人的气！非到太原去不可。听见了没有？我马上就卷铺盖走啦！”

甄明山笑着说：

“随便，那是你的自由权。”

“好！得令。马来。”赵大叔拱了拱手，口里响着锣鼓乐器，迈着台步向外走去。刚走到门口，又返回来，正正经经地问甄明山道：

“我是来问你：这几天有人进城没有？有好几个套包子破了，赶快要扯几尺布回来补一补咧！”

“明天有人进城去。”甄明山说，“要几尺布？”

“有五尺就差不多了，要结实一些的。”他说完，这才走了。

我问甄明山道：

“这老汉工作怎么样？”

“再好也不能了。”甄明山说，“你别听他嘴上说不干了，要到太原什么的，其实，真让他走，他也舍不得离开那些牲口！”

甄明山接着告诉我说：赵大叔今年（一九五三）春天，曾经去过一次太原，是他大儿派人来接他去的。他大儿抗日战争开始就当了八路军，南征北战打了十来年。去年夏天才离开部队，调到太原一个工厂里当了副厂长。好多年没有回家了，想回来看看老人们，可是工作忙得顾不上，后来就派人把他接去了。赵大叔到了太原，心里老惦记着牲口，住了没三天，闹着非走不可。后来收拾了他儿的一些破旧衣服就回来了。当时村里有些人问他说："好容易到了大地方，为甚不多游玩几天？"他说："儿子媳妇整天三更不睡、五更早起忙工作，人家工人们整天在红炉大火跟前忙生产，咱摇来摆去没事干，心里可不好过哩！"

这时秀英接上说：

"赵大叔在太原还闹了个笑话：他住在三层高的洋楼上，半夜三更睡得好好地，他忽然爬起来，穿上衣服满屋里乱摸索，把他儿惊醒了，问他找什么？他说：找草筛，给牲口添些草！"

"这老汉对牲口真是关心到家了！"甄明山用赞叹的口气说，"全社现在也找不出第二个人来！"

我问道：

"刚才他为什么要说那些话！"

秀英不好意思地笑了笑说：

"他那是学我咧！今夏天因为算劳动日账，我和赵满囤吵了一架，当时我说过那些气话，谁想就给他留下话柄了！"

赵大叔引起我很大的兴趣，当时我就想去找他谈一谈。甄明山要领我去。我说："你们算账吧，我能找到！"

他们告诉我说：喂牲口的地方在东院里，出了大门往东拐。我按着他们的话走到东院里。院子很宽大，打扫得干干净净。靠东墙整整齐齐地垛着两大堆谷草。北边是一排新盖起来的马棚。牲口都上地去了，马棚里空空荡荡，院子显得很安静。只见赵大叔坐在西房门前编草筛，一面编，一面唱。旁边一个二十来岁的瞎子帮他削柳条。我站了老半天，他们也没有发觉。后来我说："赵大叔，唱什么啦？"

他头也没抬地说："打金枝、骂金殿、三娘教子、牧羊圈。怎么？你不高兴听？滚蛋！"

旁边那个瞎子推了他一把说："赵大叔，刚才说话的可不象咱村的人！”

赵大叔忙抬起头来，一看是我，笑着说：“哈，是老马呀，我还以为是赵满囤咧！”

我开玩笑问道：“你刚才不是说要卷铺盖走？怎么还编草筛哩？”

他“嗨嗨嗨”地笑着说：“不说不笑不热闹，那两个年轻人整天忙工作，让他们也歇一歇，喘一喘。老马，坐下，抽烟！”他说着，把烟袋掏出来递给我。我坐下来，边抽烟，边和他们闲谈。

赵大叔告我说：那位瞎子是他的助手，名字叫王根锁。别看他眼看不见，干活可有两下子，铡草、垫圈、担水……都能干得了，是他的个好帮手。当初喂牲口的只有他一个人，后来牲口多了，才加上王根锁。现在他们两个人一共喂着十三头牲口，有四头骡子、六头驴、两条牛，另外还有一匹马。提起马来，赵大叔眉飞色舞地说：

“哈，真是匹好马！买来二年多，去年春天已经生了一头骡驹，今年秋天又要生了，又要生了！”

正说到这里，只见从大门外，慌慌急急跑进一个老太婆来，一进门就对赵大叔喊：

“赵大叔，请你快去给看一看，这不知得了什么病啦！天爷！这可该怎呀！”

“什么病了？”

“牛啊！我家的那头牛，一天多都没倒嚼，肚子胀得象鼓一样。”那女人急得满脸汗珠，跌舌拌嘴地说，“这是多好的条牛！去年八石粮食买的……”

赵大叔没听那女人说完，急忙就跑回西房里，过了一阵，拿着个小白布包包出来，嘱咐王根锁说：

“牲口回来以后，先让歇一歇，再往槽上拴！”

说完，匆匆忙忙相随那女人走了。

我回到办公室的时候,他们已经把账算完了。甄明山问我道:“怎么回来了,没有找见赵大叔?”

我把赵大叔被一个老太婆请去的事说了说。他们想了半天,猜想是郭二保家娘,那家是单干户,今夏天牛就病过一回,也是请赵大叔给治好的(后来知道果然是郭二保家的牛,这回赵大叔又给治好了)。我问他们道:

“赵大叔还懂兽医?”

秀英笑着说:

“那是我们社里的牲口专家,周围村里都有名。”

甄明山说:

“以前也是个外行,这二年才学会的。”

我说:

“找这么个饲养员可不容易啊!有的社因为牲口喂不好,生产都受了很大影响!”

“是啊!我们社开始为这事也伤了不少脑筋。”

甄明山接着就给我讲述这件伤脑筋的事:

甄家庄农业社成立起来快三年了,前后换过三个饲养员。初开始是赵满囤,那时牲口不多,只有两头骡子四头驴。赵满囤喂牲口满有经验,就是爱耍奸取巧,不好好工作。他喂养了不到半年,牲口都瘦得不象样子了。社员们非常不满,意见纷纷,有的甚至提出要退社。后来社务委员会撤了赵满囤的职,换了张正万。

张正万是个年轻小伙子,工作倒是满积极,喂了两个月,牲口也有了点起色,可是后来死活不干了,坚决要求调换工作。他说:“每天铡草,垫圈,担水,煮料……这些零七碎八的事咱倒不在乎。唯有夜夜起来添草料这事,咱受不了。一夜起来三四趟,这还睡个什么觉?万一到时候醒不来,牲口只好饿着。再干下去,不是我累病,就是牲口饿死!”张正万辞了职,谁也不愿意干这事。后来党内研究了一下,有人提议让赵大叔干。赵大叔说:“党分配我干,我就干！反正这工作总得有人做，还能因为没人喂牲口让农业社散了！”

赵大叔是个老庄户人，从小就喜爱牲口，可是他自己并没有专门喂养过。那时穷得不要说买牲口，连张皮子也买不起，老实说，赵大叔对喂牲口并不怎么内行。他初担任饲养员的时候，连他二儿赵树义都担心他喂不了。赵大叔说："谁也不是天生就会，自古道：天下无难事，只怕不用心。"

赵大叔自当了饲养员，全部精力都集中到这一工作上了。他经常去向喂养过牲口的人们请教，社里也特意为他召开了几次老农座谈会，专门座谈喂牲口的经验。有时县上"兽疫防治站"的刘大夫来检查牲口，赵大叔就跟在人家后边，问这问那，刘大夫也耐心地告诉他。他每次碰到刘大夫，总是用双手敬礼，用唱戏道白的声调说："刘老师在上，弟子有礼！"其实刘大夫顶多不过三十岁。后来刘大夫送了他几本"怎样把牲口喂好"、"牲口疾病常识"等小册子。赵大叔象得了宝贝一样。每天一有空闲，就拿上这些书本，去找识字的人读给他听。去年冬季，他又参加了村里的"速成识字班"，学了三个月，认下一千多生字。这以后，他就不再找别人读了。每天把杂务事情处理完，就戴上老花眼镜，拿着书本，一字一句的读给王根锁听。遇到"拦路虎"就去问别人，学到一点好的办法，马上就试验。

赵大叔不断地学习，不断地改进饲养方法。现在真算是甄家庄农业社的饲养专家了。

甄明山讲到这里，好象作总结似的说道：

"赵大叔真够得上个学习模范。工作上那就更不要说了。从来也没有向我提过什么困难；一有困难，他自己就想法克服了。"

"我来给你说件事。"秀英说，"赵大叔开始喂牲口，夜里不敢睡觉，怕到添草的时候醒不来，可是夜夜不睡觉谁也受不了啊！后来他就想了个好办法：每天临睡觉的时候，一连喝好几大碗开水，睡上一阵尿逼醒了，赶忙起来小便，给牲口添草。再后来，又有更好的办法了。你猜怎？”秀英望了我一眼，没等我回答，继续又说，“今年春天，他不是去过一次太原？当时，他儿和媳妇又要给他买这东西，又要送给他那物件，赵大叔什么也不要，只要他儿床头上摆的那只闹钟。因为他看见这玩艺怪有意思，要它什么时候响动，就什么时候响动。赵大叔自从带回闹钟来，晚上就用不着喝那么多开水了。据赵大叔说：机械化了！”

我笑着随口说：

“这老汉倒挺有意思！”

“有意思的事可多啦！”甄明山说，“你还没见他喂牲口哩，以后你可以看一看，那才真有意思咧！”

赵大叔喂牲口，真是有意思极了。我第一次看他喂牲口，是来到这里的第三天晌午。

那天，我一进大门，远远见他从西房里端着一簸箕料往槽跟前走。牲口看见他，都“吱吱唔唔”叫喊，他对着牲口说：

“大家都哑静一点，守点规矩嘛！反正是一人一份，叫喊也不多给你！”

我忍着笑，轻轻走了过去。

赵大叔顺着槽挨个给牲口添料，继续和它们说话。他走到一头大犍牛跟前，这条牛又高又大，左边的角断掉了。他拍了拍牛头说：

“累不累，‘独角龙’？一上午耕了三亩地，真是好样的！大家都象你就好了！”他只顾和牛说话，猛不防旁边一头驴伸过嘴来抢着吃簸箕里的料。赵大叔推开它，用一个指头指着驴的脑门心说：

“你呀！就爱占便宜，批评你多少次了，一点也不改，再不改……”

我听着忍不住笑出声来。赵大叔回过头来看了看我，一本正经地对我说：

“这家伙是个‘二流子’，今年夏天才买来，思想可落后哩！你别看它样子长得不错，可奸猾啦！耕地拉车不出力，推磨尽偷吃。拴到槽上，缰绳也要挽得短点，要不，吃完它自己的，就要抢着吃旁边邻居的了！”

赵大叔添完料，拿着空簸箕跑回西房去了。这时，我才注意到每头牲口槽前都贴着张小纸条，上边写着什么“二捣蛋”、“老秀才”、“独角龙”……我正看着，赵大叔又端来了一簸箕料，我指着这些纸条问他道：

“这是你给牲口起的名字？”

“是啊！牲口多了，没个名不好认。”他继续给牲口添着料，继续说道，“牲口有些方面和人也差不多，也是各有各的性情，各有各的脾胃。你就说‘老好人’吧！”他指了指一头黑骡子说，“性情老实极了，抱住后腿它也不踢，架辕拉套都行，女人小孩也能使用了。‘火神爷’可就完全两样——就是最边上那头灰骡子。干活倒挺起劲，力气也大，可就是脾气太坏，又踢又咬，一不小心，咬断缰绳就奔了。……”

正说到这里，那头灰骡子叫了几声。赵大叔笑着对我说：

“看！它不高兴了，嫌我说它的缺点哩！”他回头又朝着那头灰骡子大声喊道，“怕在客人面前丢脸，以后就少犯点错误，好好改正缺点！”

赵大叔向我讲述着每头牲口的性格，每头牲口的特点，讲得津津有味。好象它们不是牲口，而是一群不会讲话的顽皮小孩子。

我住在农业社的客房里，和赵大叔是紧隔壁。每天没有事的时候，我很喜欢找赵大叔去聊天，看他喂牲口。有时也帮他筛筛草，簸簸料。他每次喂牲口都是这样，对这头牲口夸奖几句，对另一头批评一顿。偶尔牲口点点头，或叫喊几声，碰巧和他的话吻合了，他就高兴地赞美道：“听懂了，多聪明啊！多聪明啊！”有时他添完草料，遇到特别高兴的时候，就让王根锁拉起胡琴，他对着槽头给牲口唱起戏来了。

有次，秀英开玩笑说："赵大叔被牲口精迷住了！"这话也并不算太夸张。他时时刻刻都忘不了牲口，不管开什么会，他一发言总是说牲口的事，你和他聊天，说不上十句话他就说到牲口身上了。他整年累月和牲口打交道，每天只跑回家去吃两顿饭，一放下碗就往这里跑。他说他的家是他的"食堂"，这里才是他的家。他对这群牲口有着深厚的感情。对每一头牲口都很关心，细心地喂饮它们。但他最关心的是那匹母马"金皇后"。

"金皇后"吃得又肥又壮，全身的毛一片金黄，亮得象一匹黄缎子。赵大叔对"金皇后"特别优待。单独在一个槽上喂着。因为"金皇后"的肚子一天比一天大了，他怕和别的牲口拴在一起出乱子。他不让"金皇后"干重活，每次上地，他都要嘱咐赶牲口的人小心在意。每次"金皇后"从地里回来，他都要给它把全身扫净，用梳子把马鬃梳好。

听说今年夏天，还发生过这样一件事情：有天下午，"金皇后"耕麦茬地去了，忽然刮来一阵东南风，霎时天上铺满了黑云，雷声紧跟着闪电，震得窗户都发抖。大雨象从天上倒下来一样。当时，赵大叔正在办公室里，让别人给他剃头。刚刚剃了半个脑袋，他一看见暴风雨，什么也不顾了，赶忙跑回他屋里，从炕上揭了块毯子，拔腿就往地里奔跑，他怕大雨把"金皇后"淋坏。一气跑到地里，把毯子给"金皇后"搭在身上，他才拉着它回来，回到家里时，他自己完全象刚从水里捞出来的一样了。

赵大叔是个愉快的老头，看起来无忧无愁。不管和谁见了面，都是嘻嘻哈哈说说笑笑。但是有时候，赵大叔也和人吵架，而且他发起脾气来，相当可怕。不过这样的事并不多见，我在这里住了两个多月，只碰到过这么一次。

那是秋耕地快要结束的时候。有天傍晚，我正在办公室里，和甄明山研究全社一年的总结，忽听得东院里吵起架来了，吵得昏天黑地，一声比一声高。甄明山说：

"听！赵大叔。这又不知谁闯下乱子了。"他说着就往外跑。我跟在他后面，一直跑进东院里。只见赵大叔站在院当中，拉着"独角龙"跺着脚大声吼道：

"……你是想要它的命咧？牲口也是肉长的，不是生铁铸的！打个颠倒，我来这样打你，你疼不疼？"赵大叔气得脸红脖子粗，头上的青筋都暴了出来。他二儿赵树义蹲在一旁，闷声闷气地说：

"要杀要剐由你！"

赵大叔更火了，气汹汹地指着树义道：

"怎么？做下有理的了？你往死打牲口就对？应该？大家都照你这样，农业社该垮台了！咱们找社长去！"他一回头，看到了甄明山和我，忙拉了拉"独角龙"，对我们说：

"你们都来看看，看打成什么样子了！"

我们跑过去看时，只见"独角龙"满身的毛都湿了，背上有几条鞭印还未消散。这牛也真乖，它用舌头舐着赵大叔的手背，好象诉冤屈似的，两眼望着赵大叔，"啊啊"地叫唤。赵大叔摸着它的头，伤心地说：

"打得多狠！打得多狠！"

我们问了老半天，才把这件事弄清楚：今天下午树义赶着"独角龙"去耕高粱茬地，到太阳快落山时候，一段地耕得只留下半亩了。他想突击一下耕完，省得明天再来一趟，于是就拼命赶牛。结果地算耕完了，牛却变成了这样子。回来一进院就被赵大叔看见，父子俩就吵了起来。

这时，赵大叔又冲着甄明山说：

"这事要处理，非处理不可！"

赵树义闷声闷气地接上说：

“处理吧！要怎就怎，大量也送不到司法科！”

这后生平时不声不响，只是蒙着头工作。可是火起来也有股子牛脾气，不会转弯，说的话能冲倒墙。他这一说，更把赵大叔激怒了，冲着他吼道：

“犯下住司法科的罪，不去也不行！……”

这时，院子里已经挤下好多看热闹的人，大家有的劝解赵大叔，有的批评赵树义，后来人们把赵树义拉走了，这才算平息下来。但赵大叔一口咬住：“非处理不可！”

甄明山说：

“你放心吧！当然要处理，也教育教育大家！”

恰巧当天晚上开社员大会。会上赵大叔坐在一旁，板着脸一句话也不说。大家把树义批评了一顿，最后，树义又做了检讨，承认了错误。这事才算彻底解决了。

散会的时候，赵大叔又有说有笑了。我悄悄和他说：

“你发起脾气来好厉害，好象另换了一个人。”

赵大叔“嗨嗨嗨”地笑着说：

“到那时候好象喝醉了酒，身不由主了！”

赵大叔就是这号脾气，喜怒哀乐都是挂在脸上的。遇到他心里不痛快的时候，一句话也不说了。

在我离开这里的前两天，还发生了一件事：

这天下午，我听人们说“金皇后”要下驹子了。我赶紧跑到东院里。只见“金皇后”的槽跟前围了很多人，圈里铺着一层新干草。“金皇后”站在那里纹丝不动，奶头已经垂下来了，隔一阵就往下滴一滴奶水。赵大叔出着一头汗水，忙得跑来跑去，一时拿来了剪刀；一时又去取扎脐带的布；一时又吩咐王根锁熬米汤。……

个个人都是喜气洋洋，抽着烟，愉快地说笑着。看样子“金皇后”很快就要生产了。可是这样一直等到上灯时候，还没有动静。人们都显得有些焦急。赵大叔一句话也不说了。皱着眉头，不时去摸摸"金皇后"的肚子,"金皇后"站在那里全身不住抖动,喂什么也不吃。

又等了有两三个钟头,还是没有动静。时候已不早,人们都逐渐走散了。牲口圈前面只留下赵大叔和甄明山几个人。大家谁也不讲话,都盯着"金皇后"。每个人都握着一把汗。我知道赵大叔这时比别人更着急。他那两只眼里好象要急出火来了,"金皇后"每一抖动,他的身子也不由得要随着动一下。

按当地一般农民的习惯,马配种都是在春天,"金皇后"却是去年秋天配的。这事是赵大叔办的。当时他听说韩家山出了个配种能手,秋天也能配种。他来回跑了六十里地,亲自去打问了一回,果然有这么回事。他坚持要让"金皇后"也试验一下,万一能怀住驹子,社里又能增加一大笔收入。当时也有些社员反对过,社务委员会支持了赵大叔的意见。后来倒也怀住了。可是临到要生产的时候,不由得不担心事,而且等了这样长的时间还没生下来。

人越着急,越觉得时间长。又等了有两个钟头,还是没有动静。后来我就回去睡了。

半夜里,我忽然醒来了,起来又到东院里看了看。只见"金皇后"卧下了,赵大叔把着盏风雨灯蹲在跟前。我问道:

"还没有生下来?"

赵大叔愁眉不展地抬起头来看了看我,什么话也没有说。我也不知道再说什么好,站了一阵,就又回来睡了。

天明的时候,我正睡得很甜,忽听有人推开门闯了进来,"呼"一下就揭了我的被子。我睁眼一看,原来是赵大叔,他高兴得象疯了一样,大声嚷道:

"老马,快起来,快起来,生下了!……"

他的话没说完就跑出去了。我急忙穿好衣服跑到东院里。院子里已经站下好多人,正围着牲口圈兴高采烈地谈论。"金皇后"安闲地喝着米汤。旁边卧着一个红色的小马驹,身上搭着赵大叔的棉袄，瞪着两只黑色的大眼望着众人。……

赵大叔象个小孩子一样，嘴里唱着，满院乱跳，喜欢得满脸放出红光。

当我要离开甄家庄农业社的那天清早，我特地去找赵大叔告别。我到了他屋里，只见他正对着一片破镜子，用剃头刀刮胡子。赵大叔的胡子隔不了十天就要刮一次。我笑道：

“赵大叔，你越活越年轻了！”

他“嗨嗨嗨”地笑着说：

“不把门面收拾干净，怕老伴和咱闹离婚咧！”

他刮完脸，把家具收拾起来，忽然问我说：

“老马，苏联有那种药没有？就是那种……比方说，老人吃上，就能变成年轻人。”

我一下被他问住了，我也不知道有没有那种药，当时我说：

“你现在也不算老，你比年轻人生活得还要年轻！”

“可是要再年轻二十岁，那该有多好啊！老马，你说我能活到社会主义活不到？”

我不加思索地说：

“没有问题，你一定能活到！”

“我想也差不多。”他停了停，又象对我说，又象自言自语地说道，“我觉得建设社会主义，就好比盖一座大楼。咱们全国各行各业的每一个人，都用心把自己的工作做好，该三天做完的事，抓紧点，两天做完。大家齐了心摽住劲干，这座大楼就能早点完工。你说对不对？”

“你说得完全正确！”我说，“每个人都象你这样就好了！”

“咱的工作还差得远咧！”他沉思了一下，接着又说，“我常这样想：如果盖楼的时候，你不和泥，也不搬砖，等楼盖成了，你搬进去住的时候，要是有人问：‘盖这座楼你做工来没有？’那该说甚呢？多脸红！”

我激动地说：

“将来你到这座楼里住的时候，你不会脸红！”

赵大叔两眼望着我，意味深长地说：

“我很盼望能住几天。万一住不成也没甚要紧，反正这座大楼是盖起来了。后辈儿孙们说起来，总知道赵某人搬过几块砖，掘过几锹土！不是躲在树荫下歇凉的人！”

我深深被赵大叔的话所感动，他的话说得多么深刻啊！说出了他全部的思想，全部的情感。这时，我才理解到他为什么对工作那样奋不顾身。

一九五四年春于京郊

韩 梅 梅

去年十一月间,我离开甄家庄农业社,回县上去汇报工作。半路上路过双河镇,我想顺便到完小里去看看。因为春天我在这个镇子上工作的时候,常去完小里翻阅书报,认识了几位老师和一些同学。

我一进校门,就碰上了语文教员吕萍。吕萍是我们县里的模范教员,又是人民代表。前几年,她在城里上中学的时候,我们就认识。这是一个热情的青年,我记得她毕业的那年,正好县里新建立起两座完小,缺少教员。教育科动员毕业的同学们做教育工作,大家都不愿意干,嫌这工作没前途,当时吕萍第一个报了名。后来别的同学有的上了大学,有的当了机关干部……一些当了教员的也后悔了,想着另找事。可是吕萍还是安安心心地做她的教育工作,除了教课,还负责学校里青年团的工作。这几年来她工作得很有成绩,成为我们县里教育界受尊敬的人物了。

这天,她见了我,没说了三句话,就问我说:

"老马,最近写什么新东西没有?"没等我回答,她接着又说:"我供给你点材料好不好?"

我笑着说:"这有什么不好?"

她也笑了。忙把我引到屋子里,就让坐,就倒水,随后就从抽屉里拿出几封信来,对我说:

"这是我们学校今年暑期毕业的一个同学写给我的。你也认识她,叫韩梅梅。"

我边思索,边说:"名字好象挺熟,记不起是哪一个来了。"

“怎么忘了？你不是还称赞过她的作文吗？”

这一说我想起来了。韩梅梅是一个十七岁的女孩子，瘦长个子，梳着两条长长的辫子，平素不爱多说多道，心里却很有点主见。她别的功课都平平常常，只有作文很出色。我看过几篇，文字很通顺，内容也很好。我记得有一篇是写她们村子这几年的变化，全篇充满了对今天农村的热爱。她是小贤庄的，以前我去过那里，她爹我也认识，是个犟脾气老汉，没有儿子，就这么一个闺女，看得象宝贝一样贵重。常和村里人说：“我讨吃也要供我梅梅多念几天书。如今男女平等，有了本领，女的也一样办大事。”我想起这些事来，不由得问吕萍：“梅梅现在做什么？”

吕萍笑了笑说：“信上都写着哩！”她把信整理了一下递给我。这时正好打了上课铃。她说：“我还有一堂课，你看完等我回来再走。”她说完，拿上教材，匆匆出去了。我便打开这些信，一封一封开始读。

一

亲爱的吕老师：

我没有考上中学，我们村张伟也没有考上。张伟是城里二完小的学生，也是今年才毕业。今天我俩相随着到城里中学门口去看榜，从头到尾看了两遍也没有我们的名字，当时张伟“哇”的一声就哭了。十六七岁的小伙子在大街上哭哭啼啼，真没意思！引得街上好多人都站住看他，大约他也觉得有点难为情，一扭身独自跑回村里去了，一路我都没追上他。

说真心话，没考上中学，当时我心里也不怎么痛快，可是我没有哭。哭有什么用呢？我觉得能升学当然很好，升不了学，做别的工作还不是一样？我记得临毕业前，你在最后一次团的会上，给我们讲过这样的话：“……考不上中学就参加生产。在今天新社会里,不管做什么工作都有前途;只要把工作做好,对建设祖国就有贡献。”吕老师,我相信你的话是对的,所以我也就下了这样的决心——参加农业生产。

可是……吕老师,当我回到村里的时候,唉……

我一进村,就看到关帝庙门口有一伙人,他们见我过来,都盯着看我,叽叽喳喳,低声议论。不用问也是在说我咧。张伟在我前头回来的,显然他们已经知道我们落榜的消息了。我走过去,只听李玉清说:

“嗬！咱们的女秀才烤焦了。嘻嘻……”

好多人都跟着笑了起来,我不由得脸上热辣辣的。李玉清是我们村里说俏皮话的能手,专爱揭别人的短。我没有答理他,一直就走回了家里。

一进院子,只见全家人正在树荫下吃午饭,他们见我回来,脸色都变得不好看了,我娘叹了口气;我奶奶鼻子里哼了一声;我爹把胡子一翘,盯了我一眼说:

“丢人！给老子活败兴!”

亲爱的吕老师,家里人这样对待我,我可受不住啦,鼻子一酸,不由得就哭了。我爹“砰”的一声把半碗饭往桌子上一搁,震得调料钵子、咸菜碟子都跳了几跳,粗声粗气地说道:

“做下有理的了！还有脸哭!”

我娘看着我很难过,忙劝我爹说:

“你少说两句好不好？梅梅心里好过吗?”

我爹没答话,端起饭碗,恼悻悻地到街上吃去了。我爹一走,我娘安慰我说:

“快洗洗脸吃饭吧！还要哭得上了火哩！你还不知道你爹那脾气。”

这时,我心里也责怪自己:“哭什么？连这点委屈也受不起?”后来我就不哭了,洗了脸就坐下来吃饭,心里不住地想,应当怎样向他们解释……

过了一阵,我爹回来了,看样子火气下去了一些。他把空饭碗放在桌子上,在我对面坐下来,边掏出烟袋来抽烟,边问我:

“你打算怎么办?”

“参加农业生产。”我随口这样回答。

“种地?”我爹胡子又翘起来了,气呼呼地吼着说:“老子省吃俭用,供你念书识字为了个甚?为了个甚?”

我奶奶也接上说:“哼,我早说什么来?一个闺女家念什么书!果然是能成龙变虎?这不是念了五六年啦,还不是把钱白扔了!”

我知道,他们供我念书是这么个想法:盼望我多学点本事,将来做阔事,赚大钱,全家跟上享荣华,受富贵。如今听我说要种地,当然要生气了。我当时心平气和地说:

“奶奶,有了文化,种地也用得上,再说我爹年纪也大了,家里也没人劳动……”

“老子不少你那几个劳动日!”我爹抢着说。

“爹,你说我不参加劳动做什么?就在家闲着吗?”

我爹被我问住了,半天没说话,只顾低着头抽烟。这时,正好农业社打了上工钟,他拿起锄头边往外走,边说:

“唉!没出息的东西!”

我爹一走,我奶奶也叨叨开了:抱怨我爹供我念书;抱怨我没考上中学,左一个没出息,右一个没出息。我没有理她,帮我娘刷了锅,一气就跑到了农业社里。

人们都上地去了,办公室里只有三个人:社长韩全有,会计张润年,另一个是喂猪的云山爷。只听云山爷说:

“你们早就应许添一个人,添了一个多月啦!还是我独自己,你们就是光会应许,光会应许!”

社长说,他已经动员过好几个妇女了,谁也不愿意喂猪,谁都嫌这工作脏。要说派男社员吧，又要浪费一个全劳动力，再说地里的活还忙不过来咧！他正说着，一扭头看见了我，就忙着和我打招呼。我把我的来意说明以后，他们都高兴极了，社长说：

“咱们社里正缺少人手，特别缺少有文化的人。你来参加工作再好也没有了。”停了一下又说：“你愿意做点什么？随你喜欢挑吧。”

我说：“由你们分配吧，做什么都可以。”

社长想了半天，又和张润年低声商议了一阵，然后对我说：

“梅梅，我看你当保管吧，你觉得怎样？”

“我没有意见，”我说。“不过我当了保管，韩二锁又做什么？”

社长说：“我们动员他去喂猪。你做保管合适，这工作还比较轻省点！”

看得出来，他们是诚心要照顾我，可是我听了并不特别高兴。吕老师，在学校的时候，你常教导我们：“一个青年团员，应当到最艰苦的岗位上去！”我为什么要挑轻松的工作呢！当时我想：别人都不愿意喂猪，难道韩二锁就愿意吗？为什么自己不去干，而要推给别人呢？再说韩二锁做保管工作已经熟悉了，自己反正做什么也是从头学起。我想来想去，觉得自己应当做这工作。后来我说：

“我就喂猪吧！免得又把韩二锁调来调去。”

“你喂猪？”他们齐声说。都吃惊地望着我。云山爷还笑了笑说：“梅梅，不说别的，光那股臭味就把你熏跑了！”

我也笑着说：“云山爷，熏不跑你，就熏不跑我。”

起初，他们以为我是随便说说，都劝我还是当保管好。后来见我很坚决，社长就答应了，并且对我说：

“梅梅，这群猪是咱们社里很大一笔财产。这担子可不轻啊！”他还说：“工作上一定会碰到一些困难，碰到困难就想法子克服，什么工作也不是一帆风顺的！”

事情就这样决定了，晚上，团里还开了个欢迎会，大家都鼓励我好好工作。吕老师,从今天起,我是农业社的一个正式社员了。我想你看了这封信一定会高兴的。……

敬礼!

你的学生　韩梅梅　七月二十五日晚

二

亲爱的吕老师:

你的来信我不止看了一遍,你的每一句话,都能鼓励我去克服困难,对我有着很大的教育。这一个时期,我在工作上确实碰到了一些困难,也苦恼了几天,后来在团的帮助下,都顺利解决了。现在,我把我这一个时期工作的情形,简单向你报告一下:

我们社里大大小小总共有四十六口猪,都关在一个大猪圈里,怪不得谁也不愿意做这工作,看了都叫人恶心。圈里到处是粪、尿、污水、烂泥……足有一尺深,猪就在这里边过活,每只猪身上都沾满了这些脏东西。再说那股气味,啊呀,又酸又臭,到处是红头绿蝇。有些人路过这里,都是捂着鼻子跑。开头几天,我实在也有点闻不惯,特别是刚吃完饭的时候,一闻到那股怪味,不由得就想呕吐。在猪圈跟前待上半天,身上的衣服都被熏臭了……这工作虽然又脏又累,我倒还可以咬着牙忍受下去。最使我苦恼的是另外一些事情。

自我在农业社喂了猪,我爹对我的态度更坏了,一见我就凶声凶气地骂:"下贱骨头!"我奶奶也常叨叨:"一个闺女家和牲畜打交道,不嫌丢人!"我娘虽然没骂我,可是见了我就叹气。村里有些人对我也是议论纷纷,第一天我去喂猪的时候,远远站了好些人看稀奇,有几个妇女还叽叽喳喳地说:"看,高等学生喂猪啦!啧啧!""可惜了材料啦!""没出息!"……说什么话的都有。当时我只好装没听见,仍旧干我的活。可是心里却气极了。家里人骂我不要说了，村里人也这样小看我。那几天我的情绪很不好，心里觉得很委屈，简直有点灰心了。大概我们团支书张润年（社里的会计）也看出我的苦恼来了。有天他和我谈了很久，他说："做工作不能光要人说好，有时候免不了要受一点窝囊气。只要自己是为了大家，想把工作搞好，就是挨几句骂也要干下去，迟早大家总会了解的。"他还说到我们社刚成立的时候，也有很多人说过风凉话，嘲笑过，可是后来农业社办好了，那些人也都入进来了。那天，我半夜都没睡着，翻来复去地想，我下定决心要坚持下去，不管人们说什么话。我觉得受不起委屈也是一种个人主义，吕老师，你说对吗？

从这以后，我还是每天照常工作，过了几天，人们也就不再说什么了。我心里老想着怎样能把猪喂好，怎样尽到自己的责任。我想应当把猪圈卫生工作搞好，改变这个环境。要不然，这样下去猪也会生病的。后来我就和云山爷商量，把猪圈清理清理。我满以为他一定会赞成，可是谁知他说："我早说过你做这事不成么！闻不惯这股味道吧？"我说："云山爷，我闻惯闻不惯倒是小事，要紧的是猪也应当讲点卫生。弄得干干净净，猪也少生灾害病。"云山爷说："脏猪脏猪，天生下就是种脏东西，你还能把它'卫'了'生'？我活了六十多岁啦！从来也没听说过猪还讲什么卫生！"他一口咬定猪天生爱脏，干净不干净没关系。

这次谈话是失败了，因为自己讲不来很多道理。可是我并没泄气，下定决心非把他说服了不可。那几天，我暗暗做准备工作，一有空闲就翻阅社里存的旧报纸。我想报上一定会有养猪经验这一类的材料，后来果然找到了两篇，而且有一篇专门是讲猪的卫生工作，我象得了宝贝一样，赶忙拿去就给云山爷读。报上除了说道理以外，还举了两个具体例子：有一个农业社养着一百多口猪，由于卫生工作做得好，二年来没有一口猪生病；另一个社恰恰相反，七十多口猪，去年夏天瘟死了十口。云山爷听我读完，自言自语地说："哦，报上也这样说啦！"我说："报上说的都是实情实理，咱们的报绝不能骗咱们。"他说："是啊！是啊！"我见他心眼有点活动了，忙又说："把猪圈弄干净，对全村卫生工作也有好处，听说周围几家邻居早就给社里提意见了。"他说："是啊！人家很不满意。"这天我和他谈了很久，云山爷终于同意了。并且我们还商量好这次把猪圈彻底清理一下，以后就按报上的办法，训练猪在一定的地方大小便，经常注意卫生工作。我高兴得差点要跳起来，可是马上又想到了新的困难：猪圈这么大，脏东西这么多，光靠我们两个人，恐怕一个月也弄不完。而且云山爷还是个跛子，根本不能干重活。说是找社长派人帮助吧，又觉得说了马上也办不到，因为那阵地里活还忙不过来咧！我愁得没法办，后来就去找团支书张润年商量。他听了我们的计划很高兴。并且提议发动团员们利用晚上的时间，进行义务劳动。当天晚上，团里就开会讨论这个问题，大家都赞成。特别有两个团员更加积极，因为他们就住在猪圈隔壁，这一夏天臭得真够受了。第二天我们就动了手。那几天正好有月亮，我每晚一边和他们劳动，一边教他们唱歌，大家又说又笑，干得很起劲。开头几天，只是男团员们，后来人越来越多，连一些年轻姑娘们也参加了。大家一连干了五个晚上，把圈里的脏东西都挑到村边的粪坑里，拉来几车黄土把圈垫平，把猪棚底下的卧草都换了新的，我又和云山爷把猪赶到小河里都给洗了澡……现在一切都弄好了。我们每天清理两三遍猪圈，这样就可经常保持清洁。并且已经开始训练它们在一定的地方大小便。这可是个困难工作，它们不听话，不过我相信慢慢它们就会习惯的。

村里人对猪圈的这个改变很满意，周围几家邻居都高兴地说："梅梅算办了件好事！"可是也有人说什么："新官上任三把火！""把猪圈修成金銮殿，猪也变不成公主！"李玉清就说过这一类的俏皮话。

你问张伟吗？他自从那天看罢榜回来，一直就没上街，不愿意见人，整天躲在家里哭哭啼啼。他爹娘怕他气病了，天天给他做好饭吃。前些时候，我去看过他一次，脸色很不好看，眼肿得象红桃。我劝他也参加农业生产，他摇着头说："我丢不起这份人！"并且还对我说："真想不到你去喂猪，那有什么前途？"我说："做什么工作都是为祖国服务……"我还没说完，他就很生气地说："别说了，我没你进步，谁爱表现谁表现去！"我听着气极了，一扭身就跑出来。后来我们团支书张润年去动员过他两回，我们社长也去劝过他，可是一点作用也没起。再后来听说他逼着他爹粜了一石麦子做盘缠，到太原找事去了。前天，他娘拿着他从太原寄回来的一封信，满村夸耀，碰到识字的人就让人家念，碰到不识字的就说："我张伟在省政府找下事了，是省政府啊！"那封信我也看过，到底找下什么工作了，信上没说。

我爹和我奶奶听到这个消息，又眼红人家，又生我的气，每天少不了冷言冷语敲打我。由他们说去吧，现在我更不在乎了，反正我有我的老主意。再谈。

敬礼！

你的学生　韩梅梅　八月二十三日

三

亲爱的吕老师：

请你放心吧，我决不会因为那么一点点成绩骄傲自满。实际上那也不是我一个人的功劳。你给我寄来的那些关于养猪的书，我都看了，有时还读给云山爷听。我以前只当喂猪这事很简单，看了这些书，我才了解这是一门很大的学问，越学越感到自己的知识不够。要把猪喂好，真不是件容易事。就比方猪的饲料问题吧，谁知有那么复杂：猪也需要有各种养料，也需要钙、磷、维生素什么的。可是我们以前光是喂粉渣，遇上一天粉坊里粉做得少，粉渣不够喂,就得掺一些粮食。这样,浪费了粮食,猪还喂不好。现在我们的办法改变了,除了喂粉渣,还喂一些野菜、野草、玉茭棒、西瓜皮……这样一来,能节省很多粮食。

这件事开头的时候,同样也碰到了一些困难。首先,云山爷就不怎么相信。他笑着说:"梅梅,你隔不了几天就要变个新花样啦!你见过谁家用秸草喂猪?"我说这是别的地方的经验。他说:"又是报上说的吧?报上的话不可不信;也不可全信。猪不是吃草的畜牲啊!你喂它也不吃。"我说:"有几种草猪吃,我已经试过了,你要不信马上看看!"确实我是试验过了。因为我估计到他不亲眼见了不相信。所以前一天我就到地里拔回好多灰条(一种野菜)和别的几种草来,喂给猪都抢着吃。当时我特意留了一些,让云山爷亲眼看看。云山爷看了之后,半天没言语,随后说:"这么多猪,十个人割草也供不过来!"这确是个问题,后来我就把这意见反映给社长,社长高兴极了,他说:"正愁缺少喂猪的粮食咧!这可是个好办法。"他发动社员们每天上地回来,大家捎带挑些猪草,我也每天抽空到各家收集菜叶子等能喂猪的东西。后来好些人家自动就把这些东西送来了。种西瓜的吴德厚老汉,还把瓜园里的西瓜皮积存起来,每天回村吃午饭就担回来送给猪吃。社里还计划秋后利用空地,专门种几亩萝卜、白菜喂猪。现在我们的猪,生活大大改善了,人们都说这一个月来长得特别快。猪的数目也增加了。前些日子,有一口白母猪,一胎下了十二个猪娃,象一团团白绒球,好看极了,谁见了都喜欢,我和云山爷更是爱得不行。刚生下来的时候,我们用温水都给洗了澡,奶不够吃,就熬一些稀粥喂它们。我还和云山爷轮着看守了几夜,怕母猪压死它们。因为今年春天下的猪娃,一夜就给母猪压死了四口。这是多大的损失啊!这回云山爷和我决心要把它们都好好养大。

中秋节以前,我们社里杀了一口大肥猪,分给了社员们过节。那天,我看到自己亲手喂起来的猪被杀了,心里不由得有点难过,后来自己也觉得好笑,猪本来就是让人吃肉的动物,不杀还养老不成?另外,社里的运输组还把五口大猪赶到太原卖了,换回一架轧花机来,因为今年我们棉花种的很多。

卖猪的人们回来说,他们在太原碰到张伟了。张伟原先是在省政府的一个机关里当勤务员,现在又到机器厂做工去了。他嫌当勤务员没出息,他说那是侍候人的差事。这几天,他娘又整天在街上和人们说:"我张伟当工人了,你们知道如今工人是最吃香的。听说工人是领导!"

吕老师,我觉得不管做什么工作,只要能钻进去,就会越干越有趣。现在我对我的工作就很满意。村里人对我也不小看了。连李玉清见了我都不那么嘲笑了。并且背后还和别人说:"如今做什么事也离不开文化,有了文化,猪都能喂好!"村里有些养猪的人家,还常来找我谈养猪的事,我也常给他们读那些小册子。今天上午,还有双河镇农业社的一个妇女来找我,要我给她介绍养猪经验。我有什么经验啊?我们的猪喂得好,主要就是采用了科学办法,这些办法都是书上报上的,又不是我创造的。可是她非要我谈不可。后来我和云山爷给她谈了一上午。她说他们因为没有注意卫生工作,今年夏天病死了三口大猪和五口小猪,她还说回去一定要按我们这样做。

敬礼!

你的学生　梅梅　九月三十日

四

亲爱的吕老师:

好久没给你写信了。这一个时期,我们社里忙着秋收,每天天不明人们就上地了,一直到天黑才回来,谁也顾不上挑猪草了。我和云山爷每天要把猪赶到掘过的山药、红薯地里去放,而且又添了两窝小猪，时时要人照护。另外经常还有人到我们这里来参观，座谈养猪经验……我和云山爷都忙得不可开交，有时连饭也顾不上吃。

现在秋收已经结束了，前天晚上才开完社员大会。会上选出了五个生产模范。他们把我也选成模范了。我算什么模范！我觉得我的工作做得并不算好。对养猪的事情还很不精通，有好些知识我还不知道，有好多该做的事还没有做，可是他们非选我不可。我知道他们是为了鼓励我，希望我成为一个养猪的能手，这是多么光荣的任务啊！

农业社的账目结算了。我总共挣了有七十多个劳动日，分到一千多斤粮食。吕老师，这是多么快乐的事啊！这是用我的劳动换来的，我过去是依靠父母来生活，现在我靠自己劳动能够过活了。

我爹今年一年才挣了一百多个劳动日。我前两封信上，都没有提我爹的事了，现在让我补着告诉你吧。我爹自从我喂了猪，不是给过我好多难看吗？后来经过社长和我们团支书的劝说，虽然再没骂我，可是他情绪很不高，整天愁眉苦脸，有时地也不上。他告诉我娘说劳动得没劲，没有什么指望。他本来一切希望都放在我身上，结果我当了个养猪的，他泄气了。有时整天坐在家里生闷气。他本来不喝酒，可是如今也断不了喝二两，一喝了酒就摔盆打碗，要不就蒙上被子睡大觉。平素看见我把头一扭，连话也不想和我说。吕老师，你想想，我爹这样对待我，我心里多么难过啊！我只好尽量忍着。这几个月来，我除了吃饭睡觉，很少在家里待。有时我也觉得我爹有点可怜，我是可怜他受旧社会的影响太深，他自己是个庄稼人，但他却看不起体力劳动。不过我相信他总有一天会明白过来的。

那天社里开社员大会，我爹没有去参加，晚上开完会我回来的时候，我娘早已回来了。我在门外就听我娘对他说："你知道咱梅梅分了多少粮？一千多斤，快顶上你多了。”我爹没有说话，只听我奶奶吃惊地说：“啊！一千多斤？真没料到。”接着又听我娘说：“这阵村里谁不说咱梅梅有出息。我在街上碰到人都对我说：‘有文化做什么都不一样，看你梅梅多有本事！’今天会上，大家还把咱梅梅选举成模范啦！”我爹还是没开腔。我进去的时候，只见我爹蹲在炕头上低着脑袋抽烟。我说：“爹，我想粜点粮食，买两口小白猪娃，咱们家捎捎带带就喂大了。”我爹说：“你想买就买，粮食是你赚下的。”他没有看我，可是语气不象以前那么硬了。我说：“都是全家的财产，我怎么能随便拿主意。”我奶奶说：“这是好事嘛！两口猪喂大至少能换四五石粮。”正在这时，我们社长来了，一进门就高兴地说：“梅梅请客吧！这么大的事还不请客？”我不知道他指什么说，我们家的人也都发愣了。随后社长才说，刚才接到了县上的通知，派我到省国营农场去受训，学习饲养猪的新方法，一两天内就要动身。我听了高兴得差点跳起来。我娘、我奶奶也嘻得合不住嘴。我爹没说话，呆呆地望着我，忽然眼里涌出了两颗泪珠，他哭了。我从来还没见我爹哭过哩！他哭着说：“梅，爹对不起你，这几个月来对你……”他没有说下去，我已经完全懂得了他的心思，我不知为什么，不由得哭了。我娘见我们哭，也哭了，我娘是个顶爱哭的人，平素见别人哭都要陪着流眼泪。我哭着，心里却很高兴，很痛快，说不来那种甜蜜滋味……

今天我准备了一天，我的工作暂时交给了周玉娥，周玉娥是我家对门的一个年轻姑娘。今儿下午团里开会给我做了鉴定，大家都希望我好好学习，精通业务。我决不会辜负国家对我的培养。

开完会，在街上碰到张伟从太原回来了，我们都高兴地跑过去和他打招呼，有个团员还热情地说：“咱们的工人老大哥回来了，给咱们报告报告工厂的事吧！”可是张伟什么话也没说就回家去了。后来我们才知道他已经离开工厂不干了。嫌当工人脏，累，不随便。说：“还不如种地哩！”这山望着那山高，看不起劳动。这种思想很不对。团里准备今后要好好帮助他解决这个思想问题。

吕老师,明天我就要走了,到了那里再给你写信吧!

敬礼!

你的学生　梅梅　十一月十二日深夜

我一口气把这些信都看完了。仿佛韩梅梅就站在我的面前,不由得引起我对她的敬仰。她正象她的老师吕萍同志一样,那么勇敢,那么坚决,很少在困难面前低过头,屈服过……

不一时,吕萍回来了。一进门就对我说:“看完了没有?怎么样?能不能供给你做点写作材料?”

我说:“用不着我费工夫写。这些信本身就是很好的文章。应当送到报馆去发表,让所有的青年同学们都知道:任何成绩,任何荣誉,都不是顺手捡来的。”

一九五四年六月于京郊

“自 古 道”

陈守忠是一个又瘦又小的老头。脸上满是皱纹，嘴上没有一根胡髭。不管冬天夏天，头上经常罩着块蓝土布手巾，样子很象个和和气气的老太婆。这老汉活了六十几，从来没和人吵过嘴、打过架；从来没得罪过任何人；从来不多管闲事，……一句话：好人——好的叫人生气。他小时候念过几天私塾，记下好多格言、成语，讲话时候常常爱说自古道：如何如何；自古道：怎样怎样。因此人们给他起了个外号：“自古道”。

自古道有个儿子，名字叫双喜，是个青年团员。说起劳动，和他一样：勤勤恳恳；说起过日子，也和他一样：俭俭省省；说到处人处事，可就和他完全两样了，按照自古道的说法，就是“爱管闲事，尽惹是非，到处得罪人”。自古道常为儿子的这些行为担心事、伤脑筋，很伤脑筋！

这年春季有一天，自古道赶着社里的驴，往地里送粪。远远望见双喜和对门田二海两个人，停住犁杖，在地头上吵起来了。听不清吵什么，也不知为什么吵，可是看样子吵得挺凶。自古道看了，急得又是拍手，又是跺脚，又是叹气，嘟嘟喃喃的说：

“哎呀呀，我的小祖宗咧！又惹是非了，又惹是非了，天爷！呀呀……”

他正急得没办法，忽然看见附近几个耕地的人跑过去了，看样子是在劝架，后来真的不吵了，再后来人们都散开了，各人去干各人的活。可是自古道还放不下心，不住的摇头，不住的叹气，不住的嘟喃：

"唉！真没法，就会给我得罪人！"

吃晚饭的时候，自古道对双喜说：

"你怎么和田二海吵架啦？有啥过不去的事？"

"这能怪我！"双喜边吃饭，边说道："社里规定新式步犁要耕五寸深，他只图省劲，图快，抢着赚分。耕的连二寸深也没有，简直是顺着地皮溜！我说他，他还瞪眼睛……"

自古道没等儿子说完，也不去管谁对谁不对，忙接嘴说道：

"唉，看看，你就爱多管这些闲事！"

"这怎么能叫闲事?!"双喜不服气的说："照你说，他那样作虚弄假倒对了？"

"我也没说那就对呀！"自古道喃喃地说："我是说犯不着去得罪人呀！自古道：'交一个朋友开一条路，得罪一个人堵一道墙'。都是街坊邻居，一出门就见面，闹翻脸多不好！再说，上有社长，下有组长，也用不着咱去多说多道呀！"

"社长又不长着一百双眼！"

自古道没答腔，过了一阵，叹了口气说道：

"你不要和我抬杠，爹说你，是为了你好。自古道：'管闲事，落不是'，人家是躲着是非走，你是故意往是非窝里扑哩！每逢开会，你总不能悄悄地。不是当面'批'这个的'评'，就是'批'那个的'评'！自古道：'打人不打脸，说人不说短'，可你是专挑人家的短处。"

"快吃吧，饭凉了！"他老伴插嘴说。

自古道忙端起碗来，吃了几口饭，随即又说道：

"自古道：'病从口入，祸从口出'，唉！为人处事可不容易啊！处处都要小心在意！"

双喜好久没有开口，只顾低着头吃饭，这时忽然插嘴说道：

"要都象你那样：走路也怕踩死蚂蚁，还有什么是非好坏！"

自古道听了这话，很不高兴。可是他脸上没有显露出来，说话的声调还是那么和和平平。因为他深怕把儿子也得罪下。他说：

“我说的都是好话呀！我活了这大年纪，吃的盐比你吃的米还多。什么事没经过见过？我这都是为你呀！自古道：‘良药苦口利于病，忠言逆耳利于行’，自古道……”

自古道一连又说了好多成语、格言。他把这些成语、格言背的滚瓜烂熟，这些话就是他处人处事的法宝。他凭着这些法宝，平平安安过了一辈子，他希望儿子也象他那样，平平安安地过活一辈子。

自古道说了好大一阵，双喜也没有发言。他以为儿子是有点悔悟了。于是接着又说道：

“活在世上，最要紧是少惹是非，不得罪人。自古道：‘是非只为多开口’呀。不论碰到什么事，别多言多语。看到就当没看到，忍一忍就过去了，自古道：‘能忍者自安’，碰到人家做下错事，你高抬一下手，人家就过去了，人家感恩不尽。你要公事公办不松手，人家记恨你一辈子。碰到机会人家还不是以眼还眼，以牙还牙？”自古道看了儿子一眼，继续又说：“会处事的是大事化小，小事化了，比方今天我看到有人把社里的羊粪送到他家自留地里了，我没说话，不就什么事也没有？要换上你……”

“谁把社里的羊粪送到自留地里了？”双喜忽然抬起头来，睁大眼睛，盯着他爹问。

“谁？！哦……哦……”自古道一时有点惊慌失措了，“唉，看你，又要多管闲事了。”

“到底是谁？”双喜仍然不松劲的追问。

“唉！你呀！唉，这是比方……”自古道简直不知说什么好了。他后悔自己失了言。正在这时，恰好社里敲了集合开会的钟，这才算给他解了围。

开会的地方是在农业社的院子里。自古道一进去,就蹲到月亮照不到的一个墙角里。每逢开会,他总是往人们不大注意的地方坐,而且不管开什么会,从来他也不发言,只是跟着大伙举手,鼓掌,喊“同意”、“赞成”。他对开会一点兴趣也没有,不过每次会他从来不缺席,从来不迟到早退,原因是怕得罪干部们。

自古道来了不多时,人们陆陆续续都来了。他忽然看到坐在他前边的是田二海。他想应该和田二海说几句话,替双喜赔个情,免得人家结怨记仇。自古道常常办这号事情。每逢双喜“得罪”了人,他总要找机会替双喜给人家赔情说好话,不过这事只能悄悄做,因为让双喜知道了,反倒要说他没“原则”啦,没“立场”啦什么的了。

自古道往前挪了挪,凑到田二海跟前,低声说道:

“二海,双喜今后晌和你吵啦?嗨,我已经说了他一顿啦,你别见他的过,别理他。自古道:‘不看僧面看佛面’,嗨……”

“守忠叔,你这叫什么话?”田二海扭头望了自古道一眼说:“我错就是我错了,你当我是个不说理的人!”

自古道碰了个软钉子,“嗨嗨”了两声,就又退回到墙角里去了。心里说不来是什么滋味。老是翻来复去地想今天发生的这些事。什么时候开了会,他也不知道;讨论了些什么问题,他也没听清楚。后来忽然听到人们说起羊粪的事来了。自古道忙抬起头来向会场里扫了一眼,只见说话的正是双喜。不由得吃了一惊。心里想:“唉,又要给我惹是非了。”只听双喜说道:

“……反正有人把社里的羊粪送到自留地里了,是谁我不知道,我爹看见了,让他……”

“双喜,你怎么瞎说呀。”自古道急忙抢着阻止双喜。他忽然看到全院子里人们的眼光都集中到了他身上。吓得两手心都出汗了,跌嘴拌舌的辩解说:“我没,没见,真个是。我不知道,自古道……”

他还没说完，就见社长的弟弟郭二保站起来了，低着脑袋，不好意思的说：

“我说吧，是我，大家处分我吧！”他说完刚坐下，忽然又站起来说，今天收工回来，他媳妇发现他做的这件错事，狠狠批评了他好半天，说他自私自利，他也感到很惭愧，开会以前，他已经把粪又送到合作社地里去了。

“究竟我爹看见你了没有？”双喜追问了一句。

“守忠叔看见了，他当时没批评我。”

这时会场上一下乱了，人们你一言，我一语的责备自古道，说他不关心社的利益；说他包庇错误……

自古道低着头，一句话也不说，心里想道：“这是怎么回事，我没有得罪过你们呀！怎么都和我过不去呢？”

一九五四年八月于京郊

西　戎

喜　事

这几天,小秀真高兴,脸颊红润润的。一碰到人,别人还不觉得怎样,她便把黑缎子似的头发一甩,忍不住咧开嘴笑了。

“嗳哟!有了喜,高兴的嘴都抿不住哩!”村里和小秀同辈的妇女们,见了面这样开着小秀的玩笑。

小秀真是有了喜,再过两天,就要同互助组里海娃结婚啦。这是年轻人一生中头一件喜事,为什么不高兴呢?再说人家小秀和海娃,两个人是“自由”的对象,没有点点不满意处,自然更该乐啦!

小秀的喜事,村里谁都说和往日不同了。小秀从前也见过村里女子们出嫁,前两天就饭不吃,门不出,坐在炕角里哭鼻子,想象着自己未来的生活,和没有见过一次面的陌生的丈夫,心里感到恐惧和不安。这种心情,在小秀是半点也没有的。还在半个月以前,小秀就和海娃商量好结婚要做的衣服,要买的东西,海娃进城全置办回来了:蓝花布、红花布、条儿布、红毛衣、洋袜子,样样都叫小秀满意。海娃知道小秀爱讲卫生,爱学习,还特别多买了一块香胰子,一个小日记本,送给小秀。小秀呢?也早加工缝了一件西式衬衫,一个“时兴”挂包送给了海娃。这几天,小秀约了她的几个伙伴,一面赶缝嫁衣,顺便就又讲起她和海娃来了。小秀一点不封建,她讲她同她妈妈闹斗争。原来在不久以前,东土村有一家,差了两个媒人来说媒,她妈答应下了,小秀不依,向她提出抗议说:

“旧社会把妇女当牲口卖，这阵新社会不能啦，没有经我同意，就是不成！”她妈说：“你懂下个甚么？人家几辈子的好人家，人家的孩子也挺好。”

“谁见过？”小秀白了她妈一眼：“双方没感情，我不爱！”

就这样，小秀拒绝了妈妈的意见，根据自己要求的条件，挑上了海娃。他年轻，青年团员。

海娃呢？也爱小秀。两个人的条件，自然是在一块谈过了，都同意，才向家里提出来的。

海娃爹来找小秀妈妈探话了：“你大婶，你看海娃和小秀……你是个甚么意见呢？”

“唉！怕不好吧！外人听见了会说闲话！”

“暧噫！”海娃爹偏了一下头：“如今这世道你不看，可不是从前啦！这个好嘛！孩子们自己给自己‘自由’，将来没埋怨，闹生产呀，过日子呀，人家能合到一块。看从前，花上银钱孩子们还不如意，今天打架，明天动武，根本是砂面捏窝窝，就团不到一达嘛，唉，为父母的跟上尽是生气！”

“呵！也真是！”小秀妈想起自己年轻时候的痛苦，动摇了。

“如今这是年轻人的世界，干甚都要新脑筋，咱们这老脑筋，人家说‘顽固’‘封建’，依我看，也是正月里卖门神——过时货啦，由他们年轻人去吧！”

小秀妈妈想了想海娃，虽然相貌黑些，倒是个挺好后生，也还如意。便正式征求小秀的意见：“海娃你满意的，可是脸黑呀！”

“黑怕甚么？”小秀驳斥着她妈妈：“又不贴在墙上当画看！”

老婆婆叫女儿驳倒了，发着感慨：“如今这世道，就是好活了你们这一把子年轻人！”

“对嘛！妇女要解放，就是为的这个嘛！”

小秀妈妈无话可答了。

正月十五，这是海娃和小秀结婚的日子，没有请先生，也不测八字，是他两个选择的。因为刚过了年，全村都在闹红火，吃好的，能好好高兴几天。

真是个好天气，太阳红燉燉的。海娃家的黄土院打扫得净光，门口贴了一副大红对子：

男人耕种做模范
妇女纺织当英雄

院子里，一片新气象。

傍晌午，鞭炮“噼噼啪啪”响，秧歌队的锣鼓就震天价敲打起来。这时，海娃穿了一身深蓝布棉袄棉裤，束了一根宽皮带，洋袜子新鞋，头上戴一顶狐皮的带檐帽，脸也洗得挺干净，俊堂堂的。胸前戴一朵大红花，五角星的毛主席像牌牌，挂在红花上面。小秀穿戴也一崭新，花格裤，海青色袄，头上扎着雪白的羊肚毛巾，俊旦旦的脸盘，和胸膛上戴的红花一样，格外惹人喜欢。

两面旗飘在前面，中间是秧歌队的人打着锣鼓，吹着笙管，最后在簇拥的人群中，海娃和小秀手拉着手，随上走。人们唱着，笑着，乐器奏着，一直在村子里绕了一个大圈圈，又返回到院子里布棚下面，正式举行结婚仪式。看热闹的人把院子挤满了，简直水泄不通。连窗台上也爬满了小孩。

爱说话的生贵子当司仪，扯起亮嗓子刚喊了一声：“注意”，那边秧歌队的胡琴，便拉开了“割韭菜”调儿，声音悠扬悦耳得很。

“向父母行礼！”生贵子又喊了。海娃和小秀同时转过身，海娃拉开腿，正准备磕头，小秀一把拉住了他。这时东墙角一群妇女叫起来：“磕嘛！跪下磕嘛！”村主任突然从人堆里挤出来招着手喊：“吵死人啦，老婆老婆，赛过打锣，这新式结婚是鞠躬嘛！”海娃和小秀便向坐在正面椅子上的海娃爹、小秀妈鞠了一躬。接着生贵子又喊：“向来宾行礼！”“男女互相行礼！”海娃和小秀站成了对脸，两人互相看了一眼，都羞得低下了头，周围人群里，霎时爆发出一阵掌声笑声，好象看戏喝采一样。

礼罢，村主任出来讲话了。这是个最爱逗笑的人，今天请他讲这场喜事，更该引人发笑了。他一开口便说："在场的青年团、妇联会、婆姨女子少先队，今天海娃和小秀，是自由结婚，这就是咱新社会的结婚。旧社会里，婚姻不合理，受媒人的骗，谁也见不了谁，花上银钱，还不知道是哑子、是麻子、是拐子、是爬子，到结了婚，两口都不如意，今天吵，明天闹，你看糟糕不糟糕？你们说那日子怎能过好呢？"他讲到这里，突然向西墙角招手大呼："暧，老婆婆们，你们有经验，我讲的对呀不对？"全场子人都哄然大笑了。留辫子的女子们特别感兴趣，笑得格外响，村主任扭回头来说："你们别憨笑，我说的全是实话，你们可不要上媒人的当，长大了自己好好'自由'个好对象！"这一说，女子们都羞了，往人后面钻。

忽然，年轻小伙子们拍起手来，欢迎新郎新娘讲话。先是海娃出来，红着脸说："我很高兴……"他笑了，笑得没讲下去，跑回去了。

小秀大方地站出来，说："我们是自由结婚，自己愿意！"说了两句，旁边有人鼓了掌，小秀也羞得用手巾遮住脸，退回去。

天黑，摆开了酒席。

吃饭的时候，小秀妈、海娃爹同村里的些老年人，在一张桌上吃喜酒。有一个感慨着今天的喜事，对海娃爹和小秀妈说：

"你们今天好大的喜事呀，我活了这么大年纪也没经过，又红火，又省事！"

"看人家如今这多好，"又一个老婆婆羡慕地说："我那闺女早知道能这样，也寻不了死！"说着，伤心地拧了一把鼻涕，哭了。

黑夜，村里的一群小孩子，偷偷爬到新郎和新娘子的窗台上听房，听了一会，跑回来笑着对大人们说：

"哈哈！新媳妇和新女婿还逗笑哩……哈哈……"

一九四八年正月

谁　害　的

刘家圪崚的蓝英，今年十八啦，托她舅舅帮助，在那村里找下个对象，提出来要结婚。她妈妈不依，说不合适，要把她往城里一家字号是个什么掌柜那里问，女子不同意，娘儿俩就闹起来。娘是非问不行，说眼下能吃好的，穿好的；女子坚决不，说只要对象合意，什么不要都行，一定要嫁给她找下的这青年。这事在乡政府解决不了，今天介绍到区上来了。

坐在办公桌旁的区妇委高桂莲说："老人家，你的意见行不通！这阵法令是废除买卖婚姻，实行婚姻自主，找对象结婚，这是男女双方的事情，娘老子不能干涉，只要他（她）们愿意，娘老子的意见只能提出来参考！"

老太婆急着插话道："高同志，法令我解下，为什么别人家不跟法令走，轮到我老婆子头上就实行法令呢？"

高桂莲见老婆子这样反问，便站起来走到跟前，给她解释政府法令是一样的，全国每个老百姓都要遵守；但是有些人觉悟不高，没有按法令走，这是不对的，今天蓝英提出让政府给她解决问题，政府就要按法令解决。

老太婆听了这一番话，嘴噘得更高了。长长地出着气，不说话。

"老人家，想开些吧，如今是新社会，老脑筋总得转变转变才行哩！咱们就不说法令长短，你也活了五十几啦，你说从前婚姻不自由，出过多少事！两口子合不来，今天打架，明天吵嘴，娘老子跟上受气，光人命案子出过多少？寻死上吊、爬水瓮、喝洋烟，说起来可多啦，叫我给你说一件咱这区上东土峪的苦事情，你就明白了。”

一

这是多年前旧政权时候的事。

东土峪刘万财老两口，跟前有个女儿叫翠娥。生的聪明伶俐，长的模样俊俏；黑头发、黑眼睛、黑皮肤，虽然黑，黑得却不俗，村里谁见了谁夸奖说：“是村里头一个好姑娘！”

姑娘好，青年们自然都喜爱。翠娥长到十八岁这年，方圆好多村子的人家，都聘媒人来说。照老规矩：大凡儿子问媳妇，女子找婆家的重要标准：一是门当户对，二是人材相貌。不过一切都由父母主办。结果，就很难满足青年人的心意。青年人对自己的终身大事若表示一点赞成或反对，作父母的就会摆起一副尊严面孔骂道：“不知羞的东西！”

刘万财夫妇处理翠娥的婚事，除了通常父母为儿女亲事所应有的标准而外，他们还特别商量好，要给翠娥寻个大户人家，结一门“高贵”亲戚，高攀高攀。同时，刘万财还想在这婚事上，多捞几个钱。因此每逢有媒人来探话，除了问明对方家资情况，顺便就探一探对方肯花多少钱？翠娥她妈，女婿好坏她倒很关心，不过她问起话来，开口就是女婿属什么的？“属相”合不合？在她心上，无疑问“属相”合不合，比女婿好不好要重要的多。问翠娥，虽然不能由她，但她却向媒人说：“那里也不去！”这不过是一句推话，实际翠娥心上有个去处，就是村里她表兄喜旺。

这喜旺是翠娥姨姨的唯一的孩子，比她大一岁，两个人从小一块耍大，都是满心如意。这几年，两个都长大了，懂了羞，虽然当着大人面不说什么玩话了，但背过还是和从前一样。喜旺白天在地里动弹，回家吃饭时，都还得端着碗来看一看翠娥。后来村里有些轻薄人，便风风雨雨造出许多不好听的话。有一次喜旺去串，叫他姨夫刘万财当着面训了几句，喜旺走了后，刘万财又教训翠娥道：“年轻轻的女子，整天嘻嘻哈哈，象个什么样？你要是敢给我再败兴，揭了你那皮！”

刘万财要给翠娥问婆家的事，翠娥悄悄告给了喜旺，喜旺便和他妈商议，他妈也觉得孩子大了，翠娥也不错，就请了个媒人去说。

翠娥当然满口应承，她爹她妈偏不愿意。她爹的理由：是嫌喜旺穷、花不起钱，当着媒人面推辞说：“我的女子还小哩，这阵不忙问，叫她长着吧！”她妈的理由：是说翠娥是属狗的，喜旺是属鸡的，怕“鸡狗不到头”。媒人回来一说，喜旺妈看见不行，就冷了口，又到别处给喜旺说亲。可是喜旺翠娥两个青年，心事仍不散，分别在两个家庭里闹。喜旺同他妈生气，他妈因为只喜旺这样一个孩子，非常爱，便劝说：“孩子，咱穷嘛，人家你姨夫要结有钱亲戚嘛！我看咱再到别处给你打问。”喜旺说：“别处我不要，我就挑下她啦！”妈妈说：“孩子，不敢那么说，叫人家外人笑话！你姨夫早就说你把翠娥引坏啦，你再这么，咱这亲戚面上还怎过呢？听妈妈说，世上有的好女子，翠娥不行就拉倒，我娃再到别处挑个好的！”

翠娥和家里人闹，却挨了一顿痛骂。刘万财觉得：十七八的女子，公然敢提出要自找头主，这岂不是丢尽脸面的事，外人听见象什么话；多亏翠娥妈拉的紧，没有打上，只连骂了几句，“不要脸的东西！”翠娥也哭着说：“我这命非死到你们手里不行！”

二

父女俩这一闹，刘万财觉得给翠娥找婆家的事，很当紧了。

有一天，他去赶集，迎面碰上“风箱嘴”马贵子。

谁人不晓，马贵子这是一道川有名的吃天鬼。一年四季，指头不抹地皮，了事、说媒、当牙子，凭吃“昧良心”钱过日子。

刘万财碰上他，想到翠娥的亲事，便引马贵子到小摊摊上吃了几块糕,托他给打问个头主。吃完了糕,刘万财安顿说:“女婿大小好歹不说,只要门第家资好,能使唤个百二八十就行。”马贵子得了刘万财这句话,觉得这又是个捞钱买卖,高兴得满口答应,就把主意打到“德盛源”刘掌柜的儿子刘生源身上。

这刘生源,今年三十九了。凭着他家“德盛源”是街上头一座大生意,整天好吃好穿。到了外面,人们都叫“少东家”,回到家里,伙计们都叫“二掌柜”。娶了头一个老婆,嫌不好,把人家打死,死了还不是白死了,人家有钱,惹不起,况且旧社会丈夫打老婆,开口就是:“我拿钱买下的!”打死也好象没有什么不应该。

马贵子在街上碰到刘生源,开口便道:“哈哈哈……少东家,你的红运到了,哈哈……”

刘生源一见这个样子,马上便领马贵子进了一家饭馆。

刘生源早先也曾安顿过马贵子,叫给他打问一个姑娘。虽然他已经是三十大几有了胡子皱纹的人了,但他特别告他:要年轻、要漂亮、要没嫁过的闺女。马贵子想了想刘万财的翠娥,正合这些条件,所以觉得这桩亲事,有十分的把握。

酒菜摆上来,两个人吃喝着,刘生源便先问:“今年多大了?好看不好看?”

马贵子用拿筷子的手摆了两下,说:“少东家,不是我夸口,这一道川,打上灯笼你也再找不出第二个!”他见刘生源听得出了神,便一面不放松吃肉喝酒,一面也不放松说话,吃一口,喝一口,说一句,把刘万财的翠娥怎么长、怎么短、相貌、身材、年纪、性情……说了一大堆好(其实他连一次也没有见过翠娥)。说完了,便露了一点难意的表情,道:“甚么也都好,就是刘万财那老头想多用两个钱!”

说到钱,在刘生源根本不是问题,而马贵子说这句话的用意,是想自己从中也捞点油水。

刘生源问:“看样子得多少彩礼?”

马贵子说："多也不多，要依我看，那么好的女子卖个二三百块，人也是抢哩，可是听那老头的口气，有个一百四五也就行啦！"

"这还难，要多少就给他多少，只要你给我把这事办成！"马贵子得了这句碗大汤宽的话，高兴得不得了，第二天，便去东土峪刘万财那面对口探话。

三

到了东土峪，马贵子见了刘万财，先把能出一百块钱的话说在头前，刘万财便算中了意，接着又把刘生源的家资表了一番，每句话，都离不了加一句"人家少东家"。这一溜"好"说完了，女婿好赖，只提了提，便算把刘万财说通了。剩下刘万财老婆，除了先问过女婿的属相以后，马贵子给帮忙掐算了半天，也提不出什么意见，随后便又附加了两个不行：第一，嫌岁数差下二十几年；第二，要看一下女婿的人样子。马贵子听了听，老太婆的口气并不十分坚决，意思不过是想多争点陪奁，便笑道："你老人家不用驳，从我马贵子眼里过去的人，就没个赖的！咱们一天不见三面天不黑的些熟人，还能哄你？再说，说亲做媒，我也不是一遍两遍，你听我说，这些上头没你挑驳头，你只操心叫扯什么绸缎料子，捣什么银器吧！叫人家刘掌柜到省里办货去早些闹置！"叫他这么一说，老婆婆也便没有什么不愿意了，随口说道："要的东西，你再来咱再见话，翠娥也不在，到她姐姐家去啦，叫她回来问一问再说！"马贵子见老两口答应下了这亲事，便又高兴得往镇上回来。

和刘生源一说，刘生源便又把马贵子领到饭馆里吃了一顿酒。

四

翠娥从她姐姐家回来，听说给她问了婆家，想起喜旺，心上止不住就是个难受。这天马贵子又来问女家要的陪奁物件，正好碰上翠娥和她妈妈生气。马贵子企图用他的巧嘴，劝一劝翠娥，因说道："孩子，你听叔叔给你说，人活到世上，图的个甚么，刘家'少东家'人家有的字号买卖，要穿要吃，只要你张口就到。再说看人家是什么的门第，出了外头，谁见面不是离了吼'少东家'不说话，放上福你不享，你要寻个庄户汉，整天受的灰眉土眼，受那些洋罪啦！"翠娥回嘴道："他好是他的，我不爱！"马贵子说："孩子，你看你在这山沟沟长了这么大，见过什么，吃过什么，将来住到那街镇地方，真是再好也不能了。人常说：住到城里，好比住到莲花盆里，住到村里，好比住到沤麻坑里。你嫌这山圪塄地方还没住够？"翠娥又道："我嫌他年岁大，不务正！"马贵子道："哝噫，你可说下凉话啦，岁数大了好嘛，管家领事，不用你操心，你跟上吃口现成饭还不好？你看这阵，岁数大的有多少，又不是光你这一个？再说不务正也不怕，人家有钱，你还能不叫人家抖，你嫌他有毛病，将来你去了，多劝他，娶了老婆改了性的人多的很！"翠娥见她这样说，马贵子那样对，起了火，啐了一口说："早些滚得你远远的，不听你那些鬼话！"把门一摔出去，便找她姨姨去了。

她姨姨这两天，也正忙了。自从翠娥爹拒绝了喜旺的亲事之后，他妈妈又给喜旺在南窑塔问下个媳妇，他妈妈强打发喜旺去"相"了一下，虽然没有翠娥中意，但人材相貌，年纪也还可以，想到和翠娥的事难闹成了，便在这里说定。这几天也是忙着给喜旺缝衣裳，准备办喜事的东西。

翠娥一去，跳上炕抓住姨姨的手，哭着说："姨姨呀，你就看着叫我死呀……"

姨姨放下手里的针线，见翠娥哭的很伤心，知道她的心事在喜旺身上，便也难受起来。姨姨想："我的喜旺好，可是穷呀，穷了就没有办法，虽然是一门好亲也作不成呀，有什么法子呢？"这些话她没有说出口，只用了些连自己也不想说的话，安慰翠娥道："女子，不敢性子太烈了，生米做成熟饭，就好好听你妈妈的话去，这阵心里不好活，嫁过去住上一二年，惯了就好了！”她在上面说，翠娥在她怀里哭，说着说着，她也哭开了。

忽然，听见翠娥妈在院里叫：“姐姐，你快来，媒人来啦，你帮我给翠娥要几件东西来！”姨姨急忙把翠娥推起，说：“女子，别给姨姨哭啦，叫姨姨去问他刘家给你多要几件衣裳、好银器，就把你那难活治啦！”翠娥一把拉住，眼里滚着泪蛋蛋说：“姨姨，我什么也不要！我什么也不要！给我要来座金山银山，也治不了我的难活呀……”翠娥又哭恸了，姨姨给她擦了泪，外面翠娥妈叫的紧，姨姨便很快出去。屋里只留下翠娥一个人哭。

五

翠娥哭了一会，便睁开眼四处看，见炕上放着姨姨刚放下的袄料子，翠娥知道是给喜旺缝，便抓过来。看着看着，就又哭开了。过了一会，院里有个人叫：“妈，妈——”翠娥听见是喜旺回来了，便把身子背过去。

喜旺从外面进来，叫了一声“妈”，见屋里妈不在，翠娥坐在炕上，脸对住墙哭。喜旺不知该说什么，站了一小会，扭头就走。

“表哥——”翠娥回过身来，把喜旺给叫住了，两个人，四只眼，看着看着，翠娥眼里泪蛋蛋滚出来，喜旺也觉得鼻子酸，低了头。翠娥哭道：“表哥——你，你，你……”她急得把抓在手里的袄料子，咬住牙用劲往开撕，泪蛋蛋不住往下抛。

喜旺正要说话，他妈妈回来了。进门便对翠娥说：“女子，你还哭啦，快别哭了，看眼肿成什么啦，醒一醒，你妈给媒人做下了饭，快回去吃去！”回头对喜旺示了个眼色，喜旺擦着眼睛，低头从屋里出去。姨姨又对翠娥说：“女子，姨姨今儿可给你要了些好东西，缎子袄料四个，裤料八个，银手镯四副，银绳、文明牌、滚肚绳……东西可不少,够我娃好好穿戴一辈子哩——”说着便把翠娥扶下炕来。翠娥抬起头,见喜旺走了,对姨姨说:“姨姨呀——你,你……”憋在喉咙口上的一句话,怎样也说不出来,开门便回去了。

六

“成媒不成媒,先跑三四回”。马贵子两头跑了有六七回,总算把这门亲说定了,闹了个三头满意:刘生源不说花钱多少,总算找了个好姑娘,满意了;刘万财两口,觉得高攀了这么个人家,也很喜欢,虽然女婿岁数有点大,但夫大妻小的事,多的很,虽然翠娥哭哭啼啼不愿意,但谁家给女子问婆家还能叫由了女子?这样一想,老两口便无忧无虑十分满意了;马贵子跑了腿,说了嘴,还从中暗暗用了三几十块钱,当然也最满意。所苦的,就是翠娥一个。每天,恨,哭。她恨爹、恨妈、恨媒人……觉得他们给自己戴了枷,眼睁睁的被这些人往死路上推。谁是同情她的人呢?最心爱的喜旺和姨姨,因为不能由他们,也只能在背后难受。旧规矩不容他们出来说话;旧规矩使他们没有力量帮翠娥论理。喜旺也曾到处问长胡子和不长胡子的些人,但谁也不说由娘老子给女儿问婆家是不对;谁也不说问婆家由女儿是对。既然没人说,这样作自然是对的了,既然是对,喜旺和姨姨没有办法反对,就是连翠娥自己,死也只好跟上死。因为是按旧规矩呵!

十月初三,德盛源送来一百块彩礼,下了喜帖,择定腊月二十三娶翠娥。

因为日子近了,翠娥姨姨家也是二十三给喜旺迎媳妇,碾米推面,自己的事就够忙的了,自然不能过来帮忙,翠娥妈便把翠娥姐姐叫来,给翠娥缝衣裳。

姐姐来了后,看见翠娥整天饭也不多吃,睡在炕上,除了睡,就是哭，便同妈妈替翠娥说了两句话。她妈说："听她的话，生米做成熟饭了，谁家问出去的女子还能退？"给她爹说，刘万财骂道："老子养女子就是为卖钱！"翠娥姐看看无法，只好赶着缝衣裳。

腊月二十三这天到了。

翠娥的心真真似掉到了滚油锅。清早起来，姐姐要给梳头，不梳，要给洗脸，不洗，光哭，光喊，疯了一样。

早饭后，院邻四舍的婆姨们都来劝，谁也劝不醒。屋里挤下了半窑女人，"嗡嗡嗡"的都是谈论这件事。年轻点的，看见翠娥哭，也同情地哭了。年纪大的老太婆们，不但不同情，反而指责翠娥妈平素没有家教。有的说："我们出嫁那时候，也哭过，可是谁有她这么厉害，还能闹的头也不梳，衣裳也不穿，这还象个女子啦！"翠娥听了这些话，更气炸了，心里骂："我没有象你们一样，气也不哼由娘老子卖了，驯驯顺顺叫人家引走，你们好，嫁的时候为什么也哭呢？"一会，听见街外一阵唢呐鸣响，院里娃娃们嚷道："快看去，娶亲的来了！"蹋蹋通通地跑出大门外边。

果然是娶翠娥的来了。鼓手吹进院里来，三乘花轿也抬进院里，来看热闹的人，男的、女的，挤的满满的。只见从前面两乘轿出来两个人，走到第三乘轿门上站了一会，从第三乘轿里才走出个人来：穿的袍褂，戴的礼帽，披的红绸，插着金花，人们紧紧的围上去看，这一定是新女婿了。有一个媳妇指着对一个老婆婆说："妈！看那眉眼，老的够四五十，当爹爹也差不多！"又一个说："全是她爹爱了人家的钱！"又一个说："害了女子一辈子，我刚才进屋里看了一眼，哭的就不象样了，到这阵头发还是一蓬着哩！"又一个说："挑来挑去挑了个老寿星！"这句话，叫旁边几个娃娃听见了，就跳着叫："女婿是个老寿星！老寿星！"刚才说话那老婆婆，急忙喝道："小保，你瞎说，我把你嘴扯了，来，我给你个好东西！"小保走到跟前，老婆婆用手往翠娥屋里指了指小声说："可不敢瞎说，你翠娥姐姐早就难受的不行了，你还——"说着从身上掏出一把枣子，给了小保说："去，给我到大门外耍去！"小保不听说，一跳一蹦走了一截，故意跑到翠娥的窗下头叫道："女婿是个老，寿，星——"笑着跑开了。老婆婆在一边急得吼道："我把你个小爷，驴耳朵说着就不识听，小心捶你那皮。"

这时屋里，翠娥哭的眼也睁不开了，嘴里不住声地骂，姐姐给她端来饭，接住连碗摔到地上，拿来衣裳叫穿，撕得扯了几件，掷下一炕。还是不洗脸、不梳头。一会姨姨来了，翠娥姐姐问道："姨姨，打发喜旺们起身啦？"姨姨说："起身啦！也是哭哭啼啼的不愿意娶去，和我生气哩嘛！"姨姨坐上炕，翠娥听见刚才的话，心里就象针通，圪垟圪垟的痛，一下躺到姨姨怀里。姨姨说："女子，今儿是我娃一辈子的喜事，要欢欢喜喜才行，来，叫姨姨给你梳头穿衣裳！"说着便拿过梳子，给翠娥把头发往顺的梳了几下，用手巾把脸给揩了。正要给穿新衣裳，门外有人叫道："喜旺妈，你家里来了客啦！"翠娥姨姨听喊，便放下东西走了，这一走，翠娥又是躺下不起来，嘴里疯说疯骂："马贵子，好你黑心贼！""妈妈呀！今儿我就死到你炕上！""……"骂了一阵，跳下炕就往外冲："我……我……"屋里的人挡住，又拉上炕去。

满屋的婆姨，说这的，道那的，议论纷纷。翠娥妈妈，看见翠娥从清早闹到如今，也不知该怎么办才好，听翠娥姐姐说女婿象老寿星，埋怨她把翠娥害了，心里也有些后悔起来，哭了一小会，便到刘万财跟前出气，埋怨他当初不该不听女子的话。刘万财也没有料到翠娥会闹得如此厉害，不过事情既然闹到这一步，总得打发上了轿，于是便又去把翠娥狠狠骂了一顿，企图用父母的尊严，威胁翠娥听从。但效果不佳，翠娥反而更闹凶了。这时，不知是哪个老婆婆到翠娥妈耳边说，翠娥的哭闹，怕是冲了"煞"，她便找了点香表，跪到神龛前磕头。刘万财这时候，心里也有点难受起来，觉得照这样哭闹，就是娶过也不会好，但事到如今，已经说不出口，愁得跑到收礼房的炕上睡觉。不时也有人进礼房来，告他翠娥哭闹的情形，他只摇摇头骂道："那狗日的不成个女子！"后来又有几个青年跑进来，指责他把女子闹的那样不应该。刘万财觉得青年们的话不入听，但也没办法反驳。趴在桌上记礼账的王先生，扶了扶戴的铜腿眼镜替他辩解道："青年娃娃们懂甚么？当娘老子的，还肯把儿女往坏人家送，那是女子们不懂事，再说，养女是外姓，何长何短，打发的嫁了就把事了啦！"刘万财叫王先生这么一说，也摆出几分当大人的口气道："嫁出的女，泼出的水，死活得把她填到花轿上，倒由她啦！"

七

到太阳偏西，娶亲的人，饭也吃毕了，却等不上新媳妇上轿。新女婿连声催道："时候可不早啦，怎么还不叫起身！"陪吃饭的长辈刘登荣，也发了急，走到门口对院里的人说："翠娥爹哪里去啦，叫来一下！"弯回来又坐到炕上对迎亲来的人说："大概还不便当！"

原来这刘登荣，光绪年进过考场，在这东土峪刘户里，数他辈数大，也最数他有钱。平常说句话，没人敢不听。刘户里遇有婚丧嫁娶等事，准得把他先请到。

刘万财来了。长辈先发毛道："为什么还不叫女子起身？"刘万财说："爷爷，咱女子闹的不走嘛！""啊！"长辈先吃惊地叫了一声，然后教训刘万财道："你就连个女子也管教不下？"刘万财道："说不醒嘛！"长辈感到这是施发威严的时候了，当着客人的面，把刘万财骂了几句，便跳下炕来道："叫我去看，姓刘的还有这号败兴东西！"他迈着慢步，捋着胡子，随刘万财往翠娥坐的窑里来。

院里的婆姨女子，看见新女婿上了轿，都跑进屋里去，看翠娥怎样行动。翠娥眼成了两颗红桃，手拍着炕板，哭一声黑良心的爹，骂一声早不死的媒人。还是不穿衣裳。谁来劝就用衣裳打谁。

又闹了一阵，眼看着太阳就要落山，翠娥的姨姨又来了，才算打劝的答应穿衣裳。她姨姨、姐姐给脱身上的旧衣裳，脱不下，不想她在昨天黑夜，就用针把裤和袄缝到了一搭。

脱不下就没有脱，外面披上红袍，戴上凤冠，但仍不上轿，说要死去。这时候，刘万财引着长辈刘登荣来了。

长辈站在门口指着屋里喊骂道："哪里见过这么厉害的女子？给姓刘的丢人败兴，给我捆住，填到轿里！"

屋里谁也不哼声了。翠娥长出了一口气，看着满屋的妇女，哭着道："你们这么多人，就看着叫我死啦？好，我死——"跳下炕要往外走，长辈在门口举起拐棍，狠狠打了翠娥一棍，喊道："填到轿里！"有人过来才卡上了花轿。

翠娥嚎，看的媳妇、女子们哭，院里吹鼓手"嘟哇嘟哇"地吹打，真把人心乱的象猫抓。

翠娥上了轿，做爹的总算减了一点忧愁。但是翠娥去了以后怎样呢？一想到这，他就后悔起来。不过他还有个安慰自己的想法，觉得嫁过去住个三月半年，慢慢会改了性儿的。翠娥妈虽然也愁坏了，但仍没有忘记跑到轿口，叮嘱翠娥说："孩子，今年妨忌的是龙、虎、蛇，你记住！"翠娥说："屁，我什么也不怕，反正你们把我害死了！"轿夫们把轿帘一放，翠娥一把撕下来，掷到一边。

千难万难，轿子总算打发起了身。村里人好象煞了戏从庙院里出来，谈着，说着，各自回去了，外面只有翠娥妈和姨姨，一个是担心翠娥今天去是什么样子，一个是照料看喜旺迎亲快回来了没有。

八

翠娥的轿子出了村，太阳就落山了。走了不多远，看见迎面也上来一乘轿，三个骑马的。翠娥用眼从轿窗的玻璃上往出看，见是喜旺到南窑塔娶媳妇回来了。心里真痛呵，喜旺见是翠娥的轿，怕翠娥看见要说话难受，忙把马抽了一鞭，偏了一下，便跑过去了。翠娥看痴了。冷风吹着，泪珠在脸蛋上结了冰，好象泥胎似的。直把喜旺看得不见了影儿。

第二天，翠娥妈妈捏下饺子，等女婿和翠娥来回门。

从晌午等到后晌也没人来，到天黑，刘生源铺子里来了个伙计来报丧，说翠娥昨天黑夜娶回去，半夜里就爬水瓮死了。

区妇女委员高桂莲讲完了这段事情，老太婆听的不说话了，脸上也没有先前那么怒了，高桂莲又接着道："老人家，想开些吧，你家蓝英找的这个三锁，是个好后生，我经常下乡住在他村，我也了解，老老实实的个好娃娃，你答应了这事，他们高兴，你也高兴，要是你给把婆家硬问到城里，以后不知道又得生多少气，实说吧，光这区政府也得你多跑几趟。……"

这时，通信员在门外叫吃饭，高桂莲又说道："吃饭去吧，好好把我的话想一想！"

一九四八年十二月

盖 马 棚

一

天快黑了。龙王庙的正殿里,农业社的社员大会还没有开完。社员们交头接耳的小声议论着,会上象是又碰到了难解决的问题。

靠窗台放着一张高桌,桌旁站着一个二十六七岁的年轻人。头戴一顶没有帽徽的军帽,身穿一身褪了色的黄军装,人长得很结实,站在那里很有精神,挺着的胸脯上,两枚闪闪发光的纪念章,显示着主人参加抗美援朝的不平凡的经历。这就是今年入冬转高级社时,新选的农业社副社长牛三虎。春天刚从部队转业回来,工作很卖力,秋天在党支部领导的防汛抢收工作中,担任指挥大队长,一身泥一身水的和社员摽着干,任务完成的不错,还受到县委会的表扬。小伙子干工作肯卖力,谁也承认,可就是只能打顺风旗,听不得半句反面意见。如果他要干的事群众一时思想不通,他便着急,发脾气,瞪眼跺脚地抱怨群众落后,有时还要训斥群众。他虽然是一片热心为工作,结果群众对他,反而越来越不满意起来。

在今天这个会上,也和往日差不多,布置了好几件工作,都是他一个人,“啊啊”的在宣布社委会的决定。会场里很沉静,大家都呆呆地坐着,好象也没有人想要说话。只是当他最后宣布要把张德厚老汉的四棵柳树收归社用的时候,会场里的气氛,才显得有些紧张起来,人们不那么安静了。

墙角里有人站了起来,问道:“嗳,我能不能发言说两句话?”这是张德厚老汉,都晓得他有一副怪脾气。听他问话的口气里,是带着几分激怒的意味。

“简单些,啊?”牛三虎不满地抡了德厚老汉一眼。“好,”德厚老汉抢前一步说:“你们是领导人,决定事情是根据哪一章哪一条?也给社员说清楚呀!”

“这用不着你管,收你的树,是会上决定的。”

“可是你们也该调查一下呀,我那树,是计划今年盖房给我三儿子……”

没等老汉说完,牛三虎不耐烦地连连摆手:“算了!算了!别噜嗦了!啊?现在咱们不是讨论你的家庭问题,社里的事,比你的家务事当紧!”

德厚老汉愣了一愣,不服气地说:“这样说来,你们是非砍我那四棵树不行?”

“对!”三虎肯定地说:“决定了!”

“好吧!”德厚老汉长长地叹了一口气,“既是决定了,我还说什么,你们砍吧!”说罢,从坐着的人堆里跨了出来,准备往外走。

坐在高桌旁边的一位年轻妇女,赶忙站起来拦住德厚老汉,说:“大伯,你上哪里去?有意见慢慢讲!”她回头对三虎小声说:“我看这件事,等社长开会回来再处理行不行?”

三虎立时瞪亮了眼睛,大声说:“社长回来也得这么干,他也不能说不叫盖牲口棚,把牲口冻死!”

德厚老汉见三虎对女副社长秋香的意见也是这样不加理睬,便边往出走,边叨叨:“你们不用说了,如今是有理没理都没处说了,你们还看见我有什么好东西,决定一下,都拿去算了!”

秋香跟在后面,仍然耐心地解释着说:“大伯,你不要气,如果这件事决定错了,也还可以纠正。”

三虎一下涨红了脸,指住秋香:“什么错了?啊?没有错!要他的几棵树,是为了给社里盖牲口棚,给全社谋利益,有什么错?社里几十头牲口值钱,还是他那几棵树值钱?啊?再说地都归了社了，几棵树还有什么舍不得的？真太自私自利了！”

德厚老汉听着，脸都气得煞白了，猛回过头来，用手“拍拍”打着自己的脸说：“我自私！我自利！我落后！”

这举动给了三虎个下不了台。三虎气冲冲地一步跳到门槛上，大声喊道：“还没有散会，是谁叫你随便走，啊？”

“谁？”德厚老汉在院墙口站住了，转回身来，把大腿一拍，“腿在我身上长着，要走要在都由我，这你们可决定不了！”

“你胡说什么？啊？”三虎气怒的脸，涨得更加红了，眼睛也瞪得更加大了，想要追上去把德厚老汉拉回来，可是当他看见了站在门口的女副社长秋香，责难地盯着他的时候，他站住了，生气地向房里的人们挥着手说道：“散会！散会！”气呼呼地把捏在手里的笔记本，狠狠地往桌上一甩，“哼！我早看出来你对我有很多意见！痛快点，有什么现在说，不要处处打击我，和我作对！”

秋香望着三虎那激怒的脸，听着他那莫名其妙的抱怨，心里感到又难受，又生气，低低叹了一声说：“你呀，你呀！你太不了解人了！”

二

秋香今年二十七岁了。个子不高，长条儿脸，人模样长得不算很漂亮，但皮肤很白，显得非常秀丽。她结过一次婚了，丈夫原在乡供销社当会计，因为贪污货款，被群众送进法院判了徒刑。秋香气恨丈夫这种不道德行为，去年冬天就和他离了婚。现在一年多了，还没有找下对象。村里也有几个青年追求过她，但不知什么原因，都吹了。可是自从牛三虎转业回来参加了村里工作以后，秋香就非常关心他。三虎无爹无娘，有时候工作忙起来，顾不得回家去做饭，秋香从家里吃饭回来，总要捎块饼子来，但她又不好意思直接送给三虎，总是装着要三虎尝尝她烙的饼香不香。可是牛三虎呢,真叫秋香生气,也仿佛只知道工作,要不就是瞪亮了两只眼睛和人发脾气,对于秋香的一言一行,他虽然也有些不同的感触,但是他并不能肯定这就是秋香爱他的表示。因为村里曾经追求过秋香的几个青年,比起他牛三虎来,文化水平高,人样长得也漂亮,结果都弄吹了,他,文化水平低,过去家里穷,如何能使她喜欢呢?再说秋香和他在一块工作,特别是这半年,总是挑他的毛病,觉得他干的什么都有缺点。既然处处使她讨厌,如何能谈到她是在爱他呢?

正殿里开会的人,都已经走净了。三虎依然沉着个脸,坐在桌旁的长凳上生气;秋香还是站在房门口,眼睫毛湿津津的,两手不住地拧着她那又黑又长的辫梢。

秋香心里很难受,她深深地爱着他,她喜欢他的忠诚、肯干、能吃苦,她不是他所想的那样,工作中常常有意和他为难,相反这一切正是因为爱他的缘故。譬如今天这件事,秋香也并不是没有想到社里的困难,新入社的四五十头牲畜,都还在院子里露天喂着,眼看天气冷了,找不到圈棚。要盖牲畜棚,社里木料不够,买木料,一来没钱,二来也不好买,怎么办?三虎在社务委员会上提出在社员身上想办法,把德厚老汉的树归了社,砍倒就够盖个牲畜棚。虽然当时秋香提出疑问:德厚老汉不愿意怎么办?三虎马上就批评秋香,说她思想赶不上时代的发展,如今土地都入了社,谁还心痛那几棵树,保险没问题!秋香再三提出不同意见,三虎和另外几个委员,坚持要这样做。

“可是事情的发展,并不那么简单啊!”秋香想到这里,她忍不住了,用责备的口气对三虎说:“干一件工作,总是以为你想通了,别人也都想通了,要照这样干,以后还要碰大钉子哩!”

“在战场上,子弹都碰过,也没有把我怎么样!一不作二不休,树是非砍不行!”

“闹出了事怎么办?”

"我负责!"三虎把胸脯一拍,站了起来。

秋香说:"再这样,群众对你意见更大了。"

三虎冷笑两声,讥讽地说:"我知道,你们当的是送人情社长,我当的是得罪人社长,不过我是为革命工作,谁也不能把我怎么样!"

秋香见三虎把她的意思理解偏了,耐心地解释着说:"我不是说你盖牲口棚不对,也不是说德厚老汉的树就不能用,我是说你这种作风,叫人家受不了,特别是咱们当领导人的,更应当……"

三虎不耐烦地把手一摇,打断她道:"用不着你给我当政治委员!"

秋香被顶得难受极了,噙着两眼泪,生气地说:"好,咱们俩说不成,等社长开会回来再说,不过我希望你暂时先不要冒干。"

三虎说:"社长要一年不回来,我们就等着让牲畜冻死?啊?"

秋香再一次提醒他说:"这件事影响很大,我求你还是……"

"出了事,有我;错了,我检讨!"三虎说罢,气冲冲地走了。

三

只隔了一天,问题便发生了。

这天上午,秋香修水渠回来,路过柳树坪,忽然听见前面"喀嚓"响了一声,看时,一大股黄尘,从德厚老汉的地里,烟雾般卷腾起来。秋香吃一惊,心里不安地说:"坏了!三虎不听话,真的去砍树了。"

她三步并两步,急急忙忙走到树下一看,原来砍树的不是三虎,是德厚老汉和他三儿子。

"大伯,"秋香笑着问:"你是给社里砍树啦?"德厚老汉依然砍他的树。

"大伯,这是三虎叫你砍的吗?"

突然,德厚老汉狠狠地把斧头一摔,“看你这孩子,开口三虎,闭口三虎,他又不掌生死簿,树是我的,我要什么时候砍都由我。”他举起微微发颤的手,指着前面:“地归了社,树可是我的,任凭谁来我都有说的,哼!”说罢,拐了秋香一头。

秋香很了解德厚老汉的脾气,再没有敢多问什么,返身便走。一路走,一路想,更觉得三虎处理这问题是太轻率了。因为德厚老汉还不同别人呵!

德厚老汉外号人叫“不好惹”,他一辈子身上发生的怪事,说起来叫你好笑,也叫你生气。远的不讲,譬如去年有一次,老汉下沟里去担水,走到半山坡上,忽然担钩断了,有一只水桶,顺着山坡轱轱辘辘地滚了下去,老汉提了另一只水桶,在后面追赶,水桶滚到一块平地里,眼看就要停住了,老汉跳下去,伸手正要去抓,水桶正好滚在了地畔上,没有停稳,摇晃了两下,一翻身,又从山坡上滚了下去。这一下,把老汉惹毛了,站在地畔,眼看着水桶滚到了沟底,他才怒气冲冲地跑了下去,走到水桶跟前,先用手指着水桶质问道:“你再给我往下滚,怎么不滚了?”说时,弯腰从地上端起块大石头来,照着水桶砸了下去,嘴里骂着:“这一下我叫你滚!我叫你滚!”水桶被砸得粉碎了,老汉似乎觉得心里还很痛快。秋香想起了老汉这些在村里传为笑谈的事,不由得为今天这件事忧愁起来。

走回村里,秋香急着去找三虎。正好三虎也是刚下地回来。秋香进门,身子还没有坐稳,开口便责备三虎说:“主观办事,冷手抓不住热馍馍,问题来了!”

“怎么啦?”三虎莫名其妙地问。

秋香把德厚老汉领着他三儿子在柳树坪砍树的事一讲,三虎又把眼睛瞪亮了。在地上连连跺着脚,说:“好自私的家伙,啊!连这么几棵树都舍不得,这还走什么社会主义!”他生气地坐在小板凳上,用手撑住头,懊恼地抱怨着:“社是我一个人的?啊?他们都看不见几十头牲口,在露天里喂着?"

"你是干部,你能看见,要叫社员们看见,怕不是这样做法。"

"怎样个做法?"三虎又激动了,怨恨地说,"你们都是会放马后炮!"

秋香说:"该先打通思想。"

三虎不屑回答地把身子猛一转:"又是你这一套。"

他对秋香,本来就有一种看法,觉得女人们,总是说得多做得少,而且每当工作中出了问题,她总是比别人聪明,说人家这也不对,那也不对。如今他把工作干了,倒落个满身不是,于是难受地说:"你们都对,我错,我错!如今我是猪八戒照镜子,里外不是人了!"

这句话,把秋香又刺痛了,心里一阵难受,禁不住眼里含着泪说:"三虎,想不到你是这样的不了解人。"

说罢,溜下炕来,正要往外走,顶头生产队长邢保山跑进来,说社长张有生从县里回来了,叫他们俩都去谈工作。

秋香怕保山看见她哭过的眼睛,低着头很快走了。保山对三虎说:"天气太冷,土坯不能打,看谁家有,先借上用吧!"

三虎生气地说:"不能打不用打了,牲口没有圈棚,叫它在院里过冬,反正冻死了也没人心痛,人家都对!就是咱不对!"

保山见三虎气色很难看,话中有话,便问:"又出了什么事?"

三虎没有回答保山的问话,气恨地挥着手说:"去,德厚老汉在前坪砍树,你去把他叫回来,就说我说的,啊?叫他立刻回来!"

保山忽然把头凑过来,小声问三虎道:"我听说是秋香叫人家去砍的,怎么又叫人家回来?"

三虎惊得瞪着眼:"你听谁说的?"

保山说:"今天前晌我们打土坯,德厚家大婶这么给我们说的,说树是他家的,秋香副社长准了叫他家砍。"

"是秋香?好嘛!"三虎狠狠地跺着脚,猛的把保山一推,保山猛一踉跄,差一点倒出门外去,急着说:“快去,快去,把德厚老汉叫回来!”

“他要不回来呢?”保山无把握地问。

三虎生气道:“不回来拉回来,今天我斗不过他们,就不姓牛!”

保山走后,三虎一个人在家,饭也无心做了,肚子也早气饱了。在炕上躺了一会,躺不住,爬起来在地上坐了一会,也坐不住,准备披件衣裳往社里去找社长张有生。可巧他常穿的那件旧夹袄,又忘记了放在哪里,东找也没有,西找也不见,心里本来有气,衣服哪里也找不到,气更大了,觉得房里的所有东西都不顺眼,于是砰砰啪啪,凳子踢翻了,柜子扳倒了,被子扔到地下了,最后,总算在炕角找到了那件旧夹袄,这才停止了他那气怒的发泄,往农业社里去了。

四

农业社的院子里,到处都拴着新入社的牲畜,有的站着,有的卧着,因为天气冷,有的牲畜缩成一团,皮毛也不如暖天那么光泽好看了。三虎走到几头小牲畜的身旁,伸手在它们的身上、头上摸了摸,觉得它们冻得有些发抖,心里难受极了,骂道:“人都不长良心,这工作不能再干了。”他走到正房门口要找社长张有生,诉一诉满腹的委屈。推门一看,见秋香坐在社长有生身边,不住地拭泪,社长张有生正在对秋香说:“不要难过,你作的很对……”见三虎进来,便不说了。

三虎没头没尾地听了这么几句,以为秋香在有生面前说了他的坏话,内心的激怒,早已按捺不住了,满脸怒色,第一句话便说:“社长,这工作我干不了,把我牛三虎的副社长革了吧!”

“三虎,”有生走过去,把他拉到炕边坐下,笑着说:“发生的事情，我都知道了，你来了正好，咱们研究研究，你不要急，也不要生气，我们才说你办事情性急，沉不住气，看，你倒又是这样！”

“我早知道有人看不顺眼，”三虎瞅了秋香一眼，“干脆，把我这副社长撤了，我当个好社员，叫人家有本领的人干。”

有生听得出来三虎的气是针对秋香而发，忙又笑着说：“冷静点，看，我只走了三天，社里就出了问题，你们俩也闹不团结，这是怎么搞的？”

三虎带气地说：“主要是我不好。”

有生看看秋香，回头又问三虎道：“说实话，你对秋香的态度，是不是生硬了一点？”

三虎不言语了。

有生又问秋香道：“秋香，你平常对三虎，是不是也有些批评太多了？”

秋香也不说话。

有生又问秋香：“平日我见你们俩处得挺好的吆！不是常分着吃饼子吗？”秋香不好意思地摇了摇头。

有生意味深长地说：“你们年轻人办事，我看出来了，这里面有问题，三虎，你说哩？”

三虎把眼又瞪亮了：“我说什么？说出话来还不如放个屁，社务委员会决定了用德厚老汉的树盖牲畜棚，可是就有人出来拆台，是谁叫德厚砍树的，自己坦白！”

有生有点莫名其妙，问：“你叫谁坦白？”

三虎说：“谁做的谁知道！”

有生更加奇怪地说：“看你这人，说话还转这么多弯，你就痛痛快快说吧！”

“对！”三虎伸手指住秋香，“要不是她，德厚老汉敢去砍树？吓死他！”

秋香惊得吸了一口凉气，忙跟住问：“我又怎么啦？”

“你怎么啦?”三虎反问着,鼻子里哼哼了两声,轻蔑地说:“别装糊涂!”

“三虎,”秋香气哭了:“有什么事实请你讲,不要这样讽刺人。”

三虎说:“德厚老汉去找过你没有?”

秋香想了想,点点头说:“找过!”

三虎说:“既找过,就不是我虚说,你好好想想吧!”

秋香想起来了,说她答应德厚老汉去砍树,这话有些冤枉人,可是那天散会以后,的的确确德厚老汉是去找过她。

德厚老汉走到秋香家里,开口便没好气地说:“秋香,你也是副社长,和人家当的一样的干部,咱们社里的事,三虎说什么就是什么哇?你们说了的话算不算?”

秋香说:“你有什么意见,讲吧!”

德厚老汉摇了摇头,摆了摆手,说:“不算,不算!你刚开口提个意见,人家一顶大帽子给你戴到头上了,谁还敢讲什么!”

秋香解释说:“不会,不会,大伯不要生了气胡说。”

德厚老汉说:“我不胡说,我清清楚楚,我耳不聋,眼不花,三虎当干部的厉害,不光今天砍树这一件事。别的事过去了,我不说了。”

秋香解释说:“大伯,你说三虎有缺点,一点不错,可是他决定用你的树,也是为了社里盖牲口棚,又不是他自己用,依我看,处理这件事,我们干部都有缺点,或长或短,应该事先和你商量一下,我现在给你承认我们的工作有缺点。”

德厚老汉是个爱吃顺心丸的人,听着秋香这一番实心实意的话,气也消了些,不过一提起三虎,不由得气又来了:“厉害!真厉害!”

秋香说:“他生性就是那样,你不要见怪他,你如果真不痛快叫社里用你的树,咱还可以想别的办法。”

德厚老汉伤心地摇着头："如今这世道，什么是我的，什么不是我的，我都不知道了，由人家干部们说吧。"

秋香用肯定语气说："不，大伯，如今转高级社，只是把土地归了社，牲口农具虽然也入了社，不是都作了价了吗？至于说别的，谁的还是谁的，这树还是你的。"

德厚老汉一把抓住秋香的胳膊，不相信地盯住问："这话可是你说的，树是我的！"

"是你的！"

"是我的就对了，今天我来要听的就是这句话。"说罢，溜下炕来，急急忙忙地走了。可是谁也没有料到，他居然去砍树了……

"你看，情形就是这样，这怎能说是我叫他砍树的呢？"秋香难受地说着，转向有生："有生叔，德厚老汉的脾气，你又不是不知道。"

"我知道，都不要埋怨，问题咱们要好好解决！"有生说着，走到三虎身边坐下，刚准备慢慢开导开导他，突然，外面人声吵嚷，好象有人打架。有生吃惊地走到门口去看，院里有个声音大声嚷着进来。

"来就来，哪里不敢去？去见毛主席都行，割不了脑袋！割不了脑袋！"

说时，门扇被猛力地推开了，只见德厚老汉浑身是土，满脸怒色，手里提着一把斧头，大踏步地走进来。随后跟进来的是生产队长邢保山。他一进来，门口便被看热闹的人堵了个不透风。

德厚老汉把斧头往墙根一扔，靠墙蹲了下来，从腰里扯出一块手巾，拭了一把脸上的土，抡了三虎两眼，愤愤地说："三虎社长，我来了，要杀要砍，说话！"

三虎忽的从炕上跳到地下，问道："谁叫你砍树的？啊？"

"我！"回答很干脆。

"为什么要砍？啊？"

"我的树,我想砍就砍!"

"社里决定了盖牲口棚,你知道不知道,啊?"

"知道!"

"知道了为什么还要砍?啊?"

"就是知道了才砍的!"

双方都在气头上,声音越吵越大,有生赶忙插进来加以劝阻,但是双方好象根本没有听见他的话。三虎跳到德厚老汉面前,指着说:"社员里数你落后!"

德厚老汉站了起来,也用手指着三虎喊:"干部里数你厉害!"

"我哪里厉害?吃了几个人?"三虎把手伸了出来,一扬一扬的好象是要打德厚老汉两下才解气。秋香生气了,抢上去一把扯住三虎的胳膊:"你!"两眼愤怒地盯住他,把他拉到一边去。

德厚老汉的脸气青了,歪着头,挺着脖子,直往三虎那边冲,连说:"你敢打?你敢打?我今天倒要看看你孩子有多大能耐!"

多亏社长有生力气大,用臂把德厚老汉紧紧挡住,他才没有冲过去。德厚老汉退到墙根,蹲下来。今天真算气坏了,胡须在发抖,手也在抖,他抽出烟袋来抽烟,一连划了好几根火柴,总是划不着,老汉大声骂着:"人倒了楣,碰见鬼了,连洋火都跟我作对!"用力把火柴盒往地上一摔,用脚踩了个粉碎。有生在旁边,赶快从身上掏出火柴,划着一根送给德厚老汉,德厚老汉说:"不抽了!"说时,把烟袋也一脚踩成了两截,甩在了门口。

门口看热闹的人,看着德厚老汉这举动,想起他以往那些怪事,想笑,但又都不敢笑,知道这不是笑的时候。

德厚老汉瞅见了站在门口的刘立贵老汉,便下命令似的说:"立贵老弟,你怎么今天也不说句公道话?你对三虎的意见,光会在背地里讲吗?"

"我?!"被叫的刘立贵老汉,惊慌地把身子往后缩了缩,不安地看看两旁的人,说:"我……我没意见!"他万万没有提防,张德厚这个老东西,会把他也拖进这是非窝里来。

“你不说,我替你说!”德厚老汉又站了起来,手在比划着,“前两月转高级社那时侯,看三虎多厉害。你们忘了他在大会上讲的话:‘谁不走社会主义,就是想走资本主义!’听听,多怕人!有些人虽然还不太愿意,也都慌着报名入社。”

刘立贵赶忙替自己解脱着说:“过去的事早已过去了,还提他干吗?过去不愿意,现在愿意了也行,早不入迟入,瞌睡要从眼上过,迟早是一样!”他企图把这件与他有关联的事,很快带过去,免得日后在自己生活的道路上,招来什么不测。虽然说三虎他们这些干部并不一定就因此而对他进行报复,但是他总认为多一事不如少一事。

忽然门外又有人插话说:“那时候,就是有点摸不着底儿!”

这时,有一个花白头发的老太太挤了进来。这是五福妈,曾经因为她家养的猪没有圈好,跑出去吃了农业社的几苗玉茭,民兵们把猪赶回来,三虎把老太太叫到社里,指着鼻子训斥了一顿,说老太太是“破坏农业社的生产”。这时,她伤心地叙述完了这件事情的经过,象个慈母在教育不成器的孩子似的对三虎说:“孩子,你还年轻,人常说:嘴上没毛,办事不牢。我不怪你,可是你当个领头人,以后可不能随便说话,办工作还是多听听群众的话好!”

“你听,”秋香推了推三虎,提醒着说:“听大娘说的多对!今后可要……”

“我是为我自己吗?”三虎打断她,声音凄哑地说。“我为了建社,熬了多少瞌睡,误了多少工,我把我长余的转业安家费,投资到社里,我把心都操碎了,这些别人怎么就看不见?光看见我的不好。”说完,两手抱住头,委屈地哭了起来。

三虎回来不到一年,为农业社下的心血不能说小。他刚回来时,村里只有一个小社。县上开罢积极分子大会,为了扩社投资,把一辆新买的“飞鸽”自行车子也卖了,闹起个小粉坊。这么拆东墙补西墙的闹了几个月，收罢秋，宣传了总路线，社一下扩大成了六十多户，这时候，还有一部分人不但不愿入社，而且还有几户抢着卖牲口，卖地，贩粮食，三虎气极了，狠狠地惩办了他们。也许就在这几桩事情的处理上，他性急了些，做得有些过火，得罪了些人，但这是为他自己吗？想着这些，他哭得更伤心了。

邢保山见三虎这般样子，倒有几分同情起他来，于是替三虎辩护道："谁看见社不好，还可以退社，过去叫大家受了屈，今天不用受了！"他伸手指着窗外，发气道："看看，牲口在院里冻着，谁也看不见！要盖牲口棚，也不是三虎办自己的家事。"回头又对三虎说："三虎，算啦，谁家的木料也不用要了，我还有今年准备盖房子的些木料，先借给社里盖牲口棚！"

德厚老汉这时，又把进攻的矛头转向保山说："保山，你谝你大公无私气人吗？实对你孩子说吧，说到对革命的功劳，不是吹大话，比你多，入农会闹土改，有我没有？那时候'勾子军'还在，一般人怕变天，不敢干，说说你，怎么连农会都不入呢？这阵你当了生产队长，就以为别人落后！再说动员参军，头一次南下，我家大小子报名走了，去打老蒋；二一次，我家二小子又报名抗美援朝，他们走，我老汉说过个不字没有？我亲生的孩子都舍得给国家出力，就真的连几棵树都舍不得叫社里用吗？我生气的是，我想盖间房给三小子把媳妇娶过，可是社里就连这一点都不照顾我，我提意见，就扣大帽子，好，说我自私，我就自私，先下手的为强，把它砍了再讲，东西是我的，社里要用，还得看我愿意不愿意！"

社长张有生觉得德厚老汉这番话讲得头头是理，忙解释说："大伯，你说的都对，你的意思我都明白了，这怨我们少走了一步路，没有事先和你商量通，现在咱们闲话少说，还是说咱的牲口棚，你看该怎办？"

"这不用问我，"德厚老汉在话里刺着保山说："人家有人大公无私，木料还不够吗？"

有生说："他的木料，刚够盖一间房，咱们要盖个大牲口棚，还是得众人帮忙。你的这四棵树，愿借，愿卖，都由你，反正咱社里正在困难时候，给钱，还木料，都得一年二年，咱把话先说明了。"

德厚老汉思索了一下，见保山低着头，也不那样神气了，在有生肩膀上拍了一下，很痛快地说："好吧，既然话说到这里，跟我走！"一把拉上有生，拨开站在门口的人，往外走了。

围在门口看热闹的人，这才都敢走进来，议论起来：

"一辈子就是这路脾气！"

"倔毛驴，顺着毛搓，叫干什么都行，要是冲着他，天王老子也不依！"

这时，有个调皮鬼，比划着讲开了德厚老汉担水砸桶的故事，旁边有几个人补充着新的材料，引逗得满房人都笑了起来。

保山虽然被德厚老汉呛了几句心上不痛快，这时忍不住也跟着笑起来。只有秋香坐在三虎身边，低低地在说什么。三虎不说话，心事很重，直叹气。秋香皱着眉头，好象也很难受。

保山对秋香说："老汉不知道又干什么去了，咱们出去看看？"

秋香叫三虎也一块去，三虎摇了摇头，披上衣裳，跳下炕来，一个人走了。

三虎刚走，社长有生便回来了。一见秋香，高兴地说："老汉思想通了，不光把那四棵树借给社里用，家里准备下今年盖房子的砖瓦，也答应先借给社里盖牲口棚，他的房明年再盖，嗳，咱们社里，明年可一定要保证还清了老汉这笔账哇！"说完，满房看看，便问秋香，三虎哪里去了，秋香说回家去了，有生有点不高兴地说："人家德厚老汉都想通了，他还有什么不满意哩？"随即对秋香说："你去，到他家找他好好谈一谈去！"

"我不去！"秋香赌气地说。

有生推着秋香："今天非你去不可，因为你们两个人，一人憋着一肚子话，互相谈谈就好了。"

秋香说:“我早晓得他对我有意见。”

有生努了下嘴说:“依我看,你对他的意见也不小,不过就是没有好机会给他提,今天去把肚里要说的话,都告诉他,再带块饼子去,大概他还没有吃饭。”

秋香脸红了,遮掩着说:“吃饭不吃饭,碍我什么事。”

有生笑了笑,眨巴了几下眼,说:“年轻人,去吧!去吧!”

五

天黑了。

秋香真的看三虎来了。她轻脚慢步地走进三虎家里,家里黑洞洞的,她划着了火柴点上灯,才看清三虎在炕上躺着。

秋香在地上站了一小会,觉得家里冷清清的,伸手摸了摸炉灶,凉得还冰手,便去门口抱柴准备生火。

三虎听见响动,转身一看,见是秋香在炉边站着,心里有点奇怪,但仍躺着不动。

秋香把火生着;问道:“你还没有吃饭?”

三虎坐起来,莫名其妙地问:“你来干什么?坐下吧!”

秋香探身坐在炕边,从身上掏出一块饼子来,不好意思地说:“吃吧!”见三虎看看她,又看看饼子,一动不动,便小声问:“你还在生气?”

三虎摇摇头,难受地说:“事情是我办错了,我生什么气!”

秋香往三虎身边挪了挪身子,亲切地说:“你生不生我的气?”把饼子放在三虎手里。

三虎摇摇头,声音凄哑的低声说:“不!”

秋香听到这个低沉的不字的时候,看见三虎的眼边有些发潮,禁不住心里也难受起来。她想把心里压了很久的话告诉他,她也想这时候和他畅畅快快地谈一谈心,把他的缺点指出来,使他今后注意改正,但这许多话,该从哪里说起呢?她思索着。

沉默了一小会,秋香低声说:“三虎,咱们俩在一块工作,时间也不短了,你对我到底有什么意见,请你给我提出来!”

三虎用诧异的眼光,抬头看看秋香,觉得她那一双望着他的眼睛,好象和往日不大一样了,他仿佛感到她有一种什么心事藏在里面,他觉得她今天的态度,是那样的坦率诚恳,以致使他不知如何回答她的问题才好。他本来对她是有不少意见的,但是当他再一次地望着她那坦率诚恳的面容、那放着亲切的光采的眼睛时,反而感到自己无话可说了。

秋香见三虎不作声,便自言自语地说:“我的缺点,我知道,斗争性不强,做工作总是怕犯错误,不如你能干。你对党忠实,工作卖力……”

三虎打断秋香的话,“不,不,我有缺点,我……”一种说不出的内心的惭愧,使他没有说下去。秋香觉得手臂上热呼呼的,一看,两颗亮晶晶的泪珠从三虎脸上落了下来。三虎深深地低下头来,身子紧紧地靠在秋香身上。……

屋子里很沉静,只有刚生起来的火炉,“呼呼呼”的响,火苗着旺了。

一九五六年十一月

宋老大进城

一

大清早，赶车的宋老大，把骡子牵出来，把铁轮车套好，见老伴还没有来，便跑进农业社办公的东屋里，找张会计拿买牲口的款子去了。

张会计把一捆包扎得四楞四整的票子，递到宋老大手上，打趣说："老大，带上钱，路上操心些，要碰上坏人把你拾掇了，咱社里的两匹骡子，可就连根骡毛也见不上了！"

"哈哈……"宋老大满不在乎地摇摇脑袋，笑道，"拾掇了算啦，我也活的有几岁啦！"

"不到社会主义啦？"有人在旁边故意逗乐。

"怎么不到！"宋老大反驳着，"只要死不了，总得到社会主义过活几天。后生们，你们别看我老汉老了，到了那时候，嘿，我宋老大说不定就不赶这倒楣大车啦，还要学学开汽车哩！就比如今天进这趟城，我开上汽车，叫我老伴坐上，呜嘟嘟一溜烟，看那有多带劲……哈哈……"

有个女人的声音在窗外喊："爹，爹，我妈来啦！"

宋老大向屋里人挤了挤眼："没工夫和你们闲磨牙啦，不然老东西又要生我的气哩！"说着，提上鞭子，装上票子，忙慌慌地走了出来。

老伴早已坐在车上。见宋老大连说带笑地走过来，沉了沉脸，低声埋怨着："好神神哩！穷说，穷说，整天就说不够，多亏嘴是肉的，不然早叫你说烂了！”

宋老大早已习惯了这种指责。依旧笑着解释说：“你看我话多，可没有一句多余的，就说你今天进城吧！要是能听我的话，不就节约十块钱！”

“说的比唱的都好听！”老伴有些毛了，提高了嗓门说道：“你也不想一想，我们娘儿俩，一年挣二三百劳动日，穿件新衣裳，你都心痛，等村里过会的时候，光着屁股在街上跑，你脸上就光彩了！”

“和你说不成！”宋老大无可奈何地摆着手，说，“你这思想呀，离社会主义还差十万八千里哩！”

这时，张会计从门里跑出来，打断他们：“快走吧，早些进城，今天要办的事可不少哇！我还想起一件事来，记住到农业技术训练班，看看咱们副社长张方奎，告他说，咱们社里的丰产棉花，有四五十亩起了虫，问问他，看有办法治没有！不然，今秋里一百二十斤的目标，可就难达到了！”

宋老大说：“早知道这么多要办的事，你给我开个单单就好了。”

张会计往坐在车上的小秀看了一眼，说：“不怕，你记不住，还有你们小秀哩！”

小秀坐在她妈身边，不好意思地小声说：“别靠我，我不管！”

张会计意味深长地向小秀努了努嘴，正要说什么，宋老大接上来问小秀道：“你进城去干啥？”

“有事！”

“社里的活儿那么忙，有事我还给你捎办不了？”

“嗯！”小秀回答着，看了她妈一眼，脸突然红了，往后甩了甩头发。

“走吧，走吧！”老伴催着宋老大，“啥事你都要问一问，要问那么清楚干啥？”

宋老大从老伴的眼色里，好似窥察到了点什么东西，但又说不出来是什么。他仔细看看闺女，闺女这时也瞅了他一眼，堵起个嘴巴，样子很不高兴。他没敢再往下问，扬起鞭子来，重重抽了辕骡一鞭，心里说："误上两个劳动日，看你们进城能干点什么！"

车子出了村，上了大路。大路两旁的秋庄稼，长得真叫宋老大心里喜欢。多少年来从未有过的丰收，就要在宋老大他们的社里出现了。宋老大心里笑着，两只眼不住的四处看着。刚才的一点不愉快，早已烟消云散了。这时，每块庄稼地里，都是成群结伙的人在干活，只有单干户王发祥的棉花地里，发祥老婆领着两个露屁股孩子，在打整棉苗。宋老大"噼啪"响了一鞭，大声喊道："喂，老婆儿，怎么你一个人单干哩？老汉干啥去了？"

发祥老婆直起腰来，见是宋老大，回道："背了二斗麦子，进城粜去了！"

"为啥不早说话，"宋老大笑着说，"有一石也能给你捎进城里！怕我贪了污哇？"

发祥老婆叹口气，说："那人的脾气，你又不是不知道，人家说：既不入社，就不沾社的光！"

"这怎么是沾光，这叫互助嘛！"接着宋老大又大声问："你还有捎的没有？今天我可是给农业社置办家当去呀！"

发祥老婆说："捎的倒有，就是缺票票！"

"没票票不怕，"宋老大故意挑逗着："把麦子再装上两布袋也行！"

发祥老婆有点伤心地说："看你个死老汉，说话多腰粗，你还不知道我家的麦子打的不好！"

宋老大还要说什么，小秀赶忙提醒他："爹，快走吧，你看太阳多高了！"

宋老大看了看太阳，轻轻给了辕骡一鞭，车走动时他还继续喊着："老婆儿，你别难过，等我有了空，好好把发祥哥那老脑筋通一通！"

老伴不耐烦地推他一掌:“好神神哩！走吧,走吧！真爱管闲事,你还不知道能活几百年!”

宋老大向老伴笑了笑,没有说什么,随手抖了抖缰绳,鞭子又清又脆地在骡子头上响了两声,铁轮车拖着一溜尘烟,隆隆冬冬地向城里去了。

二

宋老大的铁轮车上,今天拉的是一车麦子。这是社里公积金的一部分。按照“供销合同”,宋老大今天把麦子送到供销社,再把添置的各种生产资料拉回来。大凡社里的这种跑外办交涉的事,都是委托给他来办的。除了公事,社员们有些私事,他也挺热心管一管,诸如到银行存钱啦,到卫生院问病啦等等,因此,大家给他安了个新头衔,喊他“外交官”。宋老大也真象那么回事,嘴爱说,肚里知道的事也很不少,不论碰见什么样的人,他都能和人家说得很投脾胃。特别是和年轻人在一块干活,只要他一开言,管叫你干一天活都不觉累。老伴经常嫌他胡儿八杈五六十的人,说话没老没少,宋老大却不以为然,按他自己的说法,这才叫越活越年轻了。

宋老大在社内的职责,是光管赶车跑外,照料牲口。可是他对这一点并不满足,按他自己的说法,他也算是社里的“急进分子”,每次社干们开会,不管需要不需要他,他都自动跑去参加,而且每次在会上,都是积极发表意见。社内有些事,别的社员怕得罪人,不敢反映,通过他,社内的领导干部们,倒是了解、掌握了不少情况。因为这样,宋老大虽然不是社干,但是每次参加社干会议,也从没有人提出来反对。

宋老大受到这样一种特殊待遇以后,他的劲头更大了,份内的事,当然管,与他关系不大的事,他也得要过问一番。譬如有一次,副业组的人一时疏忽，叫老母猪压死两条刚出生的小猪儿，宋老大整整嚷了一天，回到家里，还把闺女小秀训得哭了半夜。又一次，有个社员搞坏一张木锨，宋老大直嚷的那个社员在会上检讨了两三遍。诸如此类的事，说也说不完。他这样多管闲事，社员们并不讨厌，反而觉得社里经常有这样一个敢说敢叫的人，反倒提醒着大家对公共财物的爱惜。

可是宋老大自己也犯过过失。那是今年春起，他赶着大车往地里送粪。车子上了路，他趴在车顶上睡着了。过桥时候，车子没人看，车轮碰在桥沿的石条上，碰断了车轴，还差点把他从车顶上摔下来。这件事，用不着社员们说话，宋老大已经觉得没脸见人了，自动包赔了损失，会上会后，见人就唉声叹气地检讨。按宋老大的想法说：虽然我老大做下错误了，但是对待错误的态度，也得够个“急进分子”。

三

大车进了城。

因为逢集，今天的人比往日多。街道两旁，早已撑满了布棚，摆满了瓜果摊子。宋老大拢着牲口，响着鞭子，不住的吆喊，好象钻高粱地似的，费了好大劲，大车才从拥挤的人群里，滚到了供销社的门口。

宋老大刚拢住牲口，耳边听见有人说：“嘿，这老汉赶车，真有两手哇！”

宋老大看了那人一眼，摸摸小胡子，自信地说：“没有这么两手，我们社里几十户人家，也不会推举我赶车。”他向那人伸着三根指头：“不是吹，赶车三十年啦！”

“拉的啥？”旁边又有人在问。

“麦子！”

“都是你自己的？”

“有我的一份！”宋老大傲然地回答着，爬到车上去解捆绳。

“打的真不少呀！”旁边的几个人，同时赞叹着。

“这没有几颗，”宋老大一边解着捆绳，一边自豪地说，“我们社里今年卖的余粮，比这多十几倍哩！你们那里统购任务完成了没有？”

“完成了统购还有些长余，”一个中年人说，“我还以为今年可算增了产了，可是比起你们来，还差得远哩！”

“还是农业社打粮食厉害！”旁边的人称赞着，都用羡慕的眼色望着车上的麦口袋。

此刻，供销社还没有开门，来买东西的农民，都挤在门口嚷叫着，抱怨着。宋老大解完了捆绳，从车上跳下来，从人堆里挤过去，嘴里嚷着：“真官僚哇！怎么这时辰还不开门！”上前照着门扇，“空冬空冬”踢了几脚，大声喊道：“开门！”

“谁？”里面有个声音传出来。

宋老大把嘴对住门缝，大声说：“五星农、业、社，快开门！”他把“农业社”三个字，说得格外有力，然后回过头来，用夸耀的眼色看看周围的人们，仿佛要给大家这样一种感觉：农业社这块牌子，走遍天下也是挺硬！

不一会，果然门开了条缝，从里面探出半个脑袋来，不满地说：“等一等，还没到钟点！”

宋老大紧接着回道：“没到钟点也得开，今天是逢集呀，为啥不把钟点提的早些？你们住在城里看钟点，我们乡里可是看太阳。瞧，太阳都多高了？我们老远跑了来，你以为是没事干，进城闲逛啦？我们也是有工作要办呀！就拿我来说吧：交了麦子，还要到牲口市上，瞅两匹头等骡子，还要到训练班看我们副社长，七弄八弄，天就黑了。我们农业社，就再拿我说吧：从早忙到天黑，到黑夜你能说不是睡觉的钟点吗？可是我不能睡，一黑夜总得爬起来三次喂牲口，‘马要好，吃夜草’，看看，要不是我夜夜不睡，我们社里的牲口，能吃得滚瓜溜圆吗？你们到这阵还不开门，是为人民服务吗？……”

门缝里那颗脑袋，晃了几下，突然缩了回去。门外的人，哄的一声都笑了起来。

宋老大得意地摸着小胡子，说：“群众的意见，没错！”

不知是到了时间，还是宋老大的批评发生了效力，不多一会，柜上的门打开了，人们吵嚷着拥了进去。宋老大动手从车上往下搬口袋，这才想起闺女和老伴来，他四面瞅瞅，小秀不见了，只有老伴坐在街沿上，东瞅西转看新鲜。

宋老大问：“小秀呢？”

老伴很不高兴地回道：“我又不拴着她！”

宋老大指指车上的口袋：“这叫我一个人怎么往下搬？”

老伴并不同情，讥讽地说：“你会说嘛！还愁搬不下口袋来！”

宋老大吃了个软话头，再没多话，进柜台里面叫来两个售货员，把麦子口袋从大车上扛下来，放在门口，排成一行，等着过磅。

从四乡来的买东西的卖粮的农民，越来越多了，等着过磅的行列，越排越长，宋老大本来是排在最后，不多一会，他后面又排了一长条。他向后看看，有的担着，有的背着，谁都没有他们农业社这么大气派。顺次排在后面的人，用惊奇的眼色，望着宋老大屁股下面小山似的麦口袋，不安地说：“看那人的麦子，等他一个人过完磅，准得一天！”

又一个年轻一点的人，无可奈何地接着说：“倒楣，来迟了一步，前头排了这么大个主儿！”

宋老大听着，站起来，招呼着说：“老乡，别发愁，我可以让你们先过磅，多让少，才叫好！”

“你是哪村的？”那位年轻人问，感激地望着宋老大。

“哪村的？”宋老大故意不马上回答，反问道，“看不出来吗？

谁能打这么多的麦子?”他见年轻人笑着，摸着脑袋，好象是猜不出这个谜来，才认真回道:“张家庄五星农业社!”

人们一听说农业社的，都好象看见了早就盼望着的东西，后面的人，都拥上前来，围在宋老大身边，七嘴八舌地询问社里的情形。有的问今年共打了多少麦子，有的问社里有多少户数，还有个老汉，居然提出个叫宋老大发笑的问题，他问:入了社，是不是要在一块吃大锅饭。

宋老大本来爱说，经大家这么一问，立时精神全来了，他把烟袋往裤腰带上一插，站在麦口袋上，象个演说家似的，指手划脚地开了讲。老伴跟宋老大过活了一辈子，最使她头痛的，就是说起话来，把什么也忘记了。这时，她不时地用眼色制止他。可是宋老大哪里还顾得了那么许多，嘴早收不住了。他讲他们如何建社，如何评产、评工，如何春耕播种，使用新式农具，如何打井种棉，如何麦子复播密植，合理施肥，讲求技术;又讲副社长张方奎如何能干，并且也把他自己碰坏了车轴的事，从头讲了一遍。老伴远远地用嘴撇他，意思好似说:“不嫌害臊，还有嘴往出说!”宋老大也瞪了老伴两眼，意思也好似说:“这都是经验，叫他们听听有啥不好!”

宋老大讲完了社里今年麦子丰收，大家要求看看麦子，究竟长得好不好。他打开一条口袋，伸手进去抓了一把麦子出来，摊在手里，转着身子，好让围在他身边的每一个人，都能清清楚楚地看一看。

滚圆的麦粒，在宋老大的手心里滚动着。听见大家连声啧啧地叫好，宋老大心上，真比六月天吃冰都舒服，他继续给大家讲述麦子丰产的情形说:“这是我们副社长张方奎的功劳，他号召大家小麦密植，我们把早先的两条腿耧，改装成三条腿，这一来，行行距离窄了，苗苗就加多了。光这还不算，春起，麦子刚炸垄，上面来了报，说是什么寒流来啦，那几天没眉眼的黄风，整整刮了几天，天气阴沉沉的，一阵赶一阵冷，到了后半夜，那股子冷劲哇，鼻子尖都能冻溜了。方奎下午传了锣，叫社员们黑夜不要睡，全体出动防冻。你们听过吗？冻还能防住，可真是就给防住了。共产党员、青年团员们带头，往麦地里背了半夜柴草，天快透明的时候，广播筒一喊，方圆四五里，一下都冒起烟来，铺天盖地的烟，把麦地罩得什么也看不见了。到太阳出来以后，烟散了，麦苗仍然绿挺挺的，一苗也没冻死。我们的麦子到抽穗的时候，我们副社长又研究出来个新办法，说要试验麦子授粉。方奎真是个能人，整天就是看书翻报的想事儿。你们不懂授粉的意思吧？就好比男人要和女人结婚，才能生娃娃。我们听他这么一讲，就懂了道理，找了几十条绳子，两个人牵一条，搭住麦穗，从这头拉到那头，穗头碰穗头，这就是授粉。我们村王发祥那些单干户，不信我们的新办法，产量就很低。不信你们明年试试。不管怎么着吧，麦子总算收得不错，比往年，一亩多收了一百二十斤。瞧，这颗粒，多饱满，多大，一斗麦子，就拿出面来说，也比别人家的多出三四斤，蒸下的馒头，咬到嘴里也特别有味。这都是我们试验了的。老人们说：工夫没有白费的，这阵，光会死干活，不用新方法，也是有钢使不到刃上去……”

宋老大正说得起劲，猛不防，背后有人推了一掌，回头一看，是老伴。

老伴生气地说：“好神神哩，嘴也说干了，快过秤吧！”

宋老大看看前面，前面的人早都过完了磅，正轮到他名下，赶忙摆着手说：“不说了，你们有空，请到我们农业社来参观，我们社的事，怕三天也说不完。”

麦子过了磅，验收员拍着宋老大的肩膀，把大拇指竖起来说：“老汉，今天收这么多麦子，你这可算头份货啦！”

宋老大没有马上表示什么，习惯地又去用手摸着小胡子，用眼睛扫视着周围的人，好似说：“怎么样，我给你们讲的不是吹牛吧！”

宋老大在柜上算了账，柜上有位同志交给他一张单子，嘱咐他说:“这都是你们社订购的农具,你进后院去点货吧!”宋老大接过单子来,正要往后院去,老伴上来挡住说:“你给我先把布扯下!”

宋老大说:“咱的钱还在银行存着,我腾不出手来,要不你自己去取!”

老伴说:“我可干不了!”

宋老大讪笑着:“干不了你就坐下等一会,办事情总得先公后私嘛!”正说着,听见有人喊他点货。

“来了!”宋老大大声应着,也不管老伴高兴不高兴,只管走了。

过了不多一会,宋老大把货点完,从后院出来,刚准备到银行给老伴取扯布的钱,忽然听见磅秤那面,有人大声吵嚷着。只听见验收员大声地说:“老乡,你这麦子,打二等是最公道的价格,你看看人家农业社这麦子!”

农业社三个字,又把宋老大的心抓住了,他想看看是怎么回子事,走到磅秤跟前,见有个老汉,弯腰从磅秤上提下一个口袋来,连连摇头说:“这个价,我不粜!”

“老乡,不怕不识货,单怕货比货,”验收员耐心地解释着,把手里捏着的一撮麦子,摊在那人面前:“你细细看看,人家社里这是啥麦子?你的要打头等,人家的该打几等?”

宋老大直往里面挤,很想叫那个卖粮的人看一看,他就是卖好麦子的那个农业社的。好容易挤进去一看,叹了一声说:“呵!原来是发祥哥呀!这有啥可争的,公家说多少,就卖多少,咱公家买麦子,等级、价格,订得公公道道,绝不会象商人坑人。你这麦子打二等,依我说就打足了,你先算算这账,我们社里,每亩麦子,光底肥上了多少?药剂拌种,两次追肥,地都是耕三遍耙两遍,种子,都是年时在地里选好的纯一色‘和尚头’,一颗杂子也没有,说个黄,连一穗青的也没有了。老哥,你的麦子下过多少本钱?”

“我不粜行吧?”王发祥气恼了。

“买卖不成东西在，”宋老大并不生气，“如今咱们供销社，又不是粮贩子，说实在话，不挣咱的钱！”他给王发祥解释着，其实王发祥不肯听他这些道理，他也清楚，不过该说的，还是得说，王发祥不听，也该叫旁边看热闹的人听听，看看入了农业社的人的思想，到底是和单干户不一样。

王发祥呢，不管宋老大说不说，背起粮口袋来，吭吃吭吃地走了。宋老大在后面打招呼：“发祥哥，外头粜不了好价，可以再背回来，不要流了汗背了来，憋住股牛劲又背回去，那可就赔了来回脚啦，你老婆子还等着你买东西哩！”

旁边的人都笑着，老伴跑过来扯住宋老大的胳膊：“快走你的吧，你不是还要买牲口，好神神哩！”

宋老大一边走一边继续朝王发祥的背影说：“要不是还有别的事，今天就非把你这思想说服说服不行！”

宋老大还要往下说，看老伴等得不耐烦了，这才伸手压了压装钱的口袋，往牲口市上去了。

四

宋老大在牲口市上逛了一趟，见来的牲口还不多，瞅了几圈，也瞅不下一匹入眼货。这时，他想起给老伴取钱扯布的事，便走到银行里取出来十块钱的存款。刚打算给老伴送去，忽然看见街旁边一个大门上，挂着块长条牌子：农业技术训练班。宋老大猛地想起了张会计临走嘱托的事：到农业技术训练班，看看张方奎，问棉花起了虫的事。他把脑袋一拍，高兴地说：“要不看见这牌子，差点忘了大事。”于是便决定别的事都缓办，先去训练班找张方奎。

碰巧张方奎不在。训练班门上有位同志告诉他，说方奎的对象今天来看方奎，两人相跟着，刚出去不大一会。

这件事，真把宋老大搞糊涂了。他想了想：方奎没有听说找下对象呀！前些天，方奎的妈还和宋老大逗笑说："你大叔，方奎给大家伙把社办好了，大家伙可得多关心，给俺方奎瞅上个好对象啊！"如果说找下了对象，他妈能不知道吗？他想再细问问，门上那位同志已经走了。他心里说：管他哩，先把治棉虫的问题解决了再说。

宋老大返身出来，在街上找了两个来回，也没有找见张方奎，他心想：找不到他不找了，到农林科去问问段科长，他常下乡，治虫的方法他准知道。

到了县政府农林科的办公室，段科长也不在。房里有一位他不认识的工作员，告他说：段科长正在西房里，和两个干部谈话，叫他坐下等一会。

宋老大坐在椅子上，一袋烟没抽透，段科长推门进来了，看见宋老大，亲热地上来握手，问："来干啥？"

"无事不登三宝殿，找你有件大事！"宋老大抽着段科长递给他的纸烟说，"我们的丰产棉花起了虫，社里张会计叫我来问问方奎，找了一趟没有找到……"

"你找方奎？"段科长笑着打断他，"他们在西房里，我们刚才正研究治虫的事哩！你去吧，我来给供销社打个电话，看他们还有多少'六六六'药粉，要是不够，还得连夜到省里去要！"

宋老大往西房里来了。本来治棉虫的事，他已经可以不必再去告诉方奎了，不过他很想看看西房里还有一个干部是谁，他猜想那"干部"准是方奎的对象，是哪个村的，一看就知道了。他走到了西房门口，果然里面有个女人的声音在说话。他正准备推门进去，猛的一下，他愣住了，里面那说话的声音，原来是闺女小秀。

小秀说："我今天来，我爹都不知道是来干啥！"

"你真会捣鬼，"方奎的声音笑着说，"你爹那么爱管闲事，咱俩这件事，可算把他给瞒住了！"

听见闺女嗤嗤地笑了起来。

宋老大站在门外，感到说不出来的别扭。他愣住了，也不知道是该往里走，还是该往外退。正在左右为难，听见里面方奎又问："社里这几天活儿紧不紧？"

小秀说："秋苗按计划正锄三遍，你订的压三万斤绿肥的计划，也动了手，样样都顺利，眼下的大事，就是赶快想法子治棉虫！"

方奎说："不怕，'六六六'一打就治了。"

小秀说："我们不会配药，还得你回去一趟！"

方奎说："好，我请个假！你渴不渴？"

小秀说："你想买西瓜？"

方奎说："今年节约了吧，等明年请你吃我种的米丘林西瓜！"

听见房里茶壶茶杯在响，宋老大赶忙返身往外走。刚走到大门口，段科长打完电话出来，喊着问："老大，怎么走啦？"

宋老大又是摇头，又是摆手。三步并两步出的大门来，这才放慢了脚步。想着刚才的事，心里又高兴，又生气。高兴的是闺女悄悄找到了这么个好女婿，二十六七岁，肚里有文化，又懂新技术，青年团员，人材相貌，要哪头有哪头。不过使他生气的事，就是闺女不该长期地把这件事瞒住不告诉他。他认为闺女这样作，是把他看得太落后了，心里质问着："我能干涉你们吗？你爹是那种封建脑瓜吗？"不过他又替闺女着想，年轻人，闹这种事，也许是不好意思当着父母讲，自己年轻时候，更不如他们哩！这样翻来转去想了一阵，觉得闺女倒是可以原谅的，反倒觉得自己今天早上逼着问闺女进城干啥，有点不应该，伸手把脑袋一拍："唉！看我有多糊涂啊！"

走到大街上，宋老大看了看天色，用手压了压装钱的口袋，直往牲口市上去了。

五

太阳偏了西,半后晌了。赶集的人,已经陆陆续续往回走。宋老大的老伴,这时孤单单地坐在供销社柜台前面的长凳上,把各色各样的花花布,挑选了一大堆,等着闺女来决定要哪一种,老汉把钱一付,撕下来就往家走。可是等一阵,又一阵,街上一群一伙的人,从面前走了过去,就是不见闺女和老汉的影子。她心里开始发躁了,想起老汉那张说不烂的嘴,又爱多管闲事,准是又在牲口市上坐住了。她生了气,便往牲口市上来找宋老大。

果然不出所料,牲口市上人虽然很多,但是宋老大在什么地方,不用眼睛瞅,只用耳朵听,就听见他又在高喉大嗓地开了讲。

东墙角上围着一大堆人,只听见宋老大在说:"你这人,如今新社会,做买卖还能不老实吗?干啥也得实事求是,货真价实,你的牲口,有毛病,你就该早些给人家说清楚。叫人家拉回去,再拉了来,误了时间,还影响人家的生产,你这思想,离社会主义还差十万八千里哩!"

老伴好容易挤进人堆里,打断宋老大的话,生气地说:"我的神神,说得啥也不顾了,看天色啥时分了?牲口还没有买成,数你办事情噜嗦哩!"

"咱的早买好啦!"宋老大伸手指了指拴在旁边木桩上的两头骡子,笑着解释说:"这是给人家调解问题。"

人堆里一个戴草帽的人,对着一个光脑袋的人,着急地说:"你看,人家老汉要走,这牲口是退给你呢?还是把价下一下,我们再拉回去?咱们快说成一句话!"

"拉回来我也是卖,"那人伸手在光脑袋上,不痛快地摸了又摸,说,"反正我做错了,下价吧!"

"好吧,"宋老大觉得把一件问题解决了,满意地说,"你们双方商量吧，只要实事求是就好办，我还有很多事情，我走啦！”到桩子上解下两头大红骡子，牵着从牲口市走出来，老伴跟在后面，不住声地抱怨，宋老大并不生气，习惯地解劝着：“别着急，咱的车快，不用天黑就回去啦！”

老两口走到街上，顶头又碰上了王发祥，背上还背着他那一口袋要粜的麦子。

“还没粜了吗？”宋老大关心地问。

“不粜啦，背回去磨了吃！”王发祥生气地说。

“那你的东西不买啦！”

王发祥没有答话，混在人堆里往前走了。宋老大很想追上去劝劝让他粜了，被老伴一把挡住：“走吧！走吧！人家的事用你操心！”瞪了他两眼，随即又抱怨起来：“叫我等了整整一天，你走了见不上面，小秀也不知道回来一下！哼！”

老伴一提小秀，宋老大忽然把头凑过去，小声问：“你们小秀和方奎是？——”

老伴故意顶他一句：“你啥也知道，我不知道！”

“不用瞒我啦，今天我可是把锅盖揭开了！什么都看见了！”

宋老太正想把他看见的事告诉老伴，老伴突然用手把他捅了两下。他抬头一看，见方奎和小秀两个，说笑着迎面走过来。宋老大不好意思地偏了偏脸，有意不去看他们俩，小秀的脸红了，方奎赶忙搭讪着问：“大叔，这骡子买的不错啊！”

宋老大笑着点了点头，不知还该说什么。从来不缺话说的人，这时也闹得挺别扭。多亏老伴开始抱怨闺女，嫌她走了就忘了扯布的事，这才把大家闹舒服了一点。

“走了整整一天，东西挑下一大堆……”老伴仍在不住嘴地抱怨。

小秀说：“我有事哇！”说着把头发一甩，看看方奎，又转向她爹说：“爹，我们有桩事要和你商量！”

宋老大瞅瞅闺女,再转眼瞅瞅方奎,心里说:真是难得的一对呵！连长的个子都差不多,这回可瞒不住我了吧？讲吧！你爹没意见！可是听听小秀说的事,并不是和方奎恋爱的事。

老伴等得着了急,说:“你们父女们,办事真罗嗦,我先前头走,你们快些来!”

小秀答应着,见她妈走了,便对宋老大说:“爹,还有钱没有?”

宋老大说:“要干啥?”

小秀说:“我们要配一付药!”

宋老大吃一惊,忙问:“是谁病啦?”

小秀笑了一笑,方奎解释说:“不是有人病,是我在训练班里,又研究出一种治蝼蛄的法子,想配一付药试一试,如果成功了,就把咱们社的大问题解决了,你忘了,去年咱们社的谷子,叫蝼蛄咬断多少!”

宋老大虽然年纪大,但他对方奎的科学试验,一直是热心的拥护者与支持者。他说:“钱都花完了,你们要早说,我好想办法呀!”

小秀说:“现在还有办法没有?”

宋老大问:“要用多少钱?”

方奎说:“有个十来元就行!”

宋老大迟疑了一下,摸了摸口袋,说:“身上还有我在银行取的十元钱,你妈要扯布,我看你们先用了吧!”

方奎担心地问:“大婶生气怎么办?”

宋老大说:“不怕,有我!”把钱从腰里掏出来,递给方奎。方奎去配药,小秀和她爹,一路往供销社来。

老伴先叹了一声:“好神神吧,可算来了!”忙把小秀喊到身边,指着摊在柜台上的花花布:“看,这样花好,还是那样花好？你挑一样!”

小秀说:“妈,没钱了,买不成了!”

老伴惊得瞪着眼，以为是宋老大在牲口市上把钱丢了，急道："你把钱丢了，是不是？"

"看这老主观，"宋老大笑着指着老伴，"还没调查清楚，就给人下结论！"

小秀赶忙说："妈，是咱社里借了用了！"

老伴气恼得一屁股坐在板凳上说："村里过会只要你们能不穿，我死老婆子啦，还怕人笑吗！"

小秀安慰着："妈，下回来再买也不迟！"

老伴瞪了闺女一眼，冲着宋老大说："下回买，早知道这样，我误上一个劳动日白跑这趟干啥？"

宋老大说："这可不能怨我，今清早我就有言在先，说不叫你来，你不听我的话嘛！"

六

太阳落了坡。西天边上的云彩，变成一片美丽的红色的时候，宋老大的大车回来了。车上装着解放式水车、新式步犁、圆盘耙、喷雾器……七股八杈，装了一大车。宋老大坐在辕杆上，高兴地唱着"干梆子"，老伴靠在他的身边，沉着个脸，仿佛还在生气。

大车走到村边王发祥的棉花地边，王发祥的老婆带着两个孩子，仍在地里做活。东头一块谷子地里，互助组的六七个人也正在锄地。宋老大故意把鞭子"啪"的连响三声，嘴里"呵嗬！呵嗬！吁——"掉过头来，拉长嗓子喊道："都干上劲啦，来，歇一歇吧！"其实，他是想叫众人来，看看他买回来的这么些新鲜东西。

互助组的人，都跑到大路上来了。

"嘿！买这么些东西，社里真发啦！"

宋老大有意不看大家，神气地摆摆头，摸摸小胡子："也算不了什么，小意思，四百来块钱的东西！今年社里，光小麦就丰产了二万多斤哩!”

“听老大这口气,有股子腰粗劲啦!”有个互助组员说。

“粗的还在后头哩!”宋老大向身后努努嘴巴,“我们副社长张方奎和小秀,还骑着两头大红骡子哩,一头不多,这个价!”他伸了四个指头。人们嚷着:“喏喏,四百块? 咱互助组把今年的麦子全卖了,也不够两头骡子的价!”

这时,王发祥老婆也跑到大路上来了。她问:“见我家那死老汉没有?”

宋老大叹口气说:“要回来还早哩! 看! 来啦!”

众人向前一看,原来是方奎和小秀,一人骑一头光身骡子,骑兵似的跑过来。大家招呼了几句,都围上去参观骡子,评论好坏。方奎从骡子身上跳下来,跑到王发祥的棉花地里,看了一下,跑出来说:“都起了蚜虫,赶快治!”

“那样多怎治的了?”发祥老婆焦愁地问。

“我们买回家具了,你们看,”宋老大边说,边从车上把喷雾器提下来。“嘶,嘶”地打了几下给大家看。

“大气筒?”

“不,这叫喷雾器,专治虫的家具,把药配好,装进这铁桶里,一压就喷出去了。”方奎给大家讲解着。

有个老汉,不信服地发着感慨:“这样说来,咱做了四十年庄稼,反倒成了外行啦?”

“不是是啥!”宋老大接住说,“老哥,没有见过的事,多着哩,到了社会主义,干啥也得用机器,那你才真成了外行啦!”

大家正说笑着,听见王发祥老婆生气地骂道:“老不死的东西,才回来了!”

众人扭转头来往前看,远远的,王发祥背着条空口袋,慢腾腾地走过来。

宋老大喊着问:“麦子粜到哪里了?”

王发祥不好意思地低声呐呐说："供销社！"

宋老大哈哈哈的边笑边说："看看，我早给你算好了，别的路走不通，绕来跳去，还是得走这条路！哈哈……"

一九五五年九月

束为

租佃之间

大早起，太阳还没露头，二小子就气愤愤地跑到六十八家屋门口“咚咚咚……”地敲那两扇破门，嘴唇一上一下地，就是不作声。

“谁个？”一个尖嗓的女人从屋里发出了问声。

“找六十八，回来了没有？”

“夜儿，当天就回来啦。甚的事？”伴着女人的语音有脚步声走近了门口。二小子听见抽开了门闩，使劲一推，那女人就顺着飞开的两扇门礅在了地上。二小子一步抢进去，六十八还在炕上打鼾睡。

“是你，六十八，”二小子的声音里充满了愤恨，他跳到炕上，“你为甚把粪送到我地里？你想夺我的饭碗不是？”

六十八被二小子的吼叫惊醒了，睁开眼，看见他的脸相怪难看，心里一捉摸也就知道为的甚事了，虽然二小子的吼叫他一句也没听清。

“我瞅过了，你把粪送到我地里。甚的意思？”

“好好的说，吼叫个甚。”六十八的老婆用一种调解的口气说，蹾在地上那事，她已经忘了。

“二小子，咱两个说不着话，”六十八坐起来，背靠着墙，用那稀烂的被子围住下身，身子摇晃了几下，说：“那地不是你家的，你找地掌柜去。说我把粪送到你地里，我不知道，你找他去吧！你是你，我是我。”

"你胡诌,甚的你是你,我是我!你想多交租子顶我,你是个人还是个鬼?"他拉住六十八的右手就往地上拖,"咱们叫村里众人评评,那块地该你种,该我种?"

六十八死不下炕,因为他还没有登上裤子。

"这是做甚,穿上衣裳再说,凉着啦。"六十八的老婆插进来说。

"你娘娘的,"二小子连一点耐性也没有了,他使劲一拉,六十八就栽到了地上,于是,他们就象一对凶恶的疯狗一样扭打了起来。

这时候,六十八的老婆的吼叫失去了应有的灵验,不管她是怎样高声的劝说和拚命的扯拉,一点也不妨碍他们的厮打。从屋里打到院里,扭作一团在地上滚来滚去。六十八赤着肚儿,浑身上下一丝不挂。二小子的皮袄也被撕烂了,他用膝盖压住六十八的脊梁,六十八的老婆就乘势打二小子的屁股,这对于二小子是并不关痛痒的。他只是一点不放松地压住六十八。墙头上虽说有两三个女人在观阵,但决不敢下来拉开他们。

"你抢我的饭碗,命根子,这两垧地我种不上,你也种不成。"

六十八不说话,只是想找个机会翻过身来,两腿替换着一伸一伸地。

"你还种不种?"二小子问,并不放开他。

"是地掌柜找我的,我没啦去找地掌柜。"

这时候,已经来了几个人,一面拉一面说,二小子也觉得光是打架也不顶事,同时他又想起了真要没地种时的那种可怕的情景,便伤心起来。就着别人的劝说他松松地放开了六十八,"活不出这个春天了,我那碗饭叫他端去吧!"说着,两颊已经挂满了眼泪。他回到自己的窑里,老婆推磨去了。数分钟前,他曾英勇地为自己的生活的幻想战斗,现在呢?负伤的狼样地躺在阴暗的窠穴中。他起来闩上门,重又躺在炕上,过去了的,那些不堪回首的生活,便排成了队在他眼前慢慢地移动……

“欠我的榆皮钱甚会还呢?”“呐——二小子说——黄三叔,如今,嗬嗬,还是凑不上。”“你不是还有垧半地——黄三叔说——把约押在我手下吧。甚会还账,甚会种地。”“黄三叔,那样,你不看,妈妈两天两夜没进口汤水了,那垧半地——二小子迟迟地说——就指望那垧半地了。”“不押给也行——黄三叔说——能还我钱怎的都好。真要是,钱也不还,约也不给,我送你到防共团里,说你抗债不还,那就,不能说三叔不讲情面了,对不对?”“明儿吧——二小子被逼的没法,说——有钱还钱,没钱给约,明儿一早送上门,行啦不?”“那就一言为定。”黄三叔说完就走了。二小子躺在炕上一天没出门。妈妈饿的睡也睡不着,坐也坐不住,两眼甚也瞧不见了,老是有气无力的埋怨二小子“我能把你养大,你就不能养老。”二小子也不说话。夜来了,他睡不着,想:“这天年一条活路也没了。”下炕来,头晕的厉害,眼前象有无数的金星在飞迸,摸索着找见切菜刀揣在怀里,一直向着黄三叔的大门走去。在这寒冬深夜里行走,冷而且怕,星星散布于天空,象在窥探二小子的秘密。忽然,一盏马灯出现拐角处,黄三叔摸牌回来了,他迅速的躲在门旁,浑身发抖,血在身上加速的回旋。一霎的工夫,黄三叔已经出现在他的眼前,这时候,他连举起菜刀来的力量也失去了,他的身子象失去了主宰摇摇欲倒。“二小子!”黄三叔发现他后,吃惊地喊了一声。二小子觉得阴谋已被发觉,丢了魂样地,把手里的菜刀使劲向黄三叔扔去,拔腿就跑。回到家里,手忙脚乱地找见那张约,塞进怀里,妈妈问:“做甚去来?”“没做甚,没做甚,”他说话抖嗦的厉害,上句不接下句地说:“我到南庄去,明儿一早……我就回来……”他跪在炕下给妈妈磕了个头,转身就走,心里非常酸痛,噙着泪绕过村后的树林,一直向着西山奔走,伴着他的是无限空虚的黑夜和死样的静寂。这是八年前的事,如今想起来,栩栩如生。

二小子有着一副忠厚朴实的脸相。一生的勤劳在那深而紊乱的皱纹里可以寻得出来，眼窝深陷的怕人，黑红的脸上象涂了层猪油，亮净净的；在那油层底下有几颗麻子散布着，那几颗麻子表示了他绝对的忠诚与安分，而没有一点奸诈，狡黠的影子。由于从小就一直担任着于他的身体过于繁重的劳作，所以使得他终年地向前探着身子。他三十九岁了，要是从他那副干瘦的长脸和丛生的胡子里看来，应该早已超过了现有的年纪。他出远门的时候，常用他的两手拾粪，而他的那对鞋便成了临时粪筐，就是在他给金卯叔当长工的时候，也是如此的刻苦。因为他经历过那种可怖的贫穷生活，单凭着忍耐是顶不住的。如今，八年前的那种狼狈形象，思想起来，使他自己也很难知道是不是还会有那样的未来，对于人活一辈子到底应该受多少苦，而这些苦楚又是不是老天爷规定了的，他有些惶恐。“买卖人指望多卖些货，做官的指望升一升，老和尚盼着财主去烧香。庄户人呢，没了地，就甚也没了。政府里叫减租子，地掌柜就退地，不能。”二小子想：“一家三口子就指望着它。”

“屋里谁在啦?”二小子的老婆端着一簸箕已经推碎了的细糠，回来了，原想一脚就把门踢开的，现在谁把门闩上了，敲着门问：“谁在屋里？也不作声！”

二小子开了门，他老婆把簸箕放在炕上，看见他那种颓丧样子，知道一定出了什么岔子。

“怎的啦？皮袄也扯烂了，给谁打闹来?”

“咱租种的那两垧地，叫六十八夺将去了。”

“咱家的生活，六十八是摸底的，他常到咱屋来坐，他哪有那狠心？我在四不郎家推磨，四不郎老头子说：‘这一定是金卯叔出的坏，打您手里夺过来，再租给六十八。好多吃些租子，’我看去找金卯叔探探口气，是真的，是假的。”她头头是道地说了一串，末了，又带点责备的口气说：“给六十八打架作甚，他穷的给咱样。”

二小子披上烂了的皮袄，下炕来，找着烟袋，问：“风帆哪里去了?”女人说在四不郎家炕上玩哩，他也没再说甚么，走出门来，砰地把门带上，就向着后堡子金卯叔——地掌柜家走去，从前堡子到后堡子只有一箭的路程，因为有一道小小的山沟横在路的中间，下坡、过河、上坡，也总得几袋烟的工夫，说起来，这也是一桩莫明其妙的事。前堡子后堡子本来是叫堡子上而不分前后的，谁也不知道从什么时候开始把南半个村叫作前堡子，而北半个村叫作后堡子的这来历。由于习惯这个村子间的往来，比本村也淡薄些，二小子也有些时不来这里了，到了金卯叔家的门口就一直走进去，院子里给他在这里打长工的时候不一样了，他无心管这些小事情，他拉开风门子。

“二小子作甚来了？”金卯叔慢条斯理地问。

“那几垧地，你老人家……”

“卖了。天年逼的过不去，不是处心不叫你种，实在……我的生活你是知道的，给我打了四年长工，租种了我三年地，”他捋着那两撇胡子，说，“政府里说减租咱也没说上的，减就减，我卖地，总不能不答应吧。”

“要是过的去，我也不要求减租子，听说，”二小子试探着说，“你把地转租给六十八了？”

“对的，我的地想租给谁就租给谁。那要看租子多少说话了。”

二小子蹲在炉子旁边，并不说话。

“你到山上这七八年，谁养活你的？还不是你金卯叔，你要种那两垧地也不难，多帮忙我斗八租子。减租是减租，人情是人情，你说呢？”

“那要看收成好坏哩，”二小子呶呶地说：“租子唠，还是照政府里说定的那样……”

“走吧走吧！一垧地给我十万石租子，也不叫你家种了。我要卖哩。”他生气了，说着就往门外推二小子。

“金卯叔，你也照顾照顾——”

“走走走，我家老婆养娃娃哩。”他的火性上来了。两撇胡子如同想飞的小燕的翅膀那样呼搧呼搧地。他的身个很小，却要表示自己并非小到不足尊敬的那样子，胸脯挺的很高。他紧张着嘴脸，叙说起他是怎样成为二小子的恩人的那秘诀。二小子刚来上山的那年，赤手空拳，甚也没，村里的人谁也不敢收下这个外来人，金卯叔却大胆把他收留下打长工，他常对二小子说：“在我这里，不算享福吧，可也不算受罪。”过了几年，二小子手里有点“私放”了，就独个走了趟口外，回来买了两垧半地，娶了个后婚老婆，还带了个两岁的小子，又向金卯叔租了两垧地，从这时候起，他就开始了自己的家庭生活，“这是靠了你金卯叔才起来的。虽说你不给我打长工了，可还种着我的两垧地，还不是给吃着我的一样，从头到尾仔细忖量一下，我那头对不起你，政府里减租……这些咱都不提，你看我胡子都这么长了，上无老，下无少，做官没本事，受苦没力气，就靠这五十来垧地了，你们还要减，减吧，就是这个办法。”他说完从炕桌底下取出那支长杆烟袋，但是找不见烟包，索性就把烟袋放下，左手紧捏住右嘴角的那扇“翅膀”。然后就慢慢地在屋里走动起来。继续说：“谁不是想捡顺口的吃，从小就没受过罪，老来再叫我啃糠窝窝。”他的说话象还没说完又不愿再说下去似的，“不管怎的说，我还是你的恩人，如今，就算……托你金卯叔一把，”突然，他瞅着了那个烟荷包，一会儿的工夫，嘴里就冒出了一团团的白烟，仍然来回的走着，断断续续的说着，烟雾跟着在他的头上缭绕。

二小子没心再听这些又臭又硬的唠叨。他站起来，上身依然向前弯曲着，向着金卯叔挪近了一步。

“那地，到底叫我种呢？还是怎的？”

还没等到金卯叔回答，风门子就轻轻地敞开了。一个二十来往的后生端着一个油漆托盘走了进来，热腾腾地两碗莜面河涝，一碟酸菜和一碗漂浮着油圈的酸菜汤，端正的放在炕桌上。这是一种很朴素的饭菜，但是多数的人仍然摸不到它；二小子为了它忧愁过，奋斗过，也曾为了它尝过不少的苦楚与折磨。对于穷困的人，它却越发地散放那诱惑人的香气。

“再端两碗来，一对筷子，”金卯叔吩咐道。后生“嗯”了一声，退出了。“二小子，来，炕上坐，吃了饭再说。”这时候的金卯叔是和蔼可亲的，感情丰富，热烈。他拉二小子上炕，如同遇见了久别的老朋友，强迫他接受这种深厚的友谊。

“不，”二小子缩回了手，又蹲在那里，“你老人家吃，我吃了来的，吃不下。”

“嫌这饭不好？咱再做。”

“真是吃了来的，吃不下，”二小子说着，想：“这真扯淡，我是说地，他是说吃。”

“跟了我几年，作起假来了，你不吃你挨饿。”他上了炕，盘坐在靠近炕桌的那里，面向着二小子，把碗端在胸前，用筷子夹了一撮酸菜放在碗里，又倒些酸菜汤，对着那碗莜面轻声地说：“吃吧！”于是就细嚼烂咽起来。

“就等你一句话了，金卯叔。”

“吃完了细细的说，等一等，那地只给六十八提了提，还没说死。你要想种……”金卯叔又吃了起来。

二小子举起了眼，打量了一下这屋里。头几年，是很熟惯的，这是这处院子的任何地方，比起金卯叔来都更清楚些；现在，觉得很生疏了。自从他搬到前堡子以后，也很少到这里来串，虽说每年总来送一趟租子，那也只有一两袋烟的工夫。只有年时，为了接受金卯叔的责骂才多耽了一阵子。那是因为交租子的事。

“你们租种人家的地，给交这样瘪的颗子，有良心没，好的留下你们吃着受用了，租种地的成了祖宗，地掌柜倒成了孙子啦。”那时候金卯叔的火气也不小，“快快背回去吧！租子我一颗也不要，地，白给了你家。”

“今年的收成不好，你老人家是长着眼的，六月里才下雨，苗儿一直没长好，快结颗子的时节，枣儿大的雨疙瘩落了一前晌，共起来，才打了不满五斗，家里剩下斗来往，比这还不如呢！”二小子听着怪冤枉，就给金卯叔顶了几嘴。

“背回去吧！瘪颗子还不说，四斗租子才给我三斗，甚也不要了。就算我生了场病把它花了。”

那时候，二小子为了今年再种这两垧地，说了不知多少好话，还磕了两个头，“年根底把那斗租子送来！”答应下来，才算了事。

金卯叔的脾气大，二小子是知道的，现在，金卯叔对他表示从未有过的亲善，这还是头一遭，他觉得有些蹊跷。他揣想着：“不管怎的，这是扯淡，扯淡！”

金卯正在吃第二碗，门外有人问金卯叔在不？他把碗放下，说：

“谁？进来，进来！”

再没听见有人说话，从风门子中挤进一个人来。毡帽头底下扣着一副贫血的脸，眼里象蕴藏着无限的冤屈，他瞅见二小子也在这里，怔了一下，诉冤似地走到了屋子的中央。

“六十八，”没等六十八开口，金卯叔说话了，“炕上坐，炕上……”

六十八哼哼了几声，就将半个屁股凑上了炕沿，一双胳膊支在炕上，身子探向金卯叔。

“金卯叔，”他用一种讨饶的声音，粗声粗气地说：“那地，你给我说的，我打算……不种它了。”

二小子欠起身子，重新蹲下，想说话的样子。

“为甚呢？”金卯叔问，想了一下，“那也好，你要不种，卖了它，省得再惹麻烦。”

“你把粪都送到地里了，你又来……”二小子说。

“金卯叔在炕上坐着哩，问一问，那粪是谁送到地里的？不该我吃的饭,我一碗也不想多吃,咱们弟兄……事情过去了我也不想提它。这种打仗的天年,谁该享福,谁该受苦,老天爷也作不得主。嗐!”

“粪么,是我送的,原想自己种来,想来想去还是卖了吧!”

“那地的事别再找我了。”六十八离开了炕沿说。“你吃饭,我要回去。”

“我送送你,”他真的走下炕来,送到屋门口,“闲了来坐。”他扭过身来,二小子也挤着往外走,“你,怎的！待一会。”

二小子的嘴里不知嘟哝了些什么,就挤了出来,他跟在六十八的背后,有一丈多远,他们不说话,走进那道小沟里的时候,只有小河的流水在淙淙的低语。太阳高高地悬在半空。二小子觉得周围很宽敞,松快,他就紧走了几步,赶上了六十八。

“六十八,”二小子带点后悔又带点埋怨的说:“你看这事怎的弄成这样子啦！他是日倒咱们哩!”

“嗯。”

他们又不说话了,象有谁在他们的中间挖掘了一道深不可测的沟壑。原先,他们可以不说话便知道相互的心思的;现在即使说话,各人的心思也很难捉摸了,各人有各人的心事那是自然的,然而他们都也有这种想头:我们之间的仇恨是从哪里来的呢？只有一天的工夫。“二小子,农救秘书也叫你去一趟。”走到六十八家门口的时候,六十八说。

“你还去不?”

“去过了,他叫你早些去。”

会场是设在前堡子小学的教室里。二小子到会的时候,村里的人已经到了大半,他们在杂乱的交谈着:“今儿开甚的会?”“噢,知道了,银行里借给咱们钱,……”“借钱给咱们叫买籽儿,牛,驴儿,犁,铧,娶老婆吃洋烟的不借给,今儿开会——”

“开会吧！”村长从教员室端来一盏高脚灯，放在教桌上，看了看众人，说：“没到的，两个主任代表负责任，回去了，挨着批评他们，谁叫他们不来的。”

这时候，一群女人又说又道的挤进来了，一进门就盘据在那里，她们不象男人们坐在桌子上，而是规规矩矩的坐在凳子上的。

“不说话了，坐在桌子上的下来！”村长站在讲台上高声地说：“今儿开甚的会呢？就是叫公民大会。政府里减租，金卯叔要夺二小子的那两垧地，众人评一评，那地该他夺不该。调解委员会给他们说合，金卯叔不应承，看众人们……”

立时就有了反应，女人们叽咕着为什么种地的事情也叫她们来开会，男人们都在用眼去找二小子和金卯叔。二小子是坐在第一排桌子后面的，一眼就瞅得见；想看见金卯叔就不容易了，第一他的身个很小，第二他是坐在最后那排凳子上的，而那里又没放着灯盏。

“先叫他们到台子上说一说。”一个人提议。

二小子站在台子上觉得很不自由，他的左肩一耸一耸地，象怕皮袄滑下肩来。一大会子，他的两脚在原地活动了几下，才开始说话，开始会场的空气也还平常，及至他说到“我真要是能活的过，那地不要租子也不种他的”的时候，空气就变得沉重了。女人们也开始感觉到这些土地的事情并非与她们无关。

“……我一颗租子没欠过他的，收好收坏到时节就送了去。这地我租种三年了，租给我的时节是两垧，如今我掏坡掏的，两垧半地也多了。要是夺回去……我又不是讹他的地种……众人们，评一评……年时交租子……”他的话渐渐地失去了伦次，甚至不能表达他的意思了。声音也微微地颤动，他继续说下去：“他怎的给我说：‘种吧，我只要不死，那地就归你种。’如今，他把我当娃娃耍……年时冬天，日本人来咱这里，八路军在山上打仗，一天一夜我背了五趟伤兵，饿着肚子，要是石头能吃……”由他那颤动的声音里，众人知道他的眼泪流下来了。“末了那趟，实在支不住了，头晕眼花，跌到山根底……不拘糠窝窝稀糊糊，有吃上的……评一评，叫众人们，打仗的时节，金卯叔钻到山洞里，我为了甚，那天黑夜，我跑去给他家……借一碗米，他都不。日本人来了，杀我，就不杀他啦…… 我的命没他的值钱，我老婆娃娃，如今，众人们……”他呜呜地哭起来，两手捧着头，走下台子，他伤心地，冤屈地哭着，象个无依无靠的孤儿被人投入于水深火热中。

于是，众人们被带到那残酷的回忆中了。那是一个不平常的日子。雪片在北风里纷飞，敌人来了。八路军的战士卧在雪地里打仗，村里的人们都忙着为八路军做饭，背子弹，也背伤兵，二小子是其中的一个，他背着伤兵从山上摇摇晃晃地走下来，又躬着腰慢慢地爬上去，背到第五趟，就支不住了，和伤兵一齐从半山滚到山根底，那个年轻的伤兵跌死了（事后，二小子曾跪在那年轻的战士的坟前烧香，化纸钱，并且虔诚地为死者祷告。），那时候，金卯叔钻在洞里不敢出来，众人向他借几斗米给八路军做饭，他都不答应，这些，众人们都是亲眼看见的。

现在不少的人在劝说二小子，但是他们也找不出适当的话语止住他的哭泣，只是说：“哭有甚用，有话尽说出来，众人们是长着眼的。”六十八也挤在那里，先是不言语，后来他扒到了二小子的肩上说：“你哭死金卯叔也不会疼你。众人们知道你的情由了，你尽是理，众人还能亏你吗！”

“再叫金卯叔说，金卯叔，这里，台子上来！”村长说。

“我没甚说的，看众人的意思。”金卯叔并不到台子上说话去，所以众人的视线便集中在后墙上。“那地是我的，我还能连一点自由也没唠！说我夺地，那不对，是想卖那几垧地，卖不了唠，还不是由他种去。众人要说他活不过，由他种去就对啦！饿死我金老卯，也不能饿死二小子。这就是我的意思。”

“那地亩我底细，他不是卖，想租给六十八，多吃些租子。”农会秘书说。

“他说租给我，我压根就没应承下。众人们评评，租给二小子是四斗，租给我要五斗，地掌柜……还叫我们打了一回，这都是为了甚呢？”

“为了地掌柜好多吃些租子。”一个后生说。

“金卯叔应受批评，他想多吃租子，就把地伙计饿死。”

“调解委员会这样给他们说合的，”村长向众人们说：“地还是二小子种，写五年租约，租子呢？照政府规定的交，年时，多交的一斗租还出来，众人们看行是不？”

“合适的，合适的！”好几张嘴同时说。

“众人们说合适的，再看金卯叔怎的说。”

“众人都这样评，我也没说的了。”金卯叔颓丧地说：“新政权自来咱就拥护，政府要这么规定的，咱也就那样办，我还有一句说的，就是，地里那两驮粪是我的，得给我些票票，还说叫我退那斗租子，目下我也没存粮，叫他秋后少交我一斗就完了。”

“那些你们自己商量去，谁还有说的，没了就歇一会。”

“我还有说的，村长，”一个小巧干瘪的老头子，四不郎，说：“众人都在，村长站在台子上，金卯哥和二小子也都在，我说句话，看众人服不服。庄稼人一年到头熬在地里，风吹雨打，众人们都知道，下不了籽，出不了苗儿，开不了花结不了籽，收割了打下了，再吃到嘴里……一下子叫地掌柜弄去了一大半，我不是胡诌，年时，打仗的时节，金卯叔也没出人力，……吃的饱，穿的暖，钻到洞里，日本退了，他就出来，又多要租子，又夺地，这种样的人，在打仗的天年……”

“四不郎说话真厉害，加个汉奸的名，枪崩我吧！”金卯叔在黑影里大声地说，“地还是叫他种，政府里规定多少租子就交多少租子，说我不出人力，我和尚命，没儿女，要是儿孙满唠唠唠——”

“清了，不说那些了。”村长指划着说：“回去写约，写五年，那斗租子甚时退，你们自己商量去，下面还讨论银行借款的事，先吃几袋烟。完了。”

众人们吃着烟说着话，女人们挤在一疙瘩叙起了家常。二小子找见了六十八蹲在墙角里，不知嘟哝些什么，窗外淅淅沥沥的小雨下了起来。

第二天早起，二小子到村公所写好了公约，就走到金卯叔家里去了。

“金卯叔，约写定了，你一张，我一张。”

“放下吧！”金卯叔正在洗脸，支洒着两手说：“炕桌上。那两驮粪，上在那地里就完了，我也不要你的票票，秋后，收成好唠……”他故意不把话说完，就“噗吃，噗吃”地洗起脸来。

“那不用说。”二小子把那张手掌大的租约放在炕桌上，说：“那斗租子——”“秋后一起算吧，好不好？反正咱俩谁也不叫谁吃亏。”

“那就好！”

没等金卯叔说声送，二小子就走了。下了半夜的小雨，空气非常新鲜，柔软的春风拂摸着他的脸，太阳发着温暖的光。走进沟里，澄清的流水，洁净的石头，他蹲在水边，洗了手脸，两只湿淋淋的手在皮袄上抹了几下，迈过小河，便向着前堡子走去。

一九四三年八月三、四日

红　契

曲营村有个地主,名叫胡丙仁。这人有一副笑脸,他去催租逼账,总是先给你笑上一面,如不交租,马上收地。众人把他叫做阴人,外号叫他笑面虎。笑面虎有三百多垧地,但是他不知道这些地都在哪里。他只知道,在去他女子家的路上有一块十垧的地,那是从佃户苗海其手里讹来的。如果你问他:"财主,你那三百多垧地都在哪里?"他用那根长杆烟袋,指指南山,又指指北山,指指东山,又指指西山,最后,又指指前坪绿油油的庄稼说:"统有我的地。那些好地都是我的。那些狼不啃的沙梁地,都是穷小子们的。"虽说笑面虎不知道他的地在哪里,但却把他的文书匣匣严严密密的藏在炕洞里,连他老婆也不叫知道。有一次,他老婆把针线包子寻不见了,就在炕角角上胡拾翻,叫笑面虎看见,照定屁股就是一脚,并且骂道:"你狗日的还想拾翻我的老底子里,滚你的蛋!"那老婆忍不住气,从炕上跳下来,坐到院里,直骂他"老不死"。

前年减租运动来了的时候,笑面虎他老婆急忙从张家庄她娘家跑回来报信,说张家庄的大财主,被众人斗了三起三落,到后来,租也减了,讹的人家的地也退了,典的人家的地也叫人家赎回去了。笑面虎张着嘴巴听了这消息,心上一下就凉了半截子。急得直问他老婆:"你就没听说甚时斗我来?"他老婆说:"那咱可没听说。哎呀呀!那众人往倒里斗个县官也不愁。张财主威望可大哩,连三岁娃娃打架还得去找他。如今,啧啧啧……一下就斗倒啦!"笑面虎坐在炕上只是出长气,却怎也想不出办法。

张家庄的斗争果然传到曲营村来了。三四十个佃户一齐挤进笑面虎家院里,众人不喊不叫,只有领头的马驹子、福生子几个人喊叫。区上的青年部长小陈也来了。小陈还不断给马驹子他们打手式、传话。笑面虎一看不对劲,就抱上那个心爱的文书匣匣出来了,他展开笑脸说道:“我知道众人要来,我早就准备好了。”马驹子、福生子看不惯他那嘴脸,大声嚷道:“你剥削我们几十年,我们减租来了。”笑面虎说:“减租减息是政府法令嘛!我还敢反对。一切咱都按法令走,诸位干部给咱作主。唉!这也是天年把你们逼到这条路上了。我这人自动开明,不象张家庄张财主那样愚顽。嘿嘿!前头有车,后头有辙,挨上怎办,就怎办。”

没来的时候,区干部小陈只怕斗不过地主,所以再三告给众人怎样喊口号,怎样说话,如今,又没喊口号,又没多说话,事情就办成了。他就对众人说:“胡先生是开明的。我们大家欢迎。”小陈还鼓了几下掌,众人也不知道鼓掌是怎回事,开会以前,也没规定,所以众人都不鼓掌。

这个工作做的真痛快,一天工夫就做完了。租子按二五减了,该赎的地也赎了,霸占去的地也归了原主。可是有许多人,不大敢接过新写的租约。佃户苗海其就是一个。笑面虎把他讹去的那十垧地的红契递给他的时候,他还二二虎虎的。笑面虎说:“不怕,你先拿回去再说,这是公事,也不由我!”苗海其看见众人,有的接过新租约,有的接过红契,他也壮了壮胆子,接过红契,回家去了。

不到半月,村里起了谣言,说是八路军要走呀!旧军要上来呀!笑面虎要夺地呀!谣言一天多一天。曲营村又是山上的小村村,区干部也不常来,行政村干部也不多到,本村干部也不知道怎样才好。众人们,尤其那些减过租赎过地的人,心里总是二二虎虎,立坐不安,苗海其也是很怕,不过,村里总没发生什么事情。有一天,他吃罢早饭,正想去山上搂柴,笑面虎的三儿子跑来说,他大大叫他去推磨,苗海其放下镢头就跟上到了笑面虎家里。笑面虎并不叫他推磨,却把他请进里窑喝酒。苗海其只说:"你老人家喝,你老人家喝!"笑面虎提住酒壶故意说道:"嫌你胡大叔的酒菜不好是不是?"笑面虎又对窗子喊道:"拿几个咸鸡蛋来,人家海其子嫌菜赖,吃不下呢!……"这一下把苗海其"那个"住了,他连忙说:"你老人家怎说这话,我这啃糠窝窝的嘴,怎能嫌菜不好呢!"一面说,一面夹了一筷子豆芽菜放进嘴里。笑面虎笑嘻嘻说道:"好好好!这才够个老交道。"

二人吃喝了一阵子,笑面虎就说话了。他说:"咱两家也是父一辈、子一辈的老交道了。你老子与我共事一辈子,说到你名下,也是半辈子了。你老子在世的时候,吃了上顿没下顿,只要到我门上,不管借多借少,我没有说过一个不字。你老子也是个好人,秋天到来,连本带利一齐还上。真是好人。可惜好人不长寿。你老子一死,你还记得,那时节你才是十来岁的吃屎娃娃,没兄没弟,没亲没故,虽说你老子给你留下十垧地,你娃娃家怎么经营?我看你可怜,就把你引过来当长工,地也带过来了。在我家吃了穿,穿了吃,一直十年。后来,你要另过生活,由你!我就租给你那十垧地,哎呀!你扳开指头算一下,不要说你有十垧地,你再有二十垧、三十垧,把地卖了,也不够你十年的吃喝花费。海其子,没你胡大叔,你早就喂了狼啦。"笑面虎说话的时候,苗海其直插嘴说:"你老人家是恩人嘛,我一辈子也忘不了。"笑面虎喝了一盅,又说道:"如今,我胡大叔叫众人闹的不行了,将来你有个难处,我也没法子帮助。做甚事也总是一来一往嘛!别人跟上干部们跟我闹还不说,哈哈,不想,你也来哩。"海其子说:"不来人家批评嘛。"笑面虎恼火了,对着窗子向外骂道:"福生子、马驹子,看你们这些灰小子们能有几天好活!日你妈的,好好吃上几天闷粥,等旧军来杀脑袋看。我看透这世事了,八路军,哼!九路军也长在不住,旧军一来,屎壳郎搬家——滚蛋!"笑面虎对着窗子大骂干部,苗海其心上却怕了,于是他说:"我那十垧地的红契再给你老人家送来就是了。

那地还是我种着，照旧交租。你老人家别生气。”笑面虎听了，直让他喝酒，苗海其早就喝不下去，就要回去。笑面虎的三儿子拉他去推磨，笑面虎说：“孩儿，今儿不用了，过几天再推来，先供上个毛驴驴使唤着。”苗海其糊里糊涂走回家去了。

第二年秋天查租，曲营村查出一个半人没减租；一个根本没减，一个只减了该减的一半，苗海其的事谁也没发现。

第三年，就是今年，春天查租的时候才闹大了。区上来了个农民部长，众人叫他老马。老马来了也不说召集人，也不说开会，黑夜找人谈话，白天就帮人拾粪。苗海其听笑面虎说，老马是来调查什么的，所以只避着老马，老马去帮他背粪，他说：“粪土不多，一个人也不够背。”老马问他种多少地，他只“唉”了一声背起粪箩头就走了。第二天，老马借了农会干事福生子的一个粪箩头，一定要帮他背粪，苗海其觉得这人怪平和，就叫他背了。两人一路走，谈得怪热火。老马甚也懂得。老马问他：“这几年减租生产，该是翻身了吧？”苗海其苦着脸子一笑，说：“翻身了，全是咱毛主席给咱谋的利呢！”苗海其只怕老马知道他的事，还说：“笑面虎霸去的我那十垧地，也赎回来了。”老马和他谈了那么多话，他总没把那事说出来，他怕笑面虎，所以不敢说。

过了几天，村里要开查租大会。苗海其亲眼看见笑面虎被众人斗的话也说不出一句，屁也放不出一个，双圪膝跪在那里，只向众人磕头。苗海其仔细听人家诉苦，每一句话都打在他的心上。众人说着就生了气，一窝蜂上去要打笑面虎，苗海其藏在墙圪角里，也跟上众人喊道：“打打打，打这没良心的。”虽说嘴里喊打，却并不上前动手。笑面虎在圪台上往下一看，苗海其的眼睛和他碰上了。笑面虎斜眼睛挤了他两眼，苗海其马上又想起前两天笑面虎告他的话。前两天笑面虎对他说：“你要不报告农会，我就答应把租子减一减，如果你报告农会，我就到你家大门口上吊。”苗海其想起这话，还有点子害怕，会没开完，他就回家去了。

第二天,苗海其老婆回来说,谁家谁家的租子也减了,还退了许多粮食。那婆姨说的真起劲!“唉呀!笑面虎可把新政权八路军错看了,可叫众人斗了个灰。这种死顽固,就该好好斗一下,看他还敢欺压众人?”苗海其说:“你悄悄的吧,白天斗的要回来,黑夜还是又叫人家逼的要回去。笑面虎可不好缠呢!”两人说着说着就说到自己的那十垧地上。那婆姨问:“咱那地到底是怎啦?”苗海其说:“怎也不怎,前年就要回来啦!”那婆姨又问:“年时怎么才打几斗粮食?”海其说:“年时天旱,收成不好嘛!”那婆姨嫌他不说实话,就吵开了:“你才嘴巧,你一定又是给笑面虎送去了。那是自己的地,为甚又要给人家,还给人家交租?你是有儿有女的人了,怎么也不打算过光景呢?”

他两口子正吵,老马和福生子进来了。福生子说:“两口子又吵架咧!”那婆姨不等海其说话,就抢过去说:“福生哥,人家都租也减了,地也赎了,笑面虎霸去我家那十垧地,能要回来不能?”福生子说:“你们的地嘛,怎不能!”那婆姨对海其说:“这不是话啦,你听人家说甚,人家都能,为甚咱就不能?”苗海其在先还不承认那地没要回来。到后来被福生子和老马说的承认了。可是他说:“人家势力大,咱那地要回来也不保安生,那家伙要跳房哩,上吊呢,咱可缠不过人家!过几年有了钱,再买上些吧!”老马问道:“过几年,你那钱从那里来?天上又不会下元宝!”这一句话就把海其子问住了。老马又说:“庄稼人,甚都是从地里来,有了粮食甚都有了。可是你的地捉在人家手里,还得给人家交租,人家受用了,你可是苦下啦。你说笑面虎势力大,要是众人三年不给他交租,看他狗日的哭爹叫妈也寻不上个门。夜儿黑夜还不是叫众人斗倒了,众人齐心甚也不怕,前年众人不齐心,又叫人家剥削了两年。海其子,我家以前比你还穷哩!比你受的害还大哩!我的脑筋一开,甚也不怕了。庄户人走遍天下都有理,我们又不是讹人家,有甚怕的？翻身不翻身全看穷人的心齐不齐。”老马和福生子又劝说了半天,海其子说:“道理是对着哩！人家可不讲理嘛！受人家剥削半辈子,疼也疼过啦！还说那做甚？结下仇人,以后也不好办。”

老马听了这话,用圪膝顶了福生子一下,他俩就走了。老马对福生子说:“这人受笑面虎的害太大了。又受了笑面虎的欺哄,以后要好好帮他开脑筋!”福生子说:“咱动员上些人帮他要过来就算了。”老马说:“不行,他的脑筋不开,谁帮他要过来,还不是又叫笑面虎逼回去。还是要多开导他,他家生活困难,把救济粮给他些,义仓粮也借给他些,这样的老实人还有呢,福生子你好好记住,多帮助他们。”

吃罢午饭以后,老马就走了。

夏收了。变工组帮了苗海其两个工,一前晌就把两垧麦子挽回来了。第二天,苗海其就去铺场。他正铺场哩,笑面虎打发他的三小子叫海其子来了,说是瓮里没水了,叫他去担水。这些时候,苗海其看见这小狗日的就不顺眼,不是叫掏茅厕,就是挑水、推磨,前几天笑面虎还说要麦子。苗海其心想:福生子的话真对,人心没尽,这穷根子割不断,一辈子也不得翻身。所以他下了决心,麦子不交;过几天还要把那十垧地的红契要回来哩！水也不担了。于是他对那小狗日的说:“回去对你老子说吧！我没那闲工夫挑水。”那小狗日的说:“我大大说的。”海其子说:“你妈妈说的也不顶事。”海其子说罢就到打麦场上去了。

吃罢午饭打场,婆姨汉两个,一人拿一个连枷对打。连枷乒拍乒拍响,麦子就在连枷下跳起来,有时麦颗子还打在脸上。他两个也真实受,谁也不说休息,一面打,一面说话,那婆姨说:“把麦子打下来,就去找笑面虎吧！把那红契要回来,就甚都放心了。”海其子说:“哼,红契要回来还不算,这几十年的老账也要好好算算呢!”那婆姨说:“那更好嘛！福生子说还是早些去要好!”海其子说:“笑面虎还能飞上天去?我这账一天半天也算不清,要找个工夫好好算哩!”

打麦场上,乒拍乒拍地响,他两个一后晌就打完了。两个娃娃在地里从麦根里拣麦穗。大小子狗儿说饿,小女儿巧儿也要妈妈回家做饭。妈妈说:“就会说个饿,好好拣!”一直到天黑,把麦子扬得差不多了,她才领上两个娃娃回家去做饭。

月亮明朗朗,四野静悄悄。有的人家点灯吃饭了。有的场上还在打簸麦子。海其子的麦子多一半都扬出来了,还有一些准备明天再打簸。肚子也饿了。他一面簸麦子,一面等送饭来,他准备今天黑夜就在场上睡觉。正簸麦子,忽然听见背后有人悄悄地喊道:“海其子!”苗海其回头一看,却是笑面虎赶着一条毛驴。他知道他是来干甚的。年时颗子还没闹回家,就叫他闹去了。今年他又来了。海其子不说话,圪蹴在那里。笑面虎走到跟前,小声说:“没人没人!不要怕!”说罢,笑面虎就自己动手装麦子,苗海其两眼盯着他,眼看他满满装了一口袋,放到驴背上要走,苗海其忽然站起来,问道:“你往那里驮?”笑面虎听海其子这话问的怪,就笑着说:“海其子要笑哩吧!”海其子拉住毛驴说:“老爷爷不会给你耍笑。走吧,到村公所去!”笑面虎真没防他这一手,脸也不笑了。他就问海其子:“你是种我的地,还是种村公所的地?”海其子说:“我是种我的地。走走走!”他拉着毛驴就走。笑面虎想起春天众人斗他的情形,心里就害怕。他说:“海其子,你不凭良心了?”海其子说:“我不懂得良心是个甚!先问问你的良心吧!”笑面虎吓的两腿直发抖,拉住海其子说:“你要怎,我就怎,咱这租子也减上些。”海其子说:“我不减租。我受了半辈子,减那点租子也不顶事。”笑面虎扑嗵跪倒说道:“你是叫我怎哩?你有甚咱两个说,千万不要告诉众人。”海其子气愤愤地说:“咱两个一辈子也说不清,还是找大家评一评去!”笑面虎看看说不转海其子,爬起来说:“好,要怎么由你吧!”说罢拉上毛驴就要走。海其子一下把口袋从驴背上掀下来,拉住毛驴不放。笑面虎气的浑身发抖,拣起个连枷就要打,苗海其上前一把抱住笑面虎的腰,一吃劲,就把他放倒了,他骑在他的脊背上,一面打一面大声吼叫起来。

霎时间,打麦场上挤满了人。众人直顾乱问:“出甚事了?”“出了人命没有?”农会干事福生子和主任马驹子也来了。福生叫海其子说说是甚情由,苗海其就把话前前后后说了一遍。真把众人气坏了。喊声打声嚷成一片:“把笑面虎嘴上的毛拔了。”“拉出来,敲他的牙!”“不行,磨他个老狗日的!筛他的灰!”

笑面虎跪在那里直喊众人“爷爷”:“爷爷们,饶了我吧,错也是我的错。众人说甚就是甚,减租退地由众人算,算多算少,我卖房卖地也要给海其子。”众人一伙打上笑面虎到了他家。笑面虎一头栽到炕上就哼哼起来,他叫他老婆从炕洞里把文书匣匣取出来,福生打开找出了苗海其那张红契。他又把所有的文书看了一遍,又发现三张已经赎过的文书,福生子吃了一惊。他把三张契念了一下,马上就有三个人气愤愤地冲进窑里。笑面虎被拉出来,站也站不住了。这三个人讲了话,这三张红契都是在前年赎地以后,笑面虎又逼着要回的,今年春天查租的时候,笑面虎吓唬他们,不叫他们说出来。

当天黑夜就算账,苗海其的账最麻烦,那账要从他十岁上给笑面虎当长工算起,每一笔账都有一段苦痛的事情,都要说出来,一直算到第二天黑夜才算完。笑面虎说他可以给地,不给粮食。海其子自然高兴。笑面虎就把他的文书匣匣再拿出来,从不多的文书中,又找出一张十五垧的红契给了海其子,海其子就把红契拿在手,说:“我给你揽工十年,租种地十几年,才给我十五垧地。你笑面虎还是占了便宜!”

海其子拿到这二十五垧地的红契,心上乐的捉住福生子的胳膊说:“福生哥!福生哥!为了我翻身,你成天找我说道理。这一下我真的明白了。我要请请你哩！你叫老马也来，老马可真是好人呀！”

海其子高兴极了，他高兴地流了泪。

一九四六年

老婆嘴退租

二掌柜王丙红虽说是五十多岁的老汉了,可是他嘴上没生胡髭,因此众人常在背后叫他“老婆嘴”,再不听见有人喊“胎里红”了。有时候他赶集割回一条子肉,众人就在背后说:“老婆嘴要蘸油啦!”这话如若叫他听见了,“噗吃”一声,把鼻涕往后一甩,就算回答了众人。他觉的那些裹手巾子打土圪垯的人,成不了个气候,不待理他们。

这个老婆嘴到了减租大会上,可就不同了,吹胡髭瞪眼(说错了,他没胡髭),那副铁嘴钢舌叮叮当当响了一阵,到后来,说不过佃户,松了一下。前两次开大会,他都逃脱了(一次他跑到山上他女子家去了,一次在家钻了竖橱),只有这一回,才尝了尝“庄户人恼了”的那种滋味。他那老婆嘴就象母猪掀树根似的努了几下,对众人说:

“你们要减租是不是?!”

老婆嘴的话还没落音,众人就一声吼:

“还要退租!”

“好,要减要退由你们!众人是圣人,我一定照众人的意思办,说到我剥削众人,这话我先应承下。再说到退租,到明天,开窖,”老婆嘴接着大声问道:“明天退,众人凭过我凭不过?”

众人一想起他逃跑的两次的经验,就举起胳膊吼道:“凭不过!”

老婆嘴真没想到众人这么不讲情面。他又问:“你们等了几辈子啦,这一黑夜也等不过?”

是呵，对呵！几辈子受剥削，都熬煎过去了，一黑夜真不算个甚，所以众人都不说话了，可是有个叫赵光裕的佃户不同意，他说：

“我们穷人凭不过地主！开罢会就要退！”

光裕子这么一说，众人又要他立时退租。老婆嘴真把赵光裕恨透了。没办法，他就说他可以找个结实保人把他保住。他向众人连问几声“谁保我”，却没有一个人说话。等了一阵子，才有个长胡髭的老汉站起来。他是本村减过租的地主张财主，他说他当保人，众人的眼睛转向张财主，并且问他：

“你是保人咧？还是保粮咧？”

张财主摸着胡髭想了一下，坐下了。不吭气了。到后来众人追的紧，老婆嘴张开两只胳膊象飞似的，气喘的说：“我活到如今，哼！连个保人也寻不下了，好，好，好……怕我跑脱，我自动坐一夜禁闭，明天开窨。”他还对众人说：“咱自来就是大处着眼，小处我不去扣卡，减租退租满打满算，才有多大点好处，如今，减就减，退就退，说一不二！过去躲开了众人那是我想不开，解不下政府的法令呵！”

这真是面对面撒谎。前年给他二子王双印娶第三个媳妇子的时候（头一个逼的上了吊，第二个逼的跳了河），急雨打烂了窗纸，双印子给他要钱买麻纸，他不给。半夜三更他到村公所门口，偷来一张减租布告，要糊窗户哩。他是咬过几年笔杆子的人，还是满清时候的秀才，那布告上说了些甚，他就没瞭一眼?！如今老婆嘴说了不懂法令的话，众人又把他那偷布告的事说了一遍。

“说到他小气的话上，嘿！他还偷过我的水萝卜哩！”光裕子还添了一句。

“那是过去的事，”老婆嘴说：“如今我的脑筋‘哗’的一下打开了，我快死的人啦，再多赚下，我能带走一个麻钱？这回要跑，捉回来枪崩不后悔。”

这样说来，老婆嘴真的想开了。众人想：也许要转变了。

散会以后，他自动到村公所，叫把他禁闭起来。村公所没有禁闭室，就把他搁在村公所的里窨里。他又叫通讯员告他二小子送饭来。直到天黑了的时候，才送来饭，众人都回家吃饭去了。双印子把饭送进里房，叫老婆嘴吃饭，这时候，通讯员在外间炕上睡的如死猪一般，甚也不知道了。

突然，"哗啦"一声，把通讯员惊醒了。他翻身跳下炕，看见门口有一个人往出走，他抢前一步，捉住那人说道："好你老婆嘴，我就知道你要逃跑！"仔细一看，原来是王双印，在门口跌倒把碗和磁罐子捣烂了，老婆嘴却在里边说话呢：

"我要想跑，有几个王丙红也跑了，看把你吓的，财主再穷也不会跑，不放心就上锁吧！"

村长也来村公所睡，半夜起来一回，王丙红在里面睡的香甜香甜地，没有跑。村长和通讯员就放宽心一觉睡到叫明鸡报五更，这时候，村长和通讯员被叫门声惊醒了。开开门，王双印提了个灯笼，扑进来喊道：

"爹爹，爹爹，咱家后园子的窨，叫偷谷贼挖开啦！"

"好我那孩啦，丢了粮没有？"

"丢了个光打光，快去看吧！"

老婆嘴丢粮食的事一传开，佃户们都来了。众人就跟他父子去看窨。刚进后园子，父子俩就喊叫，这时候，天才麻麻亮，看不清王丙红的老婆嘴是怎样，却只听见他又哭又喊：

"我的命呀，我那天呀！只有这一窨粮食，又叫人偷啦，叫我拿命顶佃户呀！……"

粮窨旁边堆着一堆糜草和虚土。通讯员跳下去，抓了一把湿土上来，说粮食实情是丢了，王丙红咬住了村长：

"好村长咧！你给咱作主呀，这事出在咱村里。"

村长左思右想，想不出谁会偷他的粮食。七个二流子改造以后，村里一针一线也没丢过，村口摆上个大元宝，也不会有人捡。

怎就丢了满满一窖粮呢？

“这真异奇了！”村长对自己说。

生米做成了熟饭，众人眼看他丢了粮，这事只好等几天再说。大家正要往出走的时候，听见门口有人嚷叫着走进来。前边走的是光裕子和老婆嘴的长工三老汉，后边相跟的张财主和几个什么人。还有一条牛，牛身上驮了两布袋粮食。

光裕子说：“三老汉，你先说吧？”

三老汉不敢说。光裕子就说起来：

“我把你王丙红看透了，以前说减租，你就拿夺地吓我们。如今要退租哩，你又悄悄的往外村运粮，逃脱退租。”光裕没说完，就上前一步，抓住老婆嘴的衣服，对着他的脸“唾”了一口。村长叫光裕子说清到底是怎回事。

“怎回事？开罢会回去，我想退回租子来，打算买些地，给自己过日月呀！翻身呀！变工呀！反正我一夜胡思乱想，没睡成个觉。马马糊糊窗子发亮了。我想我不睡了。我提了个粪箩头，我知道他的鬼头大，就到村公所去，看他跑了没有。我一出门，听见村口有人，牛，我想谁家耕地起得这末早。我一听，那人吼得越是厉害了，我想去拾牛粪，捎带看看是谁。过去一看——呃！就碰上了三老汉。他正吆牛，这一下，我就甚都明白啦。我问他，他不说；我叫他回，他不回。我恼火了，吵起来。后来张老财主也出来了，怎长怎短，要问三老汉。”

“我……我没啥！”三老汉吓的两腿直发抖。

这时候，天明了。众人好言好语劝说三老汉，只要说实话，与他不相干。最后三老汉看了看王丙红他父子，觉得众人给他作主，他才说：

“我一辈子伺候人，不会说虚话，夜儿黑间，我睡下了，双印来吼我开窖，说是往云镇粮行大掌柜那里送粮。吃人家的饭，受人家的管，我还能说不去！只有一个毛驴，一连跑了三趟，到第四趟，就离五更不远了。双印子说:‘再一趟驮不完呀!’我说:‘一趟不行驮两趟嘛!天明了路也好走!’双印子说不行,他就去张财主家借来了这个牛。”张财主听到这里心上一惊,只怕把他牵扯上,正想要说话,三老汉却接着说下去了,“我老汉一个人赶了两个牲灵,走到村口,毛驴头前走了。那牛,就是那个牛,走到张财主家门口,认定老家不出村。一根柳梢子也打断了,还是不走,磨菇了有一顿饭工夫,天也快明了,我急的不行,就喊就叫,光裕子就过来啦!”

“还有甚,齐说出来!”

“还有,就是,我实受一夜,答应给我半斗谷子,我倒不想。如今肚子饿的前心贴住后心,实情支架不住啦。”三老汉说到这里,转身对王丙红说:“家里有窝窝没有,咱先吃上一圪垯?”

“双印子,你说?”

“这全是我爹爹教我的,我送饭的时候……”

“我给众人说一下。”张财主挤过来说:“我要早知道他偷卖粮食,我那牛就不借给他使唤。看!把我那牛打成甚样子啦!”

你们看,王丙红那个没长胡髭的脸嘴,如同晒干的茄子一样,在那里动也不动,半天工夫,噗咚跪下,扑到众人面前,说道:

“我退呀!我减呀!再不要奸顽手段就是啦。”

你想,众人怎样呢?众人就包围住王丙红,指着他的眉头说:

“哼!我们看到你骨尸缝里了。”

众人又问:“毛驴呢?”

光裕子说:“自己去镇上了,派人追去啦!”

地主王丙红长出了一口气,跟上众人到村公所去了。

一九四六年

春 秋 图

我们县的文化馆,在正月里举行了一次生产展览会。展览的花样很多,其中最受人注意的是一幅从春到秋的连环图画。画的并不好,意思却很大。来参观的,虽然多是两手画不成个“八”字的庄户人,看起图画来,总还能解他五六七八成。展览上又有人讲解,参观的人一边看,一边听,越看越有意思,越听越有味道,“春秋图”前,挤的人特别多,特别多。

真是稀罕事,王家庄的王万成老汉也来了。他一向只在王家庄受苦种地,从没正正经经进过城。只是在二十年前来城里坐过班房,那是因为交不起租子,被地主二阎王逼进城来的,那不能算进城。这次进城里来,也不是为参观生产展览会,而是来搬他闺女二梅去住娘家的。既然来到城里,二梅就劝他到大街上游串游串,王老汉说如今正忙着送粪,人没空,毛驴也不闲,还是当天来当天走的好。父女二人就拾掇,就起身。一走走到文化馆门口。二梅看见门口贴了几张大画,又见众人出来进去,很是红火,一定要进去看看,没等王老汉同意,二梅已经从毛驴上跳下来。王老汉没办法,只得把毛驴拴在大门外,跟上二梅走进文化馆。

父女二人进了文化馆,左转转,右转转,一转转到“春秋图”前,人很挤。二梅虽是乡下姑娘,可是挺能干的。她拉着王老汉的手,左挤挤,右挤挤,慢慢的挤到最前面。站在最前面,看画听讲,都很清楚。

这套“春秋图”画的是“王老汉种谷的故事”。一个干部手里拿了根柳条子,指着“春秋图”往下讲解。可惜王老汉父女来的迟了些，这故事出在那区那村也不晓得。咱现在就按照人家讲的这个故事，重新编排一下，记在下边。至于王老汉二梅父女俩，且让他们看画听讲，以后再说。

这王老汉是个实打实受的庄户人，今年五十岁了，是个新翻身户。因为他在村里占的辈数大，又是个种地老行家，众人挺尊敬他。地的事，很多人都要向他请教。他确实也有些老经验，比方那年春旱，谷子种不到地里，村里人一天到晚圪吵，这个说老天爷要收人呀，那个说老天爷要夺庄户人的饭盆呀！王老汉把他的老经验搬出了，他说："孩子活不活要养，庄禾收不收要种。我们干种它！"众人听了他的话，果然，干种后三天头上落了雨，那年的庄稼没落空。

可是王老汉还有点毛病，就是脑筋还没完全变过来。他没经见过的事情，就全不相信。比方有个干部说在苏联，人也能造雨。他就说："你看见来？"那个干部说苏联有五色棉花，王老汉就说："你给咱种上二亩看看！"前年村里干部们提倡秋翻地。王老汉越发不满意了，"咱祖辈就没传下这种营生，我活了五十岁，没秋翻地，还不是年年收庄稼？"

王老汉就是这一号子人。就因为他的脑筋不开，去年吃了个大亏，他老婆子和他美美打了一仗，这是以后的事，等一会再说。

去年春天，他们村里开生产动员大会，王老汉提着他的大烟锅子也来了。村主席讲完话，王在山上台去了。王在山是这村的共产党支部书记，还兼办生产委员的工作，是个二十大几的后生。论工作，他是个干部，论辈数，要算最小的。见了王老汉要喊二爷爷。王在山站在戏台上，讲了一阵组织变工互助的好处以后，就说到种子问题。他说县农场得了个好经验，就是温汤浸种，温汤浸种就是把种子放进两开一冷的温水里浸过再种，他的话还没落音，王老汉把他的大烟锅子在戏台的台栏上连敲几下，大声问道：

"你说甚哩，小山？你才说了些甚？再给咱说一遍。"

王在山看见王老汉的眉眼不对劲，就特别大声的把温汤浸种的办法说了一遍。为了折服王老汉，王在山还特别说：“这是政府指示，共产党的号召，县农场试过了的，村干部会上也讨论过。这是正经营生，并不是瞎胡闹。”

王在山这末一说，真的把王老汉的劲头子打回去了。可是王老汉怎也想不通：共产党、毛主席，人民政府实在好，一向为群众谋利益，可是为什么要拿温开水浸种呢！这明明是瞎胡闹。王老汉在心里这末想，嘴里却不敢反对。虽然在戏台子上讲话的是他的外门孙子，他也不敢反对。可是他还得再问几句：

“小山小山，你再讲讲，拿开水怎的个浸法，好叫我这死老汉明白明白。”

王在山就把浸种的方法详详细细说了遍：两瓢开水对一瓢冷水，把种子浸到水里，浸上半寸火香的工夫，捞出来再放进冷水里过一遍就行了。据王在山说这办法，有三大好处：第一好捉苗，第二不生黑疸病，第三捉苗齐全。王老汉听了，气的直发抖。可是王在山刚才还说，全村都要实行。王老汉往回走的时候，一路盘算：共产党甚么都好，都能行，可是说到种庄禾，他们都不“在行”，咱是捣土圪垯出身，祖辈就没传下这种办法。小山狗仔子，懂得个甚，还不是跟上疯子扬土。论工作，他还能说到点子上，说到种地，叫他捣上几年土圪垯再说吧！唉！今年不浸种怕不行，浸种吧！又怕种上出不来，出来又怕生“乌霉”落个空。王老汉的脑筋里鸡斗了好半天，回到家里，老婆子和他闺女二梅正簸谷籽。他老伴见他回来，劈头一句就问：

“村里人嚷着今年种谷要浸种，有这一说吧！”

“有是有，”王老汉不赞成似的说：“小山还在戏台上讲了好半天呢！”

二梅说：“人家说，温汤浸种好处可多哩！今年咱也浸一浸。”

“你们都是属猴的，见人做甚就学甚，你们不晓得，那是瞎胡闹。出来了还好说,出不来呢！你们吃甚？我摆弄庄稼几十年,没有用温汤浸种,还不是一样收庄稼?”

二梅说:“这是个新办法,人家都说能行,人家县农场都试过了,咱还怕甚。”

“你们说能行,今年的庄稼你们去摆弄吧！打不下粮食,你们去喝西北风,不要寻我。”

这一说,把二梅母女俩的意见打倒了。

王老汉是很有些折服她母女俩的经验的。只要她们说的话,行的事,不合他的心思,不顺着他的竿子爬,他就两手一推,说:“你们没吃没喝可不要寻我。”她母女俩就算是心里不服,嘴里也不敢反对了。比方说,王老汉头上的那根竹筷子似的小辫子,这根小辫子,经常盘在头顶,她母女俩成天反对,直到如今还没反对掉。本来,象他这样的小辫子,在全县数起来,还有三五根,可是这村就只有他这一根了。王老汉的这根小辫子,虽然不妨碍种地,也不妨碍村公所办公,可是谁也说不出有什么好处,连王老汉自己也说不出它的好处来。尽管他真心实意的拥护毛主席共产党,参加减租、分地,小辫子仍然长在王老汉的头上。众人只好在背后议论,谁也动不得。去年夏天,二梅剪发的时候,她母女俩串通了一阵,想把王老汉的辫子剪了,气的王老汉一连抽了七锅子旱烟,气的小辫子也快要立起来了。“你们作孽,”王老汉生气的说:“你们没营生干啦！没营生干,不会去河滩背石头！我要带这辫子进墓圪堆呢!”二梅说:“我们妇女的头发都剪短了,你还留那作甚哩！进来出去怪难看的。”王老汉说:“嫌难看,你们不会搬走。吃啦穿啦,也不要寻我来。”结果,王老汉的小辫子没剪掉,她母女二人的意见就被折服了。

王老汉的脑筋就是这样保守,现在又听说叫浸谷籽,心里真麻烦透了。据他估计,谷籽在两开一冷的水里一浸,就怕浸死了。就算浸不死,出来一定要生“乌霉”。这是千万使不得的。王老汉睡下想道:这世道不知道要怎变呀！去年秋天没有秋翻地,受了干部的批评。现在如果不浸种,说不定王在山要在戏台子上批评他哩！

第二天,王老汉把谷籽拿出来。

二梅说:“爹,咱也浸一浸吧！”

老伴说:“天塌压众人么！人家都浸,咱怕么?”

老汉说:“好好好,你们说浸一浸,咱就浸一浸。”

二梅母女俩高兴极了。老婆子张罗着烧开水,二梅张罗着借家具去了。王老汉低着头想了一阵,指着老婆子说:“你又不是三生两岁,还真的拿温水浸哩！拿冷水浸浸,摆个样就对了。”

趁二梅出去借家具,王老汉就用冷水浸谷籽。他刚把谷籽从冷水里捞出来,王在山就来了。王老汉一看不对劲,怕再受批评,伸手拿起铜瓢,舀了一瓢开水,“哗啦”一声倒进冷水盆里,霎时间,一股热腾腾的白气,从盆里升起来。王在山一看,盆里直冒热气,以为王老汉真的用两开一冷的水浸种,高兴的直拍屁股。

“我的好老人家哩！你的脑筋转变的好快啊！你真要争取模范了！”王在山接着又问,“是用两开一冷的水吧！”

“是咧！是咧！两瓢开水一瓢冷水。”

王在山高兴的再没仔细看看,就要往出走。刚一转身,二梅拿了大筛子回来了。

“好难借的家具呀！人家都浸谷种哩！跑遍村才借来一个破筛子。”二梅看见王在山也在这里,就问:“你是检查来了吧！”

王在山说:“我二爷爷成了模范了,政府一号召,他就实行,不用检查,今年庄稼保准长的好。我二爷爷一向脑筋不开,这回我要当模范宣传宣传哩！”

王在山走出大门以后,王老汉的心才落到肚里。幸亏王在山没有用手试试,要不然,又要打麻烦了。王老汉揩揩头上的汗珠子,对二梅说:“咱的已经浸过了,快把筛子还给人家去吧！”

王老汉费尽心血总算过了这一关。

过了两天，生产委员王在山召集互助组的人开会。开的什么会？表扬会，表扬谁，王老汉。

王老汉坐在灯光照不见的炕角里打瞌睡。王在山站在麻油灯前表扬王老汉的好处。说他去年秋天，政府号召秋翻地，他老人家脑筋没开了，误了翻地。现在脑筋转变过来啦！政府号召温汤浸种他也响应了。这么大年纪，说转变就转变，可真不容易哩。王在山还号召大家向他学习："我二爷爷一辈子摆弄庄稼，老经验可不少，可是他没新经验，这回脑筋转过来，老经验加上新办法，可真是再好不过。"王在山讲到这里，拿眼睛找王老汉，找不见，他连喊两声"二爷爷"，王老汉才在炕角里哼了一声，王在山高兴的说："二爷爷二爷爷，你站起来，给众人发表发表，你的脑筋怎价转变的？"

这真是逼着公鸡下蛋哩，王老汉不但没准备讲话，连王在山说了些甚，他也没听进耳朵里。王在山叫了他几次，他还没站起来。

"你老人家还怕羞哩！这不是败兴事情，羞甚哩！响应政府号召是光荣的。我还要把你转变的情形向县上报告报告哩！"

王老汉一听要向县上报告，一下子站起来，急忙分辩道："你们号召温汤浸种，我立马实行！还报告我甚么?！去年秋天，那是我的脑筋还没转过来。如今翻转了。我说小山，我浸谷种的时候，你是亲眼看见的，咱可是凭着良心说话，你报告我，可没道理！"

王在山一听，哈哈大笑，原来王老汉把他的话听错了。他连忙向王老汉解释，并说："你老人家年纪大了，脑筋还是古旧的，可是转变的挺快，向县上汇报，是表扬你哩！"

"也不要报告，也不要表扬。"王老汉急忙说："政府为咱谋利，咱响应政府号召是应该的。千万不要县上报告。"

王在山又把王老汉以前如何顽固（可没敢提小辫子的事），现在如何进步讲了一遍，才算结束了会。

俗话说："功不枉苦，地不瞒人。"到了锄小苗的时候，王老汉就后悔了。他的地邻居，虽然天旱，谷苗子长的黑乌乌，绿油油，苗齐垅满，一片好庄稼。他的地里呢，因为天旱，谷苗子就象秃子的头发，稀稀拉，不象个话。本来，象这样的补种庄稼的事在过去并不稀罕。王老汉虽是种地行家，也经常有这种情形。那时候并不怕丢人败兴，而是怕地主收租子的时候的眉眼。现在不同了，人家都是好庄稼，只有他一个人来补种，没有人给他作伴了。后悔的直长出气。二梅送饭来的时候问王老汉："爹，咱的谷种也是浸过的，为甚没有人家的长的旺呢？"

"运气不对。"

"一样的地，谷种都是浸过的，怎就不一样呀？"

王老汉唉了一声说："种在地里，收到天上。收不收不由人哟！一样的地，庄禾也不能一样。一个娘的孩子还不一样呢！"

二梅到底不大懂事，王老汉瞎说几句就把她哄过去了。

王老汉只好在谷地里补种糜子。真不巧，到糜子顶地皮的时候，下了一场急雨，把地皮给拍住了。紧收拾慢收拾，糜苗还是没有出齐。只好在空地上又撒了些蔓菁萝卜之类的东西，最后还是没有完全补齐。

王老汉在谷地里补糜子的时候，村里人就议论开了，开始王在山还不相信。因为他已经亲自检查过凡是浸过种籽的都是苗齐垅满，没浸种籽的，因为天旱苗子都不齐全。王老汉浸谷种他是亲眼看见的为甚还要补种呢？可是村里人嚷的挺凶，他就下地去了。那时候，王老汉正补种蔓菁和萝卜。

"二爷爷，你种什么呀？"

王老汉回头一看，是王在山来了。惊的他的心"耿耿"的直跳。他急忙站起来打开笑脸招呼王在山。

"今年天旱谷苗不齐。"王老汉马上把脸变下来，发愁似的说。

这时，王在山已经走进谷地，他真的发现谷地里补种了糜子，而现在又正补种蔓菁和萝卜。王老汉跟着走进地说："老天爷给咱作对！你亲眼见我浸过谷种，出来和人家的不一样，这还不是老天爷给咱作对！”

这真的把王在山打到闷葫芦里了。他估计大概因为没秋翻地的结果，可是村里很有几家没秋翻地，但可今年用温汤浸了种籽，苗子虽不太好，可是都够苗，不用补种。他再看看是不是有拉谷虫，没有。这次检查终于没有结果，王在山说既是补种了糜子和蔓菁，只要不误庄稼，也就算了。王老汉又算过了一关。

到了九月初，县上秋收检查组来到村里，生产委员王在山领头下地检查庄稼。前坪后山转了一圈，庄稼长的比往年都好。最后回村的时候，检查组发现了王老汉的谷地。检查组长一看，“哎呀”一声说道：“这块地七高八低是怎回事？这是二流子的地吧？”

王在山不好意思的说：“这是我二爷爷的地。”

“噢！”组长好象想起什么似的说：“就是你那个留辫子的二爷爷吧！你向县上汇报的时候，不是说他是个模范吗？”

这真把王在山难住了。羞的他头也抬不起来，话也说不出口。他正在为难，忽然看见王老汉在谷地里。他气的沉不住气，把王老汉叫过来，问道：“二爷爷，你一春天也没说出你这地怎价种的，如今秋收检查组来了，你好好说说吧！”

王老汉看来势不对，圪蹴下不说话。检查组的组长走进地里，看了看，说：“这地怎么种成这样子！谷子、糜子，那边还有几苗萝卜。我的老天爷！这里还有蔓菁哩！你是玩‘十样景’呢！还是开杂货铺？”

检查组组长问王在山：“同志，你也没下地检查过吧？”

王在山说：“我是亲眼见他浸过种的，谁晓得和别人的不一样？”他转身向王老汉：“你老人家也说说吧！”

王老汉开言了：“你叫我说甚哩！我的地，还不能由我摆弄。”

王在山听他的话挺硬，也想顶他几句：“谁说不由你摆弄？我是说，我们问你怎么摆弄坏的！”

“坏啦不用你包赔！”

“你好顽固呀！自己作错了，还不叫人家提意见！”

王老汉听王在山竟敢喊他老顽固，生气站起来吼道：“滚到一边子去，看我拿烟锅捣死你这鬼仔子。”

要不是检查组的组长架住王老汉的胳膊，那个小茶盅似的烟锅子就扣在王在山头上了。

转眼到了“秋分”，庄户人都忙着收秋。王老汉的庄禾怎样收割，就不用详细说了。糜子熟了，谷还割不得，谷割得了，蔓菁、萝卜还得再过几天。一块地，割了一遍又一遍，零零星星不用说，谷子糜子搅在一起，抛撒多少粮食呀！王老汉割一镰就象在心上割一刀。丢人也不用说，今年收成就吃了大亏。唉！不晓得天年变了，还是王老汉的脑筋不对，今年的庄稼从春到秋，一直不顺手！等到收成下来，满打满算，比别人的谷，一亩少打四斗。气得二梅的妈妈，美美的和王老汉打了一仗。

“你个死老汉！种谷的时候，人家都用温汤浸种，你死反对，秋翻地也反对。你生就的贱骨头。你怕人家误你的事，到头来，还是你自己误了自己，你瞎吹打，你个老不死。”

王老汉说：“今年不天旱，我的谷一颗也少打不下！”

“天旱光是旱你的谷哩！人家的谷怎长的好，打的多，老天爷还生着偏心眼哩？”二梅妈妈一想春天种谷的时候，就生气，一口一个“老不死”，还把老汉的小辫子糟踏了一顿。王老汉又羞又怒，拿起个小板凳就要打。吓的二梅直喊叫。

“你打你打！”二梅家妈妈挑战似的说：“你成天说这个不行，那个不行！你就会老王卖瓜，自卖自夸。人家不行的倒比你这能行的多打几石粮食。你越老越糊涂了！咱二梅今冬要出嫁，指望多打几颗粮食，好陪送她，如今满打满算刚够糊嘴的，你叫我闺女怎出嫁哩？你的脸面往那里搁哩？”

二梅紧拉慢拉，王老汉手里的小板凳就飞过去了。二梅家妈把头一歪，小板凳向门口飞去，那时，王在山一步走进门来，几乎打在头上。王在山费了挺大劲，才把他老两口劝开。二梅妈妈把王在山叫到跟前，把春天种谷的时候，王老汉没有用温水浸种，前年秋天没翻秋地的事情说了一遍。王在山说：

“我是亲眼见他用两开一冷的水浸过的呀！你老人家也在跟前的。”

“唉！不用提了。那时候，我还听信这老东西的话呢！原是一盆冷水，看你进来了，才舀了一瓢开水倒进盆里，你也没试试就信以为真了。说起来，这老东西，可鬼大呢！”

“哎呀呀！我也有点官僚主义呢！”王在山恍然大悟，转身对王老汉说：“二爷爷，你不要生我的气。要是按照旧日的情形，今年你的庄稼没少打下。今年不同了！人家都用了新办法：翻秋地，温汤浸种，上地药，选种籽，这一来，比你打的多了，你的收成就显的少了。可巧今年春旱，你没用新办法，越发吃了亏。今年吃亏的，不光是你一家，凡是没用新办法的，都和你老人家的收成差不多。你好好想想，土地平分了，一口人才五亩地，如果不想法叫地里多生产粮食，还是象旧日一样，一亩地打上个三斗二斗，虽说不交租子，我看那也不过一年到头混个肚里圆，遇上个灾荒年景，还是顶不住；要想发家，那更办不到了。政府号召的新办法，可真正是为咱谋利哩！”

王老汉听王在山讲了这几句，倒是满合心思，话也很耐听。不象老婆子那话刺耳朵。所以，这阵子觉得王在山给他说体己话哩！

“我说小山呀！前悔容易后悔难哩！”王老汉吐了口烟，后悔的说。

“今年过去还有明年呀！秋翻地马上就要动手！可不敢再误啦！”

王老汉真把秋地都翻过了。到腊月二梅出嫁的时候，因为没余粮，除买了个梳头匣子，再也没甚东西，二梅挺不高兴。

王老汉对二梅说：“你过门去，你婆家问怎价没陪送呀！你就说，今年收成不好，明年补吧！”

二梅说：“就象今年这样的收成，我看再过十年八年也怕不能给我买东西哩。”

王老汉说：“你齐放心，明年我一定用新办法，不要说为我二梅买东西，就是不买东西，也要用新办法。不用新办法，可真吃大亏哩！”

二梅妈妈说：“二梅，你好好记住，明年给你买不下东西，引上你们的人给他闹来。”

妈妈这末一说，说的二梅怪不好意思，王老汉却嘿嘿的直笑。

王老汉种谷的故事，讲到这里就完了。王老汉和二梅父女俩老早就觉得这故事好象说的是他们。到底不靠实，所以当讲解的干部刚说完的时候，二梅就问：

“这王老汉是那村的？”

“王家庄的，王老汉就是王万成老汉。他闺女二梅，嫁到城里了。你们不信，可以去问问。听说，过年的时候，王老汉把辫子也剃了。要真的剃了辫子，十有九成要转变了。”

王老汉父女一听说的真是他们，话也不说，扭转头就走。

出了城，王老汉说：“真有能人哩！说的一字不差，画的也头顶脚对。唉！以后可不作这败兴营生了。”

二梅说：“看你今冬给我买东西吧！”

“说了不算，等今冬的吧！回去找小山好好商量商量，看他还有甚好办法。咱也参加互助组。咱如今的脑筋可真的转过来啦！”王老汉把帽子取下来说：“你看看，我把小辫子也剃了！”

二梅回头一看，王老汉真的成了和尚头，笑的她几乎从毛驴上跌下来。

孙谦

胜利之夜

马工作员揩了头上的汗珠，走出农会来。秋风吹醒他膨胀的脑筋，月光照亮他疲困的眼睛，微笑的影子，偷偷地爬上他的嘴唇。他仰天嘘了口气，向着住处走去。

马工作员住在张村已经十天了。初来时候，人生地不熟，从个别谈话，认识人，经过组织“吐苦水”，“挖穷根”，一直到“扯破脸闹斗争”。在每一个工作阶段结束时候，他都对自己作过严格的检讨，经常警惕自己，避免在工作中犯了可以避免犯的错误。如今，战斗胜利了，斗争果实也分了，张村群众在“欢欣鼓舞”，马工作员也禁不住的“嘻笑颜开”了。

回了住处，房东老太太给他端来一大碗甘草水，点着麻油灯。老太太看着马工作员浮肿的眼睛，用着抚爱的声调说：“唉，看把个人熬成甚啦，今儿可不敢再熬夜啦，早点睡吧。”说完她就走了出去，返身替马工作员掩上门。

马工作员目送老太太走后，心中感到很大的安慰。他脱下帽子，准备睡觉。这十天来，的确把他熬坏啦，因为过度的紧张，食量大减，两颊慢慢地消瘦下来。胜利的目标一到达，疲乏马上狂奔而来，他感到异常的困倦，需要即刻睡觉。

正当他解扣子时候，忽然想起一件事来：整理分配果实的材料，统计数字。这工作必须立刻做，因为经过这样研究之后，可以检查“阶级路线”，是否团结了中农。特别重要的是明天要出清单,在清单未拉出之前,自己必须先核计一次,以防“手续不清”。

他重新戴上帽子,拨亮灯头,翻开一堆名单、数目字,一边算计,一边画扎。从组织工作忽然转到统计工作上来,他的心情并不宁静。一会儿想到某某人的“诉告”(这会使他流过同情的眼泪),一会儿又想到“对象”的阴险和狡猾(这会使他激愤过,发过脾气,在台子上大声吼叫过)。经过很大的控制,总算把思想扭到算盘子上。

马工作员有很精确的计算能力,然而在今夜他碰到很大的困难,加数碰不上总数,算来算去短十五块白洋。

“这钱到哪里去了呢?”马工作员忿怒起来。把算盘推到一边,站起来,在地上来回走,在混乱的脑子里,费尽心血地找寻可能找到的端绪……

猛的,一个熟识的影子,从记忆里掠过——

来到张村后的第五天,已经开过第二次动员大会的时候,半夜里,有个老汉来寻马工作员。此人姓胡名忠汉,年纪约在五十上下,说话很笨拙,长着满脸络腮胡子,一看就是个受了一辈子凄惶的穷苦农民。他一见了马工作员就难过的哭起来。他的话真是一句一滴血,说的把马工作员也擦起鼻子来。经过最大的忍耐,马工作员开导他去斗争。第二天日出东方时候,胡忠汉离开了马工作员的住处,他变了:腰杆挺的很直,说话的声音也响亮了。对于“后来者”,马工作员认为是最靠的住的,因为这种人是经过极大的自我斗争后,才决心来参加斗争的,因之,在组织斗争中,胡忠汉成了马工作员最得力的“出肚肚”的人。而凡胡忠汉出的主意,在实行起来,往往是畅行无阻。

“搬倒大树”以后,胡忠汉被群众选为分配委员,他很乐意的接受了工作,冒着满头热汗,和某些“小眼睛”的委员们,争吵的脸红脖子粗。名单拟好了,经过了民主讨论,开始分发东西。土地分发了,家具衣物分发了,挨到分发白洋时候,胡忠汉当着众人的面,从大堆中拿出十五块白洋来，许多委员们只笑着点了点头。

一股火气不由升起，马工作员忍不住了，他粗暴地向胡忠汉质问道："你拿出钱来干甚?!"胡忠汉没有变脸，只微微一笑，说："你不用问，我自有用处，保险撞不下乱子。"对于这样一个干部的意见，必须尊重，因为他从来没有犯过甚么毛病。

马工作员信任了胡忠汉的话，放弃了自己的猜疑，忙着向群众询问分配东西的意见，解释非解释不可的问题。一直忙到二更天，东西最后分配完了，他也累的喘不过气来了。经过简单的安托之后，马工作员匆匆地跑回住处……

"对的，这钱就是胡忠汉拿出去的。再有十五块钱，总数就对起来了。"马工作员清醒了："可是这十五块钱做了甚啦?!"他又焦躁不安起来，站下来回想了一会，毅然地推开门子，走出院来。

门子一响动，惊醒了房东老太太，她象责备自己亲生儿子一样的责备马工作员："你怎么还没有睡?!"

这样的责备口气，对于马工作员是异常亲切的，他不自觉地撒了个谎："我想喝口水。"

"可不敢喝冷水，你要喝，我起来给你烧。"

马工作员觉得脸上发烧，心头乱跳，谎话再说不下去了，只得说："我去农会里走一趟!"说完撒腿跑到大门跟前，拔开门栓，拉开门扇，正要往外迈腿时候，月光下，有个黑影子闪进来。他倒抽了口气，下意识地退后两步，张大嘴巴。

"你还没睡?!"黑影子说话了，听声音怪熟习。

马工作员盯住黑影子看了半天，忽然发现了这就是他要找的人，一下扑过去，捉住黑影子的肩膀，说："你没把我吓死!"

经过这次虚惊之后，马工作员的焦虑、恼怒，一下子消解了，只觉得心头还在跳动，他拉住黑影子就往房里走，恰巧房东老太太起来烧水来了，他们迎面碰上。

"那是谁呀?"房东老太太极力想辨认出进来的是谁，她揉了揉眼睛，气忿地说：“噢，胡忠汉，又是你，深更半夜的又来做甚么？”

“我和老马有点说上的。”胡忠汉笑着说。

“又是说上的？尽说上的！工作也完了，还有甚说上的？！——你们是不想让他活了？眼看着瘦成了干猴儿了，还不让他好好地睡一睡？甚事也准有个明天吧，有甚话明天不能说？！”

一席话，把胡忠汉说成个哑巴，只能笑不能回答。

马工作员想说什么，也说不出来，只好头里走进房里。

灯油快干了，马工作员加上油，拨了灯花，家里更亮起来。房东老太太一边在灯上对火，一边对胡忠汉说：“有甚说的快说吧，说了让他睡一会吧。快半夜呀。”马工作员想制止她烧水，但现在确实有点渴，只好硬着心，“再麻烦她老人家一回”。

房东老太太出去以后，家里顿时静下来。

胡忠汉坐在灯跟前，灯光直射到他的脸上，他新近修剪了胡子，胡子很整齐，满脸红光，精神非常兴奋，然而在兴奋中，夹杂着局促不安——坐的挺不四正，腿也没有个搁处。

马工作员竭力寻找适当的词句，如何才能使胡忠汉自己说出十五块白洋的下落，然而寻找不出适当词句来。

沉默了一会儿，胡忠汉摸了摸胡子，对着马工作员笑了笑——这种笑，只有明知道自己理缺的人才能笑出来——词不达意的说：“老马，你快走呀？”

这句话，打断了马工作员的思想，顺口应付了一句：“大概还得一两天。”

胡忠汉点点头，闭着眼睛想了想。忽然睁开眼睛，洒出感激的光芒，非常热情，非常真挚地说：“老马，你要走了，可把我们想死呀！你要走，这是工作调动，没有法子。你走，老哥没有别的送上的，这是我分下的四块钱，你带上零花，这是十五块钱，公众议决要送给你买纸烟的！”他从口袋里掏出白洋来，整整齐齐地放了两垒。

马工作员象无故被人打了两耳光，感到莫大的侮辱，他“咔通”地跳下炕来，想大声发作，重重地回敬胡忠汉两个耳光。然而正当这时候，某种东西在他的胸膛里忽然作起怪来，好象一下子把他丢在火坑里，全身燃烧起来。鼻子一酸，眼泪扑落落地掉下来，他忍了一下，直直站在地上，可是说不出话来。

胡忠汉没有觉察出马工作员的恼怒和难受，继续用感激的声调说话：“你来了我们村里，劳累了十几天，帮助大家翻了身。你是不说话，你要说娶那个大姑娘，我们也都高兴乐意给你说合。”

一句话把马工作员逗的笑了起来，笑声是那样的自然，那样的亲切。笑完了，他又坐在炕沿上，半开玩笑地问道：“老胡，你说王尚权贪污了谁们的钱？”

“贪污了我们全村老百姓的钱。”胡忠汉毫不犹豫地回答出来，可是马上就觉得马工作员问的奇怪，睁大眼睛，等待下文。

“他没有贪污过我的吧？”

“没有。他怎么能贪污上你的钱呢？他贪污的时候，你还不知道在哪拼命打游击，再说，你也没有钱让他贪污。”

“那，”马工作员指着桌子上的白洋说：“这是给我的工钱？”他又大笑起来：“不，我嫌这工钱太低，要给，把那三千五百元白洋都给我！”

胡忠汉软了。忽然他看出马工作员是开玩笑，于是他也就开起玩笑来：“好，明天把钱收回来，都给你，这可是大工钱啊——十天就赚三千五百元。你不要土地啊？要了，把那也给你。”

马工作员没有回答他，尽管笑。

开玩笑把胡忠汉开的更固执了，他亲切地对马工作员讲道：“老弟，你把它拿上吧。你也够个穷人啦，穷的连根纸烟也抽不上，一开会，就要的抽人家的‘小兰花’。虽然如今的纸烟不好了，可是总比‘小兰花’抽着有味道。收起吧，带上抽烟去吧。这不是工钱，这是我们大家的一点穷心。等明年，我们把土地好好作务上，打下粮食了，你来吧，你来了，要吃饺子吃饺子，要吃包子吃包子。”

胡忠汉是个固执的老头儿，他要咬住一个道理了，象跌在水里的人抓住一块船板一样，死下也不松手。如果想要他回心转意把白洋拿回去，那必须得三天三夜工夫，或者可能把他扭转过来。

马工作员不笑了，装着很正气的精神说道：“老胡，咱们八路军里有条规矩。”

胡忠汉以为马工作员又要开玩笑，可是一看他严肃的脸色，心里凉了半截，急忙问道：“甚规矩？”

“八路军有这样的一条规矩：私拿老百姓的白洋，就是犯了大罪——一块白洋坐三年禁闭。老胡，你算一算十九块白洋该坐几年禁闭？”

“真的？”

“可不是真的，我甚时哄过你？！”

“呀！”胡忠汉开始怕起来。

“再过五十七年，我的骨头也沤成灰了。咱们还能再见面？”

“啊呀，我可险乎把你害了！”胡忠汉从心坎里感到内疚，泪水从他昏花的老眼睛里涌出来。他慢慢地走到马工作员身边，抓住他的双手说道：“老马，不是老哥存心害你，实在我是不知道！”

马工作员微笑着把胡忠汉拉坐在他的身旁，开始解释“八路军的规矩”，一直到房东老太太端着开水走进房来。

“你还不走？！”

“就走呀！”胡忠汉匆忙地站起来，把白洋装进口袋里，扭头对马工作员说：“那明天把这东西再分配给抗属？”

“分配给抗属。把单据拉出来，贴在农会里。”

马工作员要送胡忠汉出院，但被老太太拦住了：“大门我关吧，快喝水，喝了水睡吧！”

两位老人出去了，马工作员端起碗来喝水，只听的他们在院里说：

“八路军是从月亮里掉下来的，人人都是干干净净的好人！”

“住在我家十天了，不笑不说话，真象个大闺女！”

“哼，大闺女？斗争起来，象只老虎……”

开水喝完了，身上出了汗。马工作员感到一种无尚的轻松，他想再把统计表填起，然而，眼皮不由他使唤了。

邻家的雄鸡叫起来，房东老太太送客人回来，强迫马工作员吹灭油灯。

他睡着了……

一九四六年十一月二十五日夜

村东十亩地

一

我们村有个地主，官名叫吕笃谦，绰号人称"活财神"。此人生的慈眉善眼，一品富相；年纪约在五十开外，他留着两撇八字胡，又黑又净；走起路来慢条斯理，活象个活财神。

听老人们说，财神爷是殷朝的比干丞相，他的心叫妲己吃了，可是我们村里这个活财神啊，心眼儿多的象马蜂窝一样，见了钱，见了东西，象蝇子见了血，翅膀一拍就钻进去了。

村里人让他钻过的很多，我就是一个——

民国二十九年，七月里，有一天清早，天还黑呼呼地，老婆把我叫醒，他说有人打街门呢。我爬起来，开了街门，有一伙人闯进来。为首的就是活财神，他后边跟着村警，巡田夫，约摸有十几个人。

他同我说话，这是第一次。的确，活财神从来没来过我们家里，这一次，他带了这么多人，我不晓得来干什么。

活财神笑嘻嘻地，眼睛挤成两条条缝。他仰着头，朝天说话，"杨猴小，真想不到，真想不到你是这种人！"忽然，他把眼一睁，翻着白眼说："你干的好事！——来，捆起来！"马上村警和巡田夫十几个人，一下子拥上来，七手八足把咱五花大绑捆起来。

那时候，我真"葫芦"了，摸不清自己犯了甚罪，也不知道是死呀是活呀，心只管跳，身上打哆嗦，老婆娃娃哭做一团，我一句话也说不出来。

我被人家拉到街上，拉到村外，一直拉到我那村东十亩地的地头，停住了。

先说清楚：我那村东十亩地是和活财神的村东二十亩地接畔的，说也日怪，我的地越种越少，他的地越种越多，——活财神总是活财神，神通广大，把我的地“盗”过去了。那一年，他地里种着绿豆夹玉茭子，我地面种着大黄谷，他的是好庄禾，我的也是好庄禾。

我们站在地头，巡田夫走近谷地里。他走的很快，谷苗碰倒一条道。看着实在心疼。我咬住牙、闭着眼睛，索性由他们作践去！猛听得活财神说：“你慢点吧，把谷子都碰折了。”我睁开眼一看，只见巡田夫双手拨开谷苗。慢慢地走到地当心，扭转身说：“赃在这里，验来吧。”

活财神撩起大衫子，走在头前，我们跟在后面。抹胸的谷子，满是露水，一尺长的谷穗子，已经睁开眼了，重甸甸地低着头，闪闪发光。

到了地当心，我愣住了：谷苗踩倒一大片，在踩倒的谷苗上，堆着百十个黑了胡子的玉茭子。这东西是那里来的？谁来“黑漆”我？我仔细一看：足迹是从活财神地里过来的，而且是皮底鞋印子。好，对足印吧，我看了看我们这一伙人的鞋，只有活财神穿的是礼服呢红皮鞋底，别的人都一律是布底鞋。

这一下，我甚也明白了：活财神看中我的地了，设下圈套摆布我。那地是我家的传家宝呀，我会舍的呀？我干急说不出话，干气哭不出泪，只好瞪着眼睛，让人家往案子上推。

活财神踢了踢玉茭子，又跺了跺脚，一个字一个字的说：“杨猴小，我这玉茭子长了翅膀啦？”

我气炸了，想捣他一捶，手捆住；想踢他一脚，离的太远。我只好赌气说：“天知道！”

活财神摇着大脑袋，好象很可怜我。他走了两步，扭过身来，说:“这你可不能怨我呀！人有人证、物有物证,你还要抵赖？好人家还能养你这样子弟！好,拉到村上去。”

众人拉着咱上了庙,捣了钟,按贼情办理。麻绳换成猪毛绳,“燕儿飞天”把咱挂在大槐树上。足足吊了一个钟头,断了两次气,腕子上勒出血来。

老婆急疯了,满街找保人。保人找着了,罚下二百元鬼票,没有钱,连地带青苗推给活财神了,临出庙,还给活财神磕了一个响头。

从此,我那村东十亩地就不是我的了,以后我再不敢到那段地头——一去就得哭——就是有事要路过,我也要绕个大圈子……

二

今年秋天,也是七月里——我参加了农会的第二天,日落西山天黑啦,我从地里回来,老婆对我说:“活财神寻你来,他要退给咱那村东十亩地,看你要呀不?”

这是活财神第二次来我家里,第一次把我家捣了个鸡飞狗跳墙,夺去了我的“眼睛仁子”,烟筒里险乎冒不出烟来。如今,事情隔了六年啦,世事也变了,他又到我家里来,寻的退给我地来了。你说是真的？还是假的？我是猜不出来。

我拿不定主意,尽管抽旱烟。老婆等的急了,问我说:“你到底要呀不?”我说:“你说该要不?”她说:“我也不知道。”她没主意,我也没主意,我们两个谁也不说话。我又抽了一锅烟,站起来就走。老婆说:“你做甚去呀?”我说:“到农会里讨论讨论。”

在街上拐弯地方,我碰见活财神。他好象瘦了,胡子也不光净了;脱了长衫子,换了件白洋布小衫,头上戴着洋草帽:现在看去,不但不象财神爷,倒有点象夜游神。他客客气气地,只管对我笑,好象有什么事情求乞我一样。

他这一笑，把我笑软了。我看着他怪可怜，怪没出息。他摘下洋草帽，抓了抓光溜溜的头皮，笑着对我说："那地你是要呀不？"这可问到头上了，"该要呀不？"心里乱得象团乱麻一般，霎时寻不出一句话来。活财神又笑着说："以前就是老叔扎了你一刀子，如今伤口也合住啦。你看，我的地种不了，——那十亩地，可是好庄禾啊！玉茭子长的一人高，结的棒子象小孩儿胳膊，又粗又胖，已经老啦，收回来就是粮食。"

你猜我要呀不？我满口答应下来："要！"这一下，活财神可真的高兴了，他的眼睛又笑成两条缝缝，掏出一张纸来说："这是一张拦约，你先执住，等大风刮过去了，老叔再给你主正约。"

我抓过约来，揣在怀里。

活财神前后左右眊了眊，拉住我的衣襟子说："这可不敢让人知道呵，老叔如今在难中，你不可怜我，你也可怜可怜你那些兄弟姐妹们……"

月亮上到头顶上，卖油老（秋虫之一种）叫起来。有一个黑影子一闪，从五道庙后边跑走了。活财神压住嗓子，说了声"记住"，就鬼头鬼脑地，真象偷人贼一样溜走了。

他走了，我倒怕了起来，这家伙说不定又害我呀，我想回家，又不敢回去，想去农会，又觉得怪不好意思。我站在街当中，定夺了好久，才打定主意："到农会里讨论讨论。"

三

到了农会，主任不在家，只有民兵队长玉生子，和几个民兵在讨论什么，争吱得很厉害。可是一见我进去，他们都不说话了。几个人互看了一眼，活象大姑娘一般，偷眼瞟了我一下，低下头来各干各的。

我觉得不好过，又不好一下子把事情说出来。我在灯上吸着烟，等他们大家先说话。等着等着没人说，我实在憋不住了，站起来走到玉生子跟前。我说：“玉生子，有件小事情跟你商量。”

“甚事？”玉生子和往常不同了，他瞪着眼睛，待理不待理地，好象甚么事情，他早知道了，只看我说不说。

我鼓足劲，低下头来，把退地的事情，原原本本地说了，民兵们马上混吵起来，年轻娃娃李四娃说：“我说的话，你们偏不信，这他自己说了，看你们信不信？”

噢，我说有个黑影子闪过去，原来就是他，他留神这些事情。

玉生子说：“真的活财神下软蛋呀？”我说：“真的。”直到现在，玉生子还不大相信，他说：“来，把约拿来。”我把拦约给了他，民兵们都围到灯跟前，我蹲在地上抽烟。

拦约念完了，民兵们又嚷起来：“农会到底厉害，一成立，就把地主老财吓草啦，看活财神，往常多威风，如今松成面糊了！咱们还没斗他呢，他倒下了软蛋啦。”

“啪”的一声，玉生子把拦约往桌子上一甩，说：“这是哄小孩子！”民兵们都跟着他站起来，睁着眼睛看他，我口里衔的烟袋，“叭嚓”跌在地上。

玉生子气呼呼地说：“这是软蛋？——铁蛋外头包了一层软皮，你要吃下去，挣断你的肠子。”猴小说：“你上了人家的当啦！”

“呜”地一下，我的头晕起来了，我不知道说什么好。

玉生子没有看我，他又拿起约来说：“你们看一看，这叫甚么约？年月没有年月，中人没有中人，上边又写了个‘暂时推给杨猴子耕种’，这不是哄鬼?!”

民兵们又围上去看约，我也凑了上去。只见白纸上写下一堆黑字，不知是些什么。字倒是挺秀气。

众人看完约都说：“这不是下软蛋，是要计策，躲风头。”

我又上了圈套啦。这张拦约，是该我拿着呢？还是该送回去呢？我连一点主意也没有了。我请玉生子定计策。玉生子不慌不忙地抽着烟,思谋了一袋烟工夫说:"约你暂时拿着,那是你上当的执把。今天你先回去睡去,等明天主任回来了再研究。"他又对民兵们说:"今天晚上下点工夫到底看一看他干甚么。"

我不知道以后要出甚么事情,心里象吊了一块石头。

回到家里,老婆不知道磨叨了些甚么,我连一句话也没听进去。躺在炕上,翻过来折过去睡不着,好容易挨到混鸡叫过天闪亮了。我忽然拿定主意,先去我那村东十亩地里旺一旺,看他到底给我长了些甚么样的庄稼。我爬起来,就往地里走。

四

到了地里,凉风一吹,我的心亮了。

活财神的心是黑的,象他的八字胡子一样黑漆。他时时刻刻在打算盘,生法子捉弄人——我被他摆布过两回了。他和你耍笑脸,笑脸后边藏着杀人刀,他给你下软蛋,软蛋后边就是"顶心锤"。

要想翻身,出气,一定得扯破脸!要不,就得象小画眉鸟儿一样,让活财神耍过来,耍过去!

不,我要和他闹,要闹到底——哼,"伤口也合住了"?伤口合住了,还有坏伤疤!我这手腕上,不是猪毛绳的伤疤吗?伤不疼了,可是我的心还疼呢!

想着想着,我走到岔路口。

离了大道,我走到六年不走的小路上,小路上草很高,露水很大,裤子被打湿了,我心里是热的。这不是村东十亩地吗?看这一渠地多好!土是三色的,就是一春天不下雨,苗子也能长得绿油油的。再看今年的庄禾!八路军来了,龙王爷跟的来了,大庄禾长得黑密密的,回茬荞麦也长得抹胸高,荞麦花开得白雾一般,通鼻香气。

那不是我那十亩地吗？六年不见啦，一见面眼里就酸起来。不，我不能哭，我的地要回来呀，我得看看它长着甚么庄稼。

果然是块好玉茭子，秆子长的一人高，远看伞头已经黄了，“马上就是粮食”。这庄禾是我的，六年前，活财神把我快吃到嘴里的谷子夺去，如今，我要我的地，要我的粮食。

我把昨天晚上的事都忘了，只觉得这地就是我的地，这庄禾就是我的庄禾。我向庄禾跟前走，快到地头了，我听见一种响声！“圪叭——圪叭”，象高粱拔节子，又象蚂蜡拍翅膀子，可是，高粱已经过了拔节时候，蚂蜡露水打湿翅膀，拍不响了。我仔细听，声音是从我那地里过来的，噢！这是，有人下玉茭子。谁下我的玉茭子？谁偷我的玉茭子？我浑身热起来，我要去和偷人贼拼命。

我三拔两步走到地头，从庄禾缝里，看见有个戴洋草帽的人，在我地里偷玉茭子。你猜他是谁？不是别人，就是我们村里的活财神——吕笃谦。

不知道那里来的劲儿，我扑上去，扼住他的脖子，使劲把他按在地上。吕笃谦不知道是我，粗声粗气地吆喝，大概嫌杀了他的虎威。他问：“你是谁？”我说：“我——杨猴小。”这一下他软了，翻着白眼睛，斜瞟了我一眼，装着十分可怜的调调央求我：“猴小子，你叔叔的错，你先放开！”我一松手，他象小鱼儿一样，身子一滚，爬起来就跑。

你说他能跑脱吗？他跑不脱，我奔上去，一把把他抓住，象要小鸡子一般，一下又把他提到原地方，因为用劲过大，他把洋草帽甩了很远。

吕笃谦恼了，脸憋得象个红瓢，眉毛拧成一疙瘩。他气呼呼地说：“杨猴子，你是要怎？”他还要摆威风，我也没给他好气头，我说：“我要捆你！”吕笃谦愣了一下，说：“就凭你啊？——你要捆我？”他象只下山老虎，“呼”地站起来，指着鼻子问我：“你为甚捆我?!”

“你偷人!”

“我在那里偷过人?”

“在我这地里!”

“这是你的地?”

“是我的地。”

“你花了多少钱?”

这可把我问住了,脑子里只打转转,寻不上个说的。我着急的摸胸口。噢,拦约!我把它掏出来,在吕笃谦眼跟前一晃,我说:“这是你写的!”吕笃谦很沉住气,晃晃脑袋,拾起洋草帽,冷笑着说:“那是假的!”

好,我就等他这句话!我的火气压下去了,心平气静的对他说:“笃谦叔,我早就知道你写的是假的,走吧,咱们到农会里去算算账去!”

看吧,财神变成土地了。吕笃谦的脸色变成一张白纸,“噗通”双膝跪在地上,鼻涕一撮泪一把的哭起来。

不,我再不能上当啦。我记得我手腕上的绳子印,我爱我这村东十亩地!他跪下,他磕头也不抵事,我拉上他就走。可是他要起死狗来了,直挺挺地睡在地上,死下也不走。拉住足拖他吧,实在说,我还有点不忍心,白白地饶过他吧,我又得让他要一次——真闹的我左右为难,前后不是。

正在这时候,救驾的来了——玉生子带着民兵巡田来了。他们一直走到我跟前,活财神一看事色不对,一骨碌爬起来。李四娃说:“我们早跟上你了,看你能偷多少!”活财神还想胡支理对,民兵们早把他拉的拉,扯的扯,牵出地来。大家正带着赃物向村里走的时候,半路上又碰见他的长工,赶着骡驮子来拉驾,民兵们就把他的骡子也拉到村公所……

你问以后吗?以后我们把吕笃谦斗倒了。我的“村东十亩地”回来了，象多年不见的老朋友，我把老约装在身上一直装了三天！

同志，这就是翻身！

一九四六年十一月兴县

胡　正

碑

一九四〇年的秋天。

在披着露珠的丛草中，在羊肠山径上，年纪大约二十岁，象村姑似的凌前英，挽着一个小篮，向山下走着。

山下面，是平躺着的晋中平川。汾河，在中间似一条受伤的长虫，蜿蜒地蠕动着。

她走下山来，便又钻入到高粱和谷苗间的道路上，向着刘村走去。

她是来往于刘村附近，做妇救工作的区级干部。她的装束，和平川里的普通妇女一样：白布上衣和阴丹士林布裤子。她把那些纸单文件巧妙地藏在身上，并且还摘了些豆角，放在挽着的小篮里，这就象是一个农妇从田里摘了豆角回家一样。

刘村是靠近汾河，离县城二十几里的一个小镇。自从敌人占了县城以后，刘村便变为游击区了；敌人经常来去，暗地里也有我们的组织。

现在刘村确是荒僻得多了。清晨，连鸡叫也听不到了。

柱儿妈把柱儿从炕上拉起来：

“起来，给你爹送饭去！”

柱儿揉了揉还未睡醒的眼，不高兴地担起米汤和蒸馍，慢吞吞地走出大门。

柱儿今年才十四岁，柱儿妈是一个近三十岁的农妇，本村里的妇救会秘书。她和凌前英在工作中发生了友情，总是姐妹相称的。现在，凌前英来了。

柱儿妈盛了满满的一碗米汤，拿出些过中秋节时的月饼来放在凌前英面前，便到村里去召集会员去了。

会员们断断续续地来了。

一位四十多岁的拐着左脚的老太婆——那是今春里敌人来，她没有跑脱，被敌人用枪托打坏的——让她孙子兔儿扶着，一步一拐地来了。进屋后，又叫兔儿到大门外去瞭哨。

"噢，前英，你一打早来的？今晌午可是要到我家里吃饭去啊！"拐脚婆婆笑的眼眯眯地。

"看婶婶的脚，还没有好清吧？"凌前英扶她坐在炕上。

"我这算什么咧，看你，成天价跑上山跑下川的……"拐脚婆婆又要夸奖凌前英了。

在柱儿家后院的一个角屋里，妇救会一个秘密的动员会开始了。会员们都团聚在炕上，侧着头，听着凌前英的讲话。

当凌前英讲到要她们劝家里早秋收早往山上送粮的时候，大家都不约而同的眼睛盯着张四嫂。

"张四嫂，我看你家个男人的脑筋可顽固咧，一个小气鬼。年时死也不往山上给咱们县政府送粮，一点也不前进。你回去可是要好好地开导开导他啊！"拐脚婆婆很正经地说。

"哼？他再要那样下去，我就不跟他啦。"张四嫂十分懊恼自己有这样一个窝囊的不争气的丈夫。

接着她们又回过头来，听着凌前英在讲：每人要捐做鞋子，帮助八路军保护秋收，尤其还要和石桥村妇救会竞赛。这，刘村的妇女是不甘落人后的。

"我做两对。"

"我交三对。"

“我叫我儿媳妇也做两对。”拐脚婆婆总是要比别人起劲些，“叫她打两对新布底，纳的耐耐地。”

凌前英拿出册子来，登记着每人报出的数目。突然，送饭去的柱儿飞似的跑进来，气喘得象急吹的风箱，他用袖子抹掉面额上湍流的汗水，急促地嚷道：

“快跑吧！‘黄人’（日军）从前村里来啦！听说‘黑狗子’（伪军）报告了，说有妇救会干部来咱村里开会，一下就要包围咱村啦！兔儿，咱们赶紧给后村里报信去！”说着，又急急地拖着门口拐脚婆婆的孙儿，奔向后村去了。

刘村立刻便骚乱起来。

凌前英镇静地告诉大家：“不要慌，赶快往边山上跑，赶不及，就躲在庄稼地里！”

于是，大家便跑出大门，往村外奔跑了。

拐脚婆婆可急得要哭了，该死的孙子兔儿，也忘记了管他奶奶，就报信去了。

凌前英迅速地把登记册藏在身上，她不愿只管自己跑去，不顾这不幸的人，她扶着拐脚婆婆费力地移动着。

拐脚婆婆的心里越慌越急，越拐不来，凌前英简直是在拖着她跑。秋天里，凌前英浑身都淌汗了。

敌人一个小队已经进村了，走在前面的有四五个人，各持手枪从街心往村西头走，其中一个是粗鲁的竖着两条浓眉的田中队长，一个是短矮的有着两颗凸出的红眼珠的吉藤队副，跟着一个翻译，几个士兵，如狼似的眼睛，搜索着“妇救会”的人。

拐脚婆婆的脚，象不是她自己的了，麻木臃肿，脸上的汗水，汇合着泪珠，前襟上淋湿了一片，耳朵里响起皮鞋的声音，心里一慌，腿一软，卧倒了。凌前英忙俯身下去搀住她，拐脚婆婆已经象没有骨头似的软瘫了，抖嗦地强吐出几个字：

"前英……赶紧……不要连累……"

凌前英看看拐脚婆婆连一步也走不得了,后面又响起了枪声。她便连扶带拖地把拐脚婆婆搀进路旁的一间草房里。赶快给她盖了些草,便飞奔出来。

"砰!"一颗子弹向着正在跑的凌前英射过去,落在旁边一棵树干上,她急忙往下一蹲,爬着躲进刚收割回来的高粱堆里。

吉藤队副大步跑上前去,一个人也没有了。他那两只凸出的红眼珠,盯着高粱和玉蜀黍堆,右手举着手枪,左手就去翻高粱秆。高粱秆上的干叶子发出沙沙的叫嚎。

"喂,找什么?往前追的!返回再搜!"田中队长发出命令。

吉藤队副只好给这个高粱堆记了个记号,便跟着向前追去。

高粱秆堆里面,在屏住呼吸的凌前英,这时才把那口气松下来,轻轻地把高粱秆掀开一条缝,敌人已经走远看不到了。她象是一只受了惊的猫,钻出来,飞开脚步,便向着村外跑去。汗水将短发粘在脑额上,她疲乏地躺在一个豆角架底下,喘着气。

"怎么我竟朝着和边山相反的方向跑来呢?到汾河边碰敌人去吗?"她平心静气地环顾了一下四周,立刻她的心又慌了。于是立起身来,想再往山上跑,但路已经被敌人隔断,只得待黑夜再冲过去。这时,枪声又紧接着响过来,她便慌忙跑进近处一家菜园里去。忽然有一只垂着尾巴的黑狗,直向她扑来,"汪汪"地吠叫,她也顾不得理它,一直躲进房子里去,那只讨厌的黑狗仍在房门外朝着房里不倦地吠叫。

这是一个普通的农家屋子,里面一个人也没有。凌前英困倦地躺在炕上,把炕上的破草团往头下一塞,轻松地嘘着长气。

这时,她又想到那可怜的拐脚婆婆……

田中队长和吉藤队副已追到村东头,布置好队伍,包围起村子,在进行搜索了。

吉藤队副又去使劲地翻搜着刚才留下记号的高粱秆和玉蜀黍堆，但连一个人影也没有。突然，他发现了有人从这里逃走的痕迹：当凌前英钻出高粱秆堆以后，带着满身的高粱碎叶子，随着她跑而散落下来成为一条线。

“又往哪里去了呢?”碎叶子的痕迹渐渐没有了。

隐约地，有狗咬的声音传过来，吉藤便走向狗咬的方向。

一只黑狗朝着屋子里吠叫，吉藤想：“妙!”

但当吉藤要走向屋子里去的时候，那只黑狗却朝着这新来的“黄人”直扑过来。

凌前英猛然象从梦中惊醒似的跳起来，从破纸窗缝里望出去，是一个敌军军官，她顿时心脏擂鼓似的跳起来。但外面是不能跑出去的，她就跳下炕来，侧身躲进一个橱柜的后面。

吉藤拨动枪机，跟着是一声惨叫，黑狗倒在地下。

凌前英更紧地挨着橱柜，赶快拿起了一块水缸的破片，使劲地捏紧着它。

一进屋子，吉藤意外地一愣，仔细地看看屋里的一切；他把菜筐翻了一身，把桌子底下搜了一遍，又去把橱柜里所有的破烂东西都翻出来……

凌前英在柜后拚命的控制着两叶肺部的起合，咬紧牙，更紧地象要把那破缸片捏裂似的用双手举起来，眈眈的眼睛，发出坚强不移的光彩，盯着前面——那将要到来的命运的斗争。

吉藤一找到柜后来，凌前英猛然地，拚着全身的力量，将那块破缸片向着吉藤的头部摔过去，紧随着，凌前英又一步跳到被打昏倒了的吉藤的身旁，夺出他手里那支手枪，朝着他的头部放了一枪，吉藤象是刚才被打死的那只黑狗一样的躺在那儿了，头，象一个腐烂了的西瓜。

凌前英跑出门外，忽然门外有几个闻枪声而来的敌兵，她忙转过头去，顺着房子后面飞跑。

后面五六个敌兵看到是一个携枪的“妇救会”，于是都起劲地赶着。

她听到后面追来的脚步声了。右手回过来便朝后面放了几枪，当再用劲拨动枪机时，枪哑了，没有子弹了，她突然象没有了支持的生命一样的慌虚。

后面追的敌人停了一下，但经验立刻告诉他们枪哑了，于是他们就象是一群狼在追一只兔子那样。

面前是横着的悠悠不息的汾水，后面的敌兵追到河岸了，路绝了。

“我能被俘吗？中国人，中国的女子和敌人是永远不能在一起的，为了祖国的光荣，我宁死在祖国的大地上，投入家乡的河流……”

就在这瞬间，她站立在河岸上，向着祖国的原野，和那壮伟的吕梁山，投了依恋的一瞥，右手紧捏着敌人那支手枪，深深地吸了一口气，紧咬着牙根，向着汾河里一扑……

两个月过后，冬天了。

汾河结了冰，敌人走了。刘村的妇救会，在柱儿家里开了一个秘密的追悼会，她们用纸糊了一个凌前英的灵位，并买了许多点心、梨、栗等祭品之类，拐脚婆婆和张四嫂她们，做了许多纸衣服，纸花，纸元宝……拐脚婆婆在追悼会上用手帕掩住脸，哭得手帕全都湿了。

会上商量定了，大家捐钱给凌前英秘密地立一个碑，拐脚婆婆愿意拿出自己的首饰，捐很多的钱，立一个很大的青石碑。

不久，就在凌前英跳水的那个地方，立起了很大的一座碑。

碑是吕梁山脉的青石，它永恒不朽地、坚实地立着。

一九四二年八月五日写于绥德

民兵夏收

一

青天呀蓝天沙圪蓝蓝天，
山顶的麦子好比水连天，
牛脊背梁上垛了一声鞭：
这就是俺们民兵上火线。
…………

快活的小调声，伴着五月的微风在空中跳跃，在牛脊背梁上的一块麦地里，五个民兵弯着腰割麦，一垅一垅的麦苗都在镰刀下卧倒，又一铺一铺地躺在那里。

“二连子落后了！”民兵小组长，又是抢麦小组长的李十孩展了展腰，用手背擦了一下额上的汗，回头看到掉在后面老远的二连子，大声地叫着：“劳动英雄没有问题是冬有的啦！看大家飞施施的有多快，二连子老是看人家的屁股。”

二连子是落在最后了。他就是爱唱小曲曲，一唱起来就甚也不顾。这时被李十孩一喊，他抬起头一看，冬有倒快到地头上了。心里可着急了。左手搂麦，右手张镰，两条腿要跑似的往前头赶着。

冬有在前头可实在是快啊！头上的汗只管点点的滴，背着五月的太阳，胳膊晒的黑油油的，来回直动弹。“刹——刹”的割麦声，乱风似的就过去啦。

"嗳，到地头子上啦，憩一阵再割吧！"李十孩站起来说。

于是全都舒展了一下腰，到地畔上去了。从腰里抽出烟袋来，吸着烟。

地畔上放着他们的一些被子、行李和一支快枪、一支土枪，两颗手榴弹人似地立着，一根长矛子，直竖竖地插着。

这是关庄的民兵在夏收时的情景。关庄是汾河岸旁的一个村子，离敌人的据点只有十里地。在这夏收时节，敌人到处都在抢粮、毁苗子、破坏夏收；因此，关庄便将全村的劳动力组织起来，编了一个抢割队，分了几个小组。民兵们编了两个小组；敌人不来便抢收，一发生情况就打仗。

"动工吧！"李十孩发命令了。

五个民兵又弯着腰割麦了。每个人都戴着一顶草帽，就象五只小帆船在金黄色的海洋里驶去一样。

二

太阳落山了，黄昏给关庄罩上了一层暗影。往日在街里院里拿上艾火吸烟谈天的老人们，在场里巷里谈谈笑笑唱小曲曲娱乐的年轻人和小孩子们，现在都赶快吃过晚饭，有的赶上毛驴，驮着些铺盖衣物，有的抱着小孩，提着包袱和些零碎用具，都离开村子，住到野地里或者是山沟里的窑窑里去了。

夜，冷静静的，村子里空洞洞的，家家的大门都上了锁，就象多年没住人似的。这时民兵们正在挨门挨户的检查着空舍清野。

"呃，怎么谁家也静板板的，我却听见狗小舅家啃圪啃的毛驴吃草咧？"李十孩向民兵中队长说。

"怪啦，这门上还上着锁呐！"中队长走近大门跟前去。

"捣鬼！我跳进墙去搜。"

李十孩"扑通"一声跳进墙去。

“谁?”

“你看是谁！出来出来,你为什么不走?”

“啊呀,是十孩啊!”狗小听出是民兵来检查了,赶紧出来给十孩说好话:“你看姑舅今日前半天给抗属割麦,后半天又给自家抢着割,回来迟,身上困啦,打算圪躺圪躺再走。”

“你不用花麻六嘴,姑舅就不空舍清野啦? 这夏收时候,敌人尽出来抢粮、抢苗子、抓人,把你的驴抢走,把你抓走,怎样闹生产?”

“我也晓得你们是为我好,唉！这驴养的日本人连自家的居舍也不叫好好地住!”

“叫他赶紧走吧!”中队长在外面叫了,“明天再教育他,不实行空舍清野,还得罚他一个工。”

狗小把被子衣服等东西和割回来的麦子都驮在驴身上,赶紧躲出村去了。中队长领着民兵们也离开村子,到野地里找地方睡觉去了。

在汾河滩上树林子里,十来个人把仅有的被子(因为敌人屡次的烧抢,好多人都没有铺盖了)铺下,每人搬一块石头,把鞋脱下来放在石头上当枕头,就这么睡觉了。

“二连子唱个小曲曲吧!”二连子爱唱,冬有爱听。

“好吧。”二连子仰面朝天躺着,轻轻吹了声口哨,就低低地哼起小曲来:

> 铺地呀、盖天、枕石头,
> 小妹子,
> 你看这打日本呀艰苦不艰苦!
> 小鸟儿出窝呀树圪枝枝上站,
> …………

“唱甚咧,叫汉奸听到了好来这里包围咱们? 二连子不要忘了后半夜去查自卫队的哨，冬有临明放游动哨。”

“是！报告中队长。”二连子踢了冬有一脚，翻过身睡了。

树林里静悄悄的，夏夜的微风，轻轻地吹舞着树叶，清爽的天空里，一轮明月渐渐地从东方移向当空，月光穿过树叶隙缝，洒在甜睡着的民兵们身上，忙累了一天之后，他们睡的多么舒服啊！

三

天色刚刚往过亮，“钢朗”的一声手榴弹爆炸的巨响，惊动了所有能听见的人。

“发生情况，起来起来！”民兵们一骨碌都跳了起来。

“报告……中队长！”喘的上气不接下气的冬有，不顾一切地往树林子里跑回来。“我刚出去放游动哨，看见前头黑影影的来了一伙人，我看势头不对，就冒了一颗手榴弹。”

“有多少咧？到了哪儿啦？”中队长急得抓住冬有的肩膀。

“有二三十个，快到村前头狗小家那片麦子地里啦。”

“东西都放下，武器带上，冲到牛脊背梁上去，快跑！”

中队长提着快枪，尾随着民兵们，象赛马一样地从村子背后跑上去。

“卧倒，不准动！”

十几个民兵在牛脊背梁上的一块地畔上，在麦丛里，隐蔽起来了。枪瞄准着敌人，手榴弹的盖揭开，弦圈套在小指上。

这时，几个敌人已押着十几个民伕，带着七八头毛驴在村前头那一片麦地里抢割开麦子了，另外有十来个敌人和一伙警备队正往村子里走。

“瞄准，打！”

在中队长的命令下，象突如其来的炎夏的雹雨，手榴弹、快枪、土枪，一齐向敌人射去。

敌人卧倒了，大概是些警备队自卫团和民伕们吧，却沉不住气，掉转就跑，七八个毛驴，就象受了惊，疯了似的乱跑乱跳，麦田踏得乱七八糟，尘土一团一股地飞舞起来。

“冲啊！冲啊！”

中队长跳起来大声地喊着，象怒吼的暴风，民兵们冲了下去。

敌人从麦田边沿退却了，开始是掩蔽的弯着腰，后来竟兔子似地跑了。

民兵们就象发了山洪似地追去，追了一里多地，中队长命令停止追击，往回返了。“再追没利，小心敌人报复。”

在民兵们往回走的路上，敌人果真报复了，掷弹筒从据点里发出来，零散地落在野地里，一片尘土，接着是一股蒙蒙的黑烟涌起。

“掷弹筒是吓唬人，屁事不顶，可是咱们的二连子咧？”中队长在检查人数时说。

“嗳，咱二连子就回来了。”一拐弯，二连子从麦地里拉着一条毛驴出来了。“一冲下来，我就看见它还在麦地里乱跑，你们去追，我就去捉它，它还要踢我咧。”

“哈！中队长今天真闹的好，一喊冲啊，我可看得真，敌人吓的没命地跑，看路上这脚印子，这不是往回跑的？！一步总有五六尺！”

民兵们打了胜仗，真是兴奋，跑了那么远，一点也不觉累，回村时，走得更有劲了。

太阳一尺多高了，听到响枪就到林子周围察看的人们都回村里了。狗小抱着一抱驴踏烂了的麦苗气恨恨地也回来了。

“你看驴养的们给我糟踏的！看见驴在我那地里，真好象驴蹄在我的心上似的。”

“咦，你们看民兵们回来啦！还拉回一条毛驴来。”

看见民兵们回来，人们都迎上去，问的问，说的说，谈论不止。

“得啦得啦，叫我提个意见吧！今天咱们民兵们可是有功劳啦，咱们发动慰劳他们，今晌午吃一顿白面挟片吧。”农会干事好象讲演似地说。

“对，拥护！我再出一只鸡！”狗小举起手来好象要呼口号了。

中队长和民兵们不好意思答应，也不好推辞，只是兴奋地微笑着。

四

“报告中队长，刚才有情报下来，说碉堡上增加了敌人，又向各村要毛驴，要割麦子的民伕，说不定明天又要出发。”

“好，今儿我们早休息，后半夜出动打游击，到据点的对面梁上扰乱敌人的后方。”听了冬有的报告，中队长做了这样的决定。

夜半，风凉飕飕地吹着，汾河慢慢地流着，两岸树林严森森的，村子黑糊糊的，一片片的麦苗絮絮微响。

十几个黑影沿着山梁上的小路，走到敌人据点对面的梁上，散在一块高粱地里。

据点，象一具黑色的棺材躺在那里。

“嘶——”扯破纸似的那么一线声音，一颗手榴弹冒出去了，一朵火花，紧接着爆烈的一声，弹片炸散开去，一股浓黑的烟，和着烟硝的气味。

一朵灰烟从点火处冒起以后，随着声响，从土枪口喷出一条火舌，在夜尽时，声音好象惊得天地都要闪动一下似的。

“中队长这一下打得好。”冬有爬到中队长耳朵上悄悄地说：“你听他驴养的们‘格哩格落’地着慌的都上了碉堡啦，又叫他睡不成安稳觉，明天出发个鬼：呃！你听怎么对面山上也响起枪来了？”

“嘿，各村得到敌人增加的情报，还不都出来打游击！”

冬有听着对面的枪声，内心又紧张又兴奋，夜尽时，凉气从地下袭上来，然而他一点也不觉得冷，更不疲乏，右手紧紧地捏着一颗手榴弹，恨不得一下把它抛到敌人的碉堡里。

…………

远处鸡啼了，夜色渐淡，一切景色渐渐地显现，东方一阵一阵亮过来。

中队长带着民兵，从高粱地绕下来，往回返了。

太阳掀起乳白的朝雾，升起来了，汾水披着一层霞光，泛泛耀眼。

一九四三年八月于静乐

“长烟袋”

一

小东庄有一家财主，名叫常聚财。这人最好抽烟，手里时常拿着一根四五尺长的烟袋，那烟锅子比一个酒盅还大。他的烟布袋，却常常是空空的不装一丝烟沫。当他到别人家催租要账，或者碰见别人时，就说：“来，叫我抽上你一袋烟。”开头，人们自然不以为然，可是日久天长，都吃不住他那大烟锅子了，就问他：“你怎老没烟呢？”他就说：“你看，我忘了装烟了。”或者是：“我的烟又抽完了，再抽你一袋吧。”人们无可奈何，只好见他时把烟布袋藏起来，或者也拿个空布袋。他看看抽不上别人的烟，只好装了半烟布袋烟，人们见他有了烟，才又放心的拿出烟布袋来。不料他也生出了新办法：“你这是城里买来的好烟呢，叫我尝一袋。”他也不管别人答应不答应，早把那大烟袋锅子插进人家烟布袋里，狠狠的装上一烟锅子，把人家半布袋烟就装去了。

村里人们因为大多是他的佃户、债户，所以也不敢得罪他，就给他起了个外号：“长烟袋”。

二

天一黑，“长烟袋”就躺在炕上了，因为他家里晚上不点灯。可是，今天黑夜“长烟袋”却翻来折去睡不着。他想着村里人们要和他减租、赎地、抽约、算账的事情，区上还来了个姓王的农会主任，开会呀，讨论呀！满热闹的，就连他的长工也搅混到里头了。“长烟袋”想着想着，越发睡不着了。他一辈子就是靠着向别人要东西过活，别人想要他的东西，哪怕是一针一线，粒米把面，也比要他的命难。于是，他就想到他的一罐小银子，二十瓮粮食是埋在后院里的，虽然害怕别人知道，可是眼下也想不出好办法，一个人又挪它不动。契约账簿呢，虽然是他一个人藏在角窑里的，可是又害怕别人知道，更怕到时候长工找寻出来。他就想算着再埋到个稳实地方。抽不走契约，刀把子总在自己手里握着。以后，要是旧军回来，哼！就是连这二年的租子，利钱也要重重的加上，向他们要回来。

想到这里，他就下炕来了。看看他老婆，睡的死猪一般，他的十岁的宝儿只是“呼噜”打鼾，又到长工住的小房门上察看了一下动静，长工开会还没有回来。又到大门上四外看了一看，就走到角窑门口，从身上掏出一大把钥匙来，乘着淡淡的月光，找出一把来，轻轻地开了锁，慢慢地找出他的契约账簿箱子，又拿了一把铁锹出来，可是埋到什么地方更稳实呢？一阵夜风送来牛吃草的声音，好象吹醒了他似的，又四处看看，就进了牛圈。挖开一层粪土，把箱子埋了进去。但不巧的是，牛圈不大，当他弯腰摊土时，锹碰住牛的后腿，那牛就吼了一声，抬起后蹄弹了一下，这一弹不要紧，却不偏不歪，正弹到“长烟袋”的额头上。“长烟袋”赶紧藏在牛槽底下，提心吊胆的，只怕因此会被别人发觉，但听了一会也没有什么动静时，这才放下心来，抓了一块黄土按住伤处，忍着疼痛摊平粪土，一手拿上锹，一手抱着头，回到正窑里去了。

三

“长烟袋”的长工姓李名厚，开罢农会回来，先给牛添了一把草，就黑摸揣着上炕睡了。今天晚上他也是睡不着，他想起了他的事情。

他父亲手里，自种着五垧地，租种着“长烟袋”五垧，年年下来不够吃用。李厚的母亲死的那一年，春天遭了旱灾，秋天遭了风磨，五谷不收，跌下年成。但“长烟袋”还是照常收租，没办法，李厚的父亲就借了他两石粮食，顶了租子，言明月利五分。但到第二年春天粮食贵时，“长烟袋”就按当时粮价折成钱，秋后，粮食又便宜了，李厚的父亲新租旧账还不起，“长烟袋”就把本利加在一起，又折成粮食上了账簿。就这样本对本，利滚利，到李厚父亲死的那一年，就滚成三十石了。好怕人的三十石呀！“长烟袋”把李厚的五垧地折顶了十石粮，又对李厚说：“还短我二十石粮食。你爹也死了，就是把你卖了也还不够一半，你就给我家揽上长工，每年的工钱顶了每年的利钱，这账是个老没完的账了，你就得给我家受到底了。”

那时，李厚才十三岁，没亲没靠，没有办法，就这样钱顶利钱，给“长烟袋”揽上长工，到如今二十年了，受不尽的苦，还不完的账，他好比牛戴上鼻圈，拴到了“长烟袋”的槽上。

而今，受压迫的人要翻身了，李厚想着刚才在农会上大家说的话：“倒出千年的苦水，清算老没完的旧账，团结一心，减租赎地把身翻！”区农会王主任也讲了许多道理，于是，李厚又想到怎样和“长烟袋”算账，翻身以后的过活……

李厚就这么想着想着，刚迷糊了一阵，只听得“长烟袋”在正窑里叫着：“日头快出来啦，还不起！”李厚迷里迷糊坐起来，揉开眼看时，窗纸还黑糊糊的。正下炕摸鞋时，“长烟袋”又骂道：“开会，开会；把正经营生都忘啦！”李厚听着这些话，心里又难受，又气愤，“累累的受上一天牛马苦，连觉都不让睡够！”想起这些，更增加了他算账斗争的决心。

李厚出了小房，天上还有几颗星星放着寒光。李厚掖紧了破衣襟，照常把前院后院扫的一干二净，担回水来，又给牛槽里添上草，然后就扛起连枷木杈到场里去了。

四

当李厚给牛添草时，“长烟袋”真有点着急啊！李厚走后，他就到牛圈里端详了一阵，看看没有露出什么马脚，这才松了一口气。但他正要回正窑里去时，忽然有几只红头苍蝇“嗡”的飞了起来，“长烟袋”一想不好，他就记起跌死在崖里的那只羊，杀了以后，村里人因为价钱太贵不买，他又舍不得吃，一直放了半个多月了。他到了角窑里，用钥匙刚开了大箱上的锁子，忽见一只小猫从箱角里跑了出来，嘴里含着一块肉，这可气坏了“长烟袋”，一脚过去踏住小猫，又一把抓起来，把嘴里的羊肉夺下，狠命往地上一摔，那小猫就四蹄一伸，不出气了。“长烟袋”仔细一看，是邻家的一只小花猫，想到冬天卖了还能变几个钱，就塞在箱子圪拉里。再去看那羊肉时，叫老鼠、猫咬了好几块，而且还生了小蛆，发出了臭味。“长烟袋”真是心疼啊！又揭开旁边的白面瓮看时，也发了青绿色。“长烟袋”想到这几天白明黑夜的对付算账、减租，也有些熬累，就下了个狠心，称出半斤白面，四两羊肉，让他老婆给他捏了十个包子——他吃六个，小宝儿吃四个。

“长烟袋”让他老婆给他做包子，他就好象门神一样的坐到大门口，一来怕别人看见他家捏包子，二来看看场里的长工是不是给他好好的动弹。

当老婆做好包子，他正要回窑时，忽见区农会王主任和村农会主任刘成贵等，好几个人到他场里和李厚说起话来了。“长烟袋”怕长工说他的坏话，又怕误下给他做营生，还想把王主任请回家来说几句好话，探探风声，他就走了过去，请区农会王主任到他家里坐一阵。王主任不去，“长烟袋”却死拉活扯不放手，王主任又想：“那就去看看他家里的景祥，听听他的口气也好吧。”就对刘成贵、李厚他们说了声："我去一会就来，你们先讨论吧。"便走进了"长烟袋"家里。

五

"长烟袋"的院子是坐落在村西头的高塌上，用四堵厚厚的院墙围了起来，正面是三眼古老的窑洞，左面是一间小房，右面是一个牛圈。正窑门上，挂着一张厚厚的补了又补能挂几辈子的门帘。虽然是秋天，他也是挂着这厚门帘，好象只怕走漏了一丝热气似的。

王主任进去以后，一眼就看见正面大柜上镇着两把铜锁，好象两个睁着大眼的怪物。那厚木头大柜，大约也有几百年了，油漆早已脱落，正象它的主人一样，穿着一身破烂衣裳。

王主任仔细看"长烟袋"时，见他的脑袋好象一个嘴朝下的葫芦，又见他额头上有一处破伤，按着些黄土，王主任就问他："怎么破了？""长烟袋"心里一慌，两颗黑豆般的眼珠一转，便吱吱唔唔地回道："唉，人吃不上好的，尽跑茅厕，夜晚上碰到墙上碰破了。嗳，先生坐嘛。"

王主任坐到炕上以后，"长烟袋"就想到抽烟了，他拿着空烟布袋虚假让道："先生抽烟吧。"王主任说："我有。"就从腰里拿出烟袋和烟布袋来。"长烟袋"一见烟就没命了，厚脸笑道："先生有，就抽先生的吧。哈哈，先生的一定是'一品香'吧。唉！咱凄惶的活了一辈子也没有吸过一袋好烟。"说话中间，早将那大烟锅子好容易才插进那小烟布袋里，待他把烟锅子拿出来时，刚才还是饱饱的烟布袋，立刻就变成瘪的了。"长烟袋"也不管这些，狠狠的抽了一口，咽到肚里，又慢慢的只怕跑了一丝烟似的嘘出半口气来，并连声称赞："好烟，先生的烟果然好。"

王主任问起他有多少地，出租多少，放过多少债？"长烟袋"

却不敢吐露真情。只是吱吱唔唔地说:“也没有多少地,出租、放债也没甚,没甚……”王主任知道他也不肯说,就把村里人们要和他算账、抽地、减租等事说出来,并劝他接受群众的要求,和遵照政府减租、减息的政策办事。

“长烟袋”知道这人是来办这事情的,就哭起穷来了:“先生可不敢只听村里人们一面之言,咱是因为过日子俭省,落了个羊粪蛋蛋外面光的名儿。实说咱这光景,真是穷的还‘当当’的响咧。先生不信,看看这倒塌院舍,烂脏衣衫,还能吃住算账、减租?先生看在我这老穷面子上,了过这事,就顶救我一命啊!”

王主任听得有些不耐烦了,他到这村里来以后,和穷苦农民开了几天会,知道这根“长烟袋”是装穷、悭吝的吸血鬼,就正言规劝他,可是一提到账簿契约,“长烟袋”却冷笑一声说道:“先生还是不底细我这家境,咱真是命苦啊,统共几片片烂纸,埋到地里就怎么也寻不见了,失落了个净旦旦。唉!”

王主任一听说契约账簿失落了,就追问他怎样失落的,并说明了政府的减租、减息政策,就是失落了账簿契约也要减租、算账,但“长烟袋”还是前边那一套哭穷话,王主任就站起来要走。

“长烟袋”一见王主任要走,就又哭穷,又做假人情地说:“唉,你看我实在是想让先生吃一顿饭,就是穷的没东西。先生包涵住,收罢秋定准请先生好吃一顿。要不先生就先吃点粗茶淡饭吧。”但他嘴上留着客人,两手却早已掀起门帘,把客人送出去了。

六

“长烟袋”一家的饭食是有好几等样子的:一等是糠面窝窝,一等是米面馍馍,今天又添了十个包子。“长烟袋”一走到灶火跟前就要骂他老婆:“烧这么大的火,把炭全烧了,要把窑也烧了呀!”又拿起勺子搅了一下锅里的米汤,骂道:“下这么多米,把米全吃了呀！”说着，就把锅里的米全捞到自己碗里，还不满一碗。

“长烟袋”的老婆正在吃米面馍馍，因为听惯了老汉这些话，也不在乎。但看见老汉捞米吃时，就挤了一下眉眼，意思是说笼里蒸上包子了。但是“长烟袋”却有他自己的打算：包子吃不了能留下，米不捞了就叫长工吃了。他们俩正在挤眉弄眼的时候，叫李厚看见了，又闻见笼里发出一股肉味，知道他们又是偏吃好的，所以就闷着头拿了两个糠窝窝，端了一碗稀米汤，蹲到门外去了。

“长烟袋”吃了半碗米，把剩下的半碗汤放在锅台上。恰巧李厚又到锅里舀米汤，“长烟袋”是一见别人吃他的东西就不高兴，就说：“吃多少咧，那不是半碗！”李厚看了一下说：“那是你剩下的么！”“长烟袋”说：“剩下的就不能吃？你的嘴又不是金口玉牙，你家的粮食就是这么糟踏？我这庙小，放不下你这神神了！”李厚气的说：“放不下了我就走！”“长烟袋”说：“要走就走，这顿饭也不用吃！把二十石粮食的老本立马还清！”李厚说：“你倒说的便宜，我还要向你算工钱，算那老没完的账呐！”“长烟袋”两眼一瞪：“算账？你倒想的不赖，工钱顶的是利钱，老本总要还清吧！”李厚说：“本利还了你八帽子高啦，我还要抽我的五垧地！”“长烟袋”说：“不管三七二十一，非还本钱不行！”李厚说：“不行了，咱去开农会！”“长烟袋”说：“你开你的农会，我要我的本钱！”李厚见他不说理，就气的往外走。

七

王主任、刘成贵和村里几个人，正端着饭碗在场里一株槐树下，一面吃饭、一面谈论着如何向“长烟袋”算账斗争，忽见李厚气呼呼地走来。李厚把刚才和“长烟袋”吵嘴的事一一说给大家，要求立马进行算账斗争。众人一听，新仇旧恨一齐涌上心头，刘成贵说：“对，咱们就去算账！可是他说契约账簿失落了，咱们想甚办法?”李厚一听这话,即时愣怔了一下,回头咬指一想,“长烟袋”一定是把账簿契约埋到什么地方去了。可是怎么能寻见呢?忽然间,他想起早晨看见牛圈里粪上好象有点新土,平常谁也不去牛圈里呀!李厚把这话一说,王主任也道:“我问他头上怎破的,他说晚上跑茅厕碰破的。”李厚说:“他这两天就不跑茅厕。八成是把账簿契约藏到牛圈里了。”众人听了这话,就齐声喊道:“要去就立马去算账!”霎时间,人们回家送了碗筷,这个叫那个,那个叫这个的,一说和“长烟袋”算账,没有一袋烟工夫,全村的男女老少就集合起来,刘成贵和王主任简单的说了几句话,人们就拥到“长烟袋”院里去了。

“长烟袋”只听得挤挤嚷嚷的进来一群众人,出来看时,院里已挤满了人。刘成贵冲着他说道:“今天我们来要和你算账!旧债要清理,租子要减轻,你讹押走的地要赎回来!”

刘成贵的话还没落音,李厚就站在台阶上高声说道:“我爹手里借了你两石粮,不到十年头上,就滚成三十石,我爹死的那一年,你折了我家五垧地,又叫我给你揽工,我在你家早起晚睡,担好水,倒恶水,熬折腰,跑断腿,牲口一样的受了二十年,你还要向我要本钱!你重收租,恶要利,又折地,又押地,把村里四百多垧地都霸成你的。以前,由你欺压我们,剥削我们;而今,毛主席、共产党领导我们翻身,我们要解下牛鼻圈,和你算清老没完的账,抽回我家的五垧地!”

院子里的人们也都一起一落的说起来。有的诉冤仇,有的倒苦水,有的说他放债大加利不算,还要三日两头的白使唤人家的牲口,有的说他收上重租,还要到地里想拔萝卜就拔萝卜,想撇烟叶就撇烟叶。还拉上羊到人家场里吃庄稼。有的要清债抽约,有的要减租赎地。说着说着就喊起口号来:

“穷人要翻身,死皮烂账要算清!”“大家团结一条心,减租、赎地、抽红契!”

“长烟袋”听着这声音，震的他耳朵还疼，看着这情景，真有些怕人。众人叫他回话，他又哭起穷来了：我可是穷的要甚没甚了，吃了上顿愁下顿，凄惶的三月里就脱了袜子。十月里还舍不得穿棉袄，一年也吃不上一顿白面，也没闻见过肉腥……

可是，说也凑巧，笼里的包子已蒸了三顿饭工夫，锅里的水也熬干了，“长烟袋”的老婆不敢下笼，又忘了灭火，说话之间，笼里已发出一阵烧木味来，铁锅“炸”的响了一声，“长烟袋”的老婆眼看没法了，这才拿下笼来，只见木笼边上烧成黑色，十个包子烤得焦黄，铁锅也炸坏了。

众人一看这般情景，就好象火上加油一样，气恼的问道：“这就是你穷的没吃的？”“快拿出契约账簿来！”“算账，抽约！”

“长烟袋”心里真是燥啊！但他还是装出一副可怜相来说：“契约、账簿么，要是在的话，我一定拿出来，算个清楚利洒。可是，唉！埋到地里早就失落了。”

众人一听他说失落了，就气恼地跳起来喊道：“你向我们要账时就在，这阵就失落了？”“你还想留下再剥削我们？”“非拿出来不行！”在这轰隆隆嚷声中，只听得李厚高声喊道：“契约账簿凭白无故就能失落了？他一定不往出拿了咱们刨！”众人异口同声地说：“对，咱们帮助他找出来！”

“长烟袋”一听众人要刨，虽然有些心跳，但还是装着满不在乎的神气说：“好么，只要你们刨出来就好。刨吧，寻吧。”他偷眼看看牛圈，以为他们不会想到那里，一定是到窑里去刨的，不想李厚拿了镢头，领着众人直奔牛圈里去。这一下，“长烟袋”的心就擂起鼓来了；这一下，“长烟袋”的两只脚就好象踏上圪针了。他跑到牛圈跟前，看着看着人们就刨到埋箱子的地方了。“长烟袋”真好比看着河水推走地，心急肉跳没法了。只是嚷道：“把牛圈刨塌不让我喂牛啦？”但没有一个人理他，只是镢头刨，铁锹挖。不一会，那红油漆箱子就露出来了。李厚两手往起一拿，就跑出牛圈，人们兴奋得一下就把那箱子围了个密密层层，打开一看，果然是契约账簿。

"长烟袋"一见箱子被刨出来，就象老鼠跌到面缸里，白瞪着两眼，身子好似猪尿泡被戳了一刀，软瘫在那里，头也抬不起来，只是"咳——"的叹气，犹如急病染倒身子。

人们就翻账簿，就手算账；就手整契约，就手抽地。"长烟袋"这时只是点头称是。说到退租退利时，"长烟袋"说粮食不够，众人又刨开他的二十瓮粮食，但看的全部沤坏了，便折了他一些地，顶了退租退利。当人们说到那一堆账簿时，有的说："一笔勾销没事了！"李厚说："没事了就烧了吧！"一说烧了，人人赞成，个个道好。李厚就到灶火里点出一把火来，"长烟袋"一看要烧账，就赶紧爬过去说道："不要烧，留给我家糊窗……"人们说："留下还想剥削人？烧！""长烟袋"看看留不住账簿，就央告众人，把箱子留下，众人就把箱子给他拿过，烧着那一堆账簿。

人们把地契装在自己怀里，李厚把抽回的五垧地契和算工钱折下的六垧地契，也牢牢的装在怀里，看着这吸了他们多少年血的账簿烧起来了，千年的牛鼻圈一下解了，万年的穷根一刀断了，翻了身，要过好光景了，不由得从心底涌起一股热劲来，咧开嘴笑起来了，那两只手举出去又放下来，又合在一处鼓起掌来。小孩子们也高兴的从大人们中间跑前去，把没烧着的纸片抛到火苗上，火就更旺了。

"长烟袋"右手拿着他的又大又长的烟袋和空瘪的烟布袋，左手抱着那空空的箱子，火在他面前燃烧着，几片纸灰从空中画着圆圈飘下来，落在他光秃秃的头上，他摸摸头，心疼地看着账簿烧尽了。……

一九四七年二月于兴县

七月古庙会

一

农历的七月，在农村里是多么美好的季节！炎热的夏天刚刚过去，秋天的凉风就要吹来；农民们经过了紧张的夏锄、夏收，丰盛的麦子已经收在家里，那绿油油的秋庄稼也有了指望。这时候，当人们从地里回来，吃过晚饭以后，就三个一堆，五个一伙的，在村当中，在打麦场边的树荫底下，快活地闲谈起来。谈起今年的庄稼，谈起快要到来的七月十五日。七月十五日是大峪口村里一年一度的欢乐的节日——古庙会。每年都要唱一台好戏。于是，人们又谈起了那一年是谁来唱的戏，唱的如何如何，你说这一个唱的好，他说那一个演的强；你说今年还要请这家来唱，他说今年一定要请那家来演，于是，又引起一场愉快的争论。

在这些人们愉快的谈天的时候，在许多人家的大门口，你又会看见不少的闺女和媳妇子们，坐在那里做针线活。这一个缝的是粉红色的衫子，那一个又做着一件花裤子。在这些年轻的女人们当中，有一位名叫李兰花，她正在给自己赶缝一件淡绿色的短袖上衣，到七月十五那一天，周围村里的人们都来赶会、看戏，她的好人——未婚夫当然也要来。从春耕开始以后，他们已经有半年没见面了。于是，她低低地唱着歌子，让针线在衣衫上飞着，直到太阳落下西山，灿烂的晚霞映红了她那快活的脸。

二

就在这时候,工作组的魏志杰同志到这里检查工作来了。

魏志杰一来就召集了所有的乡、村干部,并且一开头就问道:

“你们的生产工作做的怎么样?”

乡支部书记赵福增就向他报告了当前村里的生产情况。

魏志杰听着他的报告,有些不满意。他觉得乡支部书记有些自满情绪。不是吗?春天订的生产计划中,锄草三遍已经完成,好象就等待秋收了,“闲七月”的思想竟这样严重,但他又想到自己来这里的任务时,也就心平气和了。他到这里来的目的,就是要检查生产工作——当前压倒一切的中心工作。当他临来的时候,工作组长还希望他在这里取得经验,以推动生产工作。他满心欢喜地接受了这一个重要的任务,而且满怀信心地要做出一番成绩来。他来的时候,一路上还想着如何胜利地展开轰轰烈烈的生产运动。于是,他就打断了乡支部书记的谈话,直截了当地说道:

“群众还没有发动起来,这怎么能行!今天晚上召开群众大会,我作一个紧急动员报告。”

事情就这样决定了。

村干部都散了。乡支部书记赵福增有一个习惯,当上级干部到他村里来的时候,除了工作汇报以外,他总要闲聊一些村里的事情,但今天呢,他刚想说话,却只见魏志杰同志坐在那里写起报告来,他就不好开口了。但是,有一件事情,而且是这几天很多人经常向他要求的一件事情,他不能不请示一下。

“魏同志,这村里每年七月十五要赶会、唱戏,这两天群众又嚷开了,要写一台戏来。”

“甚么?唱戏?”魏志杰不知是惊讶呢,还是奇怪,但最后他就采取了坚定不移的态度:“现在正是开展生产运动的时候,你们却要唱戏,那怎么能行!”

赵福增还想再说些甚么,但魏志杰已经又趴在桌子上了,他只好不辞而别。

三

开过群众大会以后,村子里确实呈现了一幅使魏志杰同志高兴的景象。虽然当天晚上有些农民因为耽误了多半夜睡觉,有些不高兴。但村里人们也都愿意以紧张的劳动,提前完成生产计划,迎接他们的古庙会。于是全村的农民们,连那些长了白胡须的老汉们,也拿起了锄头、镰刀,起早搭黑地到地里锄草、割堰畔的草,压绿肥。大峪口村的农民们在响应祖国的号召方面,是不会落后的。同时,他们还有一股劲儿,到七月十五赶会、唱戏时,让外村的人们看看大峪口村的庄稼长得多么好,地里的草锄得多干净。妇女们呢,她们也要让外村的人们看看:大峪口村的庄稼是出色的,妇女劳动是好样的,穿戴是漂亮的。所以,虽然七月十五的庙会好象迷了她们的心,虽然她们半夜半夜的在油灯底下赶缝新衣衫,但是,第二天刚刚天亮,她们就到地里去了。

这样紧张地过了五天,农业社和大部分互助组都完成了生产计划,眼看就到七月十五日,村子里又嚷起了唱戏的事情。一到晚上,三五成群的年轻人和老汉们,就到乡政府来了。开头他们是探听、要求:

“七月十五眼看就到了,咱们是请谁的戏呀?”

“早些去写啊,不要临吃糕时还没有碾米,那就赶不上啦。”

接着,他们对于村干部们的解释不能满意了,失望之后,生气了。

“这个中心,那个运动,这个完了又是那个;夏锄完了,又是秋收。秋收时你就是请来戏吧,谁有工夫看;收罢秋,冬天闲下了,天也冷了！”

“冬天也闲不下！”

“是啊，那时候就说叫看戏吧，谁能在风雪地里冻半夜，咱们又没有戏园子。”

人群中，也有一些人低声喃喃道：

“咱们劳动一年，一台戏也不叫看。”

冒失的人们就说的更难听了。

乡支书赵福增听着这些话，心里难受极了，虽然这些话多是牢骚，但魏志杰同志不让唱戏，自己又不能在这样的场合说出来。他只好忍着群众的埋怨，讽刺，甚至谩骂，向群众说着连自己想也想不通的所谓“解释”、“说服”，但越是这样，他心里越觉得痛苦。后来，他觉得不能这样下去，他就下了决心再去和魏志杰同志研究。

这样子，农民们才算又抱着一线的希望，慢慢地走散了。

四

乡支书赵福增和乡长、村主任以及农业社的几个干部，一齐来找魏志杰同志。他们先汇报了这几天的生产情况，随后就提出了唱戏问题。

魏志杰同志竟有点生气了：

“怎么又提唱戏？我不是已经讲过啦！”

村干部们就谈起了最近群众中的一些反映，但魏志杰却打断了他们的报告：

“这是少数落后青年的要求，你们为什么不多听听那些积极生产的劳动群众的呼声？”

农业社的一位年轻的分队长说道：

“这是大多数群众的要求，老汉们嚷吵的更厉害。”

“那你们要向群众做解释工作啊！要教育群众，不能做群众的尾巴！你们不想一下，唱三天戏，会耽误多少生产，一天以一个劳动力锄一亩地计算，全村要少锄多少地？而生产工作又是当前压倒一切的中心任务！”

乡支书赵福增鼓了鼓勇气，说道：

“可是，大家情绪不高，就会影响生产。如果是眼前有当紧的任务，一天空也没有，或是夏收不好，秋田没有指望，那么群众也不会要求唱戏。现在呢，夏锄计划完成了，夏田收得好，秋苗也长得好；又是每年的庙会，我觉得应该考虑群众的要求。如果我们的工作做得好，唱戏也可以鼓励大家的情绪，也可以推动中心工作。”

魏志杰冒火了：

“情绪，就凭那些‘白蛇传’、‘劈山救母’，世界上根本不存在的迷信东西，也会鼓励生产情绪？笑话！”

赵福增没有被他的冒火吓住，他也有些不满意地说道：

“我们当然不愿看迷信的戏，可是，听人说‘白蛇传’并不是迷信戏。反正看一次好戏，干起活来倒有精神，我觉得社会主义是叫人们生产得好，生活得痛快，绝不是叫人们死死地受苦，连戏也不不叫看。”

魏志杰更火了：

“那叫享乐主义！你们要提高警觉性，在落后群众的乱吵乱嚷当中，要注意坏人钻了空子！”

这样一来，村干部们自然不敢再说了，一个个呆坐在那里。魏志杰也在地下烦躁地走来走去。现在看来，落后的群众甚至连乡村干部们，要求唱戏的情绪是越来越厉害了，但自己是到这里检查生产工作的，还要在这里做出示范性的成绩来，难道竟让唱戏？不！他对于群众的生活、情绪、痛快或闷气，是想得很少的。他所考虑的是一切服从当前的中心工作，至于怎样才能作好中心工作，他是想得很简单的。他认为只要领导上有决心，群众就会跟上自己走的。那么眼前的问题怎么办呢？那只有首先打通村干部的思想。于是，他就走到村主任跟前问道：

“你的意见呢？”

“不唱就不唱吧，看戏又不能顶饭吃。”

“对呀，这不是教育群众的最好内容！”魏志杰高兴了。“还是吃饭要紧，所以要动员大家努力生产，超额完成任务。好啦，你们应当立刻去召开农业社各分队和互助组各组的会议，深入讨论，继续贯彻。”

村干部们只好这样散了。

乡支部书记赵福增却不愿意就这样走。

“我觉得这样处理不大妥当。”

“怎么不大妥当？村主任的思想都通了，而我们党的支部书记，却成了尾巴主义！还有，刚才和你们一齐来要求唱戏的那个小伙子是谁？”

“李双宝。”

“哼，看戏的积极分子！”

“对他可不能这样说，他是社里的分队长，又是劳动模范。他是反映群众的意见。……”

“算啦！”魏志杰又打断了他的话，“对于群众的意见，我们要站得更高一点去看它，你不仔细想一想，唱三天戏，对你们村里的生产会有多大的损失，这个数字我已经给你们说过了，现在我们再算一个数字：如果要唱戏，你们每户最少要来五个客人，一个客人每天最少吃一斤粮食，三天就是十五斤，全村四百多户就是——小一万斤。待客还要吃点好的，再加上供应摊贩的粮食，你算算，要浪费多少！”

乡支书赵福增怀疑地说：“我看这个算法不大恰当。邻近村的客人看完戏会回去吃饭，远处的亲戚朋友呢，就以我家说吧，就是不唱戏的话，每年也总要来往一两趟。至于说大吃大喝，浪费，那我们在什么时候都是要坚决反对的。再说供销社已接到县上的指示，要通过这个庙会活跃农村市场，咱们为什么不乘这个机会好好开展一下工作呢？”

“借口！”魏志杰觉得乡支部书记竟和他强词夺理地辩论起来，冒火了。把纸烟头往地下一摔，来回走了几步，极力压住了他的火气，又对着乡支书说道：“县供销社的指示也要考虑，只顾自己本位工作，毫不考虑中心工作——压倒一切的中心工作——生产，那怎么能行！”随后，他又在桌子周围转了几步，沉重地说道：“现在看来，你的思想是不容易一下子打通的。那么这个村里的工作只有暂时让村主任负主要责任了，你么，明天就到匡村去，匡村的工作在你们乡里也不算起色，同时到那里去以后，会冷静一点，好好地检查一下自己的思想。”

乡支部书记赵福增再无话可说了，看来，说也没有甚么用处。他低着头在那里呆坐了一会，只好窝着一肚子闷气走回家去。

五

第二天清早，赵福增起来以后，就带了两件衣服，背了一个小挂包，准备到匡村去。虽然他昨夜没有睡，翻来复去也没有想通，但对于到匡村去，他还是服从分配的。不过，他想去匡村之前，再到农业社去看看，他对社员们这几天的情绪是不大放心的。

他走进了农业社的办公室里，正碰上桑林有老汉向农业社主任请假：

“我老伴病了，夜晚上折腾了半夜，我到城里去请个医生来看看。”

主任只好准了他的假，老汉却是欢欢喜喜地，飞快地走了。

又一个三十来岁的社员王庆子也来请假：

“我婆姨也有病了，想进城去看看。”

主任生气了：

"你婆姨好好的有什么病?我刚才还见她打扮得精精干干的。年轻轻的怎么尽学的说谎话!"

王庆子看看计策露了,他就干脆说道:

"那么桑林有家老婆有甚么病,你怎么准他的假?他还不是想进城看看戏去,你们为甚准他的假,就不准我的假?不叫在本村看戏吧,连进城看戏也不行?"他气的蹲下来,一面抽烟,一面喃喃地说:"不请假的走也就走了,我还说遵守制度吧,哼!"

主任又劝他道:"遵守制度是好的,那些不请假走的,回来一定要批评。再说,这是上级的指示,我们农业社还能不带头生产?"

"农业社连戏也不叫看,还不如单干户!"王庆子也冒火了,他冒了火就不顾什么情面。"你们真会哄人,前日说向上级请示了就答复我们的要求,而今又拿大帽子扣人!今日眼看就是七月十四,你们想拖过明天就算啦,想得倒好,哼!上级,越是上级越好说话,县委书记我也见过,县上就不会做出这种决定,尽是你们,为了自己的功劳,不管我们的死活!"他越说越生气,说着说着就走了,主任叫他也叫不住。

主任问乡支书:"你看怎么办咧?进城去看戏,后半夜才能回来,这样反而要影响生产。"

乡支书看看这种情况,确实不行了,王庆子刚才那一顿牢骚,倒使他有了主意:

"我到县委会去请示一下。"

六

七月十五日到了。

魏志杰一觉醒来,推门看时,门口坐着一个小孩子。

"干甚么?"

那小孩子站起来，结结巴巴地说：

“我奶奶叫我唤你，今日派到我家吃饭。”

魏志杰又回到屋里，洗了脸，就跟着那小孩子去了。

一走进那家屋里，魏志杰看见了一幅不平常的景象；蒸了两笼馒头，又做了半锅菜。他就问道：

“今日有甚么大喜事啊？”

那老太婆就笑着对他说：

“怎么你还不知道？今日要来客呀！我那闺女、外孙们，半年多了还没来过，今日咱村里可算是……”

坐在一旁的老汉着急了，狠狠地瞪了她一眼，但她好象没有看见，老汉插嘴说道：

“老的糊涂啦，只管唠叨个没完，魏同志，今日闺女来，是帮我干点活。”

魏志杰高兴了。他在大会上报告过，可以通过亲戚朋友关系，把一切力量都吸引到生产运动上来，那么，这也算一种通过社会关系的互助形式啊！于是，他也不管那老太婆不服气地用眉眼埋怨老汉，也不管那老汉使着劲劝止她不要讲话，但又含着希求她谅解的眼色，他只是低着头吃饭，并想着：这确是生产运动中的一个生动的例子啊！

吃完饭后，他走了出来，刚到一个十字路口时，见那里坐着几个老汉和几个小伙子们，不知谈甚么，谈的那么热闹，见他过来，一下子都走散了。魏志杰也很高兴这种情况，他觉得“在这样紧张的生产运动中，让我看见他们还在村里闲坐着，是应当害羞的”。

他走过那个十字路口，忽然，又看见一位大闺女走过来，他认得那是李兰花，穿着一件淡绿色的短袖上衣，那么漂亮！而且，她看见他时笑了一下，就赶紧走了。他想：“李兰花为甚么打扮得这么漂亮呢？”随后，他又解决了这个问题。“她是一个青年团员，她应当情绪高涨地带动大家去生产。难道那些漂亮的衣衫只能在看戏的时候穿，生产的时候就不能穿吗？可以穿，一切都应当紧紧地围绕着生产。”

魏志杰回到他住的屋子以后，他就坐在桌子旁边，翻了一下县委会发来的通报，他想自己也应该再写一个报告了。而且，今天已是七月十五日，村里不但没有唱戏，反而利用亲戚朋友关系，更紧张地卷入了生产运动，这难道不是最突出的成绩吗？

他开始写全村的增产数字了。

写完了增产数字，他又总结了成绩的来由。那就是领导上的果断和决心，当一部分落后的青年掀起了唱戏的风潮时，甚至有些乡村干部，如乡支部书记赵福增，竟表现了严重的尾巴主义，经过了领导上的说服、动员，才打通了干部思想，扭转了落后情绪，这样，才又卷入了轰轰烈烈的生产运动。并且，他们为了增产，竟牺牲了一年一度的庙会戏。如李兰花穿着本来是为看戏缝好的花衣衫，上了地，又如——他忘记了问吃饭的那家老乡叫什么名字，他就写上：又如许多群众利用亲戚朋友等社会关系，一齐卷到生产运动中来。

他正写的高兴时，忽然听到“咣咣咣”的几声锣响，怎么回事呢？没有通知他们召开群众大会呀！接着是一阵“皮且皮且咣……”的铙、钹、水钹和锣的响声。他一想不对，就急急忙忙站起来，冲出屋子，一直向村北头的庙院跑去。

七

在庙院里，从四面八方，早已流进来满满的一庙院的人。

清早，当村里人们听说县上批准了唱戏，而且是正在城里唱戏的丁果仙的剧团就要赶来时，全村一下子都高兴的忙碌起来。人们也不管住在他们村里、不允许他们唱戏的魏志杰同志了。自然也有一些聪明的人们，有意瞒过了他，万一在开戏前再出什么意外呢！如魏志杰去吃饭的那家老头，以及十字路口的那些人们和李兰花。他们只用了一个清早的时间，就把剧团用大车全部接来，并在庙院里用村剧团的幕布，搭了一个天棚。唱戏的消息象风一样地立刻传到附近村里，本来是赶会的日子，人们来的更多了。那些消息最灵通的小摊贩们，早已在戏台两旁，在庙院周围，摆好了他们的摊子；一锅水饺，一小推车熟肉，凉粉、豆腐干、汾酒、西瓜、甜瓜、果子、扫帚、簸箕、木锨、镢头、布匹、杂货、粮食、牛、羊、骡、马……总之，凡是你在农村集会上看见的那些东西，都应有尽有了。在庙院当中，站着年轻的和上了年纪的男人们。小伙子们头上包上两三块花毛巾，有的竟至包了五块，显出他们那英俊的姿态。庙院周围，闺女们和媳妇子们，也有一些老大娘们，站了满满的一圈，好象全世界的花花布都摆到这里来了，而且，她们手上还拿着一把小花扇，天气热啊！于是你看吧，就象许许多多的花蝴蝶，在五颜六色的花丛上飞着。

开台锣鼓打完，就要唱戏了。第一出是“打金枝”。但突然间闺女们皱了一下眉头；舞台上没有走出金枝女，却从台底下跳上一个人去。

本村的人们认识，那就是魏志杰同志。当他一口气跑来，一看到这种情况时，自然，那火气就不用说了，他找乡长，找村干部，可是在这嘈杂的人海里，又怎能找到？他命令别人给他去找，而那些去找的人又是有去无回。眼看就要开戏，这怎么能行呢？他就跳上舞台，要找剧团的负责人。

“哪个是负责人？谁叫你们来唱戏？阻碍了这里的生产工作谁负责？”

舞台上那些手执乐器的人们，一下子停手了，后台门口也露出几颗红的、绿的花脸来，最初大家以为出了什么事情，后来听他说不叫唱戏时，舞台上的人们也生气了。他们刚从省城里来，并不认识他就是工作组的魏同志，而剧团则是县委会让他们赶来的，并和乡支部书记订好了合同,怎么能不唱呢?有一位看样子象是剧团的负责干部,一面摆出一副和事佬的态度,想拉他到后台谈话,一面就示意打锣的那人,打锣的那人就特别用劲地打起锣来:

"咣!咣!咣!……"

魏志杰更火了,他们竟违抗命令!火急之下,他一手摔开剧团负责人的手,几步跑过去把那面大锣摘下来。

这时候,戏场里也乱了。人们都拥前来,看出了什么事情。当看戏的人们一听说不叫唱戏,并把锣也摘了时,他们也火了,特别是那些由外村跑了十几里路来赶会看戏的冒失的小伙子们,他们哪知道他是工作组的干部,他们还以为是坏人捣乱,于是,一伙年轻人就跳上台去,并且高喊:

"抓起他来!"

魏志杰一看见来势凶猛的小伙子们,心里慌了,就急忙向舞台旁边后退,但这村里的戏台,为了使三面的观众都能看到戏,多是前台突出一块,象个"凸"字形,而且那前台修的那么小,魏志杰还没有后退几步,只觉得脚底下一闪,就掉下台去。台底下立刻就乱了,那些小摊贩们也真该死,为了他们自己多做买卖,竟把摊子摆在戏台两面,人们往前一拥,就挤翻了。西瓜摊子翻了。切开的西瓜飞了起来,没有切开的一颗大西瓜滚下来,正掉在旁边的凉粉摊子上。于是,围到台前来看热闹的人们也沾了光,那些妇女们的花衣衫就更倒了霉。李兰花急忙向后退已经来不及,西瓜瓤子和凉粉飞溅到漂亮的淡绿色的短衣上。就在这混乱的时候,前面的人们向后一躲,后面的人们想拥前来看看,结果又挤翻了卖果子的小推车。……

正在寻找魏志杰的乡长和村干部们,到这时才费了九牛二虎的力气,从人群里挤过来,民兵队长就去维持秩序,乡长和村主任就把魏志杰扶起来,但他的一只脚已经疼的不能挨地了。于是农业社主任和社里那个生产模范李双宝也来帮忙,四个人才把他抬回了他住的屋子里。

魏志杰生气地质问村干部们:“你们是怎么闹的?”乡长就急忙拿出一封信来说:“这是县委会给你的信。乡支书给了我,他就赶紧到匡村去了。我正寻你,不想你……”

魏志杰一把抓过信来,拆开一看,是县委书记写的。他还没有看完信,就叹了一口气,躺了下去,这时他的脚腕子又剧烈地痛起来。

村干部急忙给他脱了鞋袜,看伤了那里。幸好村主任在村里还算得半个医生。但他看见魏志杰那肿起好高的脚腕时,却圆瞪着两眼,心跳地说道:

“快送医院,我治不了这伤。”

村干部们就立即找来四个民兵,又立即绑好一副担架,抬上魏志杰同志,一直往城里走去。在通往城里的大路上,又要路过那戏场,这时,“皮且皮且咣!”的锣、钹声又传过来,但魏志杰已经顾不得这些,他的脚腕真疼啊!而那四个民兵,竟走的那么慢,他们还常常扭回头去,留恋地看着台上。

舞台上“打金枝”正唱到热闹之处,戏场里,又恢复了原来的模样。

“皮且皮且咣!”

“西瓜贱卖啦,红瓤黑子,又沙又甜!”……

一九五五年二月于太原

中国文库·文学类

（已出书目）

【第一辑】

鲁迅选集　鲁迅著……………………………………人民出版社
郭沫若选集　郭沫若著………………………………人民出版社
茅盾选集　茅盾著……………………………………人民出版社
巴金选集　巴金著……………………………………人民出版社
老舍选集　老舍著……………………………………人民出版社
曹禺选集　曹禺著……………………………………人民出版社
冰心选集　冰心著……………………………………人民出版社
朱自清选集　朱自清著………………………………人民出版社
徐志摩选集　徐志摩著………………………………人民出版社
萧红选集　萧红著……………………………………人民出版社
赵树理选集　赵树理著………………………………人民出版社
郁达夫选集　郁达夫著………………………………人民出版社
沈从文小说选　沈从文著……………………………人民出版社
子夜　茅盾著…………………………………………人民出版社
家　巴金著……………………………………………人民出版社
倪焕之　叶圣陶著……………………………………人民出版社
围城　钱锺书著………………………………………人民出版社
财主底儿女们（上下卷）　路翎著…………………人民出版社
太阳照在桑干河上　丁玲著…………………………人民出版社
暴风骤雨　周立波著…………………………………人民出版社
青春之歌　杨沫著………………………………中国青年出版社
林海雪原　曲波著……………………………………人民出版社
红旗谱　梁斌著…………………………………中国青年出版社
红日　吴强著……………………………………中国青年出版社
冬天里的春天（上下卷）　李国文著………………人民出版社
沉重的翅膀　张洁著…………………………………人民出版社
活动变人形　王蒙著…………………………………人民出版社
白鹿原　陈忠实著……………………………………人民出版社
毛泽东诗词选　毛泽东著……………………………人民出版社
艾青诗选　艾青著……………………………………人民出版社

贺敬之诗选　　贺敬之著 ………………………………… 人民出版社
郭小川诗选　　郭小川著 ………………………………… 人民出版社
余光中诗选　　余光中著 ……………………………… 中国青年出版社
沈从文散文选　　沈从文著 ……………………………… 人民出版社
白洋淀纪事　　孙犁著 …………………………………… 人民出版社
可爱的中国　　方志敏著 ………………………………… 人民出版社
随想录　　巴金著 …………………… 生活·读书·新知三联书店
文化苦旅　　余秋雨著 ……………………………… 东方出版中心
欧洲文论简史　　伍蠡甫　翁义钦著 …………………… 人民出版社
欧洲文学史（上下册）　　杨周翰著……………………… 人民出版社
中国文学史（共四册）　　游国恩等主编………………… 人民出版社

【第二辑】

丁玲选集　　丁玲著 ……………………………………… 人民出版社
戴望舒选集　　戴望舒著 ………………………………… 人民出版社
沙汀选集　　沙汀著 ……………………………………… 人民出版社
艾芜选集　　艾芜著 ……………………………………… 人民出版社
林徽因选集　　林徽因著 ………………………………… 人民出版社
骆驼祥子　　老舍著 ……………………………………… 人民出版社
懒寻旧梦录（增补本）　　夏衍著……… 生活·读书·新知三联书店
胡风回忆录　　胡风著 …………………………………… 人民出版社
保卫延安　　杜鹏程著 …………………………………… 人民出版社
野火春风斗古城　　李英儒著 …………………………… 人民出版社
上海的早晨（共四部）　　周而复著……………………… 人民出版社
烈火金刚　　刘流著 ………………………………… 中国青年出版社
一代风流（共四册）　　欧阳山著………………………… 人民出版社
创业史　　柳青著 …………………………………… 中国青年出版社
李自成（第一卷:上下册）　　姚雪垠著 ……………… 中国青年出版社
青春万岁　　王蒙著 ……………………………………… 人民出版社
将军吟　　莫应丰著 ……………………………………… 人民出版社
野葫芦引:南渡记　东藏记　　宗璞著 ……………………… 人民出版社
钟鼓楼　　刘心武著 ……………………………………… 人民出版社
尘埃落定　　阿来著 ……………………………………… 人民出版社
白门柳（全三册）　　刘斯奋著………………………… 中国青年出版社
梁遇春散文选　　梁遇春著 ……………………………… 人民出版社
孙犁散文选　　孙犁著 …………………………………… 人民出版社
季羡林散文选　　季羡林著 ……………………………… 人民出版社

周涛散文选　　周涛著 ………………………………………… 人民出版社
史铁生散文选　　史铁生著 ………………………………… 人民出版社
北京乎——现代作家笔下的北京(上下册)
　　姜德明编 …………………………… 生活·读书·新知三联书店
臧克家诗选　　臧克家著 ………………………………… 人民出版社
舒婷的诗　　舒婷著 ……………………………………… 人民出版社
海子的诗　　海子著 ……………………………………… 人民出版社
张天翼童话选　　张天翼著 ……………………………… 人民出版社
高士其童话选　　高士其著 ……………………………… 人民出版社
中国俗文学史　　郑振铎著 ……………………………… 商务印书馆
中国鲁迅学通史(共六册)　　张梦阳著 ………… 广东教育出版社
论红楼梦思想　　冯其庸著 ……………………… 黑龙江教育出版社
中国现代小说史(全三册)　　杨义著 ………………… 人民出版社

【第三辑】

废名选集　　废名著 ……………………………………… 人民出版社
陈映真自选集　　陈映真著 ……………… 生活·读书·新知三联书店
京华烟云(上下册)　　林语堂著 ………………… 现代教育出版社
大波(共三部)　　李劼人著 ……………………………… 人民出版社
六十年的变迁(共三部)　　李六如著 ………………… 人民出版社
小城春秋　　高云览著 …………………………………… 人民出版社
苦菜花　　冯德英著 ……………………………………… 人民出版社
黄河东流去　　李凖著 …………………………………… 人民出版社
平凡的世界　　路遥著 …………………………………… 人民出版社
芙蓉镇　　古华著 ………………………………………… 人民出版社
浮躁　　贾平凹著 ………………………………………… 人民出版社
绿化树　　张贤亮著 ……………………………………… 人民出版社
曾国藩　　唐浩明著 ……………………………………… 人民出版社
古船　　张炜著 …………………………………………… 人民出版社
第二十幕(上中下册)　　周大新著 …………………… 人民出版社
刘以鬯小说自选集　　刘以鬯著 ………………… 百花文艺出版社
金牧场　　张承志著 ……………………………………… 人民出版社
红高粱家族　　莫言著 …………………………………… 人民出版社
梦家诗集　　陈梦家著 ……………………………………… 中华书局
穆旦诗文集(一、二)　　穆旦著 ……………………… 人民出版社
周作人散文　　周作人著 ………………………………… 人民出版社
何其芳散文选集　　何其芳著 …………………… 百花文艺出版社

上海屋檐下法西斯细菌　　夏衍著 …………………… 人民出版社
风雪夜归人闯江湖　　吴祖光著 ……………………… 人民出版社
王国维文学论著三种　　王国维著 …………………… 商务印书馆
中国小说史略　　鲁迅著 ……………………………… 人民出版社
咀华集咀华二集　　李健吾著 ………………………… 人民出版社
现代中国文学史　　钱基博著 ………………… 中国人民大学出版社
中国文学批评　中国散文概论
　　方孝岳著 …………………………… 生活·读书·新知三联书店
鲁迅和中国文化　　林非著 ………………………… 南开大学出版社
唐代科举与文学　　傅璇琮著 ……………………… 陕西人民出版社
中国诗学　　叶维廉著 ………………………………… 人民出版社
迦陵论诗丛稿　　叶嘉莹著 ……………………………… 中华书局
台湾文学史
　　刘登翰　庄明萱　黄重添　林承璜主编 ……… 现代教育出版社

【第四辑】

马烽小说选　　马烽著 ………………………………… 作家出版社
周立波小说选　　周立波著 ………………………… 湖南文艺出版社
玛拉沁夫小说选　　玛拉沁夫著 ………………………… 作家出版社
王愿坚小说选　　王愿坚著 ………………………… 中国青年出版社
李凖小说选　　李凖著 …………………………… 人民文学出版社
王蒙小说选　　王蒙著 …………………………… 人民文学出版社
汪曾祺小说选　　汪曾祺著 ………………………… 人民文学出版社
林斤澜小说选　　林斤澜著 ………………………… 人民文学出版社
李国文小说选　　李国文著 ………………………… 人民文学出版社
邓友梅小说选　　邓友梅著 ………………………… 人民文学出版社
陆文夫小说选　　陆文夫著 ………………………… 江苏文艺出版社
高晓声小说选　　高晓声著 ………………………… 江苏文艺出版社
茹志鹃小说选　　茹志鹃著 ………………………… 江苏文艺出版社
王安忆小说选　　王安忆著 ………………………… 人民文学出版社
铁凝小说选　　铁凝著 …………………………… 人民文学出版社
史铁生小说选　　史铁生著 ………………………… 人民文学出版社
闻捷诗选　　闻捷著 ……………………………… 人民文学出版社
昌耀诗选　　昌耀著 ……………………………… 人民文学出版社
食指诗选　　食指著 ……………………………… 人民文学出版社
天安门诗抄　　童怀周编选 ………………………… 人民文学出版社

朦胧诗选　　杨克　陈亮编选 …………………… 中国青年出版社
杨朔散文选　　杨朔著 ……………………………… 人民文学出版社
秦牧散文选　　秦牧著 ……………………………… 人民文学出版社
刘白羽散文选　　刘白羽著 ………………………… 人民文学出版社
萧乾散文选　　萧乾著 ……………………………… 人民文学出版社
柯灵散文选　　柯灵著 ……………………………… 人民文学出版社
杨绛散文选　　杨绛著 ……………………………… 人民文学出版社
贾平凹散文选　　贾平凹著 ………………………… 人民文学出版社
邵燕祥散文选　　邵燕祥著 ………………………… 人民文学出版社
1949～2009 剧作选　　老舍等著 …………………… 人民文学出版社
1949～2009 报告文学选　　刘白羽等著 …………… 人民文学出版社
1949～2009 儿童文学选　　冰心等著 ……………… 中国青年出版社
周扬文论选　　周扬著 ……………………………… 人民文学出版社
陈涌文论选　　陈涌著 ……………………………… 人民文学出版社
张光年文论选　　张光年著 ………………………… 人民文学出版社
唐弢文论选　　唐弢著　刘纳编选 ………………… 人民文学出版社
王瑶文论选　　王瑶著　陈平原编选 ……………… 人民文学出版社
钱谷融文论选　　钱谷融著 ………………………… 上海文艺出版社
王元化文论选　　王元化著 ………………………… 上海文艺出版社
蔡仪美学文选　　蔡仪著　杜书瀛编 ……………… 河南文艺出版社
1949～2009 文论选
　　钱锺书等著　贺绍俊编选 ……………………… 人民文学出版社